京都神官錄

泉燈行——著
廖珮蓉——繪

高寶書版集團

神官舍相關設定

司都（一級）

作為現世及神域的中間人，職責督察輔佐眾神。
率領神官舍的最高統領，精通掌握五行咒術、鎮化儀式，
以及神事祭祀相關典籍、祝詞祈禱等等，
日本一都一道二府四十三縣的神官舍，
只有京都本部的司都握有聯絡全國八百萬神的權限。

↓

四大神官（一～二級）

出入神社本殿內陣處理神明分派的公務。
職稱蓐收、句芒、玄冥、祝融，
靈力屬性精通操控金、木、水、火其中一項咒術特殊卓越的人才，
舍內管理階層，他們四人直屬司都管轄、只須服從最高統領的指令。

↓

輔佐、副手（三～四級）

由四大神官及司都各自選定，從高階神官中提拔一至三位，
共同分擔內部文書行政及外出公務。

↓

高階神官（三～四級）

通過考核志願分派項目為學生授課、指導常徒、巡邏神域治安，
以及協助管理階層處理舍內事務。

↓

常徒（五～八級）

由高階神官管理訓練，
其中表現優異者，調派隸屬四大神官部門。

※以上職位都統稱神官，依照每年靈力評鑑分為一到十級，九、十級為最低階，負責舍內後勤雜務。）

舍外弟子

舍外弟子不用入住。
由神官偶爾抽空前往授課，多為幫忙調查或收集情報居多。

目錄

一◆鬼門前，祝融龍太郎的禮物

千年京都神鬼同在，直到現代還是有群天生具備靈力的人們，不僅能自由操縱咒術，還能開啟神識直接會見神明，平安神宮旁的神官舍就是專門的考核培訓機構，神官主要職責是鎮化儀式及維持神域治安，率領督察八百萬神的統領職稱為司都，現在已經到第五十任。

桓武天皇定都平安京的地相風水為青龍、白虎、朱雀、玄武四神相應，護國神社寺院以比叡山延曆寺為首，另有赤山禪院、吉田神社、幸神社等等鎮守東北角表鬼門。八幡市男山的石清水八幡宮，自古社格為二十二社的上七社，鎮守西南角裏鬼門。神社到晚上通常會關起大門，只有高階神官以上會被神明們臨時叫去處理公務，允許不用報備自由移形出入。

鬼門每隔一段時間便會湧現鬼氣，由四大神官管轄並定期巡邏鎮化，普通人看不見矗立在夜色裡的朱紅門扉出現幽微隙縫，正閃爍著詭譎光芒，鎮守石清水八幡宮的八幡大神不巧正好外出，今晚恢宏的社殿境內悄然發生異變。

凶靈隨著翻湧的黑氣不斷冒出，拖著腐爛四肢迅猛地攻擊，躲在樹叢後那三個穿著白衣青袴制服的學生位置曝光，被十幾隻凶靈追得拚命狂奔，邊逃邊在內心抓狂吐槽：「到底為什麼到現代還要規定穿和裝制服！有夠難跑的啊啊啊！」

十五六歲的年紀還在神官舍上課研修，他們從沒見過這生死一線的險境，嚇到腦海空白成無邊汪洋。慌張丟出咒法想放大招，結果只是點打火機的規模，順便引來凶靈的鄙視怪笑，身心同步暴擊成一個慘字。

剛趕到參道口的高大青年外型剛毅，他是負責鬼門的祝融神官龍太郎。颯爽的深紅狩衣，腰懸短刀、袖口隨風揚起時隱約可見古銅臂膀的精實線條，自有一種戰國武將穿越來的帥氣風采。

當下沒人有空欣賞這風采，他的輔佐清正為保護學生，搶先衝去阻攔，一個疏忽手臂就給躲在暗處的凶靈偷襲抓得血肉模糊，痛得嘶吼警告：「鬼門出問題了！」

不用清正警告，龍太郎一掃而過的瞬間已把握狀況，掌心召出青藍烈焰，氣勢奔騰照亮半個夜空，沉著閃身擋在最面前：「到我後面！聚在一起別亂跑！」

火焰隨著穩狠急速的出招，劃出通亮青光的殘影軌跡，祝融神官從格擋到搏擊，拳拳剛猛扎實到位。近身的凶靈接連發出骨頭碎裂聲、盡數燒成灰燼，再沒有一隻能越過龍太郎，只能忌憚地分散開來保持距離兜轉。

躲在身後的三個學生看得心臟狂跳，興奮目睹祝融動真格的擊殺。以前大家老愛抱怨實戰課程給揍得鼻青臉腫，現在才知道他上課時控制力道簡直叫一個溫柔。被提拔為輔佐的清正和龍太郎同年，也不過二十歲，特別老成嚴守紀律，憋著一肚子火正沒處發，對學生們劈頭就是一串不用換氣的訓斥：「欠揍啊敢跑來鬼門！想被開除學籍直接跟我填申請表就好不用謝！」

他們三個嚇到不敢接話，手肘輪流推來撞去，好不容易推出一個囁嚅道：「大家都說祝融神官每晚會來巡邏，我們打賭輸了，才躲在這想看傳說裡的青炎拳技……」清正氣得顧不上傷口劇痛，張口還要罵。

「都給我閉嘴！回去再修理你們！」

龍太郎躍起截殺幾隻趁隙竄出的凶靈，揮拳挾帶轟然烈焰。他本就有將帥威嚴風範，飽含怒意的一聲沉喝，馬上讓學生們苦著臉閉嘴，想到回去絕對被花上整個月給零碎打死，不禁認真思考是否該衝去跟凶靈拚命，至少拿個榮譽掛彩。

輔佐清正盡責施咒設置防護圈圍住學生，龍太郎不愧是位列祝融的頂尖神官，越是險境，實力越是沉穩發揮，分秒必爭地下指令：「輔佐帶他們先撤！」

說完自己搶身逼近鬼門，沒料到他才一靠近，那道陰森縫隙忽然撐開寬度，成堆的凶靈爭先恐後爬出，眼看數量越來越多，清正被逼得只能吃力地應戰，那些分散在外圍的凶靈，嗅到血味猛然跳起朝他背後撲去。龍太郎被拖住不及回救大吼：「小心！」

下一秒所有人眼前靈光炫亮炸開，清正大口喘息回神，僥倖自己沒死。

學生們驚喜地指著上方，破空而來的人臉上覆著面無表情的增女能面，一襲狩衣如月色洗刷過的皎潔，傾瀉鋪開來的清明靈能，彷彿天地萬物皆在他掌中，使得不少凶靈不自覺觸電似地閃避。

「司都來了！」「是司都！」

他們如見救星大呼小叫。一道白影雍容漫步穿梭其間，司都出手太過迅速只可見袖揚衣動，也不知是怎麼施法吟咒，凶靈張牙舞爪地一個接著一個盡散輕煙，轉眼淒厲鬼聲漸消，防護圈內的學生們目瞪口呆。幾個年輕人平常根本沒機會見到大人物，他們早忘了剛才有多危險，自己又嚇成什麼德性，臉上洋溢崇拜，可惜神官舍禁用手機，巴不得能錄影拍照供起來天天看。

全京都沸沸揚揚都在傳，年僅十七歲的與皇是歷代最強的司都，有的學生難免不服地想，根本是誇張的場面話，今天他們終於親自體會什麼叫鋪天蓋地的浩然靈能。連龍太郎也不禁詫異，在角逐戰上交過手，領教過壓倒性的實力，怎知那並不是盡頭，不到一年居然更加強大。

「這戰力，根本是毘沙門天武神再世啊……」清正還以為目睹降落凡間的神靈，不可思議地脫口。

夜色籠罩鬼氣濃重的朱紅門扉，司都俐落地揚手擲出一物，挾帶銳利靈光筆直地飛去，不偏不倚擊中門閂，眨眼鬼氣阻絕消散。

鬼門終於關上。

學生們紛紛鬆了口氣，雙腳發軟地坐倒在地，接著眼睛發亮，盯著那把飛回他手中的墨黑折扇，司都的法器「無求扇」，難得一見。搞半天命都差點沒了，這下至少還能回去炫耀兩句！

一分鐘時間不到，從鬼哭神號到萬籟俱寂，他們驚魂未定地以為是場惡夢，偷眼瞧司都解決那麼多凶靈，那身狩衣沒有沾上半點髒汙的乾淨，儀態依然從容不迫。司都抬手示意幾個叫來的常徒，先把三個學生們平安送回舍內，回身緩緩開口：「祝融，我說了，你這個月不用來鬼門。」

這比直接用「你給我解釋一下」的問法還高壓，清正唸咒啟動療術自行處理傷口，愕然想著：「祝融早跟我說過暫停鬼門公務了啊！還不是發現舍內有學生偷溜出去才追來的。」

哪知龍太郎竟不打算辯解，扭頭就對著司都嗆聲：「我就來了又怎樣？祝融負責鬼門公務，關係著全京都的安全，本來就不是你一人說了算。」

「剛叫我停止巡邏就出問題，你才該給個說法吧？」龍太郎正在後悔放下成見聽這傢伙的指令，暴怒質問連敬語都省略了。

清正一聽腦殼跟著痛起來，神官舍內可沒人敢對司都態度這樣衝啊！

他很清楚自家老大為什麼愛跟司都作對，畢竟在角逐戰上他本來是眾望所歸。縱然司都突然出現技壓全場，但又是戴面具不以真面目示人，又是來歷搞神秘的路數，作風磊落的龍太郎根本不可能真正服氣。

龍太郎的確有意為自家學生扛責任，更多是對司都本能的敵意，接到取消例行公務的命令時就已經很不爽了，現在乾脆直接對槓。

司都並不回答、能面只是淡漠地望著他們。神官們都知道他向來不愛說話，儘管並非有意沉默，停頓間還是給予無形壓迫。

清正冒著冷汗，摸不清楚司都心意，主動開口認錯：「是我輔佐失職，沒有攔住祝融神官，沒有警覺到鬼門凶靈暴動，差點害學生受傷，是清正的責任。」

說著帶傷艱難地彎下腰，龍太郎伸手按住肩膀制止，司都目光停頓在他身上。

「我這幾天暫代鬼門公務都沒有出現異常，你可有想過為什麼不讓你來？」司都透過面具下傳來的嗓音沉悶冷寂，字字清晰：「祝融，你最近應該多去陪弟弟。」

神官舍誰不知道，龍太郎在世上最疼愛的就是十歲的弟弟虎介，跟他熟的神官經常背地調侃，祝融這個弟控肯定單身一輩子。虎介是龍太郎唯一的家人，可惜天生體弱、長年臥病，他當上神官日夜奔波打聽，就是盼望找到藥材或法器能醫治弟弟。

聽到司都突然提起，龍太郎臉色難看地霍然站起：「你什麼意思？」

司都細不可見地搖頭，拂袖移形離去。

「喂！」龍太郎最煩這種賣弄高深，氣得正要追上去，衣角被清正一把扯住。

「祝融，」只見他表情驚恐，指著腰間：「你的刀……？」

龍太郎腰懸的白鞘短刀，在司都靈能淨化衝擊下，緩慢浮現邪氣黑印，光看爬滿密密麻麻的咒字就使人頭皮發麻。

「怎麼回事？不會是上面的咒激化了凶靈吧？」

龍太郎聽了背上瞬間滲出冷汗，臉上一陣青一陣白，怎麼也沒想到始作俑者居然是自己！

難怪到了鬼門就出問題，一靠近凶靈反而加倍湧現！驚愕瞬間立即穩住，揮手以清散符術壓制，刀身邪印轉眼消退。

「這、這怎麼可能？」

清正腦中還在一團亂，難以相信以祝融神官的等級，誰有這本事動手腳，刀上竟然有具現凶靈的邪咒，還處理得極為高明隱密，不到鬼門陰氣重的地方不會發動。

「……」龍太郎察覺什麼似的渾身竄起惡寒，腳下激起碎石飛身離去。

天已破曉。

◆◇◆

全日本各縣都有的神官舍分部，京都本部鄰近平安神宮，佈置結界層層嚴密守護、隱形並壓縮空間。另有四大神官句芒、祝融、蓐收、玄冥從外圍構築天雷動結界到中心的無間木大陣，普通人無緣窺探，經過只能仰望讚嘆門面那座宏偉的朱紅大鳥居。舍內超高靈力的菁英學子及高階神官雲集，他們日常外出會收束靈息，換回和服或便裝，學生去神社實習時改穿淺蔥色袴，打扮跟一般神職人員相同。

去年神官舍本部憑空出現一位臉戴能面的神秘少年，在角逐司都一戰成名，接任後在處理公務上也發揮高效完美的實力，他那張象徵性的增女能面具熱銷被搶購一空，網路上甚至出現他橫掃日本各縣神官舍分部的誇張八卦。

但是沒有一個版本猜中司都其實是個少女。與皇悄然解除微調身形的咒，換掉寬大狩衣和能面，她綁著及肩馬尾，頂著隱藏真容的路人臉走出神官舍，古著褲裝衣款的率性打扮，與皇的步伐端正精神，完全看不出剛才熬夜去鬼門解決了大批凶靈。

對於鬼門異變已有線索，秉持著少說話多做事的原則，她立刻移形前往調查。

只要位處京都並知道兩地座標，便能隨時瞬移，並能在出現時融入人群，讓周圍產生「這人本就在這裡」的錯覺。這是神官出門時很方便的特權。當然也有著方便臨時被神明叫去加班當社畜的心酸。

與皇的目的地是位於嵐山的「異界」，那是神域、現世及黃泉夾縫中的三不管地帶，內部有個人鬼妖怪混雜流動的攤販市集，許多見不得人的買賣交易都在異界進行，除非滿足特殊條件，或是有人帶路，否則絕對找不到入口。

六月下旬氣溫逐漸燥熱，與皇在涼爽庇蔭的竹林小徑緩步而行，抬頭有千萬新綠奔赴蔚藍天際，光線跌落畫出遍地細碎影子。野宮神社前矗立珍奇的黑木鳥居，以庇佑結緣聞名，一大早除了當地出來運動及散步的居民，不少觀光客跑來拍照，錯身而過的男男女女頻頻扭頭，那些熱切目光當然不是看她，全都聚往反方向。

「喂！你看，那個人太有氣質了吧！」「他穿和服也太好看。」「不會是哪位神官出公務吧？」

有的慢下腳步交頭接耳，有的拿出手機跑上前問能不能一起合照。

與皇聽到神官二字時，才順著他們目光的聚焦處望去，那個銀髮男子貌似整個狀況外，對自己引起了周圍的騷動毫無自覺，依然很有耐心一一答應要求。

來京都的觀光客很愛出租和服到處去閒逛拍照，沒什麼好稀奇的，不過內行人還是一眼能分辨，哪些是家裡本來就有和服並會常穿，畢竟從衣料質感到舉手投足完全不同。比如那銀髮男子身上正是符合六月季節的松葉色單衣，儀態習慣成自然，而不是被和服穿著走的彆扭。

直到又是一波人潮散去，社鈴來回又響了許多次，他在黑木鳥居前面安然地站著，始沒有踏進去。銀白漸層的年邁髮色下，有張不相襯的年輕容貌，五官清雅耐看，脊梁筆直如竹，散發淑雅文人的書卷氣。彷彿氣韻淵博四字就是為這個人量身打造，男子平日也的確與古董書畫為伍。

「生年不滿百，常懷千歲憂。」他突然有感而發，烘托氣氛的低吟艱澀漢詩。

時間和空間彷彿瞬間凝結了。

銀髮男子掃過人群，有意無意在與皇臉上停頓幾秒，目光相接時，男子手攏袖中，朝她含笑微微點頭，就好像遇見故友，但她很確信沒見過這個人，對方的靈息也並不是神官。

耳邊不時傳來錯身的低聲讚嘆，與皇拜會過的俊男美女神明顏值總是刷新高標，審美疲勞到一個境界，完全不受影響地繼續往前走。

迎面而來的銀髮男子衣角隨著走路動作揚起，彷彿是來自平安時代精通和歌的三十六歌仙，任誰都會覺得好看到挑不出毛病，下一秒完美畫面乎意料地全面崩盤。他整個人重心不穩地猛然往前撲倒，搭配雙手亂揮的超醜姿勢，慢動作上演一個誇張無比的平地摔。

「哇啊啊啊啊！」

男子急速臉朝下眼見無可避免要撞地，還沒等他叫完，手肘已被人平穩拖住，他發愣地抬頭迎上一張平平無奇的臉孔。

「啊，好險好險……大恩大德，多謝這位姑娘相救。」

先不管中高音色多麼宜人動聽，也不糾結扶一下也談不上救，這人的遣詞用字聽起來就像是時代劇串場的違和感。他甚至還嫌自己不夠可疑，把臉湊近到險些撞上與皇的額頭，瞇眼看清楚五官後快速拉開距離，接著才一本正經道謝。

與皇默默放開了手，眼見這個文弱男子歪斜地跨出幾步，平地像是滿地坑窪，有驚無險時不時絆著。

剛才對視瞬間，她留意男子黯淡無神的灰色瞳孔在湊近自己時無法對焦，就算不是全盲也是視力險惡，雖然急於追查異界，還是跟過去扶住手肘：「小心。」

男子依循聲音對準她的方向，滿臉感激：「在下古溪，姑娘心善。」很快感嘆道：「在下想起一位故友，不知是否能請問姑娘芳名？」

就算他滿口古風台詞，翻譯後差不多就是「你跟我認識的人好像喑！」很俗套的搭訕。

神官舍規定守密司都真名，嚴禁對外透露，大家都只叫職稱，所以與皇也不以為意地自報姓名，絲毫不擔心被識破身分。古溪傷春悲秋地繼續進擊：「景物依舊，人事已非，想當年與友人也是在此結識，如今認識與皇，可說是有緣啊！」

「……。」

與皇不知不覺已經扶他沿著小徑，走出一段距離而人潮逐漸稀少。

「今日見晨光甚好，出門時匆匆而行，忘帶手杖看不清路，姑娘是否能送在下回家？」古溪嘴裡叨唸個沒完，與安靜時的文人形象天差地遠。

「你家在哪裡？」

「就在那邊。」

古溪指的方向除了竹林茂密叢生外一無所有，與皇心中掠過難以言狀的預感，有些意外過於簡單順利，為觀察他的反應，故意裝作困惑地回答：「你指錯了，前面什麼都沒有。」

「不瞞姑娘說，」古溪神秘兮兮地湊近：「在下住的地方，外面好像叫異界。」接著很無辜地聳肩：「雖然我覺得跟外面差不多，就是多了個市集。」

……居然還自己說出來了！

異界最近是否生意太差，光顧著開發新客人連身分都不檢查？還是誰來都沒在怕的？

她審視旁邊少根筋的古溪一眼，又似乎顯得很合理，與皇剛開始以為他自帶仙氣，現在研判是電波系。面對超乎預期的展開，思路清晰的她深感奇葩，難道真是自己太高估玉石引店主了，就這種管理水準？

近年崛起一家名為「玉石引」的店家獨大，店主接管了異界。民間流行的天然石種類繁多，作為提升運勢，主要有庇佑事業成功、財運、健康、結緣、人際關係等等含義的祈願物，玉石引販賣的天然石之所以能熱賣，在於百分百綁定達成屬性的神奇。只要肯付出天價，就算沒錢也可以拿手腳、器官、緣分、靈魂等等來換，配戴後有求必應，有人一夜致富，有人權傾一時。

「竹林深處玉石引，有求必應渡眾生」。在一年內更是悄然傳開，不只普通人，連鬼怪和低階神靈也會前去購買。

異界是神官舍律禁止踏入或接觸的三不管地帶，本就沒多少人關心。與皇不一樣，她當上司都就是為查清楚明神村神祟舊案，接任後就特別留心異界，追查之下指向店家玉石引。

與皇沒想到最近線索直接出現在虎介身上。

前幾天她無意間發現虎介溜到神官舍附近玩，不像以前臥病在床的虛弱。與皇注意到小孩脖子戴著一條堇青石項鍊，心中起疑，可惜虎介就算再單純，跟他哥龍太郎的感情可好了，同陣線地對司都抱有敵意，根本不可能老實說從哪裡來，更別說借來看。好在她對判別物息極為敏銳，隱約發覺那不是現世的東西，頓時有了不好的預感。

「玉石引要是敢動到神官舍的人，擺明是打破互不干涉的規矩。」

與皇在還沒釐清真相前，不打算告知龍太郎，一來他有成見絕不會信自己，又要浪費時間解釋，二來她怕引起異界警覺，始終不願意大張旗鼓調查。

與皇為防止虎介出狀況，乾脆要祝融暫時停止鬼門公務。原是讓他去陪著弟弟，龍太郎卻連逮溜出舍的學生也要親自下場，才有她趕去鬼門救人那幕。最後瞥見腰間那把被下了隱密邪咒的短刀，以祝融的等級竟然沒有發現，而他不會防備的只有最親近的家人，與皇更加確定問題是出在虎介身上。

「姑娘？」古溪溫潤音色將她的思緒拉回，只聽他說：「請敲打近處第三竹節，五七五七七下。」狀似無意牽住她衣擺，整個人和語氣都現得特別誠懇：「多謝姑娘，我家很快就到了。」與皇掃過他的左手食指，戴著一枚銀製復古戒指，中間鑲嵌處是個空凹槽。

這一年以來多方嘗試，始終找不到進異界的方法，今天本來就是打算拿新研發的咒法來試找門路，現在大好的機會就在眼前，就算會觸犯神官律令，就算往前走是陷阱也非去不可，她伸手敲響竹節。

依照和歌規格韻律敲了五七五七七下後，筆直綠竹未曾有任何改變，古溪掛著溫和無害的笑容，輕聲唸道：「竹林深處玉石引，有求必應渡眾生。」裝作沒發現與皇神的戒備，蓬勃的蔥鬱隨風搖曳發出詭譎聲響，氣流開始出現扭曲，緊接著藍天綠竹撕裂出連接異空間的漩渦入口。

與皇追查的明神村舊案是血腥地獄的一夜，兩年前神明震怒降災屠殺了上百人，她的師父在等一個人前來協助鎮化，對方卻失約沒到，害他死後還被神官舍當成罪魁禍首，而那失約的人可能跟玉石引有關。

與皇向來審慎分析局勢，但也絕不失藝高人膽大，索性看這個表演平地摔的文弱男子到底想幹什麼，頭也不回地踏入三不管地帶的灰色異界。

◆◇◆

同一時間不同於嵐山的熱鬧，一大清早三条大橋附近的店家大多還沒營業，寂靜的街道仍在睡夢中。鴨川旁的七樓公寓，寬敞的室內裝潢統一溫暖的木質色調，客廳整片落地窗能眺望鴨川景致。

神官舍非舍內人員無法入住，這裡是龍太郎為弟弟準備的公寓。以前學生時期不管課業有多繁重，龍太郎都一定會回來陪著他，但是近年提拔到祝融位階後，龍太郎忙到越來越少回來，來了也是趕著忙一下個公務的路上，平日都是派專人照料，或是讓輔佐來探視。

五坪大的寢室內，照明仍維持著適合入睡的柔和，床頭櫃擺滿五顏六色的藥罐，空氣裡瀰漫著淡淡的藥水味。鄰近書架滿是《古事記》、《日本書記》等等八百萬神的神話書籍，枕邊也堆滿讀到一半的書和筆記。小男孩睡不著，爬了起來坐在床沿，雙腳不安分地懸在邊上晃著，要不是被久病折磨，一定是很好動的性格。

「百足，你說哥哥會喜歡我的禮物嗎？」

一旁拘謹地坐著蘇芳色和服的少年，平淡五官、彎眉垂眼顯得沒什麼脾氣。虎介整天說一個人很悶，老實的百足神使又是出名的好說話，拗不過小孩子央求，下班後經常順路來陪他聊天，偶爾還會跟他講故事，講太晚又被拉著住下。

「一定會喜歡的，那可是你特別跑去首塚大明神林中找到的。」百足溫和地說道。

虎介消瘦的臉龐多出幾分神采：「哥哥不准我亂跑，又不讓其他人來玩，幸好我還有百足，不然真的會無聊到病情加重。」

「祝融神官也是擔心你。」

虎介苦笑著沒有再接話，以前神官或常徒三不五時熱鬧地來探病，每來必說哥哥有多厲害，他從最初的雀躍到索然無味，越來越覺得自己真是沒用。眼見哥哥為自己到處找藥，心頭更加沉重，聽他們誇讚哥哥的各種事蹟，萌生無可言說的隔閡感。

龍太郎注意到虎介的心結，乾脆禁止那些吵鬧的傢伙來煩他。

下一秒門被粗暴地踹開，室內燈光調成了刺眼亮度，虎介抬起頭，才剛高興喊了一聲：「哥！」

隨即錯愕呆住，百足緊張地站起來後，也發現龍太郎臉色前所未有的難看。

他砰地一聲重重將那把白鞘短刀摔在桌上，沉著嗓音問：「這刀到底從哪裡來的？」

虎介求助的目光瞟向百足，龍太郎冷笑：「你看他幹嘛？我都聽到了！身體才剛好起來，就敢給我偷跑去首塚大明神！」

在朋友面前突然被一頓教訓，虎介脾氣也上來了，脫口而出：「哥哥能在外面跑，為什麼我就不行？」本來不想這麼回話的，只是聽說那裡經常有法器遺落，滿心想給哥哥找一件特別厲害的生日禮物，找了三天才找到，不懂這有什麼好生氣的。

「誰讓你去那種地方的！」

龍太郎雙目血絲，額角青筋跳動斥喝，凌晨在鬼門折騰一晚沒睡地趕回來，怕被弟弟察覺苦戰過而匆忙換了套和服，又累又煩還被他不聽話的頂嘴。

虎介從沒見過哥哥生那麼大的氣，心底有些發慌，還是倔強不肯先放軟態度。

首塚大明神位於西京區，舊山城國及丹波國邊境上的老之坂峠，祭祀平安時代妖怪酒吞童子的首級，荒林常有被吸引而來的魍魎潛伏，山神才會將試做的法器扔於當地鎮妖，虎介什麼都不知道就跑去亂拿那種危險物品。

他越想越火大，乾脆抬手直接燃起青炎，在弟弟眼前把短刀燒得一乾二淨。

青炎能燃盡世間妖邪，轉眼連殘渣也不剩。

虎介想衝上去要搶救早就不及了，他個子只到龍太郎腹部，兩手懊惱地使勁捶打：「你不要就算了！幹嘛燒掉！」

畢竟位列四大神官之一的祝融，什麼法器沒見過，虎介絞盡腦汁想要送什麼好，換來哥哥一回來就臭罵，還燒了辛苦找來的禮物，委屈到眼眶發紅。

龍太郎不願意說出上頭有凶化邪咒，還處理得極為高明隱密，不到鬼門陰氣重的地方不會顯現，擔心要是說出來一定會害虎介感到愧疚。他從來沒有對弟弟這麼凶過，已經有些後悔太過衝動，由著被打半天出氣後，龍太郎才俯下身緩和口氣，平視著弟弟的眼睛：「你跟哥哥說，這些亂七八糟的消息從哪裡來的？」

虎介忍著眼淚沒往下掉，癟嘴不吭聲。

「祝融神官，你先別生氣，」百足眼見兄弟吵架，連忙勸道：「你前天收到禮物時不是還很高興嗎？」

龍太郎忍了忍，盡可能不發脾氣地回答：「百足神使，這是我們兄弟的事，你別插嘴。」

虎介聽著不高興的說：「哥，你講點道理行不行？」

「講理？」龍太郎失去耐性的直起腰桿，厲聲質問：「好，我來講理，百足，是不是你告訴我弟首塚大明神有法器遺落？」

百足本來就不太會說話，被他瞪眼一凶更是嚴重結巴：「這、這孩子一直在煩惱為你準備禮物，我、我發現時他已經拿回來了……」

他後來有特意去詢問山神，山神也同意贈送。沒等他解釋完，領口就被狠狠揪起，龍太郎咬牙道：「你有身為神使的自覺嗎？別以為我真不敢揍你！」

虎介跑上去用力扳著他的胳膊，生氣喊著：「你不要亂遷怒！是我聽百足跟人聊天時講到才偷偷去的！」

龍太郎使勁推開百足：「除了你們以外，還有誰碰過這把刀？」一手攬住弟弟怕他摔倒。

百足踉蹌地往後退幾步才穩住，滿臉手足無措，和虎介一起用力搖頭。

龍太郎看到自己弟弟被百足帶成什麼蠢樣就有氣，短刀上會有邪咒，很可能是在首塚大明神林中就被汙染。祝融神官板起面孔、拿出訓練舍內學生那套威嚴：「我不需要什麼禮物，以後不准再亂跑，你給我好好待在家裡養病。」

「哥！我好不容易能出門了，幹嘛禁足我！」虎介急得抗議：「自從百足給我這個堇青石，我身體就好很多，已經不用整天躺床上吃藥了。」

他口氣真誠，脖子上掛著一條天然石圓墜項鍊，堇青石隨著不同角度的光線折射出藍紫變幻，龍太郎默不作聲，這十年沒日沒夜找遍方法半點成效都沒有，最好是神使送的一條鍊子，就讓弟弟病情有起色。

「那可真謝謝你了。」他格外艱澀地開口。

百足連忙道：「沒什麼。」

龍太郎正想觸摸堇青石檢查有多厲害，虎介不自主躲開：「這個不能給其他人碰！碰了就不靈了！」

「你現在可夠皮了！」他頭疼地嘆氣，大手改成把弟弟頭髮揉亂。

「反正有百足神使陪我，等我病好了，就有靈力可以考進神官舍！」虎介笑嘻嘻說著。

龍太郎臉色明顯變得不自然，將手緩慢拿開後收回和服袖中，百足訝異地欲言又止，終究沒有開口。

「百足神使很忙，你別老是纏著他。」

「為什麼？我想當神官，我想聽百足說神明的事情！」

「我找清正陪你。」龍太郎語氣容不得商量。

虎介急了，抓住哥哥臂膀央求：「清正好無聊，開口閉口都是規矩，我最近身體好多了，能照顧自己的。」

「我也就公務結束過來看看，」百足靦腆地接口：「不麻煩的，而且我和虎介很投緣。」

龍太郎忍到極限地以目光殺人，警告道：「你以後少靠近我弟。」

被他眼底的恨意嚇到，百足突然想起初次見面時的場景。

他侍奉的神明毘沙門天為佛教四天王之一的多聞天，以奈良信貴山朝護孫子寺、京都鞍馬寺及毘沙門堂為三大朝聖地，作為武神及七福神中的財神深受信仰，出自世間神佛習合的信仰，毘沙門天分派下去的相關公務由神官舍與寺院交替管轄。

京都市山科區的毘沙門堂定期輪到神官舍範疇，隸屬龍太郎負責。

百足在堂內辦公送文件時碰到祝融，他被自己的蜈蚣原型驚得險些痛下殺手。

「這是我的神使，不是妖，祝融你別找藉口欺負他。」

毘沙門天憑空現身一個華麗的轉圈擋在中間，和寺院裡全副武裝的神像不同，平常打扮是個珠光寶氣的貴公子，隨口打趣化解一觸即發的衝突。

後來百足才聽說龍太郎的父母死在蜈蚣妖手上，還是嬰兒的虎介也被傷及五臟、終生病體孱弱，龍太郎十三歲時獨自上門殺光那窩妖物報仇，以後跟弟弟只說父母是病逝。

百足知道勾起他不好的回憶，有些歉疚：「祝融神官要是感到困擾，以後我就不來找虎介了。」

「我不要！」

虎介不明其中的因果關係，用力甩開龍太郎的手臂，往後退開了幾步，三番兩次壓下的委屈爆發，眼淚順著消瘦臉龐，大顆大顆地滾落：「百足神使是我朋友！明明是他讓我病況變好的，你幹嘛這麼討厭他？」

「我不是那個意思……」

龍太郎鐵青著臉，正要上前安撫，百足也是一臉尷尬害得他們兄弟吵架，很疼惜虎介哭得抽噎，蹲下來伸手溫柔地拍背順氣。

倒像是他們才是兄弟，自己很多餘，龍太郎覺得莫名刺眼，難受地攥緊雙拳。

百足很怕嚴厲的祝融，緊張到又開始口齒不清：「虎介，你怎麼、怎麼能這樣跟你哥哥說話？」

「哥哥就是怕我發現！」

虎介雙眼紅腫，受到刺激而越發失控：「騙我病好了就會有靈力能當神官，才不讓別人見我！」

龍太郎握拳掐到關節發白，試圖穩住慌亂，低聲問：「誰跟你說這些的？」視線瞪著百足，他嚇到連連搖頭，腦袋都快被搖掉。

虎介本來只是模糊地有個猜測，龍太郎不擅隱瞞的反應更確定了事實，長久壓抑的情緒瞬間傾瀉而出，含著恨意的哽咽：「你以為把我關起來，我就永遠不會知道嗎？以為這就叫為我好嗎？」

他呼吸急促、氣急到全身哆嗦，「一個天生沒有靈脈的普通人，怎麼可能因為病好了，就能考進神官舍？就因為你是我哥，我才一直想等你親口跟我說啊！你到底為什麼不告訴我！還要趕走我唯一的朋友！」

龍太郎就算想過無數次謊言被戳破的場面，一時還是不知該怎麼應對地僵住。

「你哥也是為你好，想給你活下去的希望。」百足吞嚥口水，努力地想緩解緊張。

「那是他的希望！不是我的！」虎介豆大的淚水滑下，揉著眼抽抽噎噎脫口：「這種人才不是我哥！」

「你累了，好好休息。」

百足著急地看看這邊，又看看那邊。

龍太郎淡淡扔下一句，胸中猶如插入千萬把利刃劇痛不已，推開門蹣跚地走出去。

外頭早晨的陽光明媚，從七樓公寓外廊眺望下方的鴨川，閃動著粼粼水光，在他眼中所見只剩深幽無比。

龍太郎想起自己幼時就能開啟神識能見到神明，晉升祝融時去了趟毘沙門堂，回家後跟虎介隨口提及，他就興奮地整天掛在口邊的崇拜：「普通人看不到神明，哥哥好厲害啊！毘沙門天是什麼樣子？等我病好後也要當神官！」

兄弟從小相依為命，小十歲的虎介體弱多病，老愛在旁羨慕瞧著他勤加練拳，龍太郎從學生、直屬弟子、常徒、高階神官、輔佐、祝融，一路晉迅速提拔成司都候補。

龍太郎絕口不提父母是被妖怪殺害，只和虎介說起各式各樣的神話故事，安慰哄著：「只要等哥哥當上司都，醫好你的病，你就能進神官舍了。」

他內心深處比誰都清楚，虎介的病是命定而無法根治，再多醫藥都只能勉強吊著續命，而且普通人天生沒有靈脈，是永遠不可能入舍當上神官的。但龍太郎每次看虎介捏起鼻子乖乖吃藥，流露憧憬的閃亮眼神，實在難以開口說出真相，每次都在心裡推託，等他再長大一點再跟他說吧！

龍太郎在神官舍得知自古天皇攜三神器即位，分別是草薙劍、八咫鏡、八尺瓊勾玉，除了天皇能親眼見識神器外，再來就是歷代的司都，並有天皇授與特權，在督神時遇到異常狀況，允許召喚神器之一的勾玉，作為法器使用。

三神器威力逆天，長期同時聚集容易地脈不穩，嚴加看管收藏在三處的上古神器，每年慣例由司都前往進行淨化儀式。龍太郎聽上一任的祝融提及，神器釋放出強大神力不僅能提升自己的等級，還能祝禱庇佑世間無病息災。

十多年來竭盡所能找過各種辦法，試著補足弟弟體弱缺陷，始終不見起色。

「就算違反規定，只要每年能挪用灌輸大量的神力，至少能讓他能跟普通人一樣健康生活……」他向來嚴守紀律，本來是絕對不可能有這種想法，但眼看著虎介病體每況愈下，什麼原則都拋開滾一邊了。

祝融在公務上的優異成績也備受舍內賞識，不光是戰鬥實力，將帥風範的行事深得人心，學生敬愛當靠山，輔佐常徒親暱喊老大的擁戴，卻沒有人能分擔他日夜壓抑的焦躁煩憂。龍太郎不自覺對司都高位越來越渴望，到頭來卻被一個不知從哪冒出來、戴面具的傢伙搶走。

百足在屋內關了燈，哄著哭累的虎介睡著，龍太郎深吸了口氣，靠在牆後直到屋內安靜下來後，才快步離去。

當時的龍太郎還不知道，他賭上一切希望的三神器淨化儀式，其中的八尺瓊勾玉早在百年前缺失一角導致神力大幅衰退。至今只有歷屆司都才知道的機密，「找回勾玉碎片，修補神器」這項首要的秘密任務，至今還沒有人成功。

包括前任司都、與皇的師父忌部清。與皇推測他約的那個人手握勾玉碎片，神祟之夜失約後就躲進神官禁止涉足的異界。所以一直緊盯追查，發誓要找回碎玉，找出那個失約的人，替師父洗刷罪名。

二◆竹林深處玉石引，有求必應渡眾生

朗朗晴空被垂落的黑幕蒙上，遠方山巒拉開幽暗陰霾，與皇被古溪帶到了另外一個空間。異界，夾縫生存在三不管的灰色地帶，無數不能在明面上出現的店家攤販，都聚集在這兒進行各種交易。

本以為是陰森可怕的地方，想不到有如置身伏見稻荷大社夏夜幽玄的宵宮祭，掛滿成排朱紅燈籠，百間町屋成排林立，彷彿市中心傳統木造建築街道的延伸，空地各種擺攤，有如走到東寺或百萬遍的手作市集。不同的是街上穿梭的全是沒有五官的無臉人，狐妖、鐵鼠、貓又、女郎蜘蛛各自蜷腿盤膝，幽火遊蕩的攤上擺著稀奇古怪的物品。

「這些來客都沒有臉，是因為他們不願被人辨識身分，才戴上無臉面具。」古溪熱切解說，笑著對與皇說：「不過妳臉上已套一層，想來不用戴了。」

他輕而易舉識破與皇的換臉咒，那是個把臉同化成路人臉的偽裝術，與皇被拆穿也不怎麼驚訝，畢竟古溪能自由來去異界，這點本事還在意料之中。

奇怪的是未免太安靜了。

與皇思索異界作生意走佛系路線，連某些平常很愛熱鬧喧嘩的妖物們，無聲無息地好像死了一樣，渾身是血的幽靈，無聊地點燃頭上的鬼火又熄滅。人潮川流不息的呼吸腳步非常輕微，擺攤的任由買家自行翻看商品，也不做任何介紹介紹推銷。客人伸出手指比數字殺價，賣方搖頭或點頭，又或是不耐煩地揮手示意走開，整條街像是魚缸裡的金魚，徒有游動泡沫卻死氣沉沉。

四下流動的氣息混沌難辨，那些戴著無臉面具滿大街飄移的東西，一時也分不出妖鬼人神。傳說京都異界最可怕的地方，不管是自帶多厲害的靈力法力神力，只要踏進這裡後力量將受到無形箝制，誰也不敢鬧事，說是雙方默許苟且偷生地進行買賣也不為過。

她既來之則安之，隨意拿起鐵鼠攤位陳列的羅盤把玩，上頭標示：「尋人包準靈驗」。古溪湊過去小聲提醒：「異界貨品真假難辯，賣家不推銷，任由客人挑選，也就是說買到什麼都自行負責，這個摸起來像是贋品，與皇小心。」

他非常順暢地將稱謂從奇怪的姑娘轉換成與皇，有心拉近距離。

與皇聽話地放回羅盤，再往前走幾步是個乏人問津的舊書攤，椅背靠著一柄樣式洗練的手杖，桌面堆滿的古書，《都名所圖會》、《山州名跡志》按照類別井然有序分放。

古溪走上前珍惜地摸著書冊：「多謝與皇送在下回家，這是我開的書攤。」

有幾捆新進的書還放在桌腳邊，與皇見他蹲著一陣盲目摸索拆繩，索性替他扛起拆開放在攤位上，古溪側耳聽著她動手整理，分門別類的熟練速度，嘴角浮現溫和弧度：「與皇也喜歡書？」口吻滿是遇見同好惺惺相惜。

神官舍中藏書十萬，光是看不懂的鬼畫符就佔去一大半，負責的神官每次整理都面如土色。與皇從小經常接觸文獻，加上時常需要調查資料，對典籍出處瞭然於胸，這裡的古書有不少珍罕真跡，但在搜羅志怪寶物眾多的異界，這種現世也隨處可見的舊書攤，還是特別窮酸到沒人多看一眼。

古溪自顧自地靦腆道：「就算不賺錢，在下也還是喜歡收藏書籍，與皇妳看這本《發心集》是江戶時期的抄錄，還有那是天文法難搶救的佛經……」他先替生意冷清圓場，重點是接著下面想聊收集到哪些絕版的珍藏，本來就話多，現在更是沒完沒了地停不下來。

她只是耐心聽著，沒有發表意見，手頭俐落仔細地把每本書角對整。

好不容易等到古溪的高談闊論告一段落，與皇抓住他喘氣時機，才指著斜對面幾公尺外的町屋：「不知那家店賣什麼？」

門口用小篆體寫的字跡陳舊到看不清楚，附近攤位店家都刻意遠離那間町屋，離最近的也只有古溪的舊書舖，倒像是他被孤立似的。

「喔，玉石引啊！賣的是民間常見的天然石，但特殊的在於不光提升運勢，是保證有效實現心願。」古溪悲情的抱怨：「最近很多奇怪的人跑來說願意用任何東西交換，只求能換到實現願望的天然石，甚至吵著拿妻兒當代價，在下實在不明白了，那可是其他人的命啊！怎麼就變成你的東西了？」

「古溪還真是了解，那你見過玉石引的店主嗎？」與皇順勢繼續發問，倒想看這個病弱文人有問必答到什麼時候。

「沒有，」古溪不情願地搖頭晃腦：「異界沒有人看過玉石引店主真容，他行蹤不定，卻特愛傳訊使喚人，在下的書舖倒楣離他的店最近，才整天丟給我代管。」聽這回答一句一個抱怨，倒是很出與皇意料。

他說到激動處，隨即彎腰劇烈咳嗽，咳到眼眶發紅，委屈的哀聲嘆氣：「真厭煩那些莫名其妙的生意，怎麼不倒店呢？」

「林深處玉石引，有求必應渡眾生。」

玉石引要不是別有目的，就是店主樂於玩弄人心，才會故意拿這兩句話挑起慾望，搞出沒天良的買賣。怎麼他找的代理跟經營理念完全不對盤，特別自憐還愛唱反調，不知到底是站在哪邊，與皇思考要是演技，未免也太浮誇刻意了。

古溪邊咳邊暗自嘀咕：「聽說神官舍司都為人神秘，有人說如大國主命[1]的仁慈，有人說如月讀尊[2]的冷酷，又有人說像素戔嗚尊的狂暴，我看都不像，就是有些天然呆。」完全沒自覺與皇看他才是奇怪的人。

與皇稍作思索，忽然問：「特意把我帶來異界，是要我幫你的忙？」

她當然聽出古溪話裡滿口真假兜圈子，只是懶得一一捅破。能待在異界的人不簡單，被玉石引抓來顧店，說不定就是因為交換了什麼代價。與皇記得師父曾說過因果相應，做事不可過

1 大國主命為出雲大社主祭神，作為福神、結緣、醫藥之神廣受民間信仰。
2 伊邪那岐從黃泉國中逃出，在河川洗盡汙穢後，洗左眼降生天照，右眼月讀，鼻子素戔嗚尊，尊為「三貴子」。

於盲目正義的衝動，必須從諸多面看事情，再下判斷也不遲。

沒想到她會乾脆地開門見山，古溪愣住，信誓旦旦道：「正好相反，只是與皇與我的故友相似，在下見妳煩憂，於是想著替妳排解。」順勢伸手一指：「特別是那間破店的事，我知無不言。」

「是嗎？你的咳嗽似乎不是因為天生體質。」與皇的眼神清明但帶著鋒芒，前後唐突毫無關聯，就像是漫不經心隨口一問。

古溪驚覺小看了貌似好騙的小丫頭，果然是歷代最強的司都！不禁胸口欣喜發熱，又暗自提醒自己不可以輕忽。

他的衰弱的確是被異界影響，或該說是玉石引影響，但完全是咎由自取，與皇一句話就掐斷他裝可憐博取同情的念頭，古溪正打算發揮瞎掰的功力。

「砰砰砰！」

接連發出了撞擊巨響，巧到像是替他打掩護的解圍，溜進那間町屋的五隻妖怪，很快就被一股看不見的可怕力量彈飛出去，跟著刺耳慘呼在空中拖拉出了長長血注，筆直地摔到街上。

本來與皇和古溪低聲對話，在死寂的市集還是跟用喊的沒什麼差別，更別說這根本是轟炸等級的音量，卻仍然沒有誰敢回頭多看一眼，挑貨和貨比三家的來回穿梭，賣家有默契地專心作生意，什麼事也沒發生的光景尤其詭異。

眼見死在玉石引店前的妖怪，軀體歪曲碎裂成血霧消融，石疊街道歡喜地像是活起來般瞬間把屍塊吸舔乾淨。這裡是異界，三不管地帶的灰色狹間，第一眼看起來沒什麼，接著慢慢地察覺到滲入骨髓的恐懼，看似寧靜尋常的光景，建立在吃人不吐骨頭的大地上。

「哎，我不都貼警告標語了嗎！怎麼就看不懂，難道還要補個圖嗎？」

古溪臉色發白，一口古雅京都腔，抱怨起來依然富有悅耳的調性。嗅到空氣裡殘留難聞的血腥，他趕緊把書攤罩上一層布料，想抓過手杖卻隔太遠摸了個空，與皇將手杖穩放到他手上。古溪點頭示謝後，快步走向町屋。

他嫌麻煩地嘆氣碎念：「在下視力有損，多少想來偷雞摸狗的，躲不過店主設置的防盜咒，除非留下相對代價，否則誰都不能觸碰店裡的天然石。」手杖戳地一步步支撐，還是走得有些踉蹌，穿過町屋被稱為鰻魚睡床的細長入口，鑽進店內。

與皇緊跟著走近門口風化的木牌，小篆體斑剝到勉強能辨識寫著「玉石引」，她謹慎地佇立片刻，才掀開了破舊暖簾。

向來處變不驚的與皇也必須承認，眼前的確是另一種生存極限的恐怖。

昏聵視線中先是一股濃厚霉氣味撲面而來的窒悶，別說現世的古董字畫店，就是收購二手雜物或跳蚤市場，甚至連外面妖怪的地攤都比這乾淨。

黑灰牆面掛滿般若面具及古董鐘擺，狹長室內置中並排著四個大型銘木收納棚，塞滿數不清的卷軸、水煙管、香爐、佛雕等等，連棚頂到天花板的空間也不放過的搖搖欲墜。到處堆著厚積塵埃的文具及酒器，不分類別全扔進紙箱竹簍裡，溢出來的古玩瓷器不少殘缺到已經看不出是什麼，每樣都是毫無頭緒的歪倒在地，整家店雜亂到快沒有落腳處。

古溪停頓腳步，忙著在那裡接二連三打著噴嚏，順腳踢開路障，信樂狸咕嚕嚕地到處滾動，那德行光明正大一點都不心疼，想來常幹這種事，完全沒有替人顧店愛護商品的自覺。

「這裡好像很久沒有整理。」與皇小心地繞過滿地擁擠古董，把無辜的信樂狸移到牆角，避免再度遭殃。

古溪擺出病怏怏的模樣裝死：「整理什麼的，堪稱艱辛無比。」

與皇對比外頭嶄新乾淨的舊書攤，又無語地望回髒亂到令人髮指的玉石引，完全是有沒有心的問題，這店主的真身難不成是付喪神？

兩人一前一後往前走過玻璃門櫃，裡頭裝著不明混濁液體的瓶瓶罐罐，架上十多個大小市松人形，眼球滴溜溜地跟著他們移動。往內不到幾公尺的移動距離，古溪花了兩倍時間，好不容易來到了最裡面，靠近牆的楓木方檯突兀地貼著紅色大字報「禁止觸碰！危險！珍愛生命！」標註各國語言及妖怪術語，檯上擺著家庭餐廳常見的銀色手按鈴，寫著「需要商品，務必按鈴！」

任誰看了都會有些哭笑不得，的確是見過最文明又有良心的方式，但覬覦想來搶東西的傢伙，最好會信這樣的貼心小提醒。與皇的視線開始專注打量那長寬一公尺半的楓木方檯，跟牆壁距離是容一人出入拿取商品的寬度，後面掛著種類豐富的天然石擺飾、項鍊和耳環，牆角擺著剔透的水晶原石，以及海洋古生物三葉蟲、鸚鵡螺等等化石標本。

方檯上少說有三十多個玻璃皿，盛裝琳瑯滿目猶如彈珠透亮滾動的天然石，檯面設計成四十五度傾斜，正好到客人視線適合觀賞高度，一格格規整的正方框內，擺滿各種天然石組串成的精美手環。直徑大小各異渾圓的珠粒蒙著灰塵，仍能看出顆顆光澤流轉，色度純粹到難以移開視線。

比起店內其他物件的殘破可憐，這些天然石展現的魅力尤其動人。

與皇卻清晰感應到籠罩方檯的無形防盜咒，直覺非常危險，越是對氣息敏銳越不會去觸碰，有如鐵牢柱子上插滿銳利刀刃的殺意逼人。只有遲鈍或低階妖怪才會不知死活的去亂動，結果當然是像剛才那樣慘叫帶血高飛，表演能摔彈出去多遠。

她多少覺得棘手，進入異界地盤靈能本來就會受到侷限，玉石引店主能夠煉化增強天然石的屬性，很可能是利用勾玉碎片神器的力量，但還在探查階段，她並不想強行施放出全力。觀察天然石外型和民間大街小巷上賣的沒兩樣，商品氣息隔著防盜咒，連她極度精準的感知，也只能撈到微乎其微的混沌。

正集中精神時，古溪忽然活見鬼地大叫跳開，不知他老是這樣大驚小怪的反應，到底是怎麼在異界活下來的。與皇不為所動任由古溪按著肩膀、瑟縮躲在背後，只見他手指著標本化石，小聲說：「有什麼東西在那裡？」

從剛才蹲在角落，陰影裡的人也被他嚇到一屁股坐倒在地，無臉面具掉在腳邊，是個濃妝豔抹的女人，披戴著異界借來的斗篷，仍是能聞到濃郁的廉價香水味，她慌張地解釋：「我有想要按鈴，沒有要偷拿的！有幾個長相可怕的妖怪溜進來，一碰天然石，頭、頭就斷了！然後飛出去！」

「原來是客人，失禮了，」古溪咳嗽一聲很快整頓失態，切換回文雅風範：「不知您想要買什麼？」

女人被與皇扶起，呆望著方檯燦爛的玉石，哽咽道：「我想送兒子一條手鍊當生日禮物。我犧牲自己的幸福，去做陪酒也要把他養大，不是讓他去玩什麼樂團啊！怎麼就這麼不懂父母的苦心呢？」

她貌似壓抑太久的傷心，突然雙手摀住臉哭出聲：「小時候多可愛多黏我，要是能回到那時候多好。」

面對憔悴心碎的母親，大多反應會跟古溪一樣連聲安慰，與皇默不作聲，她天生能感應氣息波動，女人雖然很可憐地示弱，身上卻反差流動著強勢控制欲。

但這是來玉石引的客人，她只能保持旁觀地瞧著古溪繞進方檯，從中選出螢光透亮、流轉藍綠水色的大小珠粒串鍊。奇妙的是天然石一碰到他，塵埃簌簌落下，還原出奪目色彩。

「螢石有助於開發天賦，天河石又稱希望之石，給予信心及勇氣。」古溪對可憐的母親深感同情，又挑出一條由粉晶及乳白色相間的天然石串成、配色柔雅的手環：「另外這條送您，當成是子母對環。玫瑰石英象徵內在美深受女性歡迎，珍珠母的和名為白蝶貝，寓意母親對孩子的守望，能為您完成望子成龍的心願。」

女人眼睛一亮，卻不太敢接下，遲疑道：「我的錢不知道夠不夠，但我可以拿……」

古溪很怕她說拿腎來換，趕快打斷問：「您帶多少錢？」

她從褪色的舊錢包掏出十多張一千圓，古溪從中抽出三張，女人睜大眼：「這就夠了？」

「願望一定會實現，請您以後都別再踏入異界了。」

古溪點燃鼠尾草煙燻，拇指按轉過煙消磁，說明戴在左腕、不能給他人觸碰否則會不靈驗，聽上去和一般民間賣天然石的沒什麼不同。

女人感激地點頭，正要離開時，與皇叫住她：「要是妳的孩子有想要去完成的夢想，妳會支持他的，對嗎？」一邊趁機探查對環氣息，依然混沌的非鬼非神，似乎不是什麼邪物。與皇見多識廣，從來沒有遇見這麼奇怪的狀況。

女人有些無法理解問題似的愣住，答道：「哪個母親不希望孩子好呢？我只希望他將來賺錢有成就，讓我過上好生活。」

古溪目送她開心地快步走出店，憋著口氣吐出，忙著撇清關係：「要是我不出售他們要的天然石，客人就會一直被困在異界徘徊，店主很有一手吧！」

緊接著又被塵埃嗆得咳嗽，與皇遞出手帕，他感激地接過，掩口昏天暗地的狂咳，淒慘到像要咳出血。與皇安靜等他咳完，突然走上前伸手叮叮按鈴，不管銀髮男子滿臉反應不過來的錯愕，淡定道：「我要買條堇青石項鍊。」

玉石引的商品遠比她設想的還不簡單，與皇考慮直接觸碰進行調查，要是能帶出異界更好，畢竟這裡流動的氣息太多太雜亂，很容易影響判斷。

古溪沒想到她會來這一招，愁眉苦臉把帕子隨手往懷裡一塞，開口勸說：「買書不好嗎？」害怕店主的監視而不敢怠慢，不情願地磨蹭繞到方檯內側，敷衍的掃了商品一圈後，正要說什麼來打混過去。

「沒有堇青石，其他的也行，保佑心想事成之類的什麼都好。」

與皇心思轉得飛快立刻接口，早就注意到防盜咒竟然紋絲不動，不像古溪剛才跟女人推薦時瞬間撤走，現在他手安分地攏於和服袖中，完全不敢碰檯面璀璨到能能殺人的閃亮兇器。她定眼望著清雅男子，直到對方終於招架不住坦承：「與皇啊！店主判定不得出售的話，在下也實在沒辦法。」

玉石引店主很有閒情逸致去挑客人，反正這裡是異界隨便他高興怎麼玩，與皇本有心弄到天然石，回去檢查是否有被神器勾玉碎片煉化過的痕跡，現在傾向判斷店主早就發現自己身分及目的，她暗想：「這不就是怕人查，不打自招嗎？」

一大堆亮晶晶的證物就在眼前，偏偏又碰不得，換成其他人只怕直接抓住古溪威脅，或是試著強行破防盜陣。與皇也並不相信古溪完全無法操控玉石，氣定神閒地開口：「你說只喜歡書，卻戴著這個像是玉石引店裡的戒指。」

「店主就是透過這個戒指發出指令，拿不下來。」古溪摸著左手食指的銀戒指，無辜的解釋：「在下視力狀況太糟時，允許自行召喚部分無傷大雅的玉石，像是增強體魄的紅瑪瑙。」

「不信妳自己看。」如他口中所說互相呼應的艷紅，凹槽出現米粒大的紅瑪瑙，得意地跟與皇耀虎揚威，看她敢不敢來搶。

古溪坦率地將整隻手遞過去任她處置，與皇也不客氣伸手去探查時，紅瑪瑙打地鼠似的倏忽消失，笑妳就是在白忙。

「……玉石引店主，很好啊，難怪師父也栽在你手裡。」與皇心想，唇角彎起細不可查的弧度，第一次深切感受被挑戰底線的氣笑。

「咦？怎麼突然不見了？」古溪困惑的剛說完，瞬間感受到強烈冷冽的殺意，打個哆嗦地飛快縮手想著：「嚇死人了，忌部到底怎麼教的，她才幾歲就這麼剁人手腳的氣勢。」

與皇當然不會真剁手，那戒指一看就是必須連人操控狀態，問道：「最近是否有十多歲的小男孩來光顧，買過堇青石？」

「店主賣的不清楚，在下賣出的都記得，並沒有小孩來買過。」古溪歪頭開始職業病的介紹：「堇青石以前在航海時曾被當成羅盤代用，對著太陽照射而判別方向，從不同角度看有黛紫、亮藍和灰青三種顏色，為此有指引光明及導向目標之意。玉石引的堇青石特色在於還能附帶緩解妒恨及壓制妖力，不過還真不是什麼熱門商品，近年人妖戀不流行，過往都是愛上人類，又想隱藏身分……」

「壓制妖力……？」與皇突然感到有哪裡不對勁，虎介身體突然好轉，就算是龍太郎不惜違規前來，買個保佑體魄強健的紅瑪瑙還說得過去，只聽古溪繼續穿插補充。

「啊！我想起來了，一年多前來買堇青石的，聽聲音是個少年，只是戴著無臉面具，個子差不多到這邊……」

他手掌平放到下巴，與皇瞳孔收縮，祝融至少有一百八十五公分以上，不該是這個身高。

古溪猛然閉嘴，感受到凝重的壓力，不明所以地從她身上傳來。

她開口道：「古溪，謝謝你，我突然想起有件重要的事。」

「在下才該道謝，謝謝與皇送我回家，我陪妳出去。」古溪摸索到倚在旁邊的手杖，從滿是灰塵的店中蹣跚逃出。

送到出口時，他凝望著與皇的背影。這個少女沒有像其他人一樣，有的罵他為醫治眼睛投靠玉石引，有的笑他甘願人不人、鬼不鬼，有的會勸他早點離開，有的會假意示好而探究店主來歷，企圖拉交情。關於這方面，與皇什麼都沒有多問，什麼都沒有多說。

古溪目前為止說話跳脫唐突，說有目的，又不時兜轉，說沒有目的，又像是試探性地別有所求，並在快撞到刀尖時剎住腳。

任何人都會感到說不出的違和感，與皇卻似乎並不在意這些小事，古溪琢磨她是出於強大的自信。

果然是忌部教出來的徒弟，和妳師父真像，古溪暗自感慨。

與皇站在異界邊線，半身沐浴在夕陽餘輝中，平凡的五官也顯得好看幾分，突然回頭望著他：「不知古溪說的那位故友，是什麼樣的人？」

他面上閃過訝異，病弱蒼白的臉龐更加溫柔，緩聲回答：「乍看與妳南轅北轍，但心性相同，玲瓏剔透。」

他掩住嘴一陣咳嗽，咳得滿臉紅暈，與皇注視著他片刻，頷首後頭也不回地離開，異界撕裂口再度關上，隔絕了明媚風光。

古溪黯淡灰瞳只剩憂傷，有別於面對與皇時的如沐春風，自嘲似的無聲慘笑。

他注視掌心沾染的咯血，覆蓋上了戒指，讓血滲進凹槽內，市集突然接連爆出一朵朵血花噴散，數十個戴無臉面具飄移的客人，猛然被無形的力量捏爆，扼斷慘呼地摔裂成了無數屍塊。附近擺攤的狐妖鬼怪、幽靈們全都目光呆滯，好像是什麼都沒見到，又像是見多了早已麻木，不久才慢吞吞的恢復動作，裝作沒事的擦拭噴到血跡的商品。

今晚被加餐餵養的石疊街道貪婪地咀嚼屍肉，清場後寬闊冷清的大街上，只剩古溪獨自拖著歪斜的步伐。他將蓋在書攤的布料拿下來，抽出其中民間流傳抄錄的舊書《神官律令》，低唸著：「神官禁止進入或接觸異界人士，違者彈劾罷黜職務。」

「世事諸行無常。」古溪擦拭嘴角血跡，仰望異界終年的晦暗陰天，明明是為確保今日與皇造訪之事，不被洩漏而大開殺戒滅口，現在有如為自身命不久矣而感傷。

細不可聞地長嘆，來自異界幽玄的深處，只有那外頭綠竹常年蔥鬱，不知四季輾轉變遷的煩憂。

三 • 玄冥神官轄區

與皇出異界時已是夜晚，漆黑籠罩深不見底的竹林，與白天舒閒清爽的景色不同，望去伸手不見五指，竹影根根遲鈍地搖擺，發出不懷好意的咿咿呀呀嗤笑。

嵯峨野位於異界及現世交接處，不少低級妖物遊蕩的邊境，深埋地底的無名枯骨吸取人們慾念殘剩的氣息，點點磷火的幽暗中，浮現一具步履闌珊的白骨，粗製爛造到連頭都沒有。

與皇筆直而行，完全沒打算改變方向，無頭白骨走得很慢，越接近越是一倍、兩倍、三倍地放大，陰森森地拖行著步伐。擦肩交錯時，白骨已抽長到和竹林同高，胸骨粗大到遮蔽夜空，宛如現實裡撞入歌川國芳的浮世繪。

「我的頭呢？是不是妳拿走了？」無頭白骨不甘心被無視怪叫，作勢要抓她的肩膀，分不出男女的聲音震耳欲聾。

與皇目不斜視的直接從巨大肋骨下穿過。

骨妖以嚇人為樂，眼前的少女竟連一個眼神都不給，勃然大怒抬起掌骨，全力拍下去！

霎時漫天銀色流星雨刷刷打下，一條有如濃黑毒蛇的長鞭凌厲破空而至，準確無誤地砸爛掌骨，高速迴轉直擊頸椎，柔軟鞭子堪比劈山碎海的利斧，骨妖被暴打出蜘蛛裂痕向下坍成兩半，喀拉喀拉崩炸出巨響，連慘叫都不及，瞬間就給挫骨揚灰了。

對付低級小妖也卯足全力，出手快狠準，足見來者殺伐果斷並且好戰。

「哪來的低級貨！還那麼多廢話！」一聲調充斥低啞不耐煩。

皮帶掛的銀鏈配飾哐啷撞擊聲中，竹林蔭底走出高挑的金髮青年、正摸著回收的耳釘，犀利輪廓充滿了鋒芒，滿不在乎掃過全場的桀驁氣場。黑皮襯衫不知是忘記還是故意少扣兩格，領口露出分明鎖骨，左腕捲起的袖口有栩栩如生的海蛇刺青，怎麼看都像碰上幫派分子。

剛才殺氣騰騰的黑鞭眨眼飛回他手腕，溫馴捲回裝飾用的皮鍊。

「喂？」

對與皇來說，這種程度的妖怪根本不用動手，只是她現在收束靈息，在異界邊境又被妖物氣息干擾，巳辰才會將她錯認成被嚇呆的路人。

這邊與皇倒是認出了他是來自外地的神使，剛才石破天驚的一擊，全天下只有一個神使這麼好勇鬥狠了。

出雲龍蛇王巳辰，大老遠跑來京都做什麼？

她表面上雲淡風輕，一邊暗自思索，轉身就要離開。

「喂！」巳辰兇巴巴地再次開口叫住她，與皇只好停下腳步。

「妳知道神官舍在哪裡？要怎麼見到司都？」

與皇有些訝異，因為他問的不是神社廳，而是嚴禁閒雜人等靠近的神官舍。兩個聽起來差不多，但就算是外地神使，也該清楚來神官舍必須依照流程申請通京公文，還沒見過冒失在路上隨便抓人問的。

神職廣為人知的是政府機構神社廳，本廳位於東京，主要調遣各間神社裡的神職，包括最高位階的宮司、彌宜、權彌宜。主要由國學院和皇學館兩間大學的課程及考核，雖然都是屬於沒有靈力的普通人，卻是神社對外運行，主持繁瑣祭祀儀式的重要主力。只有在出現異象需要得知神諭時，才會請來神官舍的神官協助。

神官舍則是特殊獨立的最高機構，本部設在京都，全國各都道府縣皆有分部，入舍要求先天條件的絕對嚴苛，只能是天生具備靈脈能夠開啟神識見到神明的人。統領司都、神官在公務上直接面對八百萬神，當然他們也會參與國家重要的祭祀儀式，但日常主要工作都在心酸地應付各路大神五花八門的脾氣。

天生有靈脈的人們在通過招生審核時，無不懷抱滿腔熱忱進了舍內，穿上帥氣齋服或狩衣裝束後，才驚覺是個妥妥事多錢少加班到死的黑心企業。平成令和時代明明沒什麼大事，神官舍還是處於嚴重的人手不足，搞得越升遷還能越多跑腿公務，讓人活成打工仔般懷疑人生，徹底忘記自己最初帶著什麼幻想進來。

畢竟只有少數高階神官以上才有資格踏入本殿內陣，大神整天閒著沒事，心情好就使喚神官排隊去買限定甜點，心情差就找碴嫌隔音爛外頭社鈴太吵。多幾年神官們的怒氣集體爆發，導致出現大批退舍離職潮，一堆從神官舍出走的傢伙裝成沒靈力的普通人，湧入神社廳旗下的國學院，狂卡位參加考試和求職。

搞到東京神社本廳直接崩潰，高層嚴正發出書面聲明表達抗議，要求京都神官舍本部儘快改善勞動環境，直到近幾年轉由司都和四大神官扛下大部分雜務才好轉。

「你問的是神官舍的司都？」與皇確認似地反問：「司都不是一般人能見到的，你找他做什麼？」

「哼！比出雲那老頭還會裝！」巳辰低聲咒罵踹旁邊的竹枝：「他媽的，以為我真想見你啊！」

前幾天巳辰被出雲結緣神拿著生緣簿調侃，叫他必須去一趟京都找司都報恩，否則無法晉升神籍。他當時立刻暴怒回嗆，根本不記得跟京都神官舍有什麼瓜葛！

龍蛇王年輕有為接任族長、重振百年前快被趕盡殺絕的龍蛇族，憑藉獨自修行提升等級煉化千萬法器，率領族人們鎮守出雲海域，每年十月全國八百萬神前來開會議事，全是交由他領路維護秩序，備受尊敬。

而他唯一的興趣就是約戰，膽敢來找碴搗亂的山妖海怪，哪個沒被遊龍鞭狠狠抽過，根本是神使裡的黑道。出雲神域也在巳辰的管理下，治安創下了百年佳績。

本來巳辰根本不想跑這趟，但一聽說司都戰力無敵，他心癢的沒等通京公文發下來，就先偷溜來，無論如何都想趁機約出來打一架過癮再說。

與皇觀望被巳辰踢爛七歪八扭的綠竹，隱約察覺到殺意的冰寒靈息驟至，不願久待，於是說：「這區是玄冥負責管轄，你可以問他。」

巳辰一愣，少女已不見蹤影。

身後瞬間一劍襲來，刀劍未到、冰冷刺骨的靈能席捲周遭，波及綠竹細葉迅速爬滿白霜，巳辰急速避開，游龍鞭已出現在掌中。

「京都人還真有禮貌啊！就是這麼打招呼的？」

巳辰揚起下巴，眼見有架可打，挑釁地重甩揚落，游龍鞭齜牙咧嘴地咆哮，完全沒有被嚴寒殺氣壓制。

墨黑狩衣繡有冰玄武，那是四大神官玄冥的神紋，名為宵的秀美少年手握弧度優美的太刀、湛藍光華流轉，歷代傳承的古老法器初始歸一，正掀起飛雪冰霜，不甘示弱與游龍鞭對峙。

「我是負責維持京都神域治安的神官玄冥，」他陰冷地質問：「出雲神使龍蛇王，不上報一聲擅自入京，這就是你們的規矩？」

「我來找你們司都！」

「通京公文呢？」

「……」就算將「我來報恩」這句浮誇的台詞換成難度較低的「我欠他人情」，巳辰也是寧可被打死也說不出口，只能咬牙切齒：「有私人恩怨要單獨找他。」

「噢？」宵面無表情地接話：「司都行蹤無可奉告，既然沒有正式公文，現在就滾回出雲！否則別怪我動手驅趕。」

「憑你？」巳辰耐性用完，打架哪需要那麼多開場廢話，游龍鞭嘶嘶飛出，「我就打到你說出來！」

宵警見他周遭慘不忍睹的竹枝歪倒，想到又要重新申請經費維護，怒上心頭，為避免災情擴大便轉手拉出空間結界。巳辰眼底刷然閃過殺意紅光，游龍鞭冒出無數倒鉤強度暴增，宵警戒地飄然後退，起咒驅使漫天冰錐打去，巳辰飛速拔下耳釘破空擲出，凌空與冰錐互撞崩散。

「手底下的神官都這麼強！」巳辰熱血沸騰地動起歪腦筋：「要是打殘這傢伙，他們司都一定會出面，我就能打上一架！」

他並不知道，四大神官本就是角逐司都的候補，在舍內等級已是巔峰，要不是憑空出現一個前所未見的開掛天才，他們其中任何一個絕對有擔任司都的資格。

巳辰擰緊鞭子，興致勃勃地還要再打，四肢猛然被電流爆擊地劇痛，跟著單膝麻痺著地。空中炸開出雲結緣神那老頭的聲音，氣到破音：「巳辰！誰讓你偷跑來京都搞破壞的！告知你生緣簿，是要你來報恩的！」

巳辰氣焰囂張、打遍出雲無敵手，每位神明自視甚高，不動用神力和他對戰，通常在游龍鞭下過不到十招，他今天才終於切身體會到，什麼叫神明真正的雷霆之怒。

無論如何施法費力，背上就是重壓愛宕山似的一根手指動不了。巳辰維持低著頭單膝下跪的姿勢，氣得牙根都快咬碎了，無奈令人火大的一字一句仍不停鑽入耳中。

「玄冥神官，是我沒管教好，現在剛好封印他九成法力，讓他乖乖聽話，啊！這小子沒說嗎？他欠你們司都人情，要還完才能回去。」

出雲結緣神自知理虧，面對宵立刻換回討好的語氣，聽上去樂呵呵笑：「通京公文在這裡，還有巳辰破壞竹林的賠償費用支票，要不你再踹他兩腳消氣如何？」

巳辰簡直要吐血，臭老頭你根本藉機報私仇吧！

宵伸手接住飄落的通京公文，幸好他不願趁人之危，轉身朝天行禮：「玄冥確認龍蛇王的通京文書，恭送出雲大神。」

低眼瞧著動彈不得但明顯氣瘋的巳辰，宵神情微妙，好半天才開口：「你欠我們司都人情？來報恩的？」咬字還故意加重報恩二字。

「關你屁事！」巳辰從齒縫迸出了低吼。

宵陰鬱地收刀回鞘，看笑話的鄙夷：「就算你仍有十成法力，連當他副手也不夠資格。」

「畢竟，你頂多和我這個四大神官打成平手，」他目光浸染寒意，冷淡道：「但是司都，比我強上百倍。」

那語氣並不是崇拜傾羨，甚至沒有尊敬，而是說不出的不甘及複雜情緒，須臾墨色身影融入夜色。

巳辰重壓終於解除而癱倒在地，全身被汗水浸濕地仰躺、憤恨握拳捶地，瞪著嘲笑自己的月牙，之後回出雲一定要撕爛那本生緣簿。

與皇在大堰川旁，感應到玄冥神官自帶寒氣離開後，血腥味反而更加濃厚。大老遠就瞧見巳辰胸膛沾滿鮮血，腳步踉蹌地走出竹林。

不用想就能猜出原委，與皇快步上前一把扶住手臂。剛才巳辰不信封得住他九成法力，好幾次催動試著衝破封印，結果反噬下咳出好幾口血。

面對少女伸手過來攙扶，他竟是連拒絕揮開的力氣都沒有了、整個人委靡在地。月色逆光下的與皇眼睛發亮，像是看到什麼新奇玩意兒，巳辰被瞧得頭皮發麻，離嬌小少女的距離越來越遠，自己每吐出口氣身體就矮上一截，不好的預感湧上心頭。

與皇情感表現淡泊，只有在看到珍奇生物時才會流露出喜悅，一雙閃亮眼睛使平凡的路人臉多了幾分生動。巳辰因法力耗盡退回海蛇原型，地面盤據一條通體金黃、烏黑鱗背連到尾巴呈現浪波紋路，昂首吐信又殺又帥的黑背海蛇，那囂張跋扈的態度，完全是巳辰本人無誤。

「我叫與皇，神使大人傷得不輕。」

「知道是神使，還不跪下！」

巳辰心態瞬間大崩潰，引路神使龍蛇王連畫像都會被人虔誠參拜，小丫頭那是什麼打量可愛寵物的眼神！活了幾百年沒被看得這麼發毛過！

他滿心起了雞皮疙瘩，為挽回尊嚴的口氣兇狠：「看什麼看！要讓我爬回去啊！」與皇好脾氣地彎身捧起，他毫不客氣借力跳竄到肩頭。

要是他知道少女的身分，只怕就算爬回出雲也不會要她幫忙了。

與皇通常在舍內的書房通宵辦公，租的房子也離神官舍很近，就在岡崎無鄰菴附近的町家，六疊狹小陳舊和室內，收拾得乾淨整潔，除了牆懸神棚、矮桌以及折疊整齊的被褥外一無所有。

她彈指撤掉換臉咒，少女露出原本的絕美容顏，氣韻清冷不染俗塵。基於一些原因，與皇從小就對自己的美醜沒有太大的概念，之前沒戴面具走在大街上，變成高調的移動磁鐵，引發驚艷地頻頻注目和搭訕，為避免麻煩才施咒，掩蓋原本的容貌。

與皇指腹摩挲無求扇的扇骨，一邊飛快翻閱調查神使資料，越查發現狀況超乎想像的偏離，指尖越來越冰冷。

拂曉時分天尚未亮，和室內的象牙白狩衣及能面消失，只剩龍蛇王睡夢裡的呼嚕聲。

◆◇◆

龍太郎和虎介吵架後，這兩天便和衣睡在神官舍辦公的案桌上。今晚夢到全家被蜈蚣妖殺光的那一天，他十歲那年回家時只看到父母的斷肢殘骸，開腸剖腹的血肉孵化出的細小蜈蚣還在啃食，只剩還在襁褓的弟弟氣息微弱，男孩嚎啕大哭，匍匐跪在路過的毘沙門天前。

「要我救他可以，但是你滿心仇恨，身上偏激戾氣過重，要是能答應本大神終身不用刀劍法器……」雲端傳來悠揚音調有如天樂，條件卻是冰冷無比。

龍太郎毫不猶豫地道：「我答應大神！求你救我弟弟！」

毘沙門天把玩掌中金碧輝煌的袖珍寶塔，嘆氣道：「考慮清楚了嗎？你天生靈力霸道，在神官舍必成大器，不能用刀劍終究難達巔峰。你的弟弟救活了也只是個注定早死的普通人，就算這樣你也要救？」

「救！」

他鏗鏘有力的只回答了單字，額頭再次虔誠貼地，濃稠血液尚溫，殘餘妖氣惡臭撲鼻。

唯一讓他欣慰並鬆了口氣的是，懷裡的嬰孩終於恢復生氣。

虎介一輩子都不會知道，哥哥為他付出什麼，龍太郎也絕不會吐露。

一生不能用刀劍法器，所以他沒日沒夜的苦練拳腳，只為盡快找到殺死父母的妖怪，狠勁遠超出毘沙門天的預想，本以為限制能力就能讓他放下仇恨，卻適得其反。

學生時期的一次實戰任務裡，他查到京都府城陽市山鄉間發生了慘案，有一家人和父母死狀相同，他立刻單槍匹馬殺上山剿滅蜈蚣妖巢穴。

怎麼會夢到以前的事？

龍太郎半夜驚醒，心神不寧到眼皮直跳，不由自主擔心起弟弟，隨手疊好滑落的羽織，移形前往三条的公寓。

燈還亮著，百足正柔聲和虎介說故事，龍太郎僵在寢室門口，忽然不太想進去了。

從門縫望去，百足仍是那套蘇芳色和服，腰帶印有毘沙門天的暗紋，性格木訥不多話，從來不引人注意、沒什麼存在感的神使。

「……你哥哥把三十一隻蜈蚣妖肅清，還破了毒霧陣，聽說他的青炎拳技就是在那時候悟出來的。」

百足的話速緩慢靜謐，虎介聽得昏昏欲睡，他幫忙蓋好被子站起身，正要關燈。

虎介努力睜開沉重的眼皮，拉住百足的袖口：「我還想聽，你再多跟我說一點哥哥的事。」

不同於其他神官老愛用崇拜的語氣讚美哥哥，百足說話平鋪直述，虎介覺得這樣聽著反而很真實。

百足向來不會拒絕人，何況還是虎介，重新坐下後，狀似有些苦惱地歪頭：「真的還要聽？」

龍太郎聽得心臟狂跳，背脊有些發涼，想著：「百足怎麼會對我當時殺了多少妖物那麼清楚？什麼毒霧陣？我自己怎麼不知道？」

虎介用力點頭：「要聽！」

百足語調溫柔道：「那我跟你說說，當年被他剿滅的蜈蚣妖族裡，有幾隻自認是神的眷屬，他們一直堅持不修妖道。」

「神的眷屬？」虎介有些訝異，揉著眼問：「和你一樣是神使？怎麼會在妖族中？」

「很多神使最早以前也是妖，被大神收服後才被人們當成神使崇敬。」百足憐惜地摸著他的頭：「不過現在天下太平，大神不需要那麼多的神使，就放回去各自修行。」

「然而他們空有神的眷屬名頭，卻無眷顧而飽受當地的凶妖欺負，最初有個憤而跑去獵食一對人類夫婦，想提升蜈蚣妖力保護族人，族長深感痛心將其處死。但過幾年他也體會到這個虛名有多刺眼，族中大多數吃盡苦頭撐不下去了，族長只好同意重修妖道，於是他們開始吃掉周圍的妖物，吃完還不滿足……接著又吃人。」

虎介聽得有些害怕，百足手指細心替他梳理瀏海，發出嘆息。

「蜈蚣妖族中只有一對姊弟抵死不修妖道，好幾次差點被自己的族人吃掉。」百足一手不經意地按到虎介的後頸。

他的手心涼得怕人，虎介打了哆嗦，忽然朝門口喊：「哥你來了！」愧疚地想起前天吵架時的氣話，的確太過分。

龍太郎突然站在門邊，百足並不意外，也沒有像平常一樣緊張地站起來打招呼。

「放開他。」他手掐在門框，抑制不住全身輕微發抖，啞聲道。

「你們難道不想知道，後來那對姊弟怎麼了嗎？」

「想。」虎介道。

「不想！」龍太郎斷然道。

百足笑出聲，傷腦筋的搖頭：「真是讓人頭疼的兄弟啊！我到底是說還是不說？」

虎介賭氣不去看龍太郎。

只見百足五指加壓按摩弟弟後頸，龍太郎緊張萬分的不敢妄動。

「虎介，你應該多體諒你哥，」百足苦口婆心勸著：「你送的那把短刀，其實他從來不用，只當護身符整天帶在身邊，知道為什麼嗎？」

「百足！你給我閉嘴！」龍太郎急躁怒喝，心底越來越恐懼，眼前這個面貌老實的少年正清晰地發生變化。

虎介奇怪哥哥的反常，睡意全無地睜大眼問：「為什麼？」

百足哪裡有被人一兇，就懦弱結巴的毛病。「因為啊！他用不了刀劍。」他眼中閃動惡意說著：「為了救回還是嬰兒的你，他向毘沙門天祈求，自願付出代價一生不動法器，以後等級難以突破登頂，青炎拳技已經是他發起瘋苦練的極限了。」

虎介發現後頸手勁逐漸加大，顧不得疼得往前縮，難以置信望向他：「哥……？」

目光一碰撞，他馬上從龍太郎的神情得知答案，頓時湧上詫異、愧疚、憤恨，更多的是無比自厭，從出生起就給哥哥添麻煩。

「不關你的事，別聽他鬼扯。」看到弟弟失神的模樣，龍太郎難受到連聲安撫。

「多好的哥哥，你這孩子怎麼還和他冷戰？」

百足貌似有些羨慕，湊近虎介臉龐說道：「當年姊姊，也是這樣事事維護我的。」

龍太郎瞬間全身血液凍結的冰冷，虎介驚恐萬分地盯著百足。

四・何謂神的眷屬

「你說什麼上一任的百足老爺爺退休，才引薦你回京都接任神使，果然全是假的！你根本不是出生奈良信貴山，是來自城陽市那該死的蜈蚣窩！」龍太郎最害怕的猜疑成真，迸出的每個字都是恨意。

「是啊！」

百足左手不離虎介後頸，不再像以前一被他吼就嚇得半死，流暢地道：「毘沙門天不說破，就是想讓你我恩怨到此結束。」

「但怎麼能結束？你倒好，成了英雄，而我姊姊到死都被當成妖怪。」他的臉龐泛起醒目的青紫色，眼神陰毒積怨，越說越快：「要不是姊姊替你擋下毒霧陣，就憑你那些破招，還真以為能活著走出去？」

瞪視著龍太郎，百足又回到火光沖天的那日。一個十三歲的少年、白衣青袴神官舍的學生，闖進來屠殺滿門，蜈蚣妖給打回原型的截截扯斷，族人們淒厲哀號四起。

龍太郎瞳孔收縮，猛然想起青炎烈焰中的狂魔亂舞，唯獨角落一個瘦弱的黑衣女郎行徑奇怪，觀望族人被殺，卻冷淡地一動也不動。

百足見他表情便知終於想起來了，陰晴不定的踱步：「要不是姊姊老是掛在嘴邊，什麼神的眷屬，堅持不修妖道，我們也不至於在族中飽受虐待，為什麼他們在外頭殺人放火，也要算在我們頭上？就因為是一家人，沒做壞事也連坐該死？」

年幼時的百足淚水潰堤滾落，抱住被毒霧陣反噬癱倒、仍護在自己身前的姊姊，她氣若游絲地懇求：「這位少年神官……請你等一下，身為神的眷屬，臨死前我只想拜託你一件事，最後能否將我的遺骸帶回毘沙門天身邊，只求大神庇佑我年幼的弟弟……」

少年不屑地視線向前，看都沒看他們一眼的直接通過，隨著背影越來越遠，希望在姊姊眼中一點點黯淡，最後徹底熄滅。

「你說啊！到底為什麼！」

他憤怒狂躁到極點，陡然發出厲喝，虎介整個人瑟縮了一下，強忍住淚水沒掉下來。

「姊姊死前最後求他，唯一的心願就是回到毘沙門天身邊，他也不聽！頭也不回的就走了！姊姊一輩子從來沒有做過壞事，憑什麼是這樣的下場？就因為她天性善良，所以活該被虐待，最後還要替人去死嗎？」

百足怨恨地盯著那個少年神官，只看到他全身濺滿族人的濃稠黑血，大仇得報後揚長而去。他不知道龍太郎當時強行驅動超出負荷的靈能，五感在戰鬥中嚴重受損，每踏出一步都在承受痛徹心扉的劇痛，只憑藉頑強意志支撐著不倒下，根本沒辦法聽到他姊姊的聲音。

少年一走出了妖怪巢穴就滾倒在山腹叢林間，陷入瀕死危機，被上一任祝融率領神官及時趕到施救，才沒有落下嚴重病根，但龍太郎知道現在解釋這些，都像是徒勞的藉口。他現在已沒有剛才的氣勢，頹然垂下手：「我真的不知道裡頭還有神的眷屬，很對不起沒有聽到你姊姊的遺願。」

「神的眷屬就是個虛名，算個屁，」百足喘了口氣，不屑地冷笑：「神明心情好就召我們來，心情不好就叫我們去隱居，扔著幾百年都沒照應。」

為保護族人不被其他凶妖殘殺，族長只好帶領大家重修妖道，吃人迅速增長勢力，可是只要起頭走捷徑，就再也無法回頭。

「不是的，」龍太郎吶吶想解釋：「大神不是那樣的。」

「怎麼不是？」百足偏激地咄咄逼人：「幸好他身旁的百足正好要隱退，我逮住機會自薦補上。他會為神使報仇嗎？想都別想，我太清楚神明那套了！哪個不是開口一堆偽善的廢話，要與自身進行和解、放下仇恨，頂多再丟來一句命中註定的試煉，不夠堅守本心。哼，我去你的本心！」

「對不起。」龍太郎沉痛地道歉。

「你以為犯錯悔改說句道歉就沒事了嗎？那誰來彌補死去的人，他們活該給你殺來玩嗎？」

這是祝融神官以前殺妖時說過的話，只見百足掐住虎介的脖子，一字不忘地照搬，恨意深入骨髓。

龍太郎緊盯弟弟，喉結滾動發啞地哀求：「你要我做什麼都可以！要我馬上去死也行！只求你別傷害虎介！」

百足聽了果然一鬆手，虎介跌回床上，漲紅臉用力吸氣，連聲咳嗽。

「我說龍太郎，自從你當上祝融神官後，整天跑得一兩個月不見人影，之前這麼拼命照顧虎介，不就是為了在角逐司都時刷個兄友弟恭的好感度嗎？」

百足語帶嘲弄，興起又開始仔細地替縮到床角的虎介翻好睡衣領口。

龍太郎性格耿直，難以想像有人能扭曲得這樣晦暗，忍著怒氣：「你在說什麼？我……」

虎介害怕地瞧著百足伸來的手，囁嚅道：「哥哥是在替我找藥，你別這樣說他。」

「試問有哪種藥，能長出靈脈這種東西？生來沒有的就是沒有。」

他專戳他人痛處，看見虎介陷入沮喪，親暱捏著他的臉：「這一年都是我在照顧你的，都不知道誰才是親哥哥？虎介你怎麼跟我說的？很妒嫉他，很自卑，覺得自己是個廢物……」

百足每說一字，虎介表情就難看一分，龍太郎著急打斷：「虎介不是廢物！」

他哈哈大笑：「他明明就天生沒有靈力，你居然騙他病好就能當神官，真會自我陶醉，以為一直騙下去，就能演成一個好哥哥？」

「我，我沒有！」龍太郎氣到無處宣洩，挾帶星火一拳打在牆壁，落下凹陷焦黑的拳形，厲聲道：「你好歹當過神使，幹什麼非把人心想得這麼齷齪陰暗！」

「百足，拜託，」虎介怯怯地拉衣角：「我想回哥哥那裡。」

「他就會哄騙你，只想出風頭，虎介不用搶著當襯托，乖乖待在我身邊，保證可以讓你行動如常，不用再吃藥。」百足揉頭輕聲哄著。

他越是表現得誠摯柔和，龍太郎越是氣得胸口炸裂，虎介很難過曾經的百足神使再也回不來了，固執地搖頭。

百足神情極度失望，龍太郎緊繃地防備他發難。

虎介艱難地想摘下項鍊，他的心智其實早比同齡小孩成熟，和哥哥鬧脾氣，只是出於太過在乎深愛的家人而失了分寸。但平常處理事情時並不含糊，既然有所虧欠，就不能再收這麼貴重的東西，隱約有祝融恩怨分明的俐落風範。

「別動！」

沒想到百足緊張地抓住他的手：「你答應過我，說我們一輩子都是最好的朋友，這條堇青石項鍊不管發生什麼事，絕不拿下來。」

「你又想搞什麼鬼？」龍太郎簡直抓狂，少拉我弟玩什麼友誼戲碼拜託！

無視那邊的叫囂，百足嘴唇竟然有些發白，執拗地盯著虎介，忽然用力抱緊骨瘦如柴的身體，用兩人才能聽見的低柔音量懇求：「我不該利用你威脅龍太郎，你想要怎麼恨我都無所謂，但拿下這個馬上會死的，虎介，聽話。」最後的細聲呼喚、用盡畢生卑微的溫柔。

百足第一次遇到虎介時是在醫院。他當上神使後，難以克制地盤算該怎麼虐殺龍太郎唯一的親人，可惜人類只有一條命，死法有限。他露出恐怖龐大的原型，立起三公尺高的蜈蚣軀體，左右打量角度，抬起鄂足毒鉤、打算在他發出第一聲尖叫就剪斷脖子。躺在病床上的小孩被窸窣聲吵到睜開眼，出乎意料地完全不害怕，反而一臉興奮地仰望：「你是神使對嗎？我看過很多神明的書，毘沙門天的神使除了威風的老虎，還有會除害蟲行動迅猛的蜈蚣。」

「百足神使你好，我叫虎介。」

虎介天真的自顧自問好，插著點滴的手費力地高舉伸向四十節大蜈蚣。毘沙門天的神使是老虎廣為人知，近年能認出蜈蚣的倒很少見。他愣住之餘滿心疑問，不自覺化回人形，有些不可思議地俯身問病殃殃的小孩：「你不怕我是妖怪？」

「這區是我哥的管轄，不會有妖怪。」虎介驕傲地說，百足永遠記得他說起哥哥時，兩眼裡有光、太過炙熱燙人。

小孩蠟黃的病容，在神氣飛揚時才有點祝融的影子，百足剛壓下的恨意瞬間沸騰，浮現姊姊的慘死，掠過一個更惡毒的報仇方式。他裝作和氣回握住手，在虎介連痛都還來不及感覺時注入毒液，木然地想像祝融於一年後發現心愛弟弟的變化，會露出什麼有趣的反應。

唯一困擾的是虎介太開心見到神使，每天黏人得要命，百足本來想說小孩最多一年內就完蛋了，花點時間陪伴也不礙事。聽他談起夢想是當上神官，有多崇拜哥哥，很難過覺得自己真是個負擔。漸漸地百足好像在虎介身上，看到以前弱小沒用的自己，也是那麼傾慕姊姊，現在卻永遠墮入陰濕裡，永遠做不到她那樣，光明、無畏而且永不後悔。

當他發現虎介是真心信任把自己當朋友時，後悔早已晚了。蜈蚣致命劇毒已經滲入小孩全身，虎介反而能自由走動，百足只好把自己從玉石引求來的堇青石掛在他的脖子上，逃避現實想著能拖一天是一天。

只聽靠在肩膀上的虎介，發出很輕的笑聲：「百足，你知道我不怕死的。」

「拿下來你會比死還慘！還敢說不怕嗎？」百足臉色慘變，不死心地改用威脅。

虎介才十歲，當然怕，反覆幾次深呼吸後才鼓起勇氣，輕推開了懷抱，直視百足雙眼，那剛毅模樣和龍太郎完全一樣，說秘密似地小聲：「我不怕，還有哥哥在。」

頭一低就摘下那條項鍊，堇青石圓墜跟著晃動角度變換藍紫色澤，虎介兩手遞往前歸還，難過致歉：「百足一直對我很好，謝謝你給我這個治病的項鍊，哥哥不是故意傷害你家人，真的很對不起。」

百足嘴唇蠕動，似乎想讓他戴回去，卻終究什麼也沒說，僵硬地接下了堇青石項鍊。

虎介走下床，一步步蹣跚卻堅定地走向龍太郎，百足連頭也沒抬，更沒有阻止。

龍太郎驚懼交加，跨步衝上去死死抱緊虎介：「沒事吧？有沒有受傷？」

下一秒，龍太郎腹部傳來被捅穿的刺痛，驟然濃厚妖氣從懷中的虎介體內湧出，他被順勢撞開後顧不得傷口，不等站穩就驚駭大吼：「你對我弟做了什麼？」

眼前景象恐怖驚悚到了極點。

虎介撕心裂肺的慘叫，手腳本該是十指的位置，長出了長短不一的蜈蚣！牠們紅的綠的擺動觸角，歡喜交加地扭動，把小孩嚇得眼球亂顫，噁心乾嘔著狂甩手腕。蜈蚣妖是從他指內破卵而出，吃掉宿主原本的手指腳趾，而下半截身軀深埋體內，長得根深蒂固，哪裡甩得下來。

最近虎介手腳能夠行動，根本不是堇青石的力量，全是依靠蜈蚣毒液在他身上種下大量的卵，吸取陰暗負面情緒而發揮妖力活動，一直戴著的堇青石是用於壓制，拿下來後便瞬間集體孵化。

虎介撞翻床頭的藥物瓶罐，神智混亂地朝龍太郎撲去。祝融神官只能眼睜睜看著蠕動的蜈蚣腳籠罩自己，尖鉗刮過額角皮開肉綻，再稍偏就要瞎了右眼。

鮮血噴滿虎介臉龐，嚇到終於回神，哭喊道：「哥，對不起，你快殺了我！」

「虎介，你現在能活蹦亂跳都是靠這些蜈蚣呢！新手指還滿意嗎？」百足早就知道摘下項鍊後的後果，盡全力表現若無其事，把玩著堇青石閒聊：「祝融神官，眼前有妖怪，你殺不殺啊？」

「百足我要殺了你！」

龍太郎鮮血順著眼角流下，猛然爆喝著一拳青炎烈焰轟去，百足斜身閃避，但他就算不躲，那拳也在中途被迫偏離，只見虎介手腳不受控制地向他撲去，一個勁地慘叫：「哥！躲開！」

百足抬眼輕笑道：「虎介，你不是很嫉妒他嗎？蜈蚣妖就是靠你陰暗的養分才長大的，現在卵一下子全都順利孵化了。妖怪的力量很強，我想你會喜歡的。」

本以為在求得指引光明及導向目標的堇青石後，能夠消解怨懟當好神使，途中卻因內疚轉讓給虎介戴上。現在他突然覺得什麼都無所謂了，虎介到頭來也和姊姊一樣沒有選自己，而自己當年沒有選擇真正放棄妖怪的身分。與其一個人失去方向而絕望，不如讓大家都痛苦，這樣最公平。

虎介被恐怖的怪力拖行到滿臉淚水的驚恐，龍太郎只能滿屋子撞翻書櫃桌椅的東躲西閃，想要動手又怕傷了弟弟。

百足倚在牆邊觀賞著兄弟相殘，難以遏止癲狂地放聲大笑，堇青石項鍊被他捏得發燙，笑聲中陡然手上一空，一道身影從旁飛馳而過。他瞬息化回蜈蚣原型撲上要搶，那人俐落地拍開鄂足毒鉤，扇面啪地挾帶炫目的靈光張開，百足反應過來時，眨眼已被關在結界中，他瞪著眼前的人：「你！」

象牙色狩衣飄然地急速轉身，龍太郎瞳孔映出那張戴著森然能面的臉，室內的慘呼、大笑、怒吼的轟然風暴都在他的到來瞬間靜止。

「司都！」

那條堇青石項鍊，已好端端地戴回虎介脖子上，手指腳趾的蜈蚣消失，身體完好如初。龍太郎不顧傷重到渾身染血，跌撞地衝去緊抱住他，茫然地發現這項鍊氣息說不出的詭異，一時竟查不出是什麼。

虎介唇色發青地哆嗦，再三確定自己手腳正常沒有蜈蚣，才稍微緩過氣，難過地想幫哥哥按住傷口。

司都手提折扇，連擊七八下替他止血的動作精準熟練，百足早聽說這位歷代最強的司都醫術超群，許多神官出公務受傷，都是由他親自出手救治。

龍太郎拿袖子抹掉眼角鮮血，對自己的傷勢並不關心，很快起身拉住虎介仔細檢查，表情越來越不安，司都在旁證實他的猜測，淡淡道：「堇青石項鍊能壓制妖力，虎介才會看起來沒有異狀。」

他近乎崩潰的對百足大吼：「有種別搞這些下三濫！直接和我打！」

「上次鬼門的激化凶靈邪術都沒弄死你，只好讓祝融神官一起體會失去親人的痛苦。」百足彎勾鉗爪猛撞敲擊，結界依然紋風不動。

「百足，」司都平靜道：「毘沙門天大神願意收你為神使，就是看在你姊姊采女的善行，才想對你彌補格外寬容，她既然死而無怨，你也不該怨了。」

「……是，可我就是不甘心。」

百足久違地聽到姊姊的名字而心緒顫動，綠眼深深注視司都，懷念中又帶感激，畢竟這位司都無論對神對妖都不帶偏見，確實是很了不起的人物。

恍惚又見到童年時自己幼小的身軀再三撞向姊姊腰背，紅著眼眶喊：「姊姊不要再和毒霧陣對峙了！擅自破陣的人都會死啊！」

「那少年是神官，我們是神的眷屬，一定要幫他。」

「我不管，姊姊會死的話，我寧可當妖！族長說妖的力量才能強大！」

「你再敢說一次，就別叫我姊姊！」

采女驅動毒霧往自己體內吸收，氣得肩膀發抖地差點分心。

為什麼要為了不相干的人去死，為什麼寧願犧牲也要拋下我，我不懂啊！年幼的百足蜷起身軀啜泣。

第一次也是最後一次看姊姊發火，嘆息猶在耳際，我如妳所願當上神使，心底仇恨仍墮成妖物。

「司都，」百足陰森地慘笑：「你應該看出，虎介好手好腳只是堇青石暫時壓制的幻覺，他現在活著是靠體內孵化的蜈蚣妖力支撐，要是強行淨化驅除，虎介很快就會死，但至少是個人樣。」

司都戴著面具看不出神情，龍太郎深感恐懼，無助地問：「是真的嗎？」

虎介忍住不吭聲，緊握著堇青石項鍊。

「繼續戴著這個堇青石，的確能壓制妖力，讓虎介看起來一切正常，」司都邁出一步接口：「可是已孵化的千百隻妖物會蠶食內臟，接著互相殘殺，最後破體誕生出更強的蜈蚣妖。」

虎介害怕地發出嗚咽，龍太郎不停地拍著背安慰。任誰都不敢相信剛毅果決的龍太郎，有天會露出絕望至極的神情。

「是，司都好眼力，我當然是希望虎介跟我當族人呢！」百足麻木地笑道：「龍太郎，兩條路都是地獄，給你選吧！看你要親手殺死弟弟，讓他還像個人的死去，還是要讓他活成妖怪，再給其他神官殺死？」

龍太郎燃起殺意地起身，百足也知道他會選擇先殺了自己，無數隻腳頹然微動，幽然嘆息：「虎介，對不起，我真的當你是朋友。」

一反手就將毒鉤刺入腹部轟然自爆，暗褐血肉橫飛噴灑四濺，一冊冊的書籍筆記瞬間潑滿殷紅。堇青石竟也跟著砰然碎裂，化為飛灰！

痙攣、痲癢、痛徹入骨的淒厲楚痛接連炸開，虎介慘叫亂滾，雙手又再度竄出蜈蚣，肆無忌憚地啃食。

「哥，好痛，求你殺了我吧！」

龍太郎面如死灰，全力壓住他。司都當機立斷地抽出懷劍把虎介十指斬下，濃稠黑血瀑布從傷口大量噴出，爭先恐後流出無數細小的蜈蚣卵。

虎介再也難以忍受地一頭衝撞刀尖。

龍太郎駭然地拍開刀身，司都順勢鬆手，一把搶上按住虎介心口，霎時泛起柔和光芒，司都幫他淨化體內妖物，並不惜損耗地輸入大量靈力延續生命。虎介虛弱地緊閉雙眼，從耳鼻中陸續爬出大小蜈蚣，在窸窸窣窣聲的逃竄中化成灰煙。

「我會想辦法救你的！」司都篤定道。

龍太郎從來是戒備著來路不明的司都，就算他突然出現救援，也是錯愕大於感激。

直到聽到這句話，他眼底充滿希望，鄭重地說：「神官舍唯一能調動的就是勾玉，拜託司都召來，一切罪責祝融承擔，只要能救虎介，求你了！」

低頭彎下脊梁請求，龍太郎得話速倉促混亂，鮮血沿著額角一滴滴滑落。

虎介命數本就早死，現在這棘手的狀況就算拿神器之力強行續命，大概只會陷入半死不活的昏迷。龍太郎縱使清楚這點，仍不想失去唯一的弟弟。

「你可知為什麼神官舍，能調動本是守護天皇的八尺瓊勾玉？」

司都的話讓人有不好的預感。

「八百多年前平家滅亡，帶上年幼的安德天皇及三神器投海，勾玉撈上來時破損一角，力量大幅衰退。歷代司都的機密任務是找回勾玉碎片，只有在找到時，才特許召喚修補。」

「本來是司都才能知道的，」他頓了頓：「但我今天要是不告訴你，想來你一生都會陷入悔恨自責。」

龍太郎陷入沉默，司都洞察力敏銳，早就猜出自己為什麼想角逐高位，為的就是在每年淨化神器時，違規挪用釋放的神力來救助弟弟，怎知道勾玉竟有破損，那就算當上司都也沒有半點意義。他忽然發現自己至今為止以命拚搏、執著去爭奪一切的一切，竟是那樣的可悲可笑。

司都說話時也沒有鬆懈，持續輸入明淨純粹的靈力，思考在找到其他辦法前，自己可以每天來給虎介渡入靈力續命。然而隨著妖物被淨化，虎介臉頰蠟黃凹陷，眼神卻越發清明，他堅定地搖頭，輕聲說：「謝謝司都，真的不必了……」

「我現在只想死，真的，既然活不成自己想要的樣子，至少能決定怎麼死。」

小孩神情平靜地說出口，龍太郎錯愕到一瞬間只覺得弟弟老成到非常陌生。虎介長年臥病一直活在無微不至的照顧下，但他內心渴望的不只是活著，而是活成像哥哥那般意氣風發。要是無論如何都不行，就不想再繼續半死不活地拖著。虎介有生以來清楚意識到，並且表達出這一點。

他毅然掙扎著推開司都，龍太郎趕快將他攬入懷，只聽他呼吸困難地氣喘連連，感受生命力飛快地流失，堅持著一字字說完：「哥，對不起……你做了那麼多，我還那樣罵你……最後還是這麼任性，你別生我的氣……」

龍太郎連連搖頭，心如刀割到說不出話來，凝視虎介黯淡的臉上綻出明亮笑容，傷口不再湧出蜈蚣，濃稠黑血正在轉紅。

「司都……我哥想做某件事時，其他什麼都不管了……是我心裡嫉妒，妖怪是我一人惹上的……可不可以拜託你……別處罰哥哥……」

他逐漸渙散失焦的雙眼，懇切地望向司都。

虎介很害怕影響哥哥的名聲，生前已是個累贅，不想死後又拖累他。

司都明白他的心意，毫不猶豫地點頭：「我不會為難他，也不會讓任何人知道今天的事。」

聲調平穩如照耀大地的晨陽，安撫人心及靈魂的舒適暖度。

司都向來行事風格賞罰分明，不帶半點人情味的寡淡，龍太郎很意外，瞟了冷森能面一眼，發現自己好像從沒真正瞭解他，不知道這張面具下到底是什麼表情？

「好孩子，你很堅強勇敢，沒有輸給妖怪，更重要的是，最後沒有輸給你自己。」

司都平常惜字如金，仍是耐心對著他一字一字說著，儘管語調依然平淡，表達出的卻是前所未有的誠摯溫柔。虎介得到司都的諒解，安心地躺在龍太郎懷裡，於淨化的溫煦靈光中閉上眼睛，憔悴的面容猶掛微笑。

五・司都的能面底下

龍太郎任由鮮血順著眉心流到眼睛、視野殷紅，輕柔放下已沒有呼吸的弟弟，胸口是被挖空的冰冷空洞，空蕩蕩地竟不知道該如何是好。僵持跪姿的呆然視線環繞滿地藥罐碎片、噴灑血跡的書籍頁面，都是虎介為了能和哥哥一起進神官舍勤學的筆記，每段心得都有他的名字，稚嫩字跡在龍太郎的淚眼中逐漸模糊不清。

他悔恨地想起在父母墳前，發誓要保護好弟弟；心虛地騙虎介說，只要治好病弱的身體，以後一定能當上神官。

滿腔熱血侍奉神明，除盡殺害父母的妖怪為志，畢生所願只求能治好唯一的家人。

本以為妖怪都是惡貫滿盈，怎想竟是神的眷屬曾救過自己，原以為理所當然的親情，卻是染上了妒嫉恨意。

「我到底在幹什麼？活成一個笑話，努力到現在還不是什麼都做不了，弟弟死了，就連百足也死了，這一切都沒有意義了。」

「司都早就發現問題，才要我別去執行鬼門公務，要是我能早點注意到虎介的狀況，他就不會死了……」龍太郎越想越是心灰意冷的絕望。

動手吧！

腦中只剩一死了之的念頭在嘆息，至少從小喜愛渴求的刀劍，這輩子結束時終於能用到一次，就算是拿來自裁也好。

「你最好不要動，我現在沒力氣阻止你。」

司都正在檢查百足自爆後的屍塊，背後像長了眼睛的冷冷開口，龍太郎握住劍柄的手頓時僵住。

「你是我的祝融，無論是性命還是青炎拳技，都該是為神官舍所用，別再鬧了，把劍放下！」司都轉身從上而下俯視，很霸道的一句話，由他說起來卻是和平理性，不容任何質疑地一下扎入心底。

年紀輕輕的態度沉著，使人懷疑他根本就七老八十了，面對神使墮落成妖怪，情緒也完全沒受半點影響的穩定。龍太郎愣住，想不到細微舉止都逃不過司都感知，一句話點醒自己身為神官的職責，諸多複雜情感沓至，不禁羞愧到耳尖發紅。他沉默地單膝跪下，左手置胸結印，右手翻拳、恭敬地攤開呈上掌心的青炎。

龍太郎低下了頭，沉聲道：「祝融以後為司都效力，絕無二心。」

那是效忠及誓約的證明，司都繼任大典上，四大神官呈上自身絕技，玄冥召冰訣、句芒無間木、蓐收天雷動以示忠誠，龍太郎唾手可得的司都之位被奪，怒不可遏地直接翹掉典禮。

司都想不到他會在這個時候明示效忠，面具下似乎微微一笑，折扇輕點掌心收下青炎。

龍太郎瞧見墨黑扇骨上，抵著白皙纖長的手指，再往上看是那張森然能面，一雙澄澈如水的眸子，彷彿世間萬物生靈，都在淡然柔和的視線中無所遁形。

「害虎介的兇手另有其人，百足很可能是被人利用了，我會繼續追查堇青石背後的元兇，今晚的事務必要保密，不要打草驚蛇。」雖已鎖定玉石引，考慮祝融衝動行事，司都決定暫且不提，簡潔地說完指令。

龍太郎眼底重燃光芒，的確，那條堇青石項鍊竟有掩蓋壓制妖力的詭異力量！百足不知道從哪裡弄到的？

他仔細探查了虎介屍身，早已沒有任何線索，堇青石連半點殘渣也沒留下。龍太郎摸著弟弟臉龐的餘溫，接著咬牙果斷地燃起青炎，霎時包圍虎介屍身。

「虎介，你等著，哥哥一定會找出真兇來血祭你。」虎介的骨灰收於潔白磁罐中，司都與龍太郎合掌祭拜。

司都開啟療咒處理傷口，不只戰力，龍太郎背上、腹部及額角傷口很快不再滲出黑血。他起身時，還是因過度消耗靈力而腳步微微一晃。

「司都，你受傷了？」龍太郎大驚。

「沒有……」司都重新站穩，謹慎地思考，似乎覺得這個時機點上很不好開口。

「司都有什麼指示。」龍太郎嚴肅待命。

「你有沒有吃的？」司都等他問了，才毫無心理障礙流暢地問。

「啊？」龍太郎呆住。

忽然想到橘源平刻薄地說過，司都每個月薪水大多都捐出去給神社修繕，只會賴在舍內打烊的食堂等剩菜打包。他嚴厲指責幾次注意形象，司都只是小心的護著便當，表示丟掉也是浪費食物。

「在外面一副高深莫測的德行，回頭一副省吃儉用的窮相，他到底想走什麼風格？」

負責管行政財務的蓐收神官、橘源平邊清算各項支出，難得抱怨個沒完，句芒神官京太笑到狂拍桌：「下次我們邀司都一起吃飯啊！」

「要請你自己請，我這輩子都不會請那來路不明的傢伙！」

哪知以前說的話那麼快打臉，他趕快去廚房給司都找吃的，以前虎介的三餐前都是他親自包辦，近年則忙到交由專人負責。龍太郎匆匆從冰箱翻出所有的食材，並把青菜豆腐、肉類分裝包好，突然很好奇司都戴著面具，從來沒看過他在外面吃東西，到底怎麼吃的？

剛走出來，就看司都拿出一顆藥丸，從神化能面自主擴張的唇縫扔進去，貌似醫神大國主命常當伴手禮到處發送的保健藥物。

「……你平常都吃這個？」

司都誠實地點頭，並不覺得有什麼問題，畢竟在神明們連番轟炸召喚下，一天加班移形高達五十間神社，比起吃飯，吃藥更有效率。

龍太郎不敢想像這人平常過著什麼日子，他自幼注重弟弟的養生，簡直不忍直視，不由得搔著臉頰：「司都，你……你還是帶個輔佐吧！要是沒有人選，我手下隨意挑幾個得力的給你。」

四大神官都有提攜上來的輔佐，還有副手幫忙處理文書要務，司都在角逐戰上突然出現，在舍內沒有任何人脈。要不是當時的代理司都及眾神破格舉薦，他本人又以鬥文比武無懈可擊的實力技壓全場，神官舍上下才不得不心服。

祝融神官龍太郎光是管轄洛南的公務，就感到焦頭爛額，司都向來獨來獨往，難以想像他怎麼一肩挑起整個京都八百萬神的繁重職責。

「祝融，謝謝你，不過我習慣一個人出公務，還有臉上受過邪祟侵蝕，怕會影響其他人。」他說出自身痛處也是一貫泰然。

龍太郎聽過清正轉述繼任大典上，代理司都替他聲明：「大家一定很奇怪新任司都的面具，他年少時曾為救人而臉部受到重創，現在仍在治療，最快一年，必定以真容和大家拜禮。」

「司都繼任居然快一年了。」龍太郎低喃自語，剛說完才發現聽起來好像很想看他的臉似的，瞬間有些尷尬。

「的確，謝謝你的食物，先專心養傷。」司都倒是完全沒有察覺，心滿意足地抱著蔬果鮮肉就要移形。

「司都！」龍太郎艱難地開口。

「怎麼了？」司都回頭。

你會做菜嗎？看起來就五穀不分，又不懂保鮮，萬一吃壞肚子生病怎麼辦啊！

龍太郎只好用比較委婉的問法：「司都吃得完嗎？要不要我分批帶去。」

「祝融有心了，怎麼能讓堂堂神官跑腿，」司都仍是有禮地婉拒，面具下似乎笑了一下，說道：「應該吃得完，最近多了隻……嗯，寵物。」

龍太郎目瞪口呆，你養什麼寵物這麼會吃？

立刻把腦中司都玩貓狗的溫馨畫面劃掉，象牙白的狩衣已移形消失。

與皇換回便服回家一拉開木門，就看巳辰臭著臉堵在玄關：「妳把本神使隨便丟到神棚了事，趁我睡覺不守在旁邊跑哪去了？」捏起鼻子瞪她：「全身妖氣臭死了，妳給我站著別動，先別進來啊！」

……我沒走錯的話，這裡好像是我家吧？

與皇哭笑不得，張口正要說話，就看他衝去抓了大把鹽巴狂灑，等她從頭到腳白花花，滿嘴鹽味以為自己是條鹹魚乾，巳辰才勉強放她上來。

她有氣無力的去拿毛巾梳洗打理，巳辰不肯放過任何一秒鐘的跟過來，咬牙忍著屈辱說：「我算是大開眼界了，世界上真有人會把冰箱塞滿快過期的吐司和特價蔬菜，那種東西能吃嗎？」

「你不是都吃光了嗎……」與皇震驚地望著空無一物的冰箱。

「要不是餓瘋了，妳以為我想啊！好不容易來趟關西，我要吃近江牛！」他露出的虎牙很有海蛇本色，想來已經把廚房翻過一遍了，難怪拿鹽神速。

與皇頹然坐倒，這吃貨海蛇把一星期儲糧全吃了，還好意思說想吃最貴的肉，不自禁浮現「請神容易送神難」七個大字，何況她根本沒請。與皇慶幸預先跟龍太郎要了食物，交保護費一樣拿出大袋肉類青菜，並把剛才在超市買的串燒供奉上，巳辰餓到節省法力變回海蛇，樂得遊竄桌面本能地捲起長軀護食。

與皇小心翼翼發問：「聽說神使特意從出雲來，是因為欠司都人情？」

「是又怎樣？」巳辰哼聲，口氣跩得像是別人欠他。

「那你打算怎麼還？」與皇撐著臉頰。

「誰知道，幫他打架吧？」巳辰盤繞在串燒上津津有味地撕咬，隨即懷疑道：「妳問這麼多幹嘛？」

「我在神官舍有個朋友，聽說你想見司都，就幫你問了，他說不用還了！」

「不用還更好！那我要和他約戰！」

「為什麼？你到底是要報恩還是報仇？」與皇無奈地問。

巳辰興致勃勃，圓扁金波尾巴上的皮鍊嗡嗡作響：「全京都的人都說他很強，我最近和玄什麼的神官打架，那傢伙也說司都強上百倍。」

玄冥哪裡來那麼多廢話，根本存心煽風點火。與皇深感無言，提醒道：「你只剩一成法力，沒辦法打。」

巳辰不耐煩地吐信：「我趕快還清人情，出雲老頭就會恢復我法力了！」

與皇本來思索不用還，但想到這麼一來又要接下約戰，實在麻煩。

轟然黑煙散去，高挑的金髮惡煞翹起腿，襯衫敞開露出分明的鎖骨，從銀製耳釘到手腕皮鍊囂張的發亮。巳辰吃飽後恢復人身，正滿意地拍肚子，咦了一聲湊近，挑眉道：「欸，怪不得神官舍有認識的，妳有靈力啊？雖然弱爆了！」

與皇平日就是習慣將靈息收束到最低，聽到嘲諷也不生氣，巳辰左手悠哉地握著剛啃完的串燒竹籤，突然傾身向前，伸出右手順勢一撕：「在本神使面前戴什麼換臉咒？妳以為……」

接著竹籤啪嗒一聲掉落在地，他的表情從輕蔑到駭然的變化十分精彩。

被當成靈力弱爆的與皇沒有閃躲，反正遲早被發現，任由他把換臉咒撕了，天不怕地不怕的龍蛇王，臉色鐵青混雜驚嚇地死死盯住這張臉。

不知道的人以為他看到什麼窮凶惡極的長相，恰恰相反。

那張臉五官清麗，肌膚白皙透亮，雙眸澄澈如水，淡漠氣韻不染凡塵，無論從哪個角度看都是個盛世美顏的少女。巳辰作為引路神使，什麼樣的俊男美女的神明沒看過，在他認知中，只分成強和弱的打架對手，對於美醜向來是沒放在心上，還是第一次被震懾到。

與皇儘管修養境界已是心如止水，難免還是有些悲戚，以前就遇過戴能面時嚇哭小孩，拿下時小孩止住鼻涕眼淚而目瞪口呆的狀況！這張臉曾被邪祟佔據毀容過，照理說已經醫好痊癒了，怎麼出門上街也像是異類引入側目，難道是我天生長得就那麼可怕？不管醫好沒醫好都能嚇死人。

她後悔在司都繼任大典上為取得神官們的信任，很有誠意地表明一年後以真容示人，與其被猛看到不自在，不如一輩子都戴面具方便低調行事。

可是巳辰驚駭當然還有別的原因，下一秒猛然跳起踢到桌腳，只想離她越遠越好、光速連退好幾步，背脊砰地撞牆，指著與皇啞聲大叫：「怎麼是妳！」

絕色容貌、清冷獨特的氣質，就算對人類長相沒概念的巳辰，見過一次也很難忘記，只是三年前她稚氣未脫，還是個十四歲的女孩，正跟著玄黑衣冠的男人在沿岸散步。

神在月負責引路的重任，需要巳辰親自點亮海星燭，照耀夜晚千萬光點的法器。還有一小時太陽就要下山了，巳辰從中午被烈日曝曬到黃昏，困在嶙峋礁岩陣裡，海蛇的黑麟金腹早已多處血汙和撕裂傷，心裡痛罵千百遍：「他媽的該死鯊族餘黨，說好單挑！把我騙進這見鬼的陣！」

龍蛇王的好戰也成為容易暗算的致命傷，巳辰瘋狂地掙扎，海浪拍打扎進傷口的刺骨劇痛。眼看落日一點點地西沉，要是自己死了，鯊族必定趁機復仇搶引路神使一職，龍蛇族不就完了？他急得氣喘噓噓，咬牙撲騰之下刮破更多鱗片，周遭海水眨眼全給染成殷紅色。

「師父，這條海蛇好像被困住了？」耳邊傳來的空靈音色，稍嫌冷寂。

我是堂堂龍蛇王！急怒扭動的長軀，反而像是驚懼哆嗦。

女孩的師父正是前任司都忌部清，帶著看熱鬧的壞笑也不拆穿，瞟了一眼道：「這個陣要破可不太簡單，要是妳能救成，就是這條海蛇跟妳有緣。」

「以前在神殿裡的古書看過礁岩陣。」女孩語調平板淡漠，神態不驕不躁，白皙指尖飛快結印，瞬間海濤隆隆幾聲巨響爆破，崩裂飛濺的碎石一塊也沒砸到海蛇身上。受困的巳辰都還沒反應過來，已輕易的恢復自由。

「哇啊！不愧是我教出來的徒弟！比舍內那些嬌生慣養的學生強太多！」忌部清在旁叉腰哈哈大笑。

清冷脫俗的容顏飛至眼前，小心翼翼地捧起巳辰，細軟十指撫過背脊，觸感清涼到起了雞皮疙瘩，是女孩在給他塗藥，海蛇彆拗地抗拒，掙扎著從掌心溜走，頭也不回地游入海底。

那一夜的迎神燈盞，千萬光點在粼粼夜色的海濤浮動，比起往年更加絢麗輝煌。

「是妳！不是吧……」

難怪他後來暗自翻查過整個出雲，連鄰近縣市都派人打聽，都沒有找到那個女孩，誰知根本不是本地的神官，後來這事也很快忘了。巳辰十指插入金髮中發出不可置信的哀嚎，絕望到靠著牆壁一點點往下滑。

「……」

竟然能讓生平經歷無數大小的險惡戰鬥，連生死關頭也絕不吭聲的龍蛇王嚇成這樣，與皇不禁開始陷入嚴重自我懷疑。

「你還好吧？」儘管她內心有些受傷的動搖，由於訓練有素，表面依舊平靜地拿起茶杯，慢慢地啜飲一口。

「好個屁！我說！妳沒事戴什麼換臉咒！」

巳辰終於從打擊中恢復，跳起來亂發脾氣：「妳不是司都嗎？至於這麼藏頭露尾的嗎？」無意間又接受她的幫助，住人家的房子吃人家的飯，出雲老頭不是要樂呵呵地在生緣簿又加上一筆？

一想到結緣神最愛那套「報恩就是要以身相許」，巳辰只覺得腦殼遭受波浪拍打般抽痛。

「這些就算了！沒事裝什麼路人，竹林裡的骷髏骨妳明明可以對付吧？」

與皇不曉得他在糾結報恩無限加算，錯愕地回答：「只是個愛惡作劇的小妖，我沒打算理他，是龍蛇王衝上來一鞭就把它挫骨揚灰。」

巳辰卡住不知如何是好，下一秒齜牙咧嘴咆哮：「好，司都已經親口說不用還這個人情，那我要和妳約戰！」不管那麼多了！先打再說！

「我改變主意了，果然還是要你還救命之恩。」與皇喝口茶淺笑。

唇角彎起的弧度增添麗色，這張臉只怕說什麼都能讓人難以拒絕，巳辰連忙定神穩住，表情僵硬地指著她：「喂！堂堂司都怎麼能反悔？」

「不讓你還恩情，你立刻就要和我約戰，我又不喜歡打架，那不是很麻煩。」與皇條理分明地道來。

巳辰哼聲盤腿坐下，昂頭挑釁：「怕了我龍蛇王？」

「我害怕，我認輸。」與皇誠懇地把倒好的另一杯茶推到他面前，巳辰瞬間臉垮了。

「我要把這個消息發上神域聯絡網！不只京都，本神使還要讓全日本都知道！」巳辰不領情地拍桌，茶水飛濺灑出。

與皇神色自若的拿著紙巾擦拭：「可以。」

可以是可以，但是不戰而敗，誰信啊！巳辰自己都不信了。

那場轟動的司都角逐戰中，與皇憑一把折扇就和下場搗亂的狂暴武神素戔嗚尊打成平手，實力堪稱開掛等級。巳辰張大嘴巴，眼前的情況就像是徒手毆打棉花，每道力氣都軟綿綿的不成樣子，簡直不知該如何是好。

以為他又餓了，與皇好心把最後一根串燒遞到眼前，巳辰手都懶得抬了，自暴自棄前傾一口咬上。

「你要是願意當我副手，不只有架可打，還能順便把恩情還了，約戰的事情，說不定我還能考慮。」

「真的？」

巳辰雙眼發亮，腮幫子鼓起，忽然有些難以直視美到屏息的長相，急忙移開視線，腦中閃過曾被她看過困在礁岩陣狼狽的德性，糾結地說不出什麼滋味。

「我法力只剩一成，當副手也幫不上什麼忙。」

瞧著龍蛇王低頭猛吃肉，與皇搖頭道：「沒有的事，一成夠強了。」

巳辰莫名有點不好意思，哼聲就把串燒咬得喀滋響，吃得更快了。

與皇三言兩語能安撫人心，做出最好的決策，對人事保有從容判斷的器量，她沒有發覺自帶身居高位的特質，前任司都忌部清很早就查覺，眾神也推舉她當上司都。

「我要你協助調查明神村神祟的舊案。」與皇抬眸，一字一句道。

「之前震撼京都的那場神祟？不都說是神官舍裡的哪個白痴，違規亂闖神域搞出來的？」

巳辰意猶未盡咬著竹籤，顯然不感興趣。

「你說的那個白痴，就是我師父忌部清。」她淡淡道。

六・神崇留下的隱疾

巳辰依然興致缺缺地隨便喔了一聲，沒有半點抱歉，要是換作宵絕對衝上去打到對方哭喊認錯為止，容不得別人說師父不好。

神官舍人人都知道前任司都忌部清的愛徒是宵，就算在備受爭議的死後，他依然很爭氣以實力穩坐四大神官玄冥之位。

與皇則是忌部清收的舍外弟子，第一次出現在神官舍，就是在司都角逐戰上。

她向來情感表現冷淡疏離，其他人只當她一個舍外弟子對師父沒什麼情感，宵甚至認定她根本是利用師父名聲，方便進舍搶下司都之位。

「妳直接說目標是誰，我保證幫妳打死。」巳辰坐在矮桌上抖腳、明擺著懶得動腦。

「時候到了就會告訴你。」與皇下意識摸著臉：「另外不要告訴其他人我的事。」

去年趕赴司都角逐戰時，由於臉部的邪祟重創還沒有完全好，她戴著治療用的增女能面，一襲雪白寬大齋服，標準神官弟子的禮裝打扮翩然而至。與忌部清年少時如出一徹不戴帽冠，隨意束髮，嗓音透過施加神力的面具而被壓低，現場都以為是個來歷神秘的十六歲少年。

神官舍招生擁有靈力的人才，通常會帶回舍內接受最好的教育及栽培，舍外弟子則是不用入住，由神官偶爾抽空前往授課。

但很少人會這麼做，畢竟比不上神官舍環境設備優秀精良，很難教得有出息，舍外弟子頂多只能幫忙調查收集情報、跑腿的居多，反正都是要栽培，當師父的誰不想把最好的資源人脈給弟子？

至今也沒有誰能猜到，為什麼與皇擁有能感應天地的強大靈能，卻被司都放置舍外，不過一想到忌部清平常不按常理出牌的風格，很快就拋諸腦後釋懷了。

神官舍都以為忌部清一生只收過一個徒弟，那就是宵，而且疼愛有加，早早把玄冥之位定下，還把法器初始歸一傳給他。

她表明代表前任司都的直屬弟子，躬身道：「舍外弟子與皇，報名參戰。」雙手平舉師父生前那把從不離身的無求扇，緩步繞場走一圈證明，從評審到觀摩席次由錯愕屏息到轟然沸騰、神官們不分位階全都詫異地交頭接耳議論。

宵陰鬱臉龐綻出驚訝的表情，現場許多人一輩子都忘不了。

支持龍太郎的常徒們白目地笑出聲，趕著調侃：「你們看，玄冥一臉看到他師父私生子的表情！哈哈哈……」

還沒笑完就被寒冰凍住舌頭，龍太郎閃電般地施咒給他們解開，嚴厲譴責：「玄冥你偷襲算什麼？開兩句玩笑又惹你了？」

「敢說就別怕被我弄，」宵陰沉地接話：「我看虎介這麼可愛，跟你也不像啊！還是你才是私生的？說笑而已，別介意。」

「他媽的有種再說一次！整天就會陰陽怪氣的傢伙！」

這回換成眾人連忙架住氣炸的龍太郎，他揮拳青炎連天轟炸出火龍，宵冷笑著飄然退開，橘源平按著太陽穴搖頭，京太駕輕就熟地上前勸架。

與皇沒想到自己剛出現，還沒動手場面就互毆亂成一團，師父沒說神官舍原來這麼熱鬧，親眼見識到真是精彩無比。

想起亂七八糟的回憶，她的表情微妙。

巳辰對於這種旁枝末節沒什麼興趣，只當她有惡趣味，完全沒想到與皇只是基於不知道怎麼開口，也沒好時機。

之前觀察其他人看到自己臉時的異常狀態，加上今晚巳辰見鬼的反應，心智再強悍都會無限擴大陰影面積。

瞧著巳辰吃飽後心滿意足，與皇突然問：「你每天是不是都會有幾小時變回原型？」

巳辰在出雲時法力穩定，從來沒有這種現象，一到京都被封印住九成法力，難以預測會發生什麼事，歪頭想了想：「應該是法力用完時才會，妳問這個幹嘛？」

猛然想起她對視海蛇時流露的憐愛，跟平日待人的清冷完全不同，瞬間頭皮發麻，警戒地連跳帶退：「想都別想！我可是出雲龍蛇王！不是寵物！」

妳就不能正常一點喜歡貓貓狗狗嗎！

與皇目光閃過遺憾，一派正氣的澄清：「不過隨口問問，龍蛇王不用反應那麼大。」

巳辰懶得理她，很快大方地回頭佔領床鋪。

隔天，與皇依照作息慣例，清晨沒收到神明傳喚時，她便早早去巡視舍內，拿起掃把開始沿著白砂飛石小徑，往空曠咒法練習場打掃落葉。

執勤的學生打著哈欠姍姍來遲，一看到她立即嚇醒，緊張地挺胸站好，五指併攏的彎腰行禮，戒慎恐懼地喊：「司都早！」

神官舍人人早有耳聞司都不在意身分，有空時經常親自來收拾打掃。

「早。」前方傳來淡淡的聲音，晨光落在增女能面上。

一大早就看到戴著能面的打扮還是很嚇人的，學生滿臉敬畏地偷眼望去，接著表情變得十分恍惚，像是看到什麼可怕的東西，也不知怎麼接過掃把的。

一連經過值早班的幾個常徒、高階神官都是一如既往低頭恭敬問好，一抬頭便驚恐地盯著她身後，想問又不敢問的猶豫瞬間，只能眼睜睜地目送走遠。

平常已是敬畏，今天更是怕上三分，她也知道大家看自己時的神情變得有多詭異，頓時有種虎假虎威的無奈感。

「喂！丫頭，我好無聊啊！」

始作俑者發出低啞不耐煩的聲音，巳辰兩掌交疊枕在後腦，左臂海蛇刺青游動般的具有攻擊性，耳釘在陽光下閃動刺眼銀光。

「說好不多話才讓你跟來的。」

「我到剛才不都沒出聲了嗎？你們神官舍的人怎麼那麼無聊，除了問早沒別的啊？」

巳辰趁左右無人，逮到機會大肆抱怨，不禁懷念每次與龍蛇族的副手見面時，都會貼心問他吃了沒？ㄚ頭人緣肯定不好，連個像樣的副手也沒有。

與皇停下腳步，沉思海蛇脾氣那麼暴躁一定是餓了，正想去食堂拿些吃的。

宵站在遠處牆角楊桐樹旁，盯著司都一襲象牙白狩衣，後面跟著黑衣皮褲的龍蛇王，想不到他真會答應巳辰報恩當副手，還帶著在神官舍閒晃，臉色陰沈地掉頭就走。

與皇還沒踏出兩步，飛石小徑迎面走來一個少年，他邊走邊低頭滑手機，眼角餘光瞄到司都、嚇得趕快收好，清稚容貌不過十五六歲，圓臉嘴角有個梨渦，隨時都在笑的模樣很討喜，走起路來步伐輕快，充滿青春活力的朝氣，任誰都會把他當成可愛的小弟弟。

少年手裡晃著紙袋，打招呼笑喊：「司都早！」

常磐綠狩衣繡著無間木神紋，誰想得到一個活潑少年竟是四大神官之一的句芒京太。

京太是百年老字號香鋪松香堂的寶貝獨子，一手無間木及香道驅邪鎮魔，最有名的是他的上邪神弓、箭法百步穿楊，巳辰興趣登時來了，上下打量卻沒看到那把和弓。

「你就是龍蛇王對嗎？」

京太瞧著眼睛一亮，也不怕巳辰審視對手的面露兇光，熱忱地指著自己鼻子：「我是句芒，叫我京太就好。聽說你來京都，還和阿宵……喔，公務時要叫他玄冥，你和他動過手，好厲害啊！」

巳辰在他天真的笑容裡有些囟不下去，還以為神官舍的神官都和玄冥一樣跩。

「我家常客送的點心，你要不要吃？」

京太大方的整袋遞過去。聽到這句話瞬間瓦解心房，巳辰打開裡面的紙盒裝著六個燒菓子，表皮金黃微焦，幾條割痕翻出粉白，光看就覺得香酥可口。那是位於北區「御倉屋」至今堅持不量產的招牌燒菓子「夕照」，以特製方式烘烤呈現夕陽的金黃色得名。觸感遠比外觀柔軟，稍一用力容易鬆散變形，巳辰很快丟進嘴裡，入口即化的綿密纖細，甜的恰到好處。

「好在先遇到你們，不然等一下就要被學生搶光了！」京太看他一口氣掃光，開心道。

神官舍由於長期人手不足，管理職缺從來是只看實力不看年齡，才會有京太這樣還是學生的年紀，考核卻通過評鑑連續跳級。京太木系靈力無人能及壓倒性的威能，加上跳脫金木水火土的五行屬性，結合香道退魔的特殊專長，最終破格升遷為句芒神官。

他的言行舉止完全沒有四大神官的架子，跟外表一樣是個半大不小的孩子，講課時年齡相近的學生完全不怕他，京太也愛湊熱鬧的融入其中。

慶幸總算遇到正常人可以說話，他啃著點心，滿意道：「叫我巳辰就好，跟你交個朋友。」

年紀看起來跟丫頭差不多，幸好不像她整天跟木雕佛像一樣，巳辰瞪了她一眼。

與皇被他瞪得莫名其妙，虐待動物的愧疚油然而生，於是說：「句芒，你帶巳辰去京都逛逛。」

京太在神官舍內的管理層中年齡最小，大家都愛暱稱叫一聲少爺，他人面廣朋友多，遊覽京都沒人比他更熟。

少爺偷偷開心賺到假期，只差沒歡呼跳起來：「巳辰你想去哪裡？想吃什麼好料都交給我。」

「走走走，還等什麼，我想去吃烤肉！」

巳辰這幾天沒吃到像樣的肉早就憋屈到不行，馬上抓著京太往外走，少年幾乎是被他拖拉出門：「哈哈司都，那我們先走啦！」

轉頭聲音已在幾公尺外，與皇苦笑搖頭，平靜道：「句芒是你叫來的？的確也只有他才能和龍蛇王打成一片。」

她身後不知何時，佇立著一個白淨斯文的男子，高挺鼻樑戴著細框金邊眼鏡，髮型中分梳得一絲不苟，山吹色狩衣上繡有天雷動神紋，他是四大神官之一的蓐收橘源平。

玄冥宵掌管神官律令刑法的確可怕，可是神官舍內公認最恐怖的，還是這位負責財務經費支出，對誰都客氣有禮的蓐收神官。

發票公帳哪怕只多揮霍一文錢，都會被他檢查出來而進行盤問。幾個被點名的都是笑著進去哭著出來，只會不斷碎念：「我再也不浪費錢了，再也不增加蓐收神官的工作了嗚嗚嗚……」

眾神官細思極恐，別看那副文質彬彬動不了手的模樣，一想到他袖口裡藏著千鳥鐵飛，傳說中無孔不入的法器，至今還沒幾個人看過橘源平出手。

神官舍司都高不可攀，四大神官中宵陰冷沉鬱，龍太郎豪邁直爽，京太最好相處。橘源平是標準腹黑的京都人，處世作風講究周到，最是沒人敢惹，也不想惹的。

與皇對他的印象倒是很不錯，分發下去的公文任務，只有橘源平能高效率跟上速度，工作上是個得力的好幫手，不愧是和龍太郎並列呼聲最高的司都候選人。

他徐徐走到與皇身旁，開口音量點到為止，像是世上沒有什麼事情值得去費力大聲，禮貌地問：「正想請問司都，是真的要讓龍蛇王報恩？」

他已調閱宵的巡查報告書，省略後段以身相許的調侃。

「不讓報恩，他會馬上約戰。」與皇道。

「喔？」橘源平鳳眼瞇起，頗感興趣地說：「他想挑戰司都？不知道神官舍規矩，必須先打贏四大神官才有資格嗎？」

說到這個就頭疼，與皇很快告誡：「千萬別告訴他。」否則只會激昂戰意，絕不能小看巳辰的好戰心。

「我會妥善處理。」

「既然司都這麼說，我就不多問了。」他話語稍頓，忽然又道：「還有一件事。」

「司都罰祝融禁足，我猜想是出自好意，藉機要讓他療養。不過祝融的青炎拳技已經到達巔峰，右眼險些失明的致命傷口，確實是在鬼門公務時弄傷的嗎？」鏡片反射光線，漫不經心的口吻多了幾分鋒芒。

「沒錯，」與皇淡然道：「蓐收可是有其他想法？」

蜈蚣妖氣已被她清理乾淨，傷口看起來就像是凶靈所為，龍太郎清楚這事牽涉殺害虎介真兇的嚴重性，絕對不會多口一字。

橘源平素來自負精明能掌控人心，唯獨對司都始終琢磨不透，半晌後只能謹慎道：「沒什麼，蓐收失禮了。」

與皇看著他端正行禮離開，這個心思深沉的部下，每句話中都佈有大小網子，一不小心就會跌入其中。

巳辰整天和少爺出門吃喝玩樂，跑去湊熱鬧看七月的祭典。

歷史悠久的祇園祭是京都三大祭之一，為祈願疫病退散、無病無災，一整個月每天都有不同的神事需要主持。十七日前祭及二十四日的後祭，早上進行精彩壯觀的「山鉾巡行」，年年吸引成萬觀光客前來的夏季風物詩，也招來大小疫病邪物前來看熱鬧，聚集依憑在制高點閃亮的金屬鉾頭上。

巡行真正目的不是給人們玩賞取樂，而是藉由山鉾收攏掃蕩一遍大街小巷的疫病，為方便稍晚登場的神明出手淨化，前祭及後祭下午進行的神輿遶境儀式才是重頭戲。

三座神輿中御座神輿、東御座神輿、西御座神輿，分別是素戔嗚尊、他的妻子櫛稲田姫命及其子八柱御子神。十七日前祭「神幸祭」三座神輿分別遶境庇佑氏子區域的信徒們，前往四条通、三条通及河原町通等等規劃好的路線，神明們忙到晚上抵達四条御旅所安歇，二十四日後祭「還幸祭」再度遶境，最後浩浩蕩蕩地返回八坂神社內。

這個月是素戔嗚尊攜家帶眷忙著巡邏的大日子，其他神祇安分識趣地讓道，為此與皇大幅減少被到處叫去本殿跑公務的頻率，相對回傳祇園祭神事鉅細彌遺的日報項目倍增，她待在舍內時間變長，沒日沒夜的加班批閱審核。

神官舍從遷都平安京建立後，幾經戰火燒毀搬遷，位於左京區岡崎的現址是至今最大規模。設置結界及陣法壓縮隱形，外人能看到的只有門面，也就是平安神宮応天門參道前高達二十四公尺的朱紅大鳥居，唯有舍內人員默念通行咒後，才能允許穿進另一個空間。

舍內佔地寬達半個御所左右，入內池泉迴遊式、枯山水庭園及茶室樓閣清幽林立。與皇最常待的地方是處理公文的書院，那是一棟明治時代的木造建築，共有兩層樓，南天製成的滑順扶手通往二樓，僅限輔佐及高階神官以上出入，行政廳、會客室、資料庫和司都的和室辦公間，地板全檜木鋪成，上方覆以精美花天井。

某任司都精通日本畫，心儀平岡八幡宮殿內的四十四幅藥草花卉，臨摹到書院二樓的天井當裝飾，儘管久未修補而顏料已有些斑剝，仍有一股古樸風韻。

與皇從一大清早就待在資料庫，翻出尚未排程輸入電子檔、按標籤分類在抽屜裡累積的文件。查到兩年前被判定非舍內管轄的檔案，那陣子陸續出現數十個遊民離奇癡呆及瘋癲至死的案件。警察本部廳舍和維持神域治安的神官舍保持合作關係，備註寫著警方為保險起見還是請神官去一趟，但沒檢查出什麼異常，於是歸檔在非舍內業務。

她翻閱著思索，如果這些人共通點是去過異界，加上像百足的堇青石一樣會自動銷毀，當然是無跡可尋。

玉石引店主要是在神祟之夜失約後躲入異界，開始利用煉化天然石、賣出後藉機吞食人魂神智，表面上公平交易，真正目的是趁機茁壯自身力量，那就是三不管地帶先越界，神官舍就不可能繼續放任不管了。

與皇猜想店主發現古溪透漏消息後，很可能會採取激進的手段，於是特別交代巳辰最近出去玩時，抽空留意崇仁地區和宇土呂這兩區是否出現異常，穢多部落所在的崇仁地區長年遭受歧視，以及因過往歷史、居民被認為是不法佔據而有危險的宇土呂。

對管出雲治安的黑道神使根本小事一樁，巳辰潛入後很快回傳的消息，近期那裡的確有過零星的妖化殺人事件，但都被在地術士集團的勢力直接處理掉而沒有傳出去。

與皇還想繼續推敲，一看已快到出勤時間，便從資料庫走出來，回辦公間聚精會神地審閱堆積如山的公文，終於蓋章批完後已經是下午時分，日影透著木拉門灑入室內，木格長影跌在榻榻米上。

她眨眨乾澀的眼睛，走下樓打算眺望庭園整頓思緒。

一樓規模等同島原以前作為宴客的角屋文化美術館，大小大約四十疊左右的寬敞，近年裝修拆去隔間，能容納高達百人，主要用於考核表彰、演講展出、神官年末會報等多項功能。

書院四面開放通風、池泉庭園環繞。以前舍內窮到沒經費放著雜草叢生，忌部清接任司都後，自掏腰包把發霉的疊蓆全部換新，現在散發燈心草的乾爽香氣，他還硬拗了幾尊混熟的神明們捲起袖子，幫忙設計開闢庭園，種上櫻花、杜鵑、楓葉和南天等等花草妝點四季，濃烈夏日色彩的百日紅正開得好看。

池裡有五六隻錦鯉悠游，京太常常跑來給他們餵吃的。池中央擺置樸質的船石，有別於一般的呈現入舟樣式，寓意淨土即在現世。

與皇喜歡這個庭園，很有師父的風格。

但每次都欣賞不到幾分鐘就一定會被打斷，與皇收到了常徒提早送來的月末報告書。

她把從十一行政區傳送來的厚重檔案，一字不漏地飛快掃過，果然找到有兩張鄰近偏僻神域會報的妖化事件，負責的神官在寫紀錄時，也是查不出原因而匆匆帶過。

店主是專挑現世的灰色地帶下手，還從吞噬人魂激進到妖化，她在腦中很快把情報統整出關聯性，清澈的眼底凝聚陰霾。

直到添水竹咚地響起，與皇才回神地抬起頭，只見金色錦鯉自在地蕩起水花，打碎池面波光倒映的百日紅，漣漪圈圈往外擴散。

轉眼到了五山送火，恭送祖先及亡靈回歸冥土的日子。與皇每逢盂蘭盆時節就會變得更加沉默寡言。

◆◇◆

這天清晨，巳辰海蛇還在神棚上翻肚皮呼呼大睡，她已早早出門。

與皇移形前往洛北，沐浴在晨間籠罩大地的舒適光輝裡，猶如給天照大神衣襬拂過的山間，從飛濺溪流到苔蘚都閃爍著金光。

夏天來鞍馬貴船最是消暑涼快，料亭提供夏季限定的流水麵，鄰近川床的座位架設切成對半的長型竹筒，小團麵線從中順水飛快溜滑梯，等接近中午時分，就會傳來遊客們忙著伸筷搶麵的笑鬧聲；高處席次則是可以欣賞下方的小型瀑布，川流不息地端上一道道懷石料理，品嚐季節風雅的低語交談中，瀰漫烤香魚的香氣令人食指大動。

清晨仍是悄無人聲的靜謐，筆直高聳密佈的杉樹林睡眼惺忪，鳥鳴啾啾、流水潺潺，山腹包容萬物身在其中，與皇深感自在愜意，落地緩步而行。

鞍馬山兩億六千年前位於海底，地質土壤遺留遍佈水成岩、珊瑚化石，她沿著奧之院參道，經過木之根道、大杉權現社，接著移形穿過義經堂後方的險峻陡坡，穩坐在高處蔥鬱隱蔽的空地。

鎮守在這裡的大天狗八月例行和徒弟遮那王出外周遊，與皇剛當上司都時，幫他調停和高龗神間的衝突。大天狗信得過她為人，慷慨允許自由進出。

這裡是個無人打擾的好地方。

與皇每天都在處理大量文書或奔走公務，只是今天很特殊，需要安靜地獨處。她閉目養神，兩年前的今日，經歷噬骨蝕心的神祟之夜。

上一次的大型神祟遠在飛鳥時期的首都，位於奈良的藤原京天地異變、鬼怪傾巢而出，導致死傷不計其數。據說高天原的眾神也不得不出手協助。

睽違千年後的京都，發生了第二場大型神祟。受害規模雖被控制到最小，但還是有明神村百餘人喪命，折損了數十名神官。神官舍謠傳引發神祟的罪人，就是前任司都忌部清，不過他本人也在神祟中死去，諸多真相不明。

神祟中心遠在福知山市、御嶽山一帶的神隱村落，京都市內跟著湧現怪雲壓頂，轉眼末日將至般地劇烈天搖地動。人人恐懼驚駭幾至滅頂，尤其是靈能越強的神官，越能感受到大神排山倒海的狂暴殺意，不少高階神官直接跪地匍匐不起。

與皇當時就在明神村，連帶受到邪祟侵蝕重創，幸好醫神大國主命及時趕到，神化一張能面，隔絕光亮關住邪祟，還帶她回本殿內安養治療，在那一年裡忍受著日夜五官被啃食的劇痛而輾轉難眠。

雖然與皇的臉傷已經痊癒，可是每到接近神祟之夜就會頭疼欲裂，腦中重現血海地獄，妖鬼高亢穿梭尖笑的虐殺，有些片段清晰無比，有些零散若失。

「帶著與皇出去！你們守住結界，這裡交給我！」

向來輕浮愛開玩笑的師父，從未見過收斂笑容的冷肅剛毅，在濃烈黑霧環繞，烈焰沖天的神殿，挺拔背影孤身而立，玄黑衣冠在熱浪中飛快捲落揚起，回頭向自己一笑，一如平時輕狂。

「忠行，記住誓死也要保護我徒弟。」

與皇淚眼模糊，想喊叫又像給什麼掐住般的窒息，很快被人扛在肩上，煉獄光景不斷後退，師父離自己視線越來越遠，她多想立刻奔回那裡陪著師父，卻無論怎麼掙扎，手腳都冰冷痲痺到無法動彈。

神殿棟樑被燒得接連崩塌，火舌四竄，裹住了一位神祇，猶如火焰纏繞的紅衣張揚，披散的黑髮半掩那張邪魅面容，每一根髮絲都猙獰有如活物的上下遊動。

忌部清轉頭面對他似乎生氣地說些什麼，大神恍若無聞，視線直勾勾瞪著與皇，眼底蘊含的情緒潰堤湧出，越來越飄渺，越來越模糊。

「師父，大神……」

記憶零散導致頭疼越來越劇烈，灼燒每根神經，與皇咬牙忍住不出聲，她從小就一個人待在明神村冷清的神殿，孤單地一個人吃飯，一個人睡覺，一個人修行，受傷生病都是一個人。族人們覺得同情，她不以為意，就算來到神官舍，一戰成名當上司都，全京都誇得天花亂墜，她也沒有什麼特別的想法。

與皇的目標簡單明確，當上司都後才有聯絡八百萬神的權限，為能查清明神村舊案，關鍵是找到一神一人，神是引發神祟的禍津日神，人是手握勾玉碎片的神秘人士，現在列入頭號嫌疑的就是玉石引店主。

與皇雙手驅動寒氣，才剛貼在太陽穴上冰敷，腳下就被人狠狠一絆，對方連聲道：「對不起對不起，在下不是故意的！」

本該是聽起來溫雅悅耳的中高音色，她一聽反而更頭疼了。

七・又見古溪，子母對環

與皇在對方整個人要撲到膝蓋的瞬間，眼明手快托穩手肘，迎上無法對焦的呆滯視線。

「這位戴面具的高人，和在下的一位故友作風好像啊！」

古溪嘴裡不忘叨念，慶幸運氣真好，最近還沒摔到底就被即時接住，瞇眼端詳那張能面。

對這只能說一模一樣的開場，與皇深感無言地揭下面具，也沒再用換臉咒，露出清麗絕色的容貌。

「這次又忘了帶手杖？」她淡然詢問，一襲月光洗刷過的象牙白狩衣，端坐在晨霧裡，儀態猶如天人。

「與皇的聲音？果然是朋友！」古溪聽了空靈的聲音一呆，不好意思地訕笑，右手舉起手杖表示有記得，對她解除換臉咒沒有多發表感想。畢竟在古溪認知裡，自己本來就是個誠實正直的大好人，與皇既是朋友，出示真容表達信任是很應該的。

比起這些，他更關切其他事：「妳聲音怎麼聽起來很不舒服？能否給我看看？」

說著抬起手，指尖才剛輕觸到她額頭，沒想到不碰還好，一被碰到皮膚的瞬間，與皇腦內反常地轟然炸裂，千萬怨靈爭先恐後湧入頭殼裡的淒厲慘叫。

無數張臉，有的親切，有的仰慕，有的溫柔，最後都變成鬼怪撲來。

「與皇！停下！妳在幹嘛！」

古溪本來就愛大驚小怪，現在更是嚇到直接破音，與皇回神時才發現正在自掐脖子，手腕被濃綠赤斑的血石髓珠鍊繞緊，奮力地往外扳開。

他自知力氣掰不動，反應過來後立刻操控玉石阻止，多虧這樣與皇才沒把自己掐死。

「都掐出勒痕了！嚇死人了！」古溪氣喘吁吁跌坐在地，要不是看他這麼拚命，與皇都要懷疑剛才引發的致命幻視，是故意設計的圈套。

她一邊咳嗽，一邊思路逐漸清明，戲謔想要是真掐死了，才是超越師父名留千古的狼藉。

「妳在笑？與皇，妳還笑得出來？」古溪語帶責備，不是用看的，而是直覺她嘴角上揚。

「我沒有。」與皇調整面部表情，氣定神閒回答。

古溪呈現「不懂妳這年輕人的笑點」狀態的感傷，邊咳嗽邊搖頭，拿出上次跟與皇借的手帕，洗燙得乾淨嶄新：「在下想著有緣一定會再見，記掛堇青石項鍊之事，可查出來了？」

與皇收帕入懷，實在難以摸清異界的路數。

最近陸續出現的妖化事件，不光在神域管轄外的灰色地區，主要對象盯上遊民、獨居老人、風俗業者、翹家青少年，就算出問題也不容易引起太大關注，很可能是允許進入異界的條件之一，店主真正要幹的，絕不可能是像宣傳標語說的「渡眾生」，毀眾生還差不多。

就算他謹慎狡猾，從不親自露面，但代理人古溪卻三番兩次裝作瞥腳的巧遇。店主既然藉著兜售天然石有所策劃，怎麼會不管他主動找上神官洩漏情報，還放任他繼續亂跑，就這麼自信這病弱文人成不了事？

「查出來了，對方已死。」

與皇防備著古溪是否知情參與，緊盯他灰暗的眼瞳掠過憤怒及遺憾。

「是嗎……」古溪喃喃道：「在下以為遮掩妖氣，如此癡情妖物，應得善終才是。」

眼見他誤會，氣息波動也並非偽裝，與皇想起虎介死前平靜的面容，只有簡短安慰：「也算善終。」

她闔眼不再說話，抵禦腦中捲土重來鼓譟的劇痛餘波。

古溪察覺與皇需要安靜，不怕無聊的拿出平安時代末期歌人鴨長明隱居時的隨筆《方丈記》，儘管內容早已爛熟於胸，他還是習慣隨身帶著，閒情逸致的默唸。

「川水悠悠而往，不復原本之水，水中泡沫浮沉，終不長久，世人及其居所，與之亦同……」

林蔭吹來愜意涼風，銀髮男子起身踱步，唇型微動背誦，時而皺眉，時而微笑，偶爾揮杖趕走幾隻湊熱鬧的松鼠。

「春看藤花如浪，有若紫雲綻放西方，夏聽杜鵑啼叫，許諾翻山指引冥途。秋滿寒蟬鳴泣，為現世無常淒切。冬感白雪無垠，堆積消融恰似罪障生滅。」

山中歲月隨著他的沉吟推移，直至書頁渲染晚霞餘暉。

與皇靜養了一整天，感應樹影橫斜深處傳來了詭異波動。

「與皇好多了？」黃昏的逢魔時刻容易碰到魑魅魍魎，古溪跟著側耳傾聽：「那裡好像有哭聲？」

「你待著，我去看看。」

判斷聲音來方向，與皇移形經過下方奇石嶙峋，那是信奉為神靈磐座的魔王殿，環視附近幾百公尺全是歪斜倒木，去年颱風豪雨重創鞍馬山而土石坍塌，封路了一段時間，但亂枝數量龐大，至今步道旁仍堆滿沒能清理完的狼藉。

她沿著步道走去，草叢內傳來哭聲，仰躺著一具女屍，連身裙血跡斑斑，懷裡護著的嬰孩兀自哇哇哭泣。

一般人會衝過去關切，與皇直接揮袖挾帶靈光轟去。

炸開倒木飛沙走石，轟隆聲伴隨尖叫，女屍瞬間睜眼坐起、光速抱緊孩子跳爬開，彎臂裡的孩子皮膚灰黑、開腸剖肚卻仍活著，她餓到撈起半截腸子吸食，鬼嬰痛得抽噎卻不敢反抗。

「神官？幹什麼多管閒事？」鬼母舔著嘴角碎肉，慘白瞳仁狠盯與皇。

這兩天貴船神社的主祭神高龗神，傳訊神官舍過來加強治安巡邏。

根據橘源平的調查報告書裡，數名登山客莫名失蹤，隔幾天出現碎指、內臟等等的殘骸裡查出怨氣，另有情報指出，傍晚常有女人哼唱搖籃曲和小孩的哭聲，代表鞍馬山附近出現的可能是鬼母子。

與皇雖然知道近期舊疾發作，評估尚且還能應付，做了些安排後專程在這裡等著。

她視線落在鬼母戴著的一串粉晶玫瑰石英、相間乳白珍珠母的天然石串鍊，鬼嬰腕上也有一串通透螢石及藍綠天河石的對環，早知道可能和玉石引有關，必須親自來一趟，確認瞬間還是心往下沉，在異界遇到那個來買天然石的女人說過：「小時候多可愛多黏我，要是能回到那時候多好。」

「我吃自己的孩子，關你什麼事？」鬼母突然湊鼻在鬼嬰臉上，鬼嬰怕的猛吸鼻子。

與皇盯著她，一字字重複：「是啊！妳吃自己孩子。」

鬼母霎時茫然，低頭看到啃得稀爛的嬰孩，駭然尖叫：「我吃了他！怎麼會！這可是我的孩子啊！」

「痛痛痛！明明是妳整天說都是因為生下我、才變得不幸的！那妳就別管我了！」鬼嬰想去扼她脖子，激動之下黏糊糊的內臟流出，一個嬰兒用成人說話方式，畫面尤其恐怖。

「媽媽生你養你，都是為了你好，怎麼可能不管你呢？孩子一定要乖乖聽話啊！」鬼母重複幾百次熟練的輕哄，捏住鬼嬰腦袋讓小短手搆不著。

與皇袖子被人拉住，古溪氣喘吁吁還是跟過來，問道：「好濃的惡臭，是什麼東西妖化了？」

「是去過玉石引的那位母親。子母對環互相較勁激化慾望而一石二鳥，現在看來是她的怨念更深，把孩子變成鬼嬰後，自己卻也遭到妖化。」

與皇當初瞬間探查過對環也沒有發現異常，玉石引的力量邪門到超乎想像，古溪清雅面容瞬間湧現茫然，霎那胃酸翻湧噁心，猛然捂住嘴，顯得不知如何是好。最近他常常溜出異界想找與皇，親手賣出去的商品就以這樣的形式出現，無疑是店主給的警告。他悲痛地朝向鬼母子低語：「妳的孩子變成鬼了，還怕妳挨餓，才靠哭聲引誘路人來殘殺。」

鬼母愣著動搖片刻，鬼嬰不氣餒地掙扎，朝兩人慘叫：「我是怕這瘋老太婆繼續吃我才引來路人的！快救救我啊！」

與皇靜默地沒有直接攻擊，狩衣隨著周身靈能氣旋飛起擺動，手上結印唸起淨化咒，至少消除怨念讓這對母子減輕痛苦，另一方面也才有可能拿到證物，否則又像是百足自爆時一樣，天然石同時銷毀。

古溪悶聲道：「與皇，聽說淨化咒消耗靈力巨大，只能對付溫和的小妖物……」面對互相撕咬不讓的鬼母子，無奈道：「這狀況，恐怕有些困難？」

「靈力夠強大的話，也能強制淨化。」與皇加重手上的咒，向晚昏暗的林內光芒大盛。

當初好意多送了一條手鍊給那位母親，反而害他們變成臍帶相連卻互相吞食的鬼母子。古溪愧疚地想做點什麼彌補，加上本就愛操心，怕年輕人熱血太有衝勁，靈力消耗過度還是很危險的。

礙於眼睛看不清楚，他胡亂揮手試圖按住肩膀勸說：「在下去摘掉那對子母對環，說不定能暫時截斷怨念。」

結果不小心碰到的是柔滑的頸部肌膚，與皇觸電似地抽身，頭殼被無數根尖針戳入暴擊，早上熟悉的頭痛又找上門！

古溪嚇得跳起來倒退了幾步，一下子還沒搞清楚狀況。

第一次或許還能說是巧合，這次明顯問題在自己，就是我害的！恍然大悟乖乖把手縮回袖中，不敢再亂碰。

難道神官禁止接觸異界，竟然是因為他這個專門犯沖的倒霉能力？

與皇是個特別能忍痛的人，可是古溪一碰之下，痛就算了，還摻雜人臉及片斷幻視，她單手按頭灌輸術法壓制，淨化咒的靈光驟滅。

原本吵鬧不休的鬼母子注意到她的異常，陡然同時停止互掐，刷刷地齊朝兩人看來。鬼嬰頭顱晃著，鬼母發出悚動笑聲，母子有默契地身軀交疊，四肢並用飛快爬行，迅捷無比地撲來！

與皇反應神速揮出無求扇，憑戰鬥經驗磨練出的直覺，就要去分辨真實與幻視的迎敵，下一秒潑出漫天血雨，卻不是她的血。

古溪衝過來擋住了攻擊，狼狽摔倒在地，背上、手臂被抓咬到肉爛模糊。他勉強吐出口氣，遞出攥緊的拳頭，顫抖地攤開滿是血漬的掌心，正是那對子母對環。

天然石只剩核心透著微弱光輝。

「玉石引的商品，過去實現願望救贖人心，如今一件件成了邪物。」

古溪銀白髮絲半邊染血，半跪在她身前顯得十分痛苦，彷彿是在祈求寬恕。

與皇接過對環，立刻聚精會神的為他治療。神官舍的療術從來沒有失效過，用在古溪身上卻完全不見起色。

「神官舍的療術對我沒用，這點傷回異界馬上就會好了。」他有氣無力地低聲提醒，「與皇，妳的人來了，要是被發現和異界有牽扯不太妙，在下先行一步。」戒指凹槽裡鑲出一顆沉黑如夜、流動白色紋理的鷹眼石。一隻巨鷹隨之聚現成形，載起古溪滿身鮮血的軀體，頭也不回地飛向暮色。

鬼母子失去對環，短暫恢復一絲清明僵滯，接著徹底喪失神智的咧嘴撲來。只見鬼母才剛動，一隻挾帶退魔冷香的箭羽破空飛來，疾馳過昏暗林木定位精準無誤，眨眼將她射死在地，在一串刺耳尖叫中灰飛煙滅。

拖著腸子的鬼嬰嚇得嘶叫，飛速地爬開逃離，緊接著咻咻呼嘯，比上一箭更快地掐斷淒厲哀號，靈能聚成的箭羽後勁強大，沒入土中後尚在微微響動，四周死寂到只剩晚風吹過落葉的哆嗦聲。

與皇心中微微叫苦，上邪神弓快百發百中，快狠準到根本沒空隙阻止。

她扛住腦內劇痛餘波，踉蹌地雙膝著地，緊捏著的子母對環跟著爆成煙灰，和堇青石項鍊一樣自動銷毀。

「司都沒事吧？我剛才和巳辰到附近處理完鬼嬰的分身，攔下兩個差點被哭聲騙走的路人！」

京太點著咒照明、另一手拿著比他高大半截的唐木和弓，末端刻有芍藥神紋，小跑步到與皇跟前。

與皇早就重新戴回面具，一如往常挺直背脊端坐，京太看她緘默，瞬間有些慌張，心虛囁嚅道：「我、我有記得司都說要留活的！但是剛才感應到靈能波動突然減弱，以為司都受傷，一緊張就……」

「沒事。」

聽著與皇語氣緩和，京太鬆口氣，精神又來了：「司都，是說巳辰好強啊！游龍鞭刷刷刷隨便幾下，鬼嬰整排分身立刻全滅！」他跟打遊戲時抓到一個超強隊友組隊闖關般的興奮。

與皇心想，少爺也很厲害，刷刷兩下就把本體解決。

少年興奮地比手畫腳形容戰況，說到興致高昂處發出感嘆：「要是巳辰能留下來就好，素戔嗚尊一定會超高興！我們值班時也不用再輪流被抓去對打了。」

「早聽過狂暴武神以前砸過高天原的場，本神使一定要找他約戰！」巳辰踩彎草叢走過來，滿臉暴戾嫌打得不夠過癮，一頭金髮和銀亮耳釘在夜間格外醒目。

「箭法不錯啊！改天過兩招試試？」巳辰昂起凌厲下巴，挑眉問道。

京太嚇得趕快把上邪神弓往後一藏，無辜道：「我哪敢啊！」

「箭法的確有進步。」與皇難得開口。

京太愣住，就像是被嚴厲老師誇獎的狂喜，畢竟從沒聽過司都誇獎過人！接下來與皇說的話又讓他有些失望。

「你先回去報告，巳辰留下。」

司都向來獨來獨往，第一次安排帶人執行任務，京太和神官舍多數的年輕人一樣，仰慕之外更多是滿滿的好奇。

他有些奇怪司都為什麼只留下巳辰，突然想起阿宵說神使本來就是來報恩的，應該多給他機會！於是高興地揮手：「巳辰，下次再一起玩啊！」

巳辰很難得扯出笑容，點頭說好。

京太剛移形離去，與皇端坐的身形立刻一歪。

她今天本就舊疾發作，加上腦袋連續兩次給酷刑拷問的痛劇，以毅力撐住才和京太平穩的說完話。

巳辰猛然回頭就看見少女單手撐地，能面哐啷掉落在地，臉上毫無血色。她額頭滿是冷汗，幾縷烏亮髮絲貼在弧度優美的脖頸，跟著紊亂喘息微微起伏，脆弱中多出懾人的柔美。

他嚇了一大跳，哪有心情想美不美，低聲咒罵著一個箭步向前，抓住肩膀扶穩後，惡狠狠地說：「ㄚ頭不會快死了吧？強撐什麼！」

他對與皇的印象，向來是強大到淡定從容，甚至有些非人的冷寂，從沒想過會目睹病厭厭的狀態，當下反應是跟叫醒偷懶的手下一樣，伸手拍著臉頰：「我馬上送妳回神官舍！」

瞬間臉比頭還痛，與皇側頭避開，沉聲道：「不必。」

巳辰正要繼續罵，就聽見她慎重說道：「大家只知龍蛇王的游龍鞭名震海域，殊不知煉化更是一絕。」

他愛打架這點無人不知，經常被吹捧戰鬥力有多強，早就聽到無感，甚至有點不屑，但龍蛇王能得到引路神使的名號，就是因為最初煉化了千萬海星燭，萬點光芒照耀出雲大海、綿延千里如白晝，為此在迎接八百萬神的聚會，贏得龍蛇族備受器重的契機，這點在高超武力光環下，反而沒有多少人注意。

煉化更像是他私人愛好的小小興趣，巳辰迎上澄淨眸光，有種被人看穿的不自在，同時摻雜幾分遇到知音的竊喜，情緒突然多到很懊惱。

只見與皇攤開掌心，剩餘一小撮不起眼的灰燼，子母對環自爆時瞬間搶救下來唯一的線索。巳辰嫌麻煩地嘖了一聲，仍是伸出兩指撚起幾粒粉塵，注視了半天，皺起眉頭：「妳從哪裡弄到的？這是被神器煉化過的殘渣。」

「是一對用天然石串成的手鍊，你能看出是什麼樣的神器煉化的？」

與皇撐起半身，清冷面龐掠過一抹鋒芒。

巳辰頭一次看她氣勢逼人，心頭微感震撼，終於集中精神認真檢查，指腹再三摩挲確認，並將粉末一沾觸舌尖立即吐出，很肯定的說：「是上古神器，不過是個不完全的破爛，搞得煉化後的神息弱爆，加上給現世慾望汙染過，亂七八糟的一堆抵消影響，才搞得很難判別。」

上古神器，勾玉碎片！

與皇聽巳辰所言和自己的推測吻合，暗自琢磨：「師父等的人就是他，店主既然躲到異界，卻又冒著引起注意的風險，通過賣出去的天然石增強力量，到底想幹什麼？目標真的只是挑釁神官舍？」

她不自覺地按緊腦殼，又開始隱隱作痛，像是有什麼要破土而出。

下一秒與皇突如其來後頸給掐住，整個人給巳辰按到懷裡，鼻尖差點貼撞到寬闊胸膛，近到能感覺微涼體溫和心跳，龍蛇王唇邊若有似無地擦過額頭，仔細探查她的靈息狀況。

「頭痛？」與皇又迅速地被他粗暴推開距離，外加腦袋給用力戳兩下。

外人看來無比曖昧的操作，要是被龍蛇族看到只對打架和吃沒別的興趣的自家老大，竟能上演教科書級別的調情場面，絕對會炸鍋八卦上好幾百年。

與皇本人清楚巳辰在幹嘛，所以被推來抱去一貫淡定，反而是巳辰因她身上撞來的清香，說不出的浮躁。

她摸著剛才被拍腫的臉，又按著頭，無奈不知哪邊比較痛，海蛇檢查的方式有點暴力。

「其他人看不出來，但我絕對不會看錯！妳額頭和頸部有被神器直接觸碰過的痕跡。」

被古溪一碰就頭痛欲裂，難道勾玉碎片不在玉石引店主那裡，是在他手上？

不對，那他不可能被異界影響到咳嗽衰弱，店主也沒理由將手上王牌，交給一個想出賣自己的傢伙。

還是只是因為他販賣經常接觸天然石，才會殘留神器的氣息，又碰巧主動碰了自己才引發的？與皇陷入深思。

「看妳一副半死不活的樣子，是因為腦中被下了某種禁制。」巳辰不耐煩的說明：「本來嘛！在上古神器前，所有的禁制都會失效，不過妳碰到的只是個殘品，只能引發半吊子的頭痛及幻視。要是完整神器，禁制就會瞬間衝破。」

與皇越聽謎團越多，禁制？什麼禁制？

八・明神村殿內的紅衣神明

神祟之夜是場血腥恐怖的地獄，與皇猜想可能是大國主命怕她在毀容重創後難以承受，特意封印許多過度殘虐的片段。她對自己的事情從來不在意，注意力馬上轉移到玉石引上。

凝於腦袋還是有些昏沉，隨便找個東西撐躺，她忙著梳理各種可能性。要說古溪就是玉石引店主本人裝的，這也不可能，與皇天生對萬物氣息波動極度敏銳，不可能在她面前說謊。他對天然石激發妖化的不知情，以及看到鬼母子時的愧疚，都是無法作假的真實情緒。

與皇靠的是巳辰肩臂外側，絲絲長髮撓得手背微癢，龍蛇王忍著脾氣，要不是看她頭痛的分上，早就大吼快點給我起來。斜睨與皇自顧自發起呆來，巳辰更不爽了，我出雲神使大名在外，哪有給小丫頭當靠枕的道理？

「不愧是龍蛇王，幫了大忙。」

少女抬眸輕快一笑，沒有意識自己的美貌是明月出雲，笑起來皎潔生輝。巳辰才發現第一次跟她距離這麼近，胸中深處像是被觸動什麼、莫名心跳加快，喉嚨發乾到說不出話來，不由得轉開了臉。

「面具還是戴回去的好。」他暗自咕噥，接著臂膀一空的重量減輕，與皇已然坐起。

巳辰說不出什麼滋味的茫然，一茫然就暴躁，霎時游龍鞭在手，回身鋪天蓋地呼嘯往林木一陣猛打，掀起泥地瑟縮的枝葉滿天亂飛，倒霉的樹幹交錯數十道鞭痕，幸好沒有灌注法力，否則公費賠償又是一筆慘烈。

最無辜的是游龍鞭，揍過妖，打過神，就是沒打過樹木，而且明顯是毫無目標亂打，游龍鞭深感困惑，還是很盡責的配合惡煞主人發狠亂出氣。

巳辰出手很有分寸，狂風驟雨的攻擊沒有波及與皇這邊，她只覺得大風送來涼爽。巳辰喘口氣收鞭，手指插在金髮往後揉亂，皮帶掛的銀鏈哐啷亂響，在那邊焦躁地來回走來走去。

「大概是餓了！」與皇只想到一種可能，開口說：「你先回去吃飯吧！」

「和京太吃過了！」巳辰惡聲回：「還叫人送一堆吃的去妳家，真不知妳到底是多窮？還要讓手下接濟！」

與皇因為從小生長環境奇特，只要吃藥草果實，或是像大國主命到處發送的保健食品就能活下來，非常好養。對食材經過各種烹調後變成的美食，也只是抱持一種認知和學習，吃不吃都無所謂，反正都是給巳辰的，她沒有多去辯解什麼。

夏夜山間更添涼意，月色清輝籠罩下，少女白皙面龐罕見的難掩憔悴。

「妳是司都，又不是修驗道苦行僧！」巳辰很想念神棚被窩，催促道：「到底是多想睡山上啊？等下又遇到哪個來刷存在感的妖怪，快點回去啦！」

與皇微微抬眼，聽出他是在關心，心中掠過暖意：「謝謝你，只是晚點要去找一個人，神官舍的公務移形都會有紀錄，折返再外出多有不便，我休息一下就出發。」

巳辰很討厭每次跟她說話，都落得難以反駁，與皇縝密考慮每一步行動，進入神官舍扛下司都重任後的每一天，獨自調查可說是立於危崖般的不允許出錯，也因此養成綜觀全盤的習慣，無論是誰都難以妄加干預說服。

瞬間黑煙濃烈地轟響，與皇前後左右出現比人還高的活動牆堵，夜色裡通體閃爍金光波紋，巳辰以層層黑甲金鱗的巨蛇型態，將她圍繞穩固守在中央。

龍蛇王沙啞嗓音悶哼著：「媽的，我以後不只要吃三餐，還要有零食和宵夜！」

回答他的只有均勻呼吸聲，蛇頭拔高昂起，背著月光倨傲俯瞰，異常嬌小的白衣人影倚著堅實冰涼的蛇軀，已經累得睡著了。

巳辰光是管出雲就夠嫌麻煩了，不懂一個瘦弱的少女，是怎麼挑起督察八百萬神的重擔？

隨即一呆，深感不妙的用蛇尾狠狠地拍腦袋：「關我什麼事！懂個屁！出雲老頭不會這麼找死，敢給我牽紅線吧？」

出雲結緣神牽貓牽狗都不敢牽龍蛇王，除非他想要出雲海域秩序大亂，重新陷入一片黑暗，或是那些好不容易收編在龍蛇族底下的山妖海怪，再次蜂湧出來造反。

神明通常自恃身分，明面許多事情不方便做，樂得交給巳辰雷厲風行地代勞。巳辰好勇鬥狠卻絕不嗜殺或滋生無謂野心，眾神欣賞他的直率，放眼沒有一族的神使能接手做得更好。

巳辰對突如其來的悸動實在太過不安，即刻耗費法力探查周身，確認沒有紅線的痕跡才放心，緊接著感到窒息。原來是與皇的手無意碰到鱗片，害他渾身掀起顫慄。

齜牙咧嘴的海蛇，巴不得找誰痛毆或打上三天架，來消除這分從沒有過的反常。

與皇很少睡得安穩，靠著冰涼的鱗甲，猶如重回神殿的安心。

從有記憶以來，她就住在空蕩蕩的偌大神殿，侍奉著其他族人都看不到，只有自己才能看到的禍津日神，與皇是明神村的常駐神官，從小被選定終身侍奉大神。後來她才從師父口中知道，外面的世界早在明治時期，神官舍就已聯合天皇下令廢除這類無視人權、形同神明私屬奴隸的職位。

平成令和年間進入寬鬆和平的時代，八百萬神爭權奪位鬥了千年，大多已穩坐而活得越來越悠哉閒散，靈力強大的神官舍職責督察，隱約有與諸神對等的架勢。

明神村建於江戶時代末期，規定族人不得出入接觸外界，設置結界而百年隔絕的特殊神域，相對不受日本憲法及神官律令制約，已廢除的常駐神官在這裡依舊存在。

她是神祟之夜後，唯一倖存的明神村遺民。

與皇從小看慣的風景，只有拜殿正前方境內矗立的石鳥居，注連繩上掛著的白色紙張，是用特殊剪裁摺出閃電形狀、代表清淨聖域的紙垂。神殿內陣是僅限神明和她才能進出的日常空間，裡面神棚門扉前有獻給大神的御幣，是以木條串成的兩個大型金箔紙垂，兩側瓶裝楊桐綠葉。中央擺放名為三方、吉野檜木製三十公分寬的立方台，裡面盛裝神饌的白磁器皿。

神棚右側有個收納文獻典籍的特大書櫃，中間長廊盡頭是一間附設盥洗室的四疊半和室，桐木衣箱內疊放幾件換洗的神職裝束，二十疊寬敞的神殿內除了祭祀儀式的相關物品，單調到一無所有。

與皇侍奉的禍津日神性情孤僻到極點。討厭噪音，討厭薰香，討厭食物油煙，討厭神也討厭人，只是因為神域和現世之間，需要一個神官作為中間人跟信徒傳達指示，加上明神村隱世的特殊性，不得已只能讓她常駐殿上。上山來神社供奉神饌的族人都是戰戰兢兢。社內沒有賽錢箱和搖鈴，也不需要什麼吵鬧的祭典，反正明神村只祭祀他一尊大神，矗立於山巔上唯一的神社，只要緘默合掌以表誠心，大神必定能感知。

與皇每天吃的是桌上自動出現的野果草藥，朝五晚九的作息規律，早上更換神饌米、酒、鹽、水，每月兩次換新的楊桐葉，主要例行工作是打掃神殿、熟讀古書、練習咒術。

每天吃的都是野果草藥，說到底就是大神覺得張羅食物麻煩，反正擁有靈脈的神官也不是普通人，沒那麼容易死。

而她憑藉天生能感應天地的充盈靈能，就是這麼活下來的，因為無從比較，沒有所謂好或不好，更沒有所謂煎熬。

殿外有條清澈見底的淺溪，潺潺溪水蜿蜒流經一小塊植物花圃，與皇曾想幫忙翻土澆水，卻因設置結界不得靠近。後來她才從書上得知，由於這種特殊的露草稀罕珍貴，能夠修復靈脈及提升靈力，為怕被濫用而轉移到大神庇佑的神社境內。偶爾村內有人重病，大神才會命與皇帶幾片葉子下山治療。

五歲時，與皇已熟記《古事記》、《日本書記》神話，逐漸了解天神地祇的歷史，才知道並不是每位神都像禍津日神一樣離群索居。但他畢竟是上古之神，千年前從黃泉國穢罪中降生，天下九成妖邪災禍全扣於掌中，無論是人是神都是心存畏懼，沒有誰膽敢惹他不高興，會如此高傲也是很正常的。

六歲時，與皇遵循大神傳來的指示，自己照著書籍學習咒法和祈禱祝詞，她本來就天資聰穎，獨學並沒有什麼難度，偶爾遇到不懂或瓶頸，隔天筆記本旁就會放滿詳細解說的工整紙條。禍津日神就是這樣死氣沉沉地交流，要是別人早就叫苦連天，與皇卻是處之泰然。

大神偶爾會幻化不同面孔來探望，老人、男人、女人、小孩等等，千篇一律面無表情，也不愛說話，習慣停在五到十步外的距離，很嫌麻煩而從不靠近，每次都好像是來確認一眼自家神官還活著後，就匆匆離去。

有時與皇也會因疏離，感受到細微掠過心尖的寂寞，但她安慰自己，高高在上的神本來就是這樣與人類相處的，身為常駐神官需要誠心信仰，不可以怨懟，更不可以強求。

直到七歲那年，有天她下山送藥，路上飄來烤魚香味，悄悄望向屋內一家人吃著粗茶淡飯，笑聲不斷。與皇站在外頭出神，半天後才想起將藥放在門外，悄悄地離去。

「大神不喜歡外面的氣息，回殿內得先換套衣服。」

與皇換好神官輕裝的白衣白袴後，盯著盤內發呆。她向來聽話，按照規矩吃下那些大神準備的紅色果實和鮮綠葉子，偶爾會有清新香氣的保健藥品當配菜，但不知為什麼、那一家人的和樂相處在腦中揮之不去，突然有些說不出的難過。

「族人說我是孤兒，從小被丟在神社外，大神是不是嫌我很麻煩呢？」

她胡思亂想著，不自覺緊抱膝蓋，試圖把自己蜷縮到最小，以為小到能夠隱形的依偎在神殿一角。

直到半夜有些發冷，小女孩在半夢半醒間，隱約聽到清脆的鈴聲。

率先看到了一雙冷白的腳，左腳踝掛著成串銀色鈴鐺。

視線怯生生地再往上，看到男人五官邪魅張揚，豔麗的紅唇，上勾眉眼疏懶。還有一頭生動有如活物披散的黑髮，黑的分明、紅的絕豔，寬大袖口垂下，拖長衣襬的款式，即使書裡上古時期神明也不會穿的奇特打扮，紅衣如雲霧般散開。身後披掛沉沉長夜，彷彿妖物現世的光彩奪目。

於他，世間也真沒什麼值得在意的事。

禍津日神的手隨意攏在袖中，步伐拖長而散漫，停在與皇身前三步，距離近得能仰望到他好看的面龐，就算是蹙眉也極為魅惑，幾束髮絲因彎腰而零散垂落胸前。

「怎麼不吃飯？生病了？」

語氣飄忽而低冷，字句看似關心，更多的是捉摸不透他是否在發怒。

與皇昏沉想著，大神怎麼會靠這麼近呢？以前都是十步的距離。又好像是第一次聽到他問話，小女孩睡意識朦朧地脫口：「……那不是飯，大家一起吃才是飯。」

紅衣十分好看，她伸手想拉拉衣角。山下那家人的孩子，便是扯著父親的衣角撒嬌，父親對他眉開眼笑，摸著頭說上好一會兒話。

哪知她手才剛抬起，禍津日神臉上瞬間變色，猛然揮袖縱身退開數十步。疾風吹揚長髮遮掩半邊臉龐，光是那閃避的動作，快到不用多說一個字，非常清楚明確的表達出厭惡。

與皇錯愕到嚇醒了，驚覺做錯什麼，又不知自己錯在哪裡的茫然，心慌之下只好爬起來端正跪坐，先跟神明請求恕罪。

禍津日神仍是離得遠遠地，輕蔑地不置可否，態度很擺明在警告「少得寸進尺，區區一個人類，不要以為自己是神官，就妄想觸碰神明」。

她五指併攏、額頭貼地保持跪姿，肩膀難以遏制的劇烈顫動，理智提醒自己，大神討厭吵鬧，但又實在憋不住大哭衝動，只能盡力壓抑抽噎。

小小身軀匍匐低埋著臉，眼淚大顆大顆地悶聲滾落，浸溼和服衣袖，小女孩簡直像是要把這輩子的眼淚都哭完了，比起如揮開蟲子的噁心嫌棄，她寧可直接被發頓脾氣還好過一些。

年幼的心靈支離破碎，自己一定是被大神討厭了，就好像突然被全世界拋棄似的孤零零，與皇說不出的害怕、委屈和難過，積壓多年的不安潰堤而出。

禍津日神當然沒興趣哄小孩，佇立半天就留下她一個人哭，轉頭消失離開。

甚至沒有理會她微弱懇求的一句：「……別扔下我。」

與皇哭到兩眼腫得跟核桃一樣大，直到隔天頭還很痛。她蹲在溪流邊洗臉，告誡自己以後不要那麼容易情緒激動，要好好練習祈禱祝詞和咒法，做好自己分內的工作，才是配得上大神的優秀神官。

這一天，破天荒來了個神采飛揚的男人，眼中帶著明亮笑意，和服穿得很不正經，開襟露出結實的蜜色胸膛，招蜂引蝶似的勾人。他手裡花式玩轉一柄黑檀木扇，吊兒啷噹地走進神殿，和喜怒無常的禍津日神不同，男人個性特別好相處，對誰都溫柔到有些輕浮。

他是神官舍京都本部的司都，二十多歲年紀輕輕就當到最高統領，是第一個受到大神特許進到明神村的神官。

與皇的師父，忌部清。

禍津日神難得親自現身，忌部清嬉皮笑臉，大神回應冷漠，夾雜著動不動就要揍人的暴力表現。但與皇有些羨慕，不愧是司都，向來拒人千里之外的大神都喜歡他。

「大神！你竟然藏了這麼可愛的小蘿莉在殿裡，這裡可是神聖之地啊！」忌部清故作痛惜姿態，一邊風流倜儻地向與皇拋媚眼，看得她莫名其妙。

「這裡的確神聖，汙穢的只有你一個，還不快滾出去。」大神今天化成的形象是個豔麗花魁，性感地斜躺抽著水煙管，吐出白煙瀰漫。

忌部清不當一回事的嘻笑招手，與皇怕生地慢慢走近，一下子被有力的胳膊攬入懷中，酒香襲人的男人含笑問：「妳幾歲啊？」

「七歲。」大神替她答了。

小女孩眼前放大一張深邃俊朗的輪廓，被他挑眉仔細端詳：「這孩子靈力好強啊！但怎麼跟丟了魂似的沒什麼表情？嗯？不會是大神你餓到把人家魂魄吃了吧！」

一個杯盞破空飛來，忌部清眼明手快接下，任由酒水灑滿臉，張揚的壞笑完全不受影響。

大神冷冷斥責：「忌部，你以為在跟誰說話！我是神不是餓鬼！」

「我說大神，怎麼喊得那麼見外，真想聽你叫一聲阿清呢！」忌部清磁性嗓音滾出低柔笑意：「何況你不就是太想我，才叫我進來的。」

天底下也只有他有膽子把人神敬懼的禍津日神，真當成花魁去調情。

「……」

有夠會裝熟的厚臉皮，神官舍本部司都果然一代不如一代的沒素質。禍津日神開始後悔召他進殿，考慮乾脆直接弄死算了，無奈與皇還在他手上，命令道：「孩子還來。」

忌部清抱著保命盾牌哪肯放手，戳戳與皇的臉頰，依舊毫無反應。暗自打量評分她長大肯定是個冰山美人，毫不耽誤耍嘴皮：「你對我都沒這麼好，這麼緊張幹嘛？她又不是你老婆！」

他剛說完左右臉頰發出啪啪脆響、憑空挨下了巴掌，馬上紅腫出現五個鮮明的指印，好在今天大神是個養眼的美豔花魁，忌部清是個情場浪子，經常被女人打習慣了，光速改口：「又不是你神官！」

兩邊臉頰瞬間清涼，他愕然地低頭，只見與皇依然神態寡淡，兩隻小手各按一邊，怕弄疼似的療術按得很輕柔。

哇喔這小羅莉也太乖！忌部清樂不可支，不怕死的又要張口來兩句調侃。

「誰說不是？她就是本大神的常駐神官。」大神吞吐著水煙霧氣，理所當然地回答。

「明神村幾百年以來，也沒幾個靈力像樣的常駐神官，我還以為大神這次是要指名我呢！」忌部清深表遺憾，把與皇抱高逗著玩：「也是，這麼個小美人養成計畫！我也會選她！」

「放開你那無恥的狗爪，以後她是你的舍外弟子，記得定期來明神村授課，給我好好教出下任司都人選！」大神漠然地說：「教完就快點把她帶去參加角逐戰，本大神就能恢復清淨了。」揉著額角對眼前的一切都特別心煩。

忌部清自戀地撥瀏海，怎麼覺得大神今天脾氣比平常更暴躁，一定是太欣賞我，看我對小蘿莉太好吃醋了，只好依依不捨的放與皇下來。

後來，與皇和他一起逛村子時，忍不住拉拉衣角：「大神喜歡你。」

忌部清失笑：「為什麼會覺得他喜歡我啊？」

「大神不喜歡別人靠近碰他，不喜歡和人說話，就算對我說話時，也都是離得遠遠的。」與皇回想時的語氣隱含悵然。

忌部清認為小孩子想太多，穿插幾句玩笑話，裝的煞有其事開導幾句，小與皇表情仍然波瀾不驚，不知道有沒有聽進去。

往後每隔一段時間，忌部清就會來村裡教與皇咒法武術，明神族人也很喜歡這個風趣的男人，本來對與皇是神官懷著敬畏的距離感，不敢多看一眼，也不敢擅自搭話，大家都因為忌部清的關係，間接和她親近不少。

嚴厲的族長難得會露出笑容，長老勘兵衛爺爺蹲下來摸頭、鼓勵她以後也要盡責守護神殿，同齡的秀丸嚮往神官，經常向與皇出借古書閱讀。

和氣開朗的助六叔叔，會偷偷塞梅子飯糰給她。

溫柔的阿菊挺著大肚子，熬夜幫她縫補幾套新和服。

阿山是個害羞的孩子，只要被忌部清欺負逗弄大哭，就蹭著鼻涕跑來緊抱與皇大腿。

明神村的溫暖記憶猶新，卻也血淋淋地清晰可見。

與皇的手從黑鱗滑落，巳辰不自覺地探頭，月光灑落在她臉龐的瑩瑩淚痕，睡夢中遭受極大的折磨，細不可聞的痛苦低喃：「別殺他們……大神……」

巳辰被觸動過往地愕然僵住，凝視蜷縮的人影，海蛇像是要拆骨剝皮弄清楚似地盯著她。

龍蛇族長年四海漂泊，部分定居的族人生性溫馴懶散，受到欺負也只會一笑置之繞路走，直到出雲鯊族動了獨霸海域的殺心，巳辰回家時，父母和同伴們屍體被撕得七零八落，有些被沖上沙灘曝曬到難以分辨是何物還散發惡臭。

他天生體質差，又特別好吃懶做，更沒有修煉資質，只能眼睜睜躲在岩縫裡發抖，眼見巨鯊肆無忌憚掠奪殺戮，同伴的鮮血染紅海水，淒厲如風暴大浪襲捲滅頂。

自從那天起，巳辰發瘋似地鍛鍊，苦練體魄到每一片鱗甲斑駁而鮮血淋漓，連路過的出雲眾神們，都看不下去的接連嘲笑嘆氣：「哎唷！別練了別練了！你太弱了，根本沒有天分。」

巳辰最痛恨所謂天分，沒天分就該被踐踏不給活路嗎？弱小就該死嗎？我偏不信！

他日復一日堅持提升修行，遇到精怪就用毒牙撕咬單挑，慘敗就挑戰到贏為止，經歷無數次垂死重傷，直到每一個出雲的妖物都不敢惹他。巳辰將龍蛇族的煉化秘術掌控到極致，不惜把族人屍骨做成狠辣靈動的法器游龍鞭，他單獨找上門，一個人將數百隻鯊族擊殺，餘黨放逐出雲，永世不得踏入這片海域。

那些以前可憐他，瞧不起他的神明，態度都開始出現轉變。

十月例行八百萬神前來聚會，過去漆黑的海域寸步難行、還得自己乘風或打燈，只見點點光輝剎那隨著浪濤升起，巳辰帶領著龍蛇族，煉化出千萬海星燭照亮整片海域，眾神此起彼落讚嘆不絕，驚豔眼前瑰麗萬分的絕美景致。

「龍蛇王！龍蛇王！」

龍蛇族在海裡悠遊狂歡，探頭率先雀躍高呼，愛湊熱鬧的幾尊神明們跟著鼓舞吶喊。巳辰狠戾地凝視夜空汪洋、抱臂騰空而立，聽著波濤壯闊的歡聲，他知道，嘔心瀝血的苦練，以血洗打出長夜破曉，曾是龍蛇族中最弱小的海蛇，終於討回了公道。

三年前被鯊族的殘黨設計困在礁岩陣中動彈不得，是這個女孩路過救了他，也許是想起往事，巳辰凌厲的輪廓顯得舒柔，巨大蛇頭不由自主地靠近拱著與皇的腦袋，吐信舔著她臉頰上的淚痕。

「丫頭到底在難過什麼？妳也想替誰討回公道嗎？」

巳辰感應到她的情緒，細不可聞地沙啞低語，沒想到與皇眼眸微動被驚醒了。

九◆深泥池的死靈

一醒來就看到巨蛇放大的黑鱗腦袋，還吐著火焰般的信，正常反應沒嚇死也要叫出聲來，與皇經歷過上古凶獸的幻象訓練，完全不受影響，摸著冰涼濕透的臉頰道謝：「差點睡過頭，謝謝你叫醒我。」

聽她和平的解讀，瞬間將巳辰思緒拉回，尷尬發現剛才的舉止其實是想為她拭淚，威風凜凜的龍蛇王震驚到反應不過來！

他果斷告訴自己不能再這麼下去了，一定是因為法力被封印又常常變回蛇的原身，肚子又餓，才會抓什麼都亂吃亂舔。

與皇見化成人形的巳辰臉上一陣青一陣白，不知在糾結什麼的表情非常古怪，追問道：「你沒事吧？」

「我很好！」巳辰用宏亮聲音斬釘截鐵的回答，馬上反問：「妳剛說要去幹嘛？」

與皇正要回答，腳邊的茂叢浮現螢光飛舞指引，前方湧出涓涓細流，夜間清澈見底、閃爍著不可思議的光輝。

她聽到了鎮座此處的水神、高龗神和議的通知，這是完成公務的慰勞。與皇儀態端正地向貴船神社的方向遙拜致謝，大神所在的本宮，自古以來是朝廷祈雨止雨的信仰。

俯身洗淨雙手，她接著掬水洗面，將臉浸於冷冽清爽的水中，禊祓剛才應戰的濁穢。

黑鱗金腹的海蛇也開心竄游，神域淨水多少舒緩了巳辰的心亂。可當他瞥到與皇對海蛇型態專屬的憐愛目光時，巳辰心態又秒崩地頭皮發麻，不給她機會多看，迅速化回金髮惡煞、甩動濕漉漉的頭髮，凶著臉生起了悶氣。

「去一趟異界。」與皇站起身拿手帕擦乾臉，恢復了精神。

轉眼夜色山林中已不見兩人的身影，數點螢光及水聲也跟著隱去。

與皇帶巳辰移形到嵐山的竹林小徑，兩側竹影嘎嘎地異響。

「早就聽說京都的三不管地帶，妳就算是司都，也不見得歡迎妳。」巳辰環視著四周隨口叨念。

離與皇最近的竹林陡然往兩側旁分，撕裂空間的漩渦出現了異界入口。

「……」

「……走吧！」

兩人一前一後踏入其中，熱鬧的流動市集收攤了，成排寂靜町屋門口掛著燈籠，石疊長街倒映出溫暖黃暈，一片恬謐的景象，難以想像這裡是傳說中詭祕的異界。

他們大老遠就聞到炭烤燒肉的香味，古溪坐在書攤旁的竹椅，正在拿蒲扇煽火，炭烤架旁增設木桌，一盤盤鮮美欲滴的厚切肉片拼盤，碟子裡各種沾醬佐料。

「與皇，龍蛇王，歡迎來到異界。」他分辨腳步來源朝向他們，清雅面龐流淌柔和微笑。與皇快步上來要檢視傷口，知道她不放心，古溪主動挽袖露出平整光滑的肌膚，安慰道：「一點小傷，回到異界就會好了。」接著又很可憐地補上一句：「雖然真的很痛。」

他也沒忘記向巳辰打招呼：「在下叫古溪，久聞出雲龍蛇王大名，特地準備宵夜，請別客氣盡情享用。」

巳辰當然不會跟他客氣，一屁股坐下來，露宿山中肚子餓得咕嚕咕嚕叫，翻動夾起剛烤熟的九條蔥肉捲，古溪給他倒滿酒，巳辰豪爽地一口乾完燒酌，砰地放下：「古溪是吧？叫我巳辰就好，你人很不錯，交個朋友。」

與皇無言地想，這幕好眼熟，你別誰請吃飯誰就是兄弟啊……。

古溪點頭熱絡的笑著，閒聊兩句後就移開視線，放任巳辰自行大快朵頤。

他對與皇舉起酒杯，認錯似地垂下頭：「在下實在不知道店主竟然四處害人，藉機激發客人的慾望將其妖化，自己再從中吸取妖力茁壯。」

「你那位故人，是不是叫忌部清？」與皇拿起白磁酒杯也不急著喝。師父很愛喝酒，以前經常帶著各種酒進殿找大神開喝，她聞多了也能從香氣辨識種類，手上這杯是創業三百六十年歷史「北川白家」造酒，使用伏見水及國產米釀造的本格米燒酎，長期熟成而口感芳醇厚潤。

與皇猜測古溪也許是提防著店主的監視，否則一開始就會表明認識師父，又或是他擔心其中牽涉險惡，所以也在試探觀察，自己是否有資格當打破死局的人。

古溪也不再隱瞞，指腹沿著杯緣滑動：「實不相瞞，在下偷出勾玉碎片後，想去找忌部赴約，途中卻被店主發現阻攔，醒來後就是這病厭厭的模樣，困於異界無法離開超過一日。」

與皇注視古溪，語調不穩地一字一字道：「所以，你，才是那個失約的人。」

聰明如她早已推測過諸多可能，對方也許因遭脅迫或突發意外而無法赴約，這個設想也在其中，不只師父被牽連死去，連帶古溪也落到這種半死不活的下場。她平日情緒不顯於外，內心更加堅定非要親手抓住玉石引店主不可。

巳辰原本在狂吃，倒也沒漏看她細不可覺的靈息波動，抬頭瞧了一眼，隨口問：「怎樣？要不我幫妳殺了？」

沒見過上一秒給人請客說是朋友，下一秒就要變臉殺人，古溪露出快被嚇死的表情，抓緊與皇袖口，可憐兮兮地求救：「在下也是受害者啊！聽聞忌部殉職的消息，一直很痛苦，才想方設法彌補的。」

與皇跟巳辰搖頭示意不用，暗想：「古溪竟然能拿到神器碎片，店主攔截後沒有殺他，只是脅迫他代為管理玉石引。」

「你告訴我玉石引店主長什麼樣子？現在人在哪裡？」

「在下是真的不知道他是誰。」古溪浮誇地捂住胸口發誓，灰瞳盈滿悲傷的誠意。

與皇思緒飛轉分析諸多疑點，他果然沒有說出全部的實情，不知道是不願，還是不能。

「如今店主肆無忌憚的藉由天然石增強力量，必定是另有所圖。」他沮喪地說：「但我又能如何呢？就算想搞垮那家破店，還是有源源不斷的客人上門。」

光是打著「有求必應渡眾生」這句標語就足以讓人存疑。世間萬物皆有慾望，絕對沒有消失的可能。

隔壁巳辰看沒自己的事了，繼續狼吞虎嚥第十二盤燒肉。

「店主力量來自勾玉碎片，現在真的不在你那裡？」與皇瞧了巳辰一眼，他鼓著嘴，也搖頭表示並沒有感應神器氣息。

「怎麼可能還在我這，兩位可以探查到滿意為止，」古溪錯愕的苦笑：「有的話在下第一個交出去！實在愧對故人。」

與皇通透世事人心，從穩定氣息中察覺的確沒有說謊，巳辰在旁抹嘴，突然插口道：「你沒有線索嗎？不然幹嘛放我們進界界！」

活了百年的龍蛇王從來不需要委婉，好在古溪也並不覺得刺耳，輕聲道：「在下的確有個線索，深泥池近期出現死靈作亂，已有數人跳水自殺。」

「那和玉石引有什麼關係？」巳辰無聊的剝掉肉串烤焦的部分。

「店主以前告訴過我，他不能現身是因為被濃烈殺意威脅，有個死靈一直在追殺他，所以只能躲著。」

「有膽子追殺一個手持神器碎片的傢伙，的確不是一個普通的死靈啊！」巳辰鼓著腮幫子的模樣像只河豚，口齒不清地接話。

「從死靈口中說不定能打探出店主的情報，只是務必小心謹慎。」古溪愁眉苦臉的說。

「謝謝你。」與皇終於舉杯一飲而盡，不再開口談及此事。巳辰看她這樣子也沒胃口吃了，兩人很快告別古溪離開異界。

長街孤影、冷冷清清，只剩下整夜細碎間歇的咳嗽聲。

神官舍內，整天游手好閒的句芒神官，破天荒的唉聲嘆氣。

「阿宵，聽說深泥池有個女人的死靈出沒。」

「又來？」宵皺起眉。

深泥池位於連結貴船鬼界的銜接口，幾年前有個電視節目專題弄出一期深泥池幽靈事件簿，鬧得沸沸揚揚，引來全國各地大批好事者跑去探險和錄影，搞得居民煩得要命，附近鎮守的貴船神社湧入大量的祈願。

神官舍馬上被神明通知叫去處理投訴，他們就算判定幽靈級別沒有危險性，礙於輿論也只能形式上派一批神官去淨化了事，並連夜站崗柔性勸導來湊熱鬧的民眾們。

「而且這次好像不是低級的幽靈嚇人，是個超強死靈，已經有好多人失蹤了！」京太露出心有餘悸的神情，宵不置可否瞧著他，舍內對這種比鬼門還麻煩、誰都不想接手的區域通常是輪流管轄，這個月輪到了少爺。

京太扛不住冰霜視線，哀求道：「阿宵，你也知道我怕靈體啊！你陪我去好不好？」

少爺小時候調皮，和玩伴誇口一個人跑去墳墓試膽，結果被幽靈追著跑一整晚後嚇破膽。過去的創傷難以抹滅，他真的特別怕那類東西，上次巳辰就是給他拖去陪打鬼母子。

當初京太報考神官舍，就是衝著寄到家裡美型動漫的招生簡章，印著吸引人的標語「八百萬神神官舍，百鬼夜行平安京」，家裡人同意也是以為跟一般神職主持祭祀差不多，但能直接見到神明和學會用咒法，就是特別酷炫！還以為不用打怪才被騙進來的！

進來後才發現表面光鮮亮麗帥歸帥，本質還是社畜一枚。

眾神近年懶到什麼大小事都丟給神官，自己整天打扮的光鮮亮麗出門社交聚餐。沒事就很愛來個精神訓話，「天生有靈力要懂得心懷感激，和平時代才更需要鍛鍊，這是為你們人類好，多打多進步」。為此神官公務才會有例行鬼門巡邏和兼差維護神域治安，更慘的是祭祀及鎮化儀式相關的專業也不能生疏，總之業務項目繁瑣的要命。

要不是能一起玩的好朋友們都在神官舍打拚，我老早就辦好退舍，回家繼承香舖多輕鬆，少爺臉酸苦到皺成醃漬物。

宵甩開手正要毒舌回絕時，背後傳來不悅的粗獷嗓音：「神官還怕幽靈，真不知道少爺怎麼爬到這個位置，丟不丟臉？」

龍太郎剛養好傷出來活動，從額角到右眼附近留下一道疤痕，抱臂靠在柱旁嫌棄。宵馬上打岔接碴：「比起去趟鬼門巡邏也能被打到半殘的傢伙，不丟臉。」

他臉上閃過怒意，握緊拳頭：「你哪隻眼睛看到我半殘？」

說半殘的確是誇張，龍太郎燃起青炎護住學生，除了靈力有些消耗過度外，本來就沒有外傷，之前右眼包繃帶算是百足幹的，他有口難言氣得牙癢癢。

兩人向來互看不順眼，死對頭哪管這麼多，能戳痛處當然要用力戳。

京太慣性滑步橫在中間，打哈哈正要說點什麼。

宵召出初始歸一，繼續挑釁嘲諷：「你違令自己找死就算了，還好意思帶學生一起去鬼門，我不介意現在就把你打到半殘。」

「有種你試試！」龍太郎特別刺眼他老愛炫耀似的拿著那把刀劍亂晃，煩得一拳挾帶烈焰轟去，宵推開京太，湛藍太刀瞬時佈滿冰霜格檔。

「停停停！等下被蓐收看到，又要被罵了！」京太抱著腦袋，最後一個字才剛說完，果然怕什麼來什麼，錚錚鐵器　帶勁風從旁殺出。

兩人之間發出金屬撞擊脆響，無數形狀奇異的鐵鉤彈開太刀，接著掃向龍太郎下盤，逼得他向後越開，千鳥鐵飛碎成無數片將他倆隔開，虛晃一招聚型飛回主人手上。

戴著金框眼鏡的斯文青年，瞇眼時給人精打細算的印象，更適合提公事包、西裝筆挺的白領階級打扮，山吹色狩衣顯得很不搭，要不是舍內規定，他也根本不想穿這麼麻煩的衣服。

橘源平每件事都在分析利益得失後決斷，神官舍頭號不願得罪的人物。

「玄冥，我都不知道你這麼維護司都，還熱心到會私下進行懲處。」

橘源平已將千鳥鐵飛收回袖口，客氣地發話，踩在痛處的輕聲細語。

「你沒看到是他先動手的嗎？」宵手上的太刀仍在餘響威嚇。

龍太郎踏上前，橘源平抬手示意不要衝動，以前他在醫治虎介時，搜尋不少藥材法器，都是靠橘源平動用情報人脈全力協助打聽，實則為藉機攏絡，龍太郎就算心知肚明，但是人情擺在哪裡，還是很給面子的閉上嘴。

「你怎麼來了？」京太打破緊張氣氛，笑著帶開話題。

「剛才去和司都報告上個月的支出，」橘源平推著眼鏡：「順便跟你們傳話新的公務，是有關深泥池的事件。」

「喔喔喔！」京太無限循環默禱，拜託不要派我去。

「祝融、玄冥和句芒一同前往。」橘源平轉述與皇言簡意賅的指令，兩人瞬間異口同聲喝問：「為什麼要跟他？」

京太站在中間，感動到淚眼汪汪：「人多很好啊！正好交流培養感情哈哈哈！」

「我在洛西、洛北轄區的業務繁忙，讓句芒自己去。」宵森然拒絕，本來下午還有些熱氣，現在周遭已被直接降到冰點。

橘源平回道：「你這兩天的業務，司都指名我幫忙代理。」

「我……」龍太郎正在絞盡腦汁想理由推掉，忽然聽到與皇透過神識發來訊息：「深泥池事件，可能與堇青石有關。」

「我去！」

龍太郎鏗然有力的接口，京太有些錯愕，接著歡天喜地一手挽起一個，連續抽到十年分的大吉神籤般興奮喊著：「哇啊！我有最強的玄冥和祝融當隊友！別說一個深泥池，全京都的鬼門都沒在怕的！」

不顧橘源平略帶責難的視線，少爺根本忘了自己也是四大神官之一。

「抓個死靈，有必要派三個神官去嗎？」宵忽然開口。

「的確不是簡單的死靈，也可能是從鬼界銜接口跑出來的鬼女。」橘源平展開厚厚檔案，抽出其中一張，清晰唸道：「一個月內六人投水自殺，多次打撈仍未能尋獲屍體。」

「再不處理就壓不住媒體的消息了，得盡快把遺體尋獲才能給外界一個交代。不管是死靈還是鬼女，出沒時間點跟這些人的離奇失蹤，絕對有很大的關聯。」

京太笑臉瞬間僵住，一副欲哭無淚的表情。

橘源平倒也不是故意嚇他，拍著京太肩膀溫聲安慰：「……有事你就躲到他們後面。」

龍太郎繃著臉，宵不置可否。

◆◇◆

深泥池位於京都市北區上賀茂狹間町，佔地面積九公頃、數十萬年的古池濕地，水面有著無數座植物殘骸積累而成的浮島。晴天陽光反射下覆蓋一層油亮光澤，近處清淺能見魚游，遠處則深不見底。近年除了幽靈出沒，古時有過長達五十公尺左右的大蛇棲息池底，直到數十年前，附近仍有深信不疑的居民擺上生雞蛋供養。

神官進行特殊調查時允許不用穿和裝制服。宵和京太都換回輕便的衣服，少爺時髦的休閒格子衣、七分褲和涼鞋打扮，他們看起來就是普通的高中生結伴出來玩。

四大神官通常各自負責管轄區域，少爺有分別跟宵和龍太郎出過公務，但還是第一次同時帶上兩位死對頭，很怕他們吵架，決定一秒鐘空隙也不給的整路聒噪。八月已到處暑時節，氣溫還是熱得他用手狂搧風，而靈力專修水系的宵乾淨清爽，完全沒有出汗，根本就是個行走冷氣，靠近時超級涼快！少爺很開心地湊上去，好幾次都被宵厭煩的推開。

京太只好猛看左邊的龍太郎，一襲颯爽深紅和服，氣勢威風凜凜有如戰國大名的青年，現在心情差到自帶暴躁火藥。

「我們三個難得一起出來，來拍張照當紀念啊！」

左右玄冥和祝融顏值不同類型超好看！少爺把握機會拿出手機，自拍模式對著三人同框開濾鏡，喀喀喀狂按連拍，準備修圖後來發個動態。宵閃躲鏡頭翻起白眼，龍太郎嘖了一聲：「你玩夠了沒？」京太才趕快把手機收好。

少爺為了不被接著日常訓話，機智地搶話聊。

「是說龍太郎，我怎麼都沒看過你穿便服？」

龍太郎穿的是舍內辦公時的輕裝和服，神官舍發放的制服一年依照季節材質訂製二十四套，顏色是按職位官階區分，壓上神紋的款式大同小異，衣服向來都是輔佐清正替他準備打理好的。

「你問也沒用，因為他根本沒有私生活。」右邊的宵一身剪裁合身的白襯衫及深色長褲，燙得半點摺痕也沒有，換下和服後更顯身材修長勻稱，可惜美少年一開口尖酸，閉口也是陰鬱到難以親近。

舍內都知道祝融熱愛沒日沒夜的加班，神明們發布的臨時公務往往被他第一個接下，以及有藥材獎勵的項目都被打遍，一有空就往虎介那裡跑，無縫接軌打理弟弟的日常生活起居。

神官們還以為祝融為大家示範什麼叫頂級爆肝，自從司都接任後才見識還有更上層樓的工作狂，神官們為更新事項和方便通訊、以咒術架構的神域聯絡網，司都二十四小時在線待命，根本沒人看過司都放假，只知道他連神明們無厘頭的要求，都展現誠意的完美對應。

京太甚至合理懷疑，龍太郎這麼愛和司都對槓，很可能是看不順眼居然有人比自己還熱愛加班。

看他們又要開始水火不容的日常開砲，京太亂喊打斷：「我收到消息了！」

注視掌心的無間木圖騰，舒張枝葉開出芍藥，輔佐傳遞的消息自動轉成暗碼，只有神官本人才能讀懂。

「說了什麼？」龍太郎追問。

「我上次聽店裡員工聊到幾個香舖的常客，最近都沒有出現。」

京太吞吞吐吐道：「我想說不會那麼巧吧？就讓輔佐去查了一下，結果名單一致，失蹤的六個人，全都是松香堂的老顧客。」

宵臉色陰寒的指出：「所以那個死靈目標是要引你出手調查。」

「這麼重要的情報，薜收怎麼會沒查到？」龍太郎不高興的即刻下判斷：「那就更不能讓少爺牽扯進來，我現在就和司都會報。」

「可是我也想查清楚死靈幹嘛找上我，不然他之後要是再動手，說不定方式會更激進。」京太滿臉放心：「而且不是還有你們嗎？」

宵露出沉思神色：「司都不會是早就知道，才要我們一起來？」

龍太郎也奇怪和堇青石有什麼關聯。

「我說，其他的晚點想，能不能先搞定正事，」京太緊張地搓手：「現在下午兩點多，再過幾小時太陽就要下山了，有人想進行深夜冒險嗎？」

顯然沒有，於是他們決定先巡視一圈，深泥池緊鄰狹窄馬路、車速又急，宵走在京太外側，龍太郎跟在兩人身後，踱步繞著池畔一圈探查，又過了一小時左右，湖面除了幾隻魚悠遊外，沒有半點動靜。

「一把火燒了不就好了？」

「直接下去不就好了？」

宵和龍太郎又是很想直接掐死對方的表情，同時開口意見分歧的字句重疊不清，幸好京太早就習慣了，趕快拉住龍太郎的袖子怕他馬上動手，著急否決：「不能燒！湖上有浮島，還有指定為天然紀念物的珍貴植物啊！萬一青炎誤判攻擊寄生的精靈就慘了，這一燒不只會被薅收扣上三年薪水，負責管理的宮內廳會立刻殺來神官舍理論。」

龍太郎擰緊濃眉，也不得不承認直接下水最快。

宵早已凝出薄冰防水結界，丟下一句：「跟緊些。」看似隨意往前踏步一個踩空，無聲無息沉入池中。

京太遲疑的用涼鞋碰了水面一下又快速縮回，攪出圈圈波紋，幾株油綠的河骨水草浮動，像極攫人長髮。京太頓時發慌回望龍太郎，他抱臂嘆氣：「放心，我墊後。」

有兄弟罩真好！少爺深受鼓舞地開啟防水結界往下跳，激起水花的視線湧動泡沫，龍太郎很快隨後游至。

宵點著光輝在前面領路，浮島於頭頂上方形成一塊塊烏雲，隨著水光折射越離越遠。深泥池底是從冰河時期累積的厚積淤泥，三人穿過後來到的另一層常人無法觸及的水域空間、通往貴船鬼界銜接口，越往下越是幽暗，甚至連魚蝦游水波動的細響都沒有。

龍太郎不愧是操控青炎第一人，普通專修火系的神官下水後只怕連半點靈力都凝聚不出。但他仍是深感焦躁，就算已經抵達池底深處，還是怕一個沒控制好燒毀什麼，又讓橘源平的預算透支，只好謹慎收束火光。

宵忽然猛然閃光點示意止步，腳踝被冒出的絨毛八爪揪住往下拖。

京太從入水後就處於神經繃緊的狀態，瞬息開弓射箭救援，木系靈能聚箭絲毫不受阻力，眨眼霹斷褐色八爪、尾部黏著泡狀的畸形物體，原來是棲息在深泥池的水蛛，只是被咒術巨化成章魚大小。

「哈哈少爺不是很害怕嗎？出手快狠準啊！」龍太郎半是揶揄的稱讚。

京太露出慚愧神色，訕笑著回道：「看別人有危險時才不怕。」

「人找到了。」

宵剛才不閃避任由水蛛發揮，藉機靠近觀察是什麼樣的結界或陣法，京太的上邪神弓正好一箭破除障目幻術。

往下幾公尺處矗立無數咒字組成的牆面，輕煙物質排列出的縱書、泛著冷光緩速繞轉。牆內關著五具屍體，辨識後的確是資料照片上的失蹤者，三男兩女圍成一圈，腳踝全被密麻的河骨水草拴住，連接中央直徑一公尺寬的銅製圓門。

要是對咒字牆強行攻擊，恐怕一不小心就會連屍體也炸了，至少會被彈劾一個月，要想順利帶回去交差，首先得先想辦法解除這道障礙。

龍太郎遲疑不決該怎麼出手，逐字順著唸去：「龍田、花雪、澪標、手枕、十五夜、逍……」不自覺地扶額角：「這是什麼咒？沒聽過。」

「呵。」很快就聽到宵輕蔑的冷笑：「就這點程度也想在京都混？」

「你又懂了？」龍太郎哼聲。

「般若、斜月、花宴、夕時雨、富士烟、花形見……全是故意打亂順序的『六十一種名香』。」宵抬高臉朝著牆面一點：「反正你連由來也不知道吧？室町時代足利義政下令，由兩大香道派別始祖，武家『志野流』志野宗信、公家『御家流』三条西實隆共同精選出將軍家的珍藏，最後以東大寺的蘭奢待為首定出來的名香。」

他搶著說完一串後還故意確認：「……少爺，我沒說錯吧？都是香道的基礎知識。」特別加重最後的咬字。

京太中立的幫忙緩頰：「這、這已經不是基礎等級啦！阿宵教養課程每次都滿分，連香道也這麼了解。」

只有京都本部的學生，必修特別開設的教養課程，傳統藝能三道：茶道、花道、書道，外加選修香道，京太從小在家裡耳濡目染，輕鬆拿下全舍第一的優異成績，位居第二的就是宵。

龍太郎在學生時期就對這些花俏的東西感到苦手，搞得跟學當新娘似的沒什麼用，數十年來無論是督神公務還是實戰，一次也沒派上用場、早忘光了，沒想到今天在這詭異的水底碰上了。

他整個大無語，自認不會也沒什麼好丟臉的，聳肩道：「是是是，玄冥最有教養了。」

宵不去理他，併攏兩指聚靈縱橫劃出破解，激起整排霜色碎冰，咒字牆卻毫無反應。

「阿宵，」京太迎上他詢問的目光，解釋道：「那不是普通的五行咒字，是用靈力結合線香燃煙排列而成。」

只有京太跳脫五行能以香道破解，對方的目標果然是要少爺親自下來，宵和龍太郎的視線都落在圓門，不管是死靈還是鬼女，很可能就藏在裡面。

京太難得收起笑容，繞遊了一圈順勢結印送出探查術，屍體死白的人中處，分別浮現酸、苦、甘、辛、鹹的字跡。

龍太郎評估是否能幫忙，摸著下巴端詳：「這不也是依循陰陽五行？」

「但不是依照金木水火土的屬性，是對應五味，六十一種名香皆以『六國五味』鑑賞，現在仍以這個體系作為香的品評標準。」宵語罷眸光微沉道：「只能交給少爺了。」本以為少爺怕幽靈，橘源平和司都說明後，公務還是會單獨落到自己頭上，所以特別做了香道相關籌備，想不到最後是三人一起下水，水底躲著的東西也比想像中難應付。

京太食指聚靈指向咒字牆上的「霜夜」、「有明」，對應的是甘酸、苦甘，驅使移往人中，名香一碰到正確的五味便化散消失。

由於數量眾多，京太全神貫注地縱橫比劃，速度是越來越快，牆面轉動時掀出無數泡沫，名香咒字接二連三被消去，屍體在輕煙冉冉中左右搖擺。

龍太郎經常頭疼少爺整天就會玩，不可靠。第一次見識他在公務中展現驅香氣魄，驚異京太年紀雖然最小，的確有並列四大神官的實力。

宵也深感佩服，少爺不僅能在水中聚煙為字，還將六十一種名香分別對應的香氣順序、一字不漏的牢記腦中，才能這麼高效的逐一破解。

忙了快半小時，京太哀嘆手指滑到快抽筋，好不容易剩下最後一個名香「東大寺」蘭奢待對應「甘苦辛酸鹹」，打起精神五指一揮，瞬間咒字牆瓦解成裊裊煙絲消散，五具屍體失去支撐而驟然癱倒。

龍太郎比出拇指讚許：「句芒真有你的！」

「打手游破關練出來的。」京太有點得意，食指比出滑手機的動作。

「……」以後好像很難訓斥他舍內禁止偷玩手機。

宵啟動召冰訣以厚重冰霜裹住保護屍體，接著擲出靈光炸開中央的銅製圓門，細白冰沫四散漂浮。

水中本就是宵的主場，他不忘鄙夷地瞄了一眼幫不上忙的祝融。

龍太郎鬱悶到懷疑人生，青炎在水中又沒辦法發揮水準，司都到底叫他來幹嘛的，欣賞死對頭耍帥的嗎？

宵率先游入通道，一進圓門垂直往下墜，高度少說有十公尺左右。宵調整身形並施咒減緩速度，池水沒有跟著蔓延進來，仰頭可見一圈藍光水波規律地流動。三人撤去防水結界，宵觸摸確認近處濕漉漉的岩壁，這裡似乎是被開鑿出的通道，龍太郎脫離水中，立刻精神一振，青炎又恢復熊熊烈火，照耀整個空間。

京太瞳孔收縮，指著前方帶著顫音：「你們看……那是什麼？」

他的聲響迴盪，陰森的岩窟處處是透骨的涼意。

十◆水底神社，神前香

宵和龍太郎順著他指的方向望去，深不見底的悶濕通道中，矗立一座又一座佈滿厚重苔蘚的石鳥居，通往無盡幽暗。

再怎麼可怕的東西都嚇不了他們，沒想到出現的會是鳥居，格外光怪陸離的景象。

「不會還有神社本殿吧？怎麼就沒聽過水底下有祭神？」京太小聲問。

龍太郎哼聲：「什麼祭神，只怕是哪個有病的死靈在搞事。」

宵召出初始之一，刀身綻出藍光流轉：「是神是鬼，去看看不就知道。」

京太打個哆嗦，不時聞到沼泥腐敗藻類的氣味，苦著臉捏住鼻子，緊挨著宵前進。

三人謹慎地走在泥濘濕滑的通道，穿過重重石鳥居。少爺試圖分心趕走恐懼，強迫自己去數到底走了幾座鳥居，明明是區分出神域的結界，現在卻越走越弔詭，四面八方像是有無數雙眼睛死盯著不速之客。

「七十八、七十九……」一滴水滴突發從岩窟滴落，打中頭皮猝然發涼，嚇得他用力拽住宵的臂膀。

宵燙得平整的襯衫被扯出皺折，眼底寫滿我忍，龍太郎跟著腳步頓住，和服衣袖也被扯緊，臉跟著垮了。

「好像有什麼東西飄過去。」京太發著抖說。

兩人察覺他靠近後口袋和袖裡多出了樣東西，未及多想，下個瞬間三人已被不知名的力量轉移。他們腳底不再是濕泥，環顧從樑柱到地板全是紋理上好的櫸木建造，置身水底卻乾燥清爽沒有半點濕氣，前面架高二十疊的和室，雕花欄間高懸打磨光亮的鏡子，兩側拉開注連繩，床之間掛著一幅清澈川流的畫軸。花梨木製座桌擺滿聞香爐、火箸、香匙、羽箒、灰押等等香道用品。

三人面面相覷，都覺得這陳設好眼熟，每位大神喜好不同，但本殿裡接待神官的客室裝潢，除了那滿桌香道用具外，規格都像這樣差不多的大同小異。

不會真的闖到哪位神明的神社了？

京太努力從瞌睡中熬過的歷史課，撈出殘章片段，龍太郎經常出公差跑遍各地，苦思怎麼就沒聽過哪尊大神在水底神社下的事蹟？

象徵神域的注連繩無風輕動，座桌前一身全白和服的端莊女人跪坐於座布團上，猶如幽靈陡然出現。她的薄唇沒有半點血色，低著頭任由黑髮披肩散落。

「是妳在裝神弄鬼？」龍太郎厲聲質問。

宵太刀橫在身前戒備，女人眼簾半睜地抬起頭，輪廓於輕煙中清晰。

他們瞬間惡寒，女人樣貌竟然跟京太一個模子刻出來的相似，只是失去活潑生氣，否則任誰看他們站在一起，篤定就算不認為是雙子，也是姊弟。

兩人同時看向中間的京太，出乎意料的事情發生了。

少爺眸光一暗，端正筆直地咚然跪下，兩手併攏平放前方、恭敬向女子平伏叩頭。

龍太郎心頭登時冷了半截，有過百足陰影，少爺難道和妖怪是同黨？

他即時將掠過的恐懼否定，取代的是怒火攻心，神官職責督神，只有在特定國家大典祭祀時才會行拜禮，但平伏也不至於額頭貼地，更別說平常公務登殿，對神明也不用行這麼誇張的大禮。

現在京太居然一上來就對這個來路不明，妖鬼不分的東西下跪磕頭！

龍太郎哪管少爺是嚇瘋還是腳軟，燃起當場暴打一頓的衝動，拎起他的後領，沉聲斥喝：「馬上給我起來！」

京太磕頭完依然執拗直挺地跪著，只見他滿臉溢出驚恐苦惱，半天才恢復說話能力，恐慌到結巴：「我、我現在就真的動不了啊！一看到那位，突然全身被奇怪力量的往下壓，只能跪著。」

宵悄然在少爺背心灌輸寒氣，解除迷惑心智的術法卻半點效果也沒有，表情越發晦暗。

「沒用的，他不是中邪術。」

她的臉龐毫無情緒，態度居高臨下的傲慢：「與我香沉木血出同源，只要香氏一族仍精於香道，京太就只能乖乖給先祖磕頭。」

女人的肉體確實是普通人，但氣息很古怪，能出現在暗無天日的水底神社，絕非一般。

不過是經營供奉神佛線香的老字號店鋪，哪裡冒出來這麼厲害的先祖？

龍太郎暴躁地問：「你自稱是京太先祖，怎麼會突然出現在池底？故意引他下來是想幹什麼？」

「我在這裡沉睡千年守護神社，如今想藉京太的身軀，出去外面走動走動。」香沉木很有誠意的回答。

「守護神社？祭神是哪位？」宵馬上警惕四周。

「大神很快就會歸來。」香沉木眼底泛起稍縱即逝的溫柔，和服下的手指動了動。

京太膝蓋微抬就要過去，宵和龍太郎一左一右按壓住肩膀，力道抗衡之下幾乎能聽到骨頭疼得嘎嘎作響，少爺臉色發白，強忍住一聲不吭。

宵察覺到她無法施展全力，敏銳道：「你這個身軀也是借的。」

香沉木打量這個乾淨襯衫的秀美少年，目光停留在他手上的初始歸一，顯得有些訝異：「玄冥也親自來了？京太是我的後人，借個身體出去辦件事，保證不會傷害他。」

魂魄共用一軀本是異常危險，一不小心就會被反噬。

「喔？那你先從這具附身的軀體中出來，讓我們看看本尊？」

這具女人的身體因被死靈附體，容貌受到影響跟著改變，宵聽說香氏祖上是一對孿生兄弟，這傢伙想出去到附身都男女不挑，眼前的死靈要是沒有說謊，那麼至少存在了千年不滅，力量不容小覷。

得先逼他脫離這具普通人的身體，不然怎麼開打。

香沉木不答，突然矜持的笑了。他嘴角泛起相似的梨渦，眼底流轉京太絕不會有的殘忍：「就跟外面掛著的那批一樣，常人的身體太脆弱，早就被我不小心弄死了。好在現在京太來了，讓我省下不少麻煩。」

「你逼松香堂的常客發瘋跳水當容器用，目的是想附身到京太身上？」龍太郎氣得無處發洩，一拍京太後腦勺：「就你的好先祖！這德行！」

京太閃不開而被拍得發疼，哀嚎抗議：「他哪位啊！我真不認識！」

「本來只想讓京太一個人過來，想不到他這麼膽小，還把你們兩個拖下水，呵呵，四大神官來了三位。」

他似乎真的被取悅而愉快的舒展笑容，閉眼輕唸：「我的大神回來時一定會很高興。」

這席瘋話一出讓三人寒毛直豎地警戒，不知他口中那位來歷不明的大神，什麼時候會神出鬼沒地冒出來。

「那個……先祖大人啊！」京太膝蓋磨破皮都跪痛了，弱弱開口問：「你要借我的身體出去幹什麼？」

「殺一個人，那傢伙出言不遜羞辱過我的大神，我非親手殺了他不可。可惜死靈附身操縱普通人太弱，需要找靈力高強的對象附體，最好是血脈相連的血親，殺起人才更得心應手。」

香沉木順口一說，絲毫不覺得哪裡有問題。

「京太是神官，不是你殺人的工具。」宵冷淡地插口。

香沉木在聽聞「神官」字眼時發出冷哼，覺得很可笑：「神官就不能殺人了？若我說……」儀態優雅地往前傾，幾縷髮絲散落在臉頰。

「我要殺的那人，想搞垮神官舍，當年還故意在明神村失約害死忌部，你覺得呢？」悠然拖長尾音：「不想知道元兇是誰嗎？」

龍太郎聽得驚疑不定，宵臉色瞬間蒼白，握住刀柄的指尖顫抖，果決道：「給我名字，我來殺。」

京太眼皮一跳，左肩被不著痕跡輕捏，明白宵是在保護自己，右肩手掌正細微發抖，他奇怪依照龍太郎的脾氣，早該見機先發制敵，接著突然像確認什麼的臉色慘變。

香沉木看出他的恐懼，笑得令人發寒：「我也曾位列高階神官，精通香道、跳脫五行另闢新法。靈力融合的修行方式與其他神官不同，被視為異端，只有天皇看重我，請我研發出一種香。」

「神前香，能把神明困在凡軀，間接分崩離析神魂。」

京太沮喪接話，本來是香氏一族內的絕密禁忌，想不到遇到製作凶器的恐怖本尊……完全不想遇到啊！有這麼誇張的先祖完全開心不起來。

「沒錯，我少年時受騙犯下彌天大錯，天皇利用神前香除名我的大神，下令撤換神社更改祭神。我為贖罪尋到水底建立神社，終於感應神魂即將復生。」

他眼中傾瀉出的欣喜，狂熱近乎瘋魔。

自從天孫降臨人界，天皇壽命不及天神永恆，天上地下本已達到各自維持權位的平衡，卻因持統天皇[3]私自除名神祇而被打破。

「瀨織津姬，一千三百多年前的神祇，身為水神掌控大海川流，淨化現世及黃泉罪孽，只有在大祓詞中出現，生平成謎。這麼重要的神祇，卻像被刻意封印似的消失了，神話文獻《古事記》、《日本書記》裡一個字都沒有提到，這是你為她準備的神社？」

宵已從他的話中抓住關鍵，精準的切入。

香沉木聽到瀨織津姬名字時，神情明顯出現動搖。

「神前香配方早被我毀去，香氏一族後人大多遠離神官舍，主要走經商之道。」他話鋒一轉道：「既然我們目的相同，何不聯手呢？龍太郎，你不是想找出害虎介的真兇，我們要殺的是同一個人。」

龍太郎沒想到話鋒垂直落到自己身上，不由自主身軀一震，京太和宵都以為他說的是「害」是指虎介的病根其實有所隱情。龍太郎保持冷靜沉聲問：「我怎知道你說的是真是假？」

香沉木拿著線香把玩，一手握著唐木柄火箸撥弄香灰：「那傢伙陰險狡詐，利用堇青石協

3 日本第四十一代天皇，皇室史上第三任女帝。後世評價她謀略過人，不以利己、以天下為重。

助百足復仇、企圖逼你走上絕路，藉此弱化神官舍。」

與生俱來的貴族風度，他語速掌握分寸，內容條理分明到使人信服，龍太郎沒想到他連堇青石的情報都知道了，有些動搖地陷入緘默。

「知道我一直在追殺他，絞盡腦汁強化力量、到處躲藏的樣子也真好笑。」香沉木自顧自說著，宵忽然很配合的跟著笑出聲，他有些意外，很快恢復鎮定問：「玄冥你笑什麼？」

「神前香真的是你受騙調製出來的？不是因為愛上瀨織津姬而發明的？」

京太驚訝地睜大眼睛，香沉木表情瞬間晦暗，捻在指尖的線香斷成兩截。

宵緊盯著他，繼續不容情地拆穿：「持統天皇號稱善於權謀的女帝，她看穿你的苦戀，順水推舟唆使研發神前香，告訴你只要這麼做，神明就會受困成為凡人，永遠待在你身邊。」

香沉木被人揭開過往瘡疤，臉龐掠過殺意，偏頭微笑：「當年的確是我的私心遭受利用，害大神被封印除名，可惜天皇有神器相護，我又是神官，終究還是受到制約沒能殺她。」

他的目光飄渺，沉浸於往事之中。

京太小聲問：「阿宵，你怎麼猜出來的？」

「不用猜，《司都史錄》第一頁源起，一名神官與天皇聯手，妄想拘禁除籍神祇，自此強化神官舍系統，移交司都監察八百萬神職權，天皇不得干涉。」

儘管源起刻意不寫明細節，宵提及瀨織津姬時，沒有漏看香沉木眼底蘊含的相思成狂，身為神官卻不惜化為死靈等待復生的瘋魔執念，加上聽到京太的話，以及師父那行紀錄裡也提到神前香，幾條線索湊起來一推敲就得出真相。

「《司都史錄》！」京太額頭都冒汗了，眼珠狂轉地難以置信：「那不是只有司都能看的嗎？」

宵的態度擺明根本不在乎，龍太郎吃驚地瞪著他，竟然為了查清師父的死因做到這種地步，跑去偷看那本涉及神官舍內歷代機密，禁制重重只有司都才能翻閱的天書。

「持統天皇不可能無緣無故就想除名神祇，瀬織津姫到底做了什麼？」宵犀利地質問。

「大神仁善，根本什麼也沒做！」香沉木飽含鏗鏘怒意，發覺失態後很快抬袖遮面，恢復端莊模樣：「位高權重者只想著自身利益，明面上總能拿天下當藉口。」

「說了這麼多，你們應該了解，只要和我合作，我替你師父，以及替你弟弟報仇，現在快點放手讓京太過來。」

「你忙著丟出真假不明的情報唬弄，讓我們乖乖聽著，不就是為了拖延時間嗎？」香沉木熱情地追問：「室內薰香，你們聞到什麼？」

「伽羅。」宵指腹摸過鼻樑。

「白檀。」龍太郎打從見到香沉木那刻起，就發現體內異變，原本充盈的靈力比砂漏還快地流失，直到辨別香氣時已經一點也不剩了，既然無力阻止，多年以來的經驗讓他沉住氣，不動聲色聽著宵探取情報，這麼話多又瘋狂的死靈肯定會不小心說漏什麼。

京太苦著臉：「神前香會幻化成每個人心中最喜歡的香氣，你從一開始就下手了吧？」

「從你們踏入鳥居通道開始，神前香無煙無味，直到聞出味道時，靈力早就徹底清空了。」香沉木滿意的點頭。

宵手上的初始歸一光芒黯淡，證明狀況的確很糟糕。

龍太郎本就沒指望他，握拳沉喝：「你真以為我沒靈力就對付不了你？」

「那就看你們頂著普通人的身體能打多久了。」

客室外的岩壁深處，傳來吞吐泡沫咕嚕嚕的含糊奇聲，那是人在水裡溺斃時發出的掙扎，迅速地塞滿一聲、兩聲、三聲……直到數十數百，悶濕的狹長通道回音起落，瀕死怪叫越來越逼近。

宵與龍太郎互看一眼，左右守著京太，背對背擺出迎敵架勢。

「百年來沉入池中的屍體都被我拿來鞏固通道了，本來擔心殺掉你們，大神回來後會不高興，不過現在想想，乾脆推說是那傢伙動手殺的，反正他都害了忌部和虎介，再多送你們上路也很合理。」

他表現出的思路乍看周密清晰，但隱忍的氣場卻相當不正常，像是全力拴住隨時要發難的瘋癲。只聽奇聲怪叫轟亂地迴盪，瀰漫屍臭熏天，腐屍已經開始從岩窟內咿咿呀呀地伸出手腳，一塵不染的櫸木地板登時匯聚大大小小的穢濁水窪。

龍太郎膝蓋微曲，手肘內彎握拳擺出防禦架勢，怒極反笑：「到時候你最好再殺掉元兇給我們報仇、去跟心愛的大神邀功，真夠會扯的！」

香沉木偏頭，宵沒有漏看他眸光閃爍殺意，心驚地沉喝：「動手！」

一兩個腐屍已露出半個頭，面目被水泡得浮腫潰爛，龍太郎趁他們手腳還沒順利伸出時踢斷，宵也同時斬斷幾十隻腐屍手臂，京太扭頭用眼角瞥看後面，後頸發涼嚇得半死。

放眼望去殿外通道，從遠到近全是密密麻麻的腐屍，陸續顛簸地掉進通道，有些撞到石鳥居卡在上面晃動，有些四肢不全的腐屍或拖或爬，怪叫著向他們靠攏。

客室內香沉木好興致的以煙幕咒術阻絕惡臭，從各式各樣的香道具中，挑出裝著七分滿香灰的茶杯移到面前，只見先祖好整以暇的將聞香爐平放掌心轉動，拇指扣在爐緣、四指圈起，一邊品香，一邊欣賞腐屍狼藉的甕中捉鱉。

少爺從小精通香道新舊流派，見識過無數一流大家，聞香流程本身並不複雜，仍是給先祖流暢的動作吸引，不自覺地看呆了。

香沉木在觸碰香具時，虔誠專注到為此刻而生，而香具也深受感銘，俯首任由調動，他是歷經千年不變、真正獨具一格的異才。

再也不會有比他更信仰香道的人！

京太突然湧上不可思議的念頭，好想問他好多關於調香的問題。神官舍中只有他脫離五行的別具一格，靈力獨特的融合方式只能靠自己摸索，在知道眼前的死靈是先祖以來，第一次有種真正拜見到長輩，抱持敬意的瞬間。

無限感懷的思緒飄遠，讓少爺一時忘了身處險境。

大量腐屍猛攻下，龍太郎扭斷幾隻瞄準他的腐屍，可靠的穩守在旁。

宵拿著發灰無光的初始歸一砍殺一陣，跟著退到京太身邊，陰鬱道：「少爺，這可是你家祖宗，不會想想辦法嗎？」

「喔？啊啊啊！剛才就在想了，沒想到啊！」保持跪姿的京太回過了神，面臨同伴的險況，也只能對著空氣著急，全身是掉到深泥池的黏稠裡動不了。他腦筋一轉，脫口喊：「先祖大人！你說要迎接大神回來，結果連這些不知爛了幾百年的都放進來，本殿搞得髒兮兮的也太沒誠意，瀨織津姬可是負責淨化的神明啊！看到不會生氣嗎？」

香沉木一聽果然沒了剛才的優雅，神經質地重複：「你說得沒錯，你說得對，大神會不會怪我把本殿弄髒呢？」

腐屍因他猶豫，攻擊稍作遲緩。

宵和龍太郎趁機調整呼吸，投給少爺幹得好的鼓勵眼神。

香沉木越想越焦慮，壓抑不住狂躁地一敲火箸：「滾！都給我滾！」

京太嚇得緊閉眼睛，以為腐屍會原地爆炸，想不到先祖是真的怕弄髒，讓幾百隻遲緩溫馴地爬回岩壁內，香沉木心煩地起咒清潔噴進室內的屍水，通道憑空出現成排香爐，裊裊煙霧驅散惡臭。

……我說，其實你真的可以等殺完我們再來打掃啊！

京太很無言地在內心狂吐槽，當然不敢這麼大實話的找死。

眼看香沉木珍視愛護大神扭曲至此，幾句挑撥就智商下線成這樣，要是本尊真到場了不知會瘋成什麼樣。

少爺不禁惡寒無限的同情那位大神，換作自己，復活後第一句話肯定會堅定詢問，你到底喜歡我哪點，我馬上改！

發現先祖注意力回到自己身上，他立刻誠懇的說：「先祖大人，不然我們交換條件，你告訴我那個元兇是誰，說完我一放心，就能讓出最舒服的魂魄空間給你。」

香沉木側頭思索，露出了笑容。

十一◆香十德之一，感格鬼神

「嗯，本來是想在你活著的狀態附體，」先祖眼睛發亮：「不過我看玄冥和祝融這麼為你拚命，開始擔心能否順利操控你的意志，很可能會被感人的友情喚醒而受到阻礙……果然先殺掉你比較保險，死掉的力量弱上許多，但要對付那傢伙也夠了，沒錯，就該這樣。」後半段就是在自言自語。

什麼跟什麼啊！京太頭皮發麻當場呆掉，真不該小看瘋子的思路。

香沉木揮袖抄起香灰灑出、瞬息具現成數十巨掌撲來，龍太郎被暴起攻擊逼到岩壁，每拳都打散重聚的徒勞，額角暴出青筋：「少爺你別說話了！」

京太愣了一秒，依然選擇繼續奮力求生：「先祖大人，我活著比較好用！拜託給個名字！」

香沉木只當沒聽到，整平和服衣擺起身，殺意隨之一步步逼近，他瘋起來到根本不在乎眼前的少年，是自己血出同源的後人。

宵也給巨掌纏鬥的沒法脫身，瞳孔收縮：「京太！小心！」

一道純粹至極的銀光破空而過！

香沉木詫異地在幾公尺前停下腳步，慢慢低下了頭，不可置信地凝視胸前綻出大朵血花，扎著的箭尾端兀自微晃。

京太瞬息聚靈召喚上邪神弓在手，從搭箭到開弓的動作一氣呵成，快到無人看清，少爺左手撐著和弓搖晃起身。

「哎，您老人家脾氣真差，」他右手脫臼沉甸甸地垂下，皺起鼻頭懊惱嘆氣：「有什麼事不能好好談嗎？」

被香沉木附身的女屍驟然癱倒，雙生桃木箭逼得死靈現身，半透明的戴冠男子身穿白袍窄袖及表袴，儼然是個飛鳥時代的貴族打扮，清秀容貌氣質與京太如出一徹。

那箭傷害不小，他吃力的喘氣，痛苦地按住胸口，陡然頸部一涼。

宵條然移形，太刀藍光流轉地架住了他。香沉木驚駭睜眼，啞聲問：「不可能！你們的靈力怎麼回來的？」

另一邊龍太郎出手秒殺，灼熱大浪直衝窟頂燒得焦黑，踩過了滿地香灰殘渣。

他大步跨上前，先俐落地替少爺接好手。見他疼得滿頭冒汗，胸膛同個位置蔓延出大片血色，染紅格子衣，這一箭極度危險的挑戰避開致命傷。龍太郎臉色難看地拿出舍內常備藥給京太吞服，一手抵住傷口開啟療術專注止血。

香沉木瘋歸瘋，腦子依舊靈活：「驅邪的雙生桃木箭！你我血脈相連，這的確是最快脫離掌控，又能逼出死靈附體的方法，是我小看你了，還以為只是個嬌生慣養的少爺，不是走後門就是神官舍拉來湊數的。」驚訝中摻雜幾分誇讚，認可京太確實有身為神官的決斷素質。

京太面如白紙，一副給長輩說教、露出委屈神情的孩子，張口抱怨：「我要是嬌生慣養，哪會乖乖跪那麼久。」好歹對自己熱愛的弓道，實戰訓練時可是比誰都還夙夜匪懈練習過的。

神官舍每年延續古時在三十三間堂舉行「通矢」考核，起源自十六世紀桃山時代，到江戶時代開始盛行，備受武士矚目爭奪天下第一箭法的名號。其中考核項目「大矢數」規則是持續二十四小時於外廊維持跪姿、不間斷地拉弓，把心設置一百二十公尺處，箭軌須得筆直不能偏出弧度，否則必撞屋簷掉落，極端苛刻地考驗技術及體能。

京太一拉開和弓就是換了個人的氣魄，專注投入整晚聚靈射出一萬隻箭、九千隻中把，蟬聯三年大矢數冠軍，締造無人能超越的優異成績。

「專心治療！」龍太郎對他輕斥，本身也見慣傷患也沒什麼，心驚的是整天玩鬧的少爺，竟能對自己下得了狠手！

雙生桃木箭發動後，作為血出同源的攻擊者也會出現相同傷口，但他為脫離先祖操控，全力積蓄靈能召弓，抬手、搭箭、開弓快如奔雷閃電。

京太冒險突襲射出這一箭，自信能微偏心臟的神準，也預想手臂會因反抗脫臼。目的只為重創逼出死靈，他相信三人有配合無間的默契，宵和龍太郎能看準時機制住香沉木。

今天少爺要是獨自前來，不是要和這瘋子先祖兩敗俱傷？龍太郎盯著清稚少年的梨渦，有些後怕的叮囑：「以後別這麼亂來！」

「你們都沒有中神前香？是怎麼避開的？」香沉木神情複雜的瞧著京太。

畢竟連神祇都防不勝防，他真的很好奇千年後的小輩們是怎麼做到的？

「沒有避開，只是解了。」

香沉木愣住，喃喃道：「解了，怎麼可能！」

京太最怕他開始偏頭思考，也不管龍太郎在給他療傷地制止，迫不及待打斷：「我事先給了他們這個。」

手心滾動一顆黑色香丸，外觀很像正露丸，煉香通常是將許多香材，加上蜂蜜、陳皮及梅醋等等製成。

在鳥居通道時，京太狀似害怕拽住兩人並偷遞解藥，儘管龍太郎和宵不知是什麼東西，猜測少爺必定有深意而順勢藏起，後來感應靈力一瀉千里的流失、也沒有真亂了陣腳，趁打鬥混戰時捏碎煉香，聞過後靈力一點一滴地凝聚，腐屍撤走時，他們已完全恢復了。

兩個神官默契十足陪著少爺看他演到何時，抱著希望也許真能打探出元兇的名字。

香沉木瞄一眼就知道是為方便攜帶，把解藥做成了煉香型態，滿臉嫌棄：「煉香至少該以空熏之法加熱、體會其中香意，否則有失風雅，你們這是什麼糟蹋的使用方式？」

「情況緊急啊！反正有用就好。」京太縮著頭。

「效果太慢，要再改進。」宵毫不留情的刁鑽批判。

「阿宵啊！我可是傷患。」少爺扮個鬼臉，斜靠賴在龍太郎身上。

「不對！」香沉木猛然想起什麼，厲聲道：「當年我早已毀去神前香配方，你是怎麼調出解藥的？」

他擔心大神復活後，又被這香所害，是以相當關心是否有自己以外的人會調配。

京太嘆了口氣：「先祖大人，你還記得那個沒有靈脈的雙胞胎弟弟嗎？我的祖上就是被你嫌的一無是處的弟弟。」

香沉木終生未娶並無子嗣，當然知道站在眼前的是弟弟的血脈，神情莫測道：「香沉葉？他竟然能調配出神前香。」

「祖上鼻子靈敏能準確辨認香氣，您在實驗神前香時，他聞過很多次，所以記住分析出裡面所有的香材。」京太小時候聽爺爺奶奶講過無數次，以前都只當睡前故事聽。

「呵呵，沉葉很好啊！死後還記得叫後人來炫耀贏我一次！」

當年因無力阻止天皇旨意，眼睜睜看著本殿一間間毀去，大神被神前香困於凡軀，最終神魂離析碎成千萬片。香沉木被放逐出藤原京，無時無刻都在悔恨犯下的大錯，獨自找到深泥池水底臨鬼界銜接口的隱蔽空間，建立神社癡等神魂重聚。

期間傻弟弟也有來找過自己，他始終充耳不聞池畔那一聲聲的呼喊。

「祖上並不是想炫耀，他重現神前香後立刻銷毀了配方，之後花費一生心血去調製解藥。」

「……只為了給您。」清朗的少年嗓音貫穿迷霧。

香沉木腦內猛然像被什麼重擊地震動，苦思當時自己到底是怎麼死的？

他身懷靈力並以塗香異術保持容貌，肉體壽命比普通人長，垂垂老矣的弟弟在池邊呼喊，他仍是一心一意長跪在水底神社。

弟弟說什麼來著？

「沉木你回來吧！我有辦法能幫你的！」白髮老人淚眼婆娑的啞聲懇求。

香沉葉只從哥哥被流放前自言自語的片斷道歉中，猜出他愛上的是神明，卻不曉得是妄想囚禁反遭天皇利用，成為權謀中的棋子而發瘋。香沉葉是普通人不受神前香影響，憑藉理論的相剋之法摸索調香。一心以為只要有解藥就能幫上香沉木，他執著六十年反覆嘗試、經歷數不清的失敗，終於研製成功。

可惜香沉木已近瘋魔、來回踱步地暴躁，生來沒有靈脈的弟弟懂什麼？從小就只會拖後腿，現在滾回去禮佛製香，奉承好京內那些紈絝子弟和貴族女官就好！別來煩我！

「滾！你幫不上忙！這句話一定要我當你的面講嗎？」

狂躁地破水而出，接著他愣住，發現弟弟再也聽不見了。

那具衰老的屍體目光仍是望著池面，淒冷地躺在岸邊，香沉葉枯皺的手裡，依然緊捏神前香解法的紙籤。

香沉木目光呆滯空洞，根本沒有多去留意，他當時只覺得胸內灼燒，不管是對人對神，對自己還是整個世間，徒留無比空虛的絕望，瘋癲至極地笑著哭著，回到水底神社後打翻所有的香具，抄起尖銳火箸猛烈往喉間刺去。

「香沉葉先祖死前曾立下規矩，嚴禁後人試圖重現神前香，成為家族中傳說的禁忌秘香，但是代代堅守延續保存解藥調香的配方。」京太平靜的語調仍在耳際。

香沉木腔調已有哭音，重複低語：「果然是個傻弟弟。」

宵怕他發瘋，太刀架得更緊。

他根本不在乎刀又離咽喉近了幾公分，心灰意冷的感嘆：「你這孩子果然思慮周密，從最開始就看穿神前香的設局、帶上解藥防備，還想到用雙生桃木箭逼出我。」

「……不愧是沉葉的後人，是我輸了。」香沉木終生痴迷香道，對他來說無疑是場隔了千年的較量，從沒想過神前香竟會有被破解的一天，糾結之下的笑容隱含苦澀。

京太偷偷慚愧，其實是司都出發前單獨找他交代過，這次針對香舖下手，要他小心防備以香作為暗算，於是他帶了一大堆解毒防咒的薰香、抹香、煉香，五花八門也不知用哪個好的煩惱。直到走到通道時，邊走邊數鳥居時靈光閃現，底下住的東西要是專門想對付神官，最厲害的暗算只能是神前香。

怕亂說話又刺激到這位，反正這些前置細節也不重要，京太露出對長輩的乖巧笑容：「先祖大人，那你能不能告訴我，是誰害死忌部司都的？」

宵注意他的死靈身軀逐漸透明，香沉木靜默半晌苦笑：「執念千年，大限已至。」

死靈醒來後以香道異術操控買香的常客跳水，藉由頻繁更換活人身體多爭取時間，現在被一箭重創，轉眼就要魂魄消散。

京太並不怪他剛才還要殺自己，凝望沒發瘋時的先祖眼中透著關愛，也許是血脈相連作祟，莫名有些鼻酸。

宵輕巧移開刀，仍是緊盯著他。

香沉木膚色又淡薄一分，坐下後移動試香盤及香木，頗為感慨地問：「香道啊，千年後還有人記得嗎？」

「當然！」京太像是怕他看不清楚，大力點頭：「香道不只我們家懂，在國內已經發展出獨立一門的素養了！」

香沉木欣慰微笑，嘴角有個好看的梨渦，兩張相似的臉龐出現一點生氣，他很想再聽京太多說些話，隨口問：「我看過你們家線香盒，你來說說寫的香十德是哪幾條？」香十德原本是中國北宋詩人黃庭堅提出，由一休宗純傳入日本，不少香舖的商品內會附上介紹。

「感格鬼神、清淨身心、能除汙穢、能覺睡眠、靜中成友、塵裡偷閒、多而不厭、寡而為足、久藏不朽、常用無障。」

京太從小唸過無數遍，沒有一次像現在這樣哽咽，彷佛靈魂深處有誰的情緒透過自己不斷地渲染悲痛。

注視先祖正快速進行組香，依照季節有不同變化，組香的種類高達三百種，規則取自和歌及古典文學素養，來客聞香判別寫下答案，不只是雅緻遊興，也是直視自我內面的靜心。

「說得好！我自認才華出眾自成一格，卻不想連初心都忘了。」

「……感格鬼神，就算五感磨練到極致又怎樣。」他垂眸苦笑，呢喃道：「我竟是誰也沒能打動，只感動了自己。」

恍惚想起在大極殿前，瀨織津姬毫不懷疑地接過他調製的神前香，不知那是害她神魂離析的開頭。

「失約的是玉石引，還有，你們舍中有叛徒。」

香沉木終於說了了元兇情報，保持身姿優雅地端坐，隨之化成裊裊輕煙散去，那是人世間絕無僅有、哀愁至極的香氣。

「是異界店家的那個玉石引？」

龍太郎將京太扶穩，由於雙生桃木箭是淬煉致極的木系靈力攻擊，花費不少精神才治好傷口，他抹去額上薄汗，一字字道：「玉石引。」恨不得把這三個字咬碎。

京太拍掉衣服上的泥漬、脫鞋進入室內，跪坐在案桌前合掌。瞧著一件件自小看慣的成套香具，忍不住掉下眼淚，拿起羽箒拂去散落香灰，聞出先祖消失前最後用的是「菊合香」，重陽節句時的秋之組香，他卻再也等不到秋天，等不到心心念念的神明。

少爺揉著發紅的眼睛，難受地開口：「你們說持統天皇為什麼要把瀨織津姬除名呢？她負責淨化災禍邪祟，又不是什麼邪神墮神，天皇幹嘛非要她消失呢？」

龍太郎搖頭表示毫無頭緒，心裡仍很在意香沉木為何什麼說舍中有叛徒，不像是為挑撥的瘋話。

「室町時代分類定下的六十一種名香，還有到江戶時代才完善的組香，香沉木都一清二楚。」宵邊踱步邊提出疑點：「你們不覺得，他對外界知道的太過詳細了嗎？死靈為了避開消耗選擇沉睡千年，感應到神魂才醒來，也就是說神魂是在近期才重聚的。」

「難道先祖背後，有其他勢力提供情報？」京太皺眉，手指虛戳飄起的香煙。

「很有可能，復活一尊大神，就算是靈力超群的神官也不可能做到。」龍太郎很快接話。

「神官做不到，那會不會是哪尊跟她關係好的神幫忙呢？」京太喜歡交朋友，自然從自己的角度換位假設。

神明之間的交情大多疏遠淺薄，所以宵和龍太郎都沒有沒有往這個方向考慮。

「只能是這樣！」宵聽了停步道：「礙於天皇下的敕命，那位企圖復活她的神明，也許只能暗中計畫行動。」

「這種事不用想也知道要付出巨大代價，真的會有神願意這麼做嗎？」龍太郎有些奇怪。

「我說啊！近幾年付出超大代價，死了上百人的，不是只有那件事。」京太臉色發白地吞口水。

明神村神祟，三人同時想到一種可能，禍津日神挪用信仰能量，意圖重聚神魂！才會導致荒魂失控引發神祟！

宵自顧自地推敲道：「那就都說得通了，師父絕對是猜到了大概，卻還是因玉石引失約而被卷入神祟。就算瀨織津姬復活宣告失敗，香沉木瘋成那樣，也一定不信。」

「但就算是這樣，玉石引搞出那麼大的陰謀，神官舍什麼時候惹他啦？」京太胸口剛被自己的箭開洞很容易疲累，趴在桌上猛吸餘香治癒，懶得繼續動腦。

龍太郎擰眉問道：「等等，忌部約見玉石引，是因為知道他有辦法鎮化荒魂？」

「不清楚，但至少確認他有可以暫時制住禍津日神的方法。」宵瞳孔的晦暗深了幾分，轉過了身：「我留下來檢查有沒有其他可疑的東西，你跟少爺先把屍體送上去。」

出於擔心京太傷勢，龍太郎馬上答應，將六具屍體帶離水面後，聯絡這區的高階神官和常徒前來處理後續，三人分批離去。

十二・師父忌部清

宵疲憊地回到神官舍的住宿內，十二疊大小的乾淨和室，他換了套浴衣坐下，矮桌有隻折得一絲不苟的傳音紙鶴。

那是忌部清的發明，拿來把妹或逗他玩，宵以前看他玩得熱衷，經常罵說有時間就滾回去處理公文。後來才發現傳音紙鶴適合密談和報訊，啟動一對後只有雙方才能聽到內容，既能避免被竊聽，也不會留下任何證據。

「這趟司都特意叫你和祝融一起去，一定是有異常吧？」傳音紙鶴發出橘源平的聲音。

「有，發現了水底神社、京太家先祖、明神村神祟中禍津日神的信仰能量用在哪裡，一堆沒用訊息。」宵冷然回了一串，明顯心情不好。

橘源平在線上耐心等著，果不其然，宵勉為其難將重點簡略說完，語帶譏嘲結論：「香沉木就算是瘋了還是很會算計，最後還不忘提醒他的寶貝後人，對少爺丟出一句神官舍有叛徒，很可能是掌握某位神官搶走了異界商品的情報，說的就是你，蓐收。」

叛徒說的就是橘源平，而他本人完全不在意宵的指控。

紙鶴似乎傳來輕笑，岔開話題：「首先我疑惑的是，玉石引就是失約害死忌部司都的人，你認為可信嗎？」

宵指尖敲著桌面，鬱悶道：「師父絕不會那麼白痴，不可能將明神村上百人命賭上，他是用鎮化荒神儀式為主，與玉石引的約定，只是備案。」他在水底神社和龍太郎及京太說起推斷多有保留，現在卻對橘源平坦白。

「可是他終究小看明神村族人的怨氣，他們沒有答應讓忌部司都進行儀式，因為明神一族已經不相信禍津日神，更不相信神官，」橘源平嘆息道：「好在有你師父留下的形文手書，才能揭發明神村族人的罪行。」

「那只殘魂修補好了嗎？」宵小心地打開那瓶只剩一半的聚樂地，自斟自酌。

「等你明天送來香灰，很快就會完成，這兩天安排好後送給司都一個驚喜。」橘源平聲音中蘊含笑意：「我倒要看看，他在人證面前，要怎麼辯解自己的身分及罪狀。」

與皇在角逐戰時的一戰成名，當時從神官舍到整個京都人人熱血沸騰，他察覺這個戴面具的傢伙有所隱瞞很可疑，只是沒有明確證據反駁而靜觀其變。

儘管與皇用的是正規咒法、拿出無求扇證明自己是忌部清舍外弟子，並說明來歷。師父說要去處理危險的公務，臨走前特地來一趟將無求扇交給自己，交代要是他沒有回來，明年就帶著這個去神官舍參加角逐戰。

聽上去很合理，反倒不像忌部清平常看心情做事的風格，於是橘源平去找宵套話，他當時看上去深受打擊而沉默良久，無法理解師父為什麼要隱瞞有個舍外弟子，過了很久才簡短回道：「師父的無求扇從不離身的。」

橘源平冷靜的說服：「忌部司都沒有公開舍外弟子的原因，很可能是因為他的出身。玄冥，你要是肯告知手上有的相關線索，我也會拿出誠意，協助你為師父平反汙名。」

宵同意和他公開對比手上有的證物，橘源平追查與皇近期的動向後，篤定他混進神官舍是另有所圖。

現在宵煩躁地用指腹摩挲酒杯：「他就是明神村引發神祟的主謀，還跟玉石引聯手佈局，一個明著掌控神官舍，一個在暗處攪局，的確很麻煩。」

「異界在神域、現世及黃泉的夾縫中苟延殘喘，要是想越界擴張勢力，得到神官舍的支持很快就能發展，我已經查出司都最近的確與異界人士頻繁往來。」紙鶴拍動翅膀，語氣聽上去把握十足：「近期內絕對要把她拉下台！」

「愛怎麼鬧隨你，」宵冷然道：「你我只是交換情報的合作關係，對我來說司都誰當都一樣。以前你和龍太郎聲勢最高，我也寧可支持你，比起那個弟控肌肉男好。」

橘源平在房內推眼鏡苦笑，不打算和他坦白，玄冥，你這個師父控也不相上下。

「我還有個疑問，禍津日神怎麼會心血來潮想復活瀨織津姬？我翻遍典籍都不知道他們有交情。」

「書裡的東西都是挑著寫的，不是嗎？」宵才喝兩口就已泛起紅暈：「神之間的愛恨情愁我沒興趣，我只想搞清楚到底是誰害死我師父，要不是明神村的人幾乎都死光了，我真想再殺一次。還有玉石引，他有膽失約，我就要讓他下黃泉給師父請罪。」

橘源平從紙鶴裡隱約聽到那頭有撞杯響動，猜到他在喝酒，揉著眉心搖頭。

與習慣謹慎審度時事的橘源平截然不同，宵的性格可說是不顧一切的鮮明激烈。他是忌部清救回來的孤兒，從小對看不順眼吊兒啷噹的師父，什麼嚴厲的詞都當面訓斥過。自己可以罵，就是容不得別人講他師父一點不好，龍太郎以前也只不過中肯的批評了幾句，就被他記恨到現在。

為了不出現在宵的記恨小本子上，橘源平提到前任司都時也會特別留意。真心認為宵該學學龍太郎活的多坦率，何必自我折磨，但橘源平是不會說出口的，畢竟就像宵說的，雙方只是交換情報的合作關係。

宵把香灰放在和紙內重新折好：「水底神社下的香材和灰燼，你要的東西明天就送過去，但我先說了，神前香可不是那麼好調製的。」

「幫了大忙，謝謝你。」橘源平禮貌的道謝：「我可沒有京太家祖傳調香的才能，就算是贗品，只要能有幾分鐘的效果就足夠。」

「等過幾天養魂完成，你就可以親自見到那個魂魄，很快就知道神祟之夜的真相。我先失禮了。」語落傳音紙鶴就自燃成灰。

宵喝著酒頭痛欲裂，只覺得胸腔熱得如火在燒，身軀卻依然冰冷無比。

神官舍內另一邊，京太單獨走進書院二樓的辦公間，司都向他示意可以開始了。

少爺在出發前，司都單獨傳喚給他看了一份檔案，紀錄每個在深泥池失蹤者共同去過的地方，「這和源平給我們的不一樣啊！怎麼會這麼詳細？上面有寫他們去過松香堂，失蹤的都是我家香舖的常客。」京太表示不懂：「可是這麼明顯的情報，源平幹嘛不跟我們說？」

「也許他猜出死靈目的是想引你過去，不願你去冒險，又或是他希望這個公務落在別人手上，方便順手牽羊一些不該帶回來的東西。」與皇一如往常的語調平淡。

按照司都的指示在舍內不要透露事先知情，京太才裝成在池畔收到輔佐消息，碰巧發現失蹤死者之間的相關性，即時和祝融及玄冥共享情報。

京太將水底神社的經過一字不漏具實稟告，說到先祖告知失約元兇是玉石引時，與皇心念微動：「他說失約的不是古溪而是玉石引？難道……」

她動搖瞬間，少爺已轉述展開三人的推理，禍津日神不惜發動神祟，是為挪用信仰能量可能是為復活另一位被除籍的神祇，她眼底蒙上難以摸透的情緒。

京太他們沒跟禍津日相處過，大神絕不可能為誰付出真心，否則怎麼會連唯一交好的師父都會死於神祟？何況禍津日神基本誰都討厭，寧可神隱也要跟外界徹底斷絕往來，性格孤僻到出類拔萃。挪用信仰能量不光會遭受信徒憎恨，冒著荒魂失控的代價，要說為誰去做到這一步，絕不可能，也毫無意義。

更重要的是，與皇親身經歷其中，清楚明神村引發大型神祟的真正原因。

她聽完後，表現的不置可否。

「這麼破天荒的消息都沒反應啊……」

京太超級佩服司都定力，之前還在奇怪他好像早就知道和神前香有關，但聽宵提到《司都史錄》的緣起，司都應該也是從中得知。

那是神官舍只有司都才能翻閱的機密書冊，在歷代司都或特別優秀的神官死後，自動浮現紀錄及評價事蹟。人物數量及內容龐大，又以古文結論精短到艱澀難懂，每任司只當是天書供著生灰塵，只有與皇有耐性拿出來反覆翻看推敲。

與皇道：「我調查到香氏一族的神官香沉木遭到流放後，在深泥池一帶失蹤，胞弟香沉葉後來也死在池邊。現在死靈湊巧出現在那裡，失蹤者又全是香舖常客，才會猜測是與你家先祖有關。」

「難怪司都指名要我去了斷因果，又怕死靈不好對付，才叫阿宵和龍太郎一起來。」京太恍然大悟。

與皇頓了頓，和藹的說：「句芒這次破解神前香、化解死靈怨氣處理得很好，必須記上功勞，辛苦你了。」

少爺意外被司都認可覺得很開心，靦腆地搔著臉頰，有點明白前幾天，自家輔佐和副手午休時的閒聊八卦，一致對司都發出佩服的評價。

當時他正把資料夾豎在辦公桌前擋著，忙著滑手機群聊，他們經過時發現又再摸魚而一臉痛心，到隔壁休息室時故意大聲說什麼：「明明司都也不過比我們句芒大一歲而已，少爺真該向他看齊。」京太老樣子左耳進右耳出，後來聽到的內容，本來也沒特別放在心上。

「司都總是扛下沒人想跑的麻煩公務，他實力這麼強，卻不會跟玄冥一樣嫌我們辦事效率慢，整天說什麼乾脆自己來比較快。」

「的確！而且還評估每個人的能力分配公務去磨練，不至於死抓權力或過度保護。賞罰分明還願意給晉升的機會，就讓人想跟著他！」

「哈，別以為我聽不出你在嘲諷誰啊！每個項目都要再三親自確認的薜收，還有整天罩著自家學生的祝融老大吧？」

該由部下去做的事，司都就適時交由他們去執行，既是鍛鍊也是表達信任。

當然與皇除此之外，還有別的理由，讓宵自己查出是玉石引失約後，他必然有後續動作。

京太想到先祖最後說的話，忽然悶聲問：「司都，妳認為神官舍有叛徒嗎？」

出發前和事後會報都只找他，少爺再不懂這些謀略，也多少有些不好的預感。

「世間評價隨波逐流的變動，出於觀點及立場不同，當下與自身信念對立的都可能被視為叛徒。」

宵大張旗鼓容不得有誰詆毀師父，而與皇因牽涉八尺瓊勾玉損毀的重大機密，步步為營的調查。

看少爺睏得不行，與皇溫聲道：「好了，你先回去好好休息。」

京太出去後，與皇指節輕敲著窗沿。他說最後是宵留下來檢查清理水底神社。

「未能阻止返魂石及神前香，為罪；自獻人柱阻止神祟，為功，功過相抵。」

「薜收和玄冥看過《司都史錄》記載返魂石、神前香這兩個關鍵字，依循線索應該也查到和香氏一族的關聯，為了調查神祟之夜的證據，有可能已經聯手，不惜計畫偷走神前香灰燼，能做到這一步也真不容易。」

「依照師父的性格，為防止自己有個萬一，出發前肯定會留下訊息告知宵，對於荒魂即將失控相關的猜測，他們也很可能已經知道明神村的逆天大罪。」

她的眸光有些黯淡，嘆息道：「所以對你們而言，我才是叛徒。」

夜色逐漸籠罩大地，四下以沉寂回應。

宵和橘源平通話結束，愣愣發呆。

他指腹反覆撫摸著冰涼瓶身，無論要面對的是什麼，忌部清明亮眼底永遠帶著灑脫，在臨走前，宵滿臉不悅的監視他喝著半瓶聚樂地，笑道：「好好好，不喝了，剩下的回來再喝！」

目送師父擺手出門，寬肩闊背的墨黑身影，衣擺徒留一片醉人的美好夜色。

那瓶酒再也等不到人豪飲，宵極其小心地喝，每次都只喝小半杯、深怕喝完。

手肘撐在疊蓆上覺得很涼，他乾脆蜷縮在地，忍受喉中的刀割燒痛，我為什麼當時沒攔住他？師父當時就是有去無回的覺悟，不管怎樣都不該讓他去的！

神官舍裡面都是自命清高的混蛋，平日罵他、嘲諷他不好的哪裡少了！哪次不是碰到問題，那些傢伙才忙著推忌部清出去頂著；需要他們幫忙加入救援時，又怕死的不肯出頭。

宵和師父的爭論哪次贏過，忌部清向來詭計多端又舌燦蓮花，每次遇到大事都有辦法拋下徒弟單獨溜出去，輕鬆歸來時也有，險而又險重傷時也有。

但他總會信守承諾回來。

宵是被忌部清救回的孤兒，自懂事以來，經常忐忑不安的一個人等著，不自覺牢牢抱著那把冰冷湛藍的太刀，像是唯一能庇佑師父回來的護身符。

忌部清以為宵喜歡那把刀，之後扔給他拿著玩，直到明神村神祟那夜，初始歸一躁動地鳴響了一整晚，直到如訴如泣而歸為沉寂。

宵呆滯坐著三天三夜不肯鬆手，不敢相信上面師父的靈息，已經徹底消亡散盡，半點也沒有留下。人死魂滅、不入輪迴，甚至連魂魄也被徹底毀了！師父一生救人無數，憑什麼落到這個下場！

「才喝一點就頭痛的要命，我說啊！你到底為什麼喝得下這麼難喝的東西？」

宵用力揉捏太陽穴，額頭抵住冰寒透骨的刀鞘，忽然鼻酸沖上眼眶，外加心底積壓許多事，只覺得腦袋痛到快要炸開。

他搖晃著爬起身，拉開門出去吹風。外頭沁涼晚風前來安撫，與之相處的過往又清晰無比地一一甦醒，蟲鳴高低宛轉沉吟心事重重。

朦朧夜輝洗滌中，少女有如月亮凝聚而成的光暈，她是一朵盛開的曇花，翩然落在廊間。

清麗絕代的氣韻不似人間所有。宵用力揉眼，好像是以前在伊勢神宮遙拜過的天照大神，他恍惚道：「大神！」身心痛苦到難以忍受，竟是直接喊出聲。

少女轉眼被他擋住，宵屈膝跪在身前，含糊的嗓音顫聲說：「我好想他。」

他想眼前也許只是酒醉的幻覺，心裡反而舒坦，神官也是人，為什麼不能求神了？

「我想師父了，為什麼他還不回來？」宵哽咽得連頭都不敢抬，淚水大顆地滾落在地，喃喃低語。

「我已經答應陪他喝酒了，為什麼他就是不肯回來呢？」

他醉後反覆的語調平板並不激烈，卻是字字蘊含刺骨至極的悲戚，感覺到肩膀有誰溫柔地觸碰，隱約伴隨悄然嘆息：「我也想他。」

宵忽地緊握住那雙冰涼柔軟的手，像是溺斃時抓到的一線生機而不願鬆開，直到眼皮沉重，睡意猛然襲來。

少女自然是與皇，本以為半夜舍內宿管時段沒人，就沒戴面具或換臉咒，還真不能鬆懈。靜默施咒把他移形安置回床上，才剛抽開手，和服袖口竄出一條金燦海蛇，不屑抱怨：「這是妳的寵物？要是我早就打爆，哭成這樣真沒用。」

她神情莫測，瞧著這隻更像寵物而不自覺的海蛇。

巳辰惦記著宵夜，與皇只好冒險來神官舍廚房，看看有沒有什麼能打包，這會兒手臂沉甸甸，明顯比以前更加重了，巳辰從扇柄晉升到茶碗直徑的粗細，完全不怕發胖的海蛇恣意遊走食材間，挑嘴地吃肉。

與皇任由他喀滋響啃得高興，坐在旁邊閉目養神等著。

隔天，橘源平正和司都在書院一樓進行例行早會，食堂負責人員淚眼汪汪跑來告狀一星期分的牛肉不翼而飛！他鳳眼瞇起，心平氣和的回道：「我知道了，你先下去。」

與皇算準與他視線撞上的時機遞出薪資袋，她的薪資大半都捐贈給神社維修，或是資助貧困學生的學費，本就沒剩多少，與皇自認吃草吃土也能活，住的是神官舍公費，穿的是發放的狩衣或和服，偶爾上網或逛市集買個二手古著，並不在意這些。

橘源平對司都粗製爛造的生活品質深感憂心，攸關到神官舍顏面，他勸告了幾次都沒用，只能私下痛惜，果然跟他愛亂花錢的師父忌部清一樣，各自往兩極狂奔的沒有金錢觀念。

現在他心情複雜盯著扁扁的薪資袋，與皇淡定說明：「不夠的先用下個月的補上。」

更讓他有種後媽虐兒的錯覺，深吸口氣平復心情，推回薪資袋，彬彬有禮道：「司都不必這樣，龍蛇王這筆伙食款項，連本帶利我會向出雲申請。」

開玩笑，當京都神官舍本部這麼好白吃白喝！

鏡片反光出現犀利鋒芒，與皇目送討債惡魔旋風離去。

◆◇◆

三天後，與皇照常在書院辦公，著手批閱堆積成山的公文。

「司都，有急報。」

橘源平說話音量向來不大，與其說文雅，倒不如說是不屑有什麼事情，值得他花費力氣，現在很難得有些急促大聲：「神使來報有位大神失蹤。」

大神們不待在社內時，通常不知道跑去哪裡雲遊玩耍，偶爾聯絡不上也不是什麼稀奇的事，會讓橘源平注意肯定是有別的原因，與皇靜靜等他說下去。

「神息似乎極度衰弱，最後傳來消息是在船岡山。」

「傳來消息，說了什麼？」

「禁止前來。」

兩人之間頓時瀰漫死寂，司都仍是保持正襟危坐的姿勢，橘源平沉不住氣問：「司都不說點什麼？」

端詳那張面具，彷彿想從那雙眼中找到什麼，然而只是徒勞。

「司都難道不覺得，這條御神令很耳熟嗎？」

「天照大神神隱天岩戶？」

橘源平頭疼，那都是幾千年前的事，那是姊弟吵架，能一樣嗎？

他揉揉太陽穴：「司都忘了明神村事件？」

與皇熟記神祟之夜相關的檔案資料，當年明神村的禍津日神也是傳來一句「禁止前來」的御神令，一句警告，沒人敢插手，除了師父。

明神村與世隔絕神隱了百年，他們締結誓契獲得庇佑，禍津日神設置結界禁止內外出入，兩年前卻出現異變，有的明神族人僥倖逃出，狼狽跑來神社搖鈴求救。

「村內有妖魔闖入作祟，求大神庇佑，求神官救救我們！」

幾尊大神卻都相應不理，理由是：「你們不是百年前私下結了誓契，發誓世代只供奉禍津日神嗎？何必要我們幫忙。」

「那裡是特殊的神域，我們不好插手。」

神明們拒絕收爛攤子，神官更不好干涉，只能眼睜睜看倖存逃出來的明神族人們，不到幾天就遭受邪祟詛咒渾身潰爛而死。

當時只有司都忌部清全力施救，並推測禍津日神可能遭逢異變，才導致神力虛弱，護不住神域內的信徒。

他不顧反對，堅持違反御神令去明神村鎮化救人，不料引發神祟，忌部清被當成罪人結案，神內派系鬥爭暗流洶湧，絕對不能容忍一個罪人的徒弟接任司都，對他直屬弟子宵沒給多少好臉色。舍內在下一任司都候選人，刻意捧高龍太郎和橘源平的呼聲，哪知角逐戰卻又天降忌部清的舍外門弟子與皇，各家勢力精心籌備多年落得一場白忙。

神祟事件撲朔迷離，明神村信仰的是執掌災禍邪祟的禍津日神，誰都知道這尊大神脾氣陰晴不定，一個不高興就叫來幾場天災人禍開路，連其他神明也怕得繞道走避，百年前卻突然神隱，建立明神村培養信徒，設立嚴密結界阻斷外界聯繫。

通常不會有神這麼做，村內的信仰聚集到高峰，但一方面也是畫地為牢，日本各處的神社跟著逐漸沒落，翻天覆地的災禍神隱，相安無事的低調靜寂了百年。

不管怎樣，眾神紛紛拍胸鬆口氣，猜測他終於發現自己很惹人厭了？拜託千萬別出來，完全不想扯上關係。

「你的意思是可能會重演明神村事件。」

「是，」橘源平很滿意終於順著自己的話勢走，扶著高挺鼻樑上的鏡框：「京太報告書上寫了水底神社，起因是來自神官妄想囚禁神祇，我突然有個猜測，明神村的神祟，有沒有可能不是忌部司都的過失，而是明神一族本身意圖不軌。」

「司都有沒有什麼頭緒呢？」

橘源平最後一次給他機會承認自己的出身，另外隱含想問的是，忌部清在前往明神村時，是否有多跟與皇透露什麼。

「我不過是舍外弟子，並不常見到師父，我會立刻去船岡山徹查。」與皇平靜地說道。

「司都身邊沒有輔佐，是否需要我安排人手？」橘源平沉默的行禮，轉身走出幾步，又想起什麼的回頭。

「沒事，我有個副手能用。」

「可是外頭等著的龍蛇王？」見與皇點頭，他也沒再多說什麼。

十三・船岡山上亡靈大軍

與皇出了神官舍，沒看到巳辰也不著急，記得京太提及帶他去過的店家，沿著櫻馬場通前往料亭六盛，果不其然找到大吃大喝的巳辰，旁邊坐著個書卷氣的銀髮男子，古溪這次終於沒用平地摔登場。

每次見他就清瘦憔悴幾分，與皇正要開口關心。

「他說丟了東西，感應氣息在船岡山，問我能不能幫忙。」巳辰嘴裡塞滿炸蝦天婦羅，含糊不清的搶話。

船岡山？與皇心念一動，時機未免太過巧合。

「與皇，妳聽我說，哎……」古溪頂著黑眼圈，發愁道：「幾天前玉石引賣出一塊新潟縣所產的系魚川石，在異界又稱返魂石，本來是由一位母親買走，為了供養夭折孩子的魂魄、待送轉生。」

返魂石！和神前香一起出現在《司都史錄》的物品，但與皇在神祟之夜的記憶始終搜索不到這樣東西，不動聲色地聽著。

「沒想到那塊返魂石在她回家途中被人劫走。」古溪兩句話就夾帶一個嘆氣。

「養魂也不是什麼大不了的事，自己不會去異界買一塊，用得著去和別人搶？」巳辰三兩下把蝦尾吐出。

「除非……」與皇心想：「他不願意付出代價，又或者受到嚴格制約不得出入異界，不想落人把柄。」

神官不得出入異界，搶玉石的人難道是神官？

古溪看起來沒胃口，沒事可做而把擠到沒處放的空碗盤依序疊好，很嫌麻煩地抱怨道：「奇怪的是玉石引至今從未發生商品被劫，無論如何在下得盡快找回，否則客人太可憐了，對店主也很難交代啊！」

等巳辰吃飽後，三人前往船岡山。

沿著北大路通、途經千本鞍馬口來到船岡山，標高一百一十二公尺的丘陵，佔地廣大緊鄰建勳神社，入口處為公園，裡面有個戶外演奏場，最高處是平坦寬廣的展望平台、眺望京都塔及市區風景。

山道並不陡峭，台階由不規則碎石混泥鋪成，走起來還算平穩，與皇和巳辰依照古溪的感應搜尋往上爬。

九月白露過後的氣溫還殘留毒辣熱度，與皇摘掉面具透氣，用真容面對古溪時很是安心，之前他在鞍馬山第一次看到自己的臉，也沒有特別驚嚇的反應。

巳辰耳釘被曬得發燙，把熱汗濕黏的金髮順勢往後撥，無敵想跳回出雲舒爽的海裡游上整天，瞥一眼就猜到她在愜意什麼，不讓人好過在旁涼涼的說：「反正他眼睛不好，看妳肯定跟甘酒一樣糊成一團！」

「在下心眼未盲呢！」

古溪抬指玉戒輕抵眉間，任由光華流轉入灰瞳，霎時清明視野。

不必這麼認真吧！還特別動用玉石力量！與皇無言的想。

只見他端詳著自己：「與皇容貌絕美出塵。」

別人說與皇可能不信，但古溪語調誠摯，儒雅面容沒有摻雜半點奉承。

走在路上會被人頻頻回頭猛看、竟是因為好看嗎？與皇不自覺地摸著臉。

明神村的族人因為自己是神官，通常都是畢恭畢敬地不敢多看。師父以前會說「徒兒好可愛」，不過這些詞他對村裡的老奶奶們也會說，所以很難有什麼具體的概念，師父也愛對禍津日神甜言蜜語，大神輕蔑地回你講這種話就跟問好一樣，張口就來的不要臉。

她的思路很快給長篇大論打斷。

「平安京地勢東鴨川、西山陰道、南巨椋池、北船岡山。此處為四神相應的北方守護神玄武，平安時代初期是貴族遊獵、遊宴之地，著作隨筆《枕草子》的女流歌人清少納言也讚譽過船岡山，直到中期右京衰退後，淪為處刑場和送葬之地而屍骸累累。」

古溪拄杖爬得氣喘吁吁，途中休息時不忘當起導遊。

「那場長達十一年的應仁之亂，西軍在船岡山作為據點卻被三方攻陷。到了戰國時期又因各自擁戴不同的政權，再次舉兵合戰成為戰場，船岡山血流成河、數萬軍士葬身於此。還有啊！三十年前這裡還發生過襲警射殺的兇案，晚上經過會聽到無數詭譎的腳步聲而被追趕。」

巳辰在最前面哼了一聲，那正好下次宵夜吃撐了就來活動筋骨。

古溪講到自己也有些害怕，苦著臉寫滿沒事真不想來，悲涼道：「船岡山往昔是神靈的守護之地，卻遭受血晦玷汙，著實令人感傷。」

與皇以前在出建勳神社出公務時，經過公園旁標示應仁之亂遺址的石碑，這裡累積的血晦怨氣太重，當時就留意到還有其他的東西。

「就快到你說的地方了。」

盡頭高處拓展出大片圓形平坦的空地，低矮林木環繞，砂地長出疏落雜草，前方眺望市區街景的遼闊。

巳辰突然停住腳步，側身避開險些撞來的半透明亡靈士兵，他戴著漆塗皮製圓錐型狀防禦帽的陣笠、斷頭就躺在自己的胳膊裡，茫然地穿梭。簡陋胴甲上區分敵我的合印已是血汙難辨，從裝備判斷是稱作足輕的一般步兵。

古溪被與皇拉著閃到旁邊，他正在拍著胸慶幸叨念：「幸好亡靈最多四百年後就會趨近衰弱，應該已經無法具現……咦？」

本來只是呈現半透明的十多個亡靈士兵，胴甲上的刀痕逐漸具體，周身籠罩磷磷鬼火，腐敗臉皮目露幽恨凶光，輪廓清晰可見。

「軍隊看起來很能打啊！」巳辰率先擋在前面，游龍鞭感應到他的戰意高昂，跟進發出懾敵的破空咆哮。

「在下感應到返魂石就在附近，返魂石只能養魂，無法驅動龐大亡靈，肯定是有其他力量不小心喚醒他們。」古溪正對與皇說明，他們一轉頭就看到巳辰大笑樂在其中。

「再來！」

從山道爬來不斷增多的亡靈士兵列陣向他們逼近，巳辰游龍鞭有如毒蛇飛竄撲咬，士兵被成排消滅靠近不了半步。數百大軍前仆後繼，與皇無求扇跟著開闔地穿梭其中，一手一個輕點淨化。

「巳辰別浪費法力，省著點用。」留意殺紅眼的巳辰而出聲提醒。

她打定主意絕不能讓龍蛇王碰到狂暴武神，否則就算開了結界，京都也要被他倆打塌一半，能讓橘源平放棄撥款，抄起千鳥鐵飛直接去解決問題來源。

「少命令我！不就是搞定幾個雜兵，哪需要用到法力！」

注意有士兵躲在石後放箭偷襲，巳辰一鞭轟然橫掃攔腰折斷，無數斷箭殘弓跟著敵軍化為幽火消失，打裂出拳頭大小的石塊四處亂彈。

與皇眼見亡靈數量太多，準備一次大面積施放攻擊，正在默念長咒卻又被巳辰打斷擊，沉喝：「後面！」

他一聽才想到後面還站著手無寸鐵的古溪，倒轉鞭頭連擊擋下十多顆飛石。

「多謝相救。」古溪視野模糊而搞不清楚狀況，仍是溫聲道謝。

巳辰不知反省的哈哈笑道：「站遠點別妨礙攻擊，對了！要不我設個防護圈讓你進去！」

與皇雖然沒帶過輔佐，也看出龍蛇王習慣單打獨鬥，完全沉浸在自我的戰鬥世界，不聽指示大殺四方的暴擊就算了，偶爾還會歪打隊友，實在是個糟糕的副手。

古溪扶著手杖，嘴裡委屈地說：「在下還是能幫點小忙。」動人的中高音色吟唱符訣，緊接著一串唸道：「天河、方解、孔雀、綠泥，風信子、石墨、寒水。」收於悠長嘆息：「……神居古潭。」

巳辰一呆：「什麼東西？」

與皇心道：「他在操控玉石！」

不愧是異界人士，咒縛於名，蒼藍、碧綠、玄黑、金黃大小數百渾圓的玉珠，凝於幾公尺高處破開鬼氣籠罩，亡靈士兵痛苦地揮槍舞劍隔擋，對著乍現的光華異象發出哀嚎，色彩斑斕的雨珠嘩然打落，佔據半山腰的大軍眨眼灰飛煙滅的乾乾淨淨。

五光十色彩霞轉瞬即逝，灰雲縫隙透出幾絲陽光。

巳辰震驚回頭：「我去！快跟我過兩招！看不出你那麼強！怎麼不早用！」

古溪扯出苦笑，嘴唇微動像是想回答他的問題，一張口就噴出鮮血，嗆到又吐出了一口，簡直像有人正往身上捅刀，他的灰瞳渙散無光，搖晃著捂住胸口忍受煎熬，本就慘澹的病容毫無生氣。

松葉色的和服前襟已是血跡斑斑，銀髮及清雅臉龐沾滿血跡，宛如美玉乍現裂痕，使人不忍。古溪支撐不住歪倒，與皇扶穩他，拿出舍內常備藥準備放入他口中。

「神官舍的藥物對我無用，」古溪婉拒：「還是留著別浪費。」與皇想起他之前也拒絕過治傷，目光移往戒指，鑲嵌處卻空空如也。

「藥有沒有用吃了再說！丫頭又不差這幾顆！」

巳辰氣勢洶洶地插嘴，不容分說把藥塞入古溪口中，與皇哭笑不得，當然不會提這藥有多珍貴。

「放心，在下暫時不會死的，返魂石就在那裡。」古溪咳嗽著掙扎起身，指著船岡山頂的平台附近有座三角形隆起的岩石，平安時期崇敬神靈降臨而祭祀的「磐座」。鄰近處多出一塊高聳的岩石，和磐座有相同氣息。他拄杖蹣跚地走了過去，觸摸那塊層狀起伏的灰黑石紋脈絡，鄭重道：「就在裡面。」

「你確定？」巳辰抱臂歪頭，不用想都知道他等下會一鞭劈開石頭，古溪趕快遠遠的退到安全地帶。

與皇率先擲出無求扇直飛巨岩，陡然像被什麼擋住彈回，她揚手接下後，摸著扇柄目光陷入沉思。

「哈！」巳辰對那種裝模作樣的武器很嗤之以鼻：「看我的！」

游龍鞭劈山碎石上了癮的準備大展身手，只聽巳辰暴怒慘呼，一鞭甩去不僅被勁頭凌厲地反彈，鞭梢還險些打到主人而發出心虛嗚咽。

剛才與皇貌似輕鬆的接下無求扇，其實是淡定化解其中強大神力。

「媽的！一塊破石頭也敢這麼跩！」

他兇著臉一甩鞭貫注法力，游龍鞭登時充盈殺意，氣勢截然不同的強勁威猛。

「巳辰，你……」與皇的話速哪比得上巳辰動手快，只得斜身出扇格檔。巳辰看她出手眼睛一亮，根本不打算收招的大肆挑釁。

與皇迅速環視附近欄桿、階梯、長椅都被巳辰破壞得差不多了，只剩舊時發布空襲警報器的圓柱石塔岌岌可危。

「這是戰前遺跡！不能再被砸了！」一想到申請經費時，橘源平推眼鏡盤查的刻薄臉，內心絕望到連連叫苦，嚴厲喝止：「停手！」

清楚巳辰不可能乖乖聽話，她發話瞬間啪地揮開無求扇，轉、點、挑、蜻蜓點水的靈動撥開高速遊竄的濃黑毒蛇，精巧雅緻的折扇更勝刀刃鋒芒，步步緊逼壓制長鞭欺近身前。

巳辰可是打架能手，哼笑近身戰更好，猛然曲膝就是一個旋踢。

怎想一眨眼與皇已移形到後面，閃電般扼住他的雙腕。

巳辰還以為手臂要被狠狠折斷，下個瞬間游龍鞭被她一扯之下脫離掌控飛出！

他在劇痛中差點崩潰，由族人屍骨煉化出的法器、如影隨形替他打下龍蛇族百年輝煌地位的戰友！從來沒落在敵人手中過，簡直奇恥大辱！

游龍鞭也憤怒地纏緊手臂，把她的狩衣白袖擰成麻花繩，與皇很有耐心的撫摸鞭梢。巳辰很快目睹更加駭人的一幕，腦中霎然轟響，乾脆直接給她殺掉算了！

他瞪著游龍鞭像頭小蛇似的彎起身，親暱蹭著與皇，比待在原主人身邊時還聽話。

「信不信我折爛你！」

巳辰生無可戀的氣炸咆哮，游龍鞭驚嚇到清醒地瑟縮了一下。

與皇嘆了口氣，抬手戳戳催促，他才畏縮地飛回巳辰手腕，趕快變回皮鍊裝死。巳辰火大到想也不想地狠狠一拍，打得自己手臂紅腫痛得要命。

他也不是輸不起的人，臉色難看的承認：「妳很強，這次我暫時認輸。」

收拾完好勇鬥狠的海蛇，與皇冷著臉不再理會，回身雙掌按在巨岩凝神聚靈。

古溪邊咳嗽邊忙著安慰：「巳辰不用生氣，傳聞神官舍本部的司都曾有奇遇，只怕天下法器到她手上都會臣服。」

巳辰不服氣：「怎麼可能？她……」

下一句話立刻硬生生被截斷，與皇掌中泛起如月色的光輝，石上隨之浮現神印。

「神術！」巳辰呆住說不出話來，哪位大神願意傳授凡人神術？

除了高超天資、感應天地的靈力以外，另外需要有神明認可的德行胸懷，當年出雲老頭提起時囉唆條件一堆，他聽了根本懶得學還差點睡著，總之大意是千百年來受到青睞的神官或神使屈指可數，不出十位。

「與皇年紀輕輕，實在難得。」古溪也很驚訝。

「我才不信，每位大神系統各有不同，她最好就能矇對……」

磐座為分隔神域，外界無法擅入，接下來的展開彷彿是要跟他作對，只見紋理光輝勾勒出完整神印，等到與皇手一拿開，磐座已從中開敞出通路。

難怪法器會聽話，神術竟這麼厲害！

巳辰氣呼呼地轉開臉，回去以後一定要逼出雲老頭教兩招，古溪看他鬧彆扭，笑著搖頭，跟著與皇走進洞窟。

深不見底的洞中飄來舒適愜意的冷香，使人忍不住想貪婪多吸兩口的上癮。

十四・醫神大國主命

洞窟密閉導致香味沒有完全散去，與皇事前聞過京太給的解藥，但對這東西陰影太深，下意識先掩住口鼻，悶聲道：「先出去！」

巳辰才剛走兩步，困惑的問出：「什麼味道！」下一秒就在砰然冒出的黑霧中變回海蛇原型摔在地上。

他氣得滿地打滾，沒想到區區香氣瞬間害他法力歸零，巳辰咒罵今天是什麼大凶日，接二連三倒霉透頂。

巳辰氣炸之餘還不忘扭頭問：「古溪沒事吧？」

古溪絲毫不受影響，驚奇道：「巳辰你怎麼了？」彎下腰吃力的將他捧起。

「丫頭，妳怎麼看起來也沒事？」與皇退到洞窟口，海蛇跳竄到她肩上檢查。

神前香，不只能使法力靈力全失，還能讓神明受困凡軀，只有在這時候普通人的肉眼也才有機會看見神明的樣貌。大神就是被明神一族用這個香困住的，她面具上一雙澄澈眸子顯得飄忽，古溪跟著喚了幾聲才回神。

「這香氣會暫時清空你的法力。」所以對古溪這種普通人反而沒有傷害。

與皇沒有把疑慮說出口，神前香要是和之前一模一樣，應該無煙無味，等聞出香氣時才會發現深入骨髓。現在這個明顯效用不大，果然是以灰燼媒介的術法仿製重現。贗品效力大減，推測不到幾小時後就會解開，與皇也不擔心巳辰，信步往洞窟內走去。

昏暗盡頭只有一抹燭光搖曳，柔和地映照氣質古雅的青年面龐，他身穿鈷藍色出雲織和服端坐，手腕戴著一串濃綠天然石珠鍊。

與皇摘掉面具躬身向他行禮。

「大神，我來晚了。」

「不晚，也只有妳才能打開洞窟。」

兩人熟稔地閒話家常。醫神大國主命宅心仁厚、不像是其他神明琳瑯滿目的脾氣，誰都不怕他。大神在京都的本殿位於龜岡市的出雲大神宮，神官舍內最搶手的神域，熱門到只能用抽籤決定，哪個神官當月只要抽到他的神社，就開心到等於放假，先去開喝慶祝一番。

古溪暗自讚嘆今天一見果然清雅安謐，就算受困時仍是修養絕佳，換作其他的神只怕就算失去神力，也會怒到把洞窟砸爛出氣。

大國主命目光投向與皇肩上的海蛇。巳辰昂起長軀，硬是比與皇高出一點，倨傲地宣告：

「我是出雲神使！」大國主命是統治出雲的上古神祇，島根縣出雲大社主祭神、神在月的東道主。他有天突然興起說要去京都小住，一待就是百年盤桓。相關公務都交給神格之一的結緣神代理，巳辰一直在老頭子手下做事，還是第一次見到這位真正的頂頭上司。

「久聞巳辰一手游龍鞭威震海域。」大國主命欣慰點了點頭。

他性情體貼，又是出名的好脾氣，特別得各種小動物喜歡。巳辰一下子遊到他面前，毫不客氣地指出：「你真的是神？怎麼身上沒半點神力？」

與皇眼底罕見地閃過陰霾，如同《司都史錄》記載，那麼除了用神前香將大神困於凡軀，肯定是拿返魂石來吸收通天神力，這兩樣東西加起來就能完全拘禁住神明。

返魂石不只能拿來養魂，其實還有這種犯下逆天大罪的用法。

與皇琢磨古溪是否知情，只見他灰眸失焦的目光，屈指抵著額頭苦惱：「在下確實感應到返魂石，只是好像被放入了不同的殘魂，而且還套在大神手上？」

她和巳辰的視線同時移往大神右腕的出雲石珠鍊。

「出雲石」色澤濃綠沉靜，產自島根縣松江市花仙山，別名「出雲碧玉」、「出雲青瑪瑙」，自彌生時代採掘，直到奈良時代的大和朝廷，出雲石成為權力象徵而備受崇敬，卻不是古溪所說被劫走的糸魚川石。

新潟縣的糸魚川周邊以產翡翠聞名，採掘歷史悠久、追溯到比出雲石更早的繩文時代，祭祀時作為驅魔降神的呪具，產地是日本最古老的翡翠信仰起源。

據說要是人們無法前往伊勢神宮或出雲大社這樣具有規模的神社，也可配戴糸魚川翡翠前往自家附近神社參拜，神明通過上古靈石感應後有相同庇佑成效。

大國主命察覺他們的疑慮，微笑道：「這條手環的確很奇特，這幾天一直持續吸收神力。」

「返魂石外觀不起眼、有如路邊常見的石塊。唯有養魂者佩戴後，才會依照當事人相關的淵源而改變型態。」他靠著感應指向出雲石手環：「這就是被劫走的返魂石。」

「神力都沒了，你還這麼淡定？」巳辰覺得很離譜。

與皇恍惚間回到明神村那一晚，蘭奢待的幽冷調香瀰漫在呼吸中。篝火晃動中無數扭曲異樣的影子步步緊逼，神鬼難辨的男人黑髮如瀑布飛散、有如活物般蠕動，儘管被神前香囚困，他仍是神態散漫到像是世間沒有什麼可在意的事，艷紅薄唇勾出輕蔑弧度，手腕扣著一串翡翠輝石串鍊，色澤溫潤內斂，與病態氣韻成了鮮明對比。

原來如此，返魂石既然能改變型態，就是那條錯不了。

與皇的心魔現在逐漸和大國主命重疊。驚愕、恐懼、憤恨爭先恐後的湧動，指尖在袖子下輕微顫抖。

「大神，你快把這個東西拿下來。」與皇警惕地瞧著那條珠鍊。

大國主命摸了摸她的頭，柔和說道：「別擔心，那種假香困不住我的，被吸收一點神力不算什麼，貌似只是想加速養魂罷了。」他是歷經千年歲月的神祇，仍是保持青年外貌，每個舉止都溫柔到像是在安慰孩子。

與皇表面波瀾不驚，五指不自覺地蜷緊。

海蛇巳辰腹部被砂石磨得不舒服，蹭到大國主命柔軟衣料的的膝蓋，下個瞬間突然打了個哆嗦，一溜煙地滑下來。他飛速遊回古溪的懷裡抱怨：「ㄚ頭有病啊！突然放出那麼重的殺氣。」

古溪安撫地摸著鱗片，謹慎道：「也難怪與皇會生氣了。大國主命仁善，依在下的推斷，劫玉之人就是利用這點。先是用剛才那個古怪的香味暗算，趁大神虛弱的瞬間，把返魂石扣在腕中。藉此吸取神力加速養魂，若是途中取下，石中殘魂不免魂飛魄散。」說著不自覺地肅然起敬：「大神肯定不忍。」

「這位先生過獎了，」大國主命謙遜道：「不過區區神力，等養魂完成，拿下返魂石後過幾天就能恢復。我感應到石中殘魂良善，乾脆幫他一把。」

他安身於磐座，在養魂完成前發出禁止前來的御神令，一方面也算到與皇遲早會找來。身為醫神熱衷研究醫術，連張羅藥材都不派神使而事必躬親，甚至沒懷疑過神前香和返魂石，全是刻意佈下的惡毒圈套。

氣焰囂張的巳辰驚呆，從沒見過這麼愛包攬委屈的傢伙，根本有受虐傾向。

與皇心中卻一片清明，大國主命早已通透諸多因果，察覺佈局的人並不是真心想作惡，才假裝不知情。

「只是，」古溪搔著銀髮：「返魂石本身就有養魂功效，為何那人甘願冒風險，也要藉由神力加快速度呢？」

「養魂按照正常時間，要多久才能養好？」巳辰好奇地問。海蛇捲成一團窩在他的腹部，古溪的和服領口被扯得敞開，露出裡面的白襦袢。

只見他慢吞吞地重新拉好，溫聲道：「也不久，莫約十二年左右。」

「喂！這也搞太久了吧？是我也選吸食神力，大概只要兩三天！」巳辰險些摔下來，嗆了口氣罵道。

「買賣交易，童叟無欺。」

古溪畢竟還是玉石引的代理人，難得沒有在人前嫌棄這東西很沒效率真的騙錢。他盡責地辯解：「返魂石高效精品早在百年前斷貨。找遍異界上上下下，也只有玉石引珍藏的幾塊，需要十二年算少了。那名母親以壽命交換，她已垂垂老矣，說起來，還是店家有些吃虧……」

大國主命苦笑著輕咳一聲。

古溪馬上閉嘴，異界店面踩在三不管的灰色地帶做生意，本來就不是多光榮的事。他忘了就算大神再怎麼平易近人，在醫神面前大聊人命交易，的確非常不恰當。古溪察覺到失態，汗顏反省。

與皇盯著返魂石面露沉思。

大國主命拍著她的手背安慰：「與皇別擔心，那只殘魂已經養好了，而且他認識妳。」依然習慣把她當成兩年前、那個負傷的孩子哄著。

巳辰瞧得有些刺眼。這傢伙怎麼又是摸頭又是碰手的，丫頭可是我龍蛇王的對手，又不是小孩子！哪有這麼嬌弱？莫名像是有針細細地戳在心頭，又拔不出來的煩躁。

「認識我？」與皇有些不可思議地重複。

古溪才安靜一分鐘就算反省完了，忍不住清喉嚨接話：「返魂石有特定條件，養魂完成後必須是和他死亡有直接相關的人才能召出，還要再加上信賴之人的聲音，才能喚回神智。為此戰亂期間在軍中很熱銷，主要是給保護自己而慘死的戰友養魂，現在售出的客層多是父母，想為夭折的孩子祈福。」

巳辰嘀咕：「真夠麻煩。」

古溪困擾的瞧了他一眼：「這是自然，若是被心懷不軌的人奪取，就算能養魂成功，也無法擅自召出魂魄。」他很奇怪劫玉的人動作真快，不等那位母親把返魂石帶回家，就先搶下來佔為己有放入殘魂。想不通買賣消息到底是怎麼走漏的？那人到底要養什麼樣的魂魄，心急到為加快完成，不惜鋌而走險囚禁神祇？

「誰知道這東西會不會被拿去養什麼凶靈？」巳辰不服氣地反問。

「返魂石生性溫和而無法承載凶靈，通常是為替珍視之人養魂，為其求得完整的魂魄輪迴。」清雅的銀髮男子連連搖頭，拇指來回摩挲戒指凹槽，「我可不會販賣害人兇器。」

與皇眼簾動微動，虎介慘烈死狀、鬼母子互相吞食的畫面在腦中一閃而過。大國主命留意她須臾的異常，餘光細不可覺地瞥過，沒有多說什麼。

大國主命再三檢查，確定魂魄已完整了，才褪下出雲石珠鍊，一離開手腕瞬間恢復成一顆平平無奇的灰黑石頭。

「這只殘魂的死亡與我有關，會是誰呢？」

回憶許多死在她面前的人，尤其在明神村那一夜更是不計其數。除了族人們，連那十一個神官也是，與皇的手指輕觸返魂石。

石面回應似地覆上光芒，窺見一張血跡斑斑扭曲的臉！

竟然是他！

與皇不動聲色的縮回手，很快將返魂石收入懷裡。

「喂！妳看到誰了？」

巳辰遊走到她肩膀上的老位置：「不會真是因妳而死的人吧？」

他認知中只有打打殺殺，好奇之下口無遮攔。

下一秒蛇軀浮在空中，大國主命騰空將他抱過去，用指腹親暱摩挲蛇頭。巳辰掙扎了幾下，只聽他溫聲道：「巳辰別欺負與皇了。」

「你沒搞錯吧？誰敢欺負她啊？」

剛才本神使的手還差點被丫頭扭斷！巳辰暴躁哼聲，大國主命抱著他往外走，慈愛一笑：「嗯，說得也是。她可是我帶大的孩子。」

洞窟裡的神前香逐漸散去，迎來揉合青草香的清新空氣。返魂石已除，大國主命佇立在洞口，氣韻舒雅、周身流轉淡淡的星辰光輝，使人心生仰慕而不自覺地想親近。

古溪和巳辰瞬間錯愕到原地石化。

「與皇原來是大神的私生……咳咳咳！」古溪徒勞地吞下後面的「女」字，一陣欲蓋彌彰的尷尬亂咳。

自天孫降臨劃分出一個新時代，近年神祇往往自持身分、不願與人通婚。就算真的生下孩子，通常也會千方百計帶回去安個神籍，怎麼可能任其流落現世？古溪百思不得其解。

「怎麼可能啊！」

巳辰不相信地喃喃自語。出雲是每年來自全國八百萬神聚集開會之地，沒有誰比他這個引路神使更熟悉神靈氣息。他從大國主命懷裡咻咻地彈跳出去，繞到與皇的細頸吐信舔嗅個不停，像是考慮勒暈後再好好檢查。

拜託不要用那麼容易誤解的說法。

與皇跟著出來後已戴回面具，無奈地瞧了大國主命一眼，順手就把海蛇扒下來。「我不過是在大神的本殿生活一年。因為臉被邪祟傷到棘手，大神才好心留我醫治。」

古溪表情放鬆，連忙點頭：「難怪皇靈力強大到能感應天地、運用天下法器，又精通醫術及神術。」

「這孩子是為救人落得毀容重創，我不能置之不理。」大國主命踱步走出了涼爽綠蔭，掌緣平放眉梢，抬起頭半瞇著眼享受陽光普照。

與皇凝視著大神清朗的背影。自己從小被選定常駐神官而早早開啟神識，直到離開明神村後才見到各式各樣的神明，而大國主命就是第一位。

她被大神救了以後帶回本殿，短短一年的生活精采無比。

飛鳥時代創建的出雲大神宮，位於京都府龜岡市千歲町，自古社格為丹波國最高位一宮，主祭神為大國主命及后神三穗津姬命。

大國主命抱著遍體鱗傷的女孩飄然降落在磐座群，授予御蔭山常年湧出的瀑布淨化。與皇整整一個月獨自泡在靈水裡忍受低溫沖刷，遭受妖鬼侵蝕重創的外傷才逐漸好轉。

正逢菊芹絨白花絮漫山飄舞，大國主命牽著與皇的手走在山麓，蹲身替她拂去沾滿頭頂的白絮。自從神祟之夜後，她就陷入死氣沉沉的緘默，大國主命擔心這孩子會不會以後再也沒辦法說話了。妻子三穗津姬命及白兔神使也輪流探視，與皇始終像具牽線人偶，只會點頭和搖頭。

「聽說神官舍預定在明年秋分，舉行新任司都角逐戰。」大國主命不忍告訴她，神官們開了一場場冗長的調查會議，最後忌部清還是被當成引發神祟的罪魁禍首結案。

「……我要參戰。」與皇緩慢小聲的說。

儘管音量很低也並不清晰，這是自從神祟之夜以來，她第一次有反應主動接話。大國主命露出驚訝的表情，停下了手邊研磨藥粉的動作。

與皇慘澹面具中唯有目光灼灼：「師父說過，只有京都本部的司都才有聯絡八百萬神的權限，我要找到禍津日神，質詢他明神村神祟。」

大國主命看出她的倔強，下定決心後誰也勸不動，便讓她住在本殿，最快一年幫她治好臉部邪祟。

境內上之社的祭神是大國主命的祖先素戔嗚尊，拉著二哥月讀尊跑來玩打發時間。性情孤高的月讀尊，很顯然他對前任司都忌部清的吊兒啷噹反感到不行，一聽說與皇要角逐司都，立刻決心親自教導出風儀絕佳的典範。

「帶傷就只會駝背了？站好，背脊挺直！」

「現在練習鞠躬，手指併攏平放大腿，小揖十五度、深揖四十五度，接著下移膝蓋、拜禮九十度。」

「聆聽神明訓話時行磬折之禮，低頭彎腰六十度！」

與皇以前很喜歡師父那把無求扇，現在到月讀尊的手上變成嚴厲教鞭，她的動作角度一不到位就不容情地抽過來。

「哈哈哈哈哈！二哥，你也太溫柔，以前教我規矩時明明那麼凶！」

旁邊的素戔嗚尊發出爆笑，滿臉鬍渣的粗獷型男，黝黑雙眸明亮燦爛，笑起來很孩子氣的率性天真，肩頭披著猛禽圖樣的羽織。

「還是換我來吧？讓本大神看看妳有多能打！」

他哪管這小鬼沒有受過神官舍內的正規訓練，動了血性猛然一腳踹過去，與皇全力防禦也沒能擋住壓倒性的攻擊，反應過來時，整個人已被踩在腳下，瞬間增女能面的嘴角嗆出了血，邪祟亂哄哄在臉部瘋竄刺痛。

「哼！就妳這德性！還想找禍津日神啊？」素戔嗚尊大聲嘲笑，不給喘息空的隙發動幻象，眨眼讓她再次淪陷到神祟之夜的屠殺。

「我，我可是負責督察災禍之神的神官！要是這樣就怕的退縮，以後要怎麼對他質詢！」與皇忍住傷痛，飽受折磨打著冷顫，不屈的一遍遍提醒自己。為了保持神智清醒，使勁自掐到全身血痕瘀傷，咬緊牙關頑強抵抗。

每次都是等大國主命收集藥材回來後，氣呼呼的趕人，要他們不要虐待小孩子，與皇才能獲救休息。

「只要妳不主動應答他們，沒有誰能踏入我的本殿。與皇臉上還有傷，不用這樣逼自己。」

「剩下的時間不多了。明年司都角逐戰，我要獲勝。」

大國主命心疼的搖頭嘆息，小心地替她摘下面具，與皇坐在注連繩中，治療邪祟每七天要拿掉面具換藥，都讓人痛到想瘋狂撞牆。

除了醫術外，大國主命還突發奇想教了她改變身形及換臉的偽裝咒，叮嚀以後出門在外，要記得保護自己，有如長輩似的操碎了心。

與皇遇事之所以能處變不驚，正是因她以超乎常人的毅力，熬過月讀和素戔嗚尊的特訓，在各種殘虐荒誕的幻象及暴打中被狠狠磨練了心志。

司都角逐戰之所以傳得沸沸揚揚，還有一個原因是永遠表現事不關己的神明們，突然跳出來搖旗吶喊，看她打贏時還在場外激動地喊打得好。畢竟是自家調教出來的候選人，不捧高高怎麼對得起天地良心！身分尊貴的「三貴子」中的月讀尊及素戔嗚尊，破天荒站在同一陣線大開金口幫忙加油，那場面當時還真嚇壞了不少神官。

古溪越來越覺得司都這人很有意思，正想得出神，就聽到與皇在喚他。

「古溪，返魂石能否暫時給我保管？」與皇問道：「我會查出劫玉的人，給你一個交代。」

他連忙點頭答應。

與皇轉身向大神鄭重行禮：「另外也會嚴加徹查是誰對大神設下圈套。」儘管心裡有底，仍因有所考量暫時沒有說出口。

大國主命含笑擺手：「無妨，不必往心裡去。」

「還有一件事，」與皇謹慎問道：「大神可知我身上被下了不知名的禁制？」

大國主命沒有回答，他正若有所思、專注盯著在草叢裡盤成一圈的巳辰。

與皇以為他又要發送養生保健的藥品當伴手禮，結果大國主命蹲身，憐愛地勾手指搔海蛇下頷，神態訴盡一切：「龍蛇王還是別變回人，這樣子超可愛！」

陶醉眼神讓巳辰頭皮炸裂，終於知道與皇的喜好跟誰培養的！

海蛇溜回古溪懷中，氣得齜牙咧嘴扭動，直到古溪承諾晚餐請他吃近江牛，巳辰這才消氣安分下來。

一場重演明神村的御神令，目的不僅是囚禁神祇加快養魂，主要是引她過去拿到返魂石。

與皇送走了大國主命，坐在戶外演奏場的石凳，掌心不時把玩返魂石，諸多疑團未解。

當上司都後，與皇不死心地前往明神村視察想找線索，那裡只剩下整片空蕩蕩的焦土，以及周圍設置無數淨化咒及結界。也查過前神祟後的檔案紀錄，別說是屍塊，連半縷魂魄都找不到，劫玉那人是怎麼找到的？

或許真的是捷足先登了。神祟之夜後，神官舍發布最高警戒的命令動員所有的輔佐、高階神官及常徒趕來設置結界，困住村中殘餘流竄的妖物及魑魅魍魎，花了七天才徹底淨化清除。他也許是從那時就悄悄藏起殘魂，嘗試找出方法修補、卻始終沒有成功，直到近期才從異界劫走了返魂石。

與皇從坐下時就敏銳注意到有人尾隨，只要自己轉動返魂石，那不遠處的靈息瞬間全神戒備，像怕她突然興起把石頭捏爛。她玩了幾次才把返魂石收好，不再欺負那個躲在暗處監視到快崩潰的輔佐，儘管對方完全沒意識到行蹤早已曝光。

與皇移形到將要燈火通明的祇園四条鴨川畔，放任那負責監視的緊跟而上。

傍晚的天空已有初秋涼意，晚霞紅紫暈染、鴨川金輝閃爍，遙想江戶時期儒學家賴山陽，位於上京區鴨川西岸的書齋眺望好風光，命名取自「山紫水明」四字蘊含靈秀萬千，寫意無盡古都風華。

她沿著鴨川往七条方向漫步，去年也是在這樣的黃昏，師父的另一個直屬弟子宵，毫不掩飾對自己的怨懟，兩人簡短說過幾句話的氛圍一言難盡。

「師父被當罪人，你就沒有想去查明原因？」宵的架勢下一秒提刀砍人也不奇怪。

「師父不是罪人。」她簡短地結論。

「我當然知道。」宵氣得嘴角抽動：「但是其他人呢？你知道外面怎麼議論他的？」

「未能阻止返魂石及神前香，為罪；自獻人柱阻止神祟，為功，功過相抵。」

《司都史錄》的記載中肯，師父是自獻人柱阻止神祟的，但在這之前多數都認為是忌部清先無視禁止前來的御神令、擅自違規闖入神域，激怒荒魂大開殺戒。

宵認為未免把神祟看得太簡單，發動神祟需要耗盡大半神力，荒魂暴走後會陷入徹底虛弱的絕境，絕少神明會願意這麼做。

與皇暗自奇怪這個直屬弟子，怎麼這麼不了解師父？

師父狩衣都沒正經穿過幾次，行事作風根本不在意別人眼光。套一句他本人名言，早就爛泥裡的東西，誰還在乎啊？

為師父洗清罪名，只為求自己的本心，與皇正在琢磨該怎麼措辭。宵失去耐性冷哼：「的確，妳現在都當上司都了，根本沒空管這些舊事。畢竟只是個舍外弟子，師父對你來說真不算什麼。」

以後宵再也沒有和與皇提到這件事，公務報告時也是打定主意貫徹陰冷的臉孔。神官舍內沒有人知道，與皇當上司都就是為查清楚明神村舊案，只有身居高位發言才有絕對份量。

一年以來為了不被神官舍詬病，她不僅在例行公務親自跑遍京都所有的神社本殿，主動接手沒人想管的冷僻神域，一肩挑起督神的職責。

同時她也在無時無刻感知搜尋禍津日神的行蹤，大神肯定是躲在哪裡養傷，她絕對要找出來親自責神質詢。

眺望河岸對面一排排燈火闌珊的町屋，朦朧光點倒映在漆黑水面隨波浮動。殘暑過後川床的季節也快進入尾聲了，想想都還沒機會去川床席次吃過飯。

以前聽師父說過很愛去的。他經常吆喝叫幾尊混熟的神明們化為普通人，溜出神社到處閒逛，或在鴨川旁倒頭納涼午睡。發薪日還會被起哄請客，神明簇擁他去料亭找舞妓表演、猜拳喝酒玩到天亮。

祇園祭宵山期間的夜晚，師父帶他們去欣賞老舖及世家珍藏的屏風祭及寶物展，神官與神明們一起混在步行者天國的人群裡，熱氣蒸騰裡大口喝著啤酒、逛著成排攤位。

他還喜歡帶頭爬上華麗壯觀的山鉾，俯瞰底下萬頭鑽動的人聲鼎沸，微醺地聽著囃子樂聲流響，人神一起愜意乾杯，才是真正享受京都的夏夜。

與皇在與世隔絕的明神村內，第一次聽說外面的世界這麼熱鬧，兒時的她仰起頭，注視師父嘴角掛著飛揚笑容，炯炯有神的雙眼，那是唯一與外界連接的明亮燈盞。

回想那再也看不到、永遠失去的溫暖，她不禁難受地嘆了口氣。

與皇抬頭見夜色深了，習慣性地調整好面具後，打起精神移形回神官舍的書院。

入內剛一落地，四把明亮如雪的刀劍毫無預警架在頸上！

十五・神官舍的叛徒

深夜書院一樓的照明，現在直接被高壓靈能切斷，由站在四個邊角的常徒用咒控制白亮雷光，亮到好比白天的刺眼。

「司都忙到好晚回來，真是辛苦了。」

門外傳來斯文有禮的音量，碎影中踏出山吹色的衣襬。那戴著眼鏡的白淨青年，一如往常地問好，就像根本沒看到與皇脖上架了什麼。持劍的四人打扮統一天雷動紋、黃衣黑袴，他們是橘源平手底的精銳常徒，拿的都是高階法器。就算與皇靈力再高，也沒辦法在不傷及自己人的狀況下即刻掙脫。

看她依舊不動聲色，橘源平也表現得很有耐心，繼續耗著：「有什麼收穫嗎？」

「虛驚一場，大神沒事。」

「喔？是嗎？」橘源平瞇起眼：「也好，我正好有事要請教。」

「神官不得出入異界，禁止和異界人士往來。」橘源平把玩袖中的千鳥鐵飛，慢條斯理發問：「除了龍蛇王，今天跟在你旁邊的那個拄杖男子的真實身分，司都不會不知道吧？」

果然是從這件事開刀。依照橘源平的疑心病，肯定把來歷不明的人查個底朝天。

「大名鼎鼎的異界店家玉石引，這幾年紅到沒人敢搶他們的生意。讓人拿手腳器官、前途運氣，甚至生命或靈魂去換實現心願的天然石。司都在店裡逛得還愉快嗎？」

「古溪是我因緣際會認識的朋友。我已經查過，是個被店主抓來頂罪的代理人。」與皇被古溪可憐兮兮的半拖進異界時，就有準備遲早會被發現，算時機蓐收也差不多該發難了。

「不管是基於什麼理由接觸異界，依照神官律令第五條，你應該很清楚會接受什麼樣的懲處？」

「罷黜職位。」與皇眸中並無波瀾，早就知道橘源平處心積慮要的是這個。

一個掌管千百神官，名頭響亮的高位。

原本在她來之前，呼聲最高的就是龍太郎和橘源平。在與皇接任司都後，分配下來的每項公務、橘源平都盡責地高效辦妥，狀似衡量利弊後的識大體。

相比宵對於她的怨懟，龍太郎的敵意，橘源平為人進退得宜，對來歷不明的與皇可說是相當客氣。

但他從沒有放棄上位的決心，可惜司都行事無可挑剔，根本沒有把柄。難為他隱忍籌備好不容易抓到機會，設局非要把她拉下來。

橘源平流淌無聲譏嘲的笑意：「另外，我本來派人去船岡山支援，他們卻回報你收了異界的東西，那也是古溪免費送的？還真是個好朋友。」

說是支援，根本是監視。當時碰上亡靈軍隊亂成一團，本就很難察覺有人潛伏暗處。他派出去的輔佐到剛才與皇回舍前，都還盡責地監視到最後一刻。

「返魂石是證物。」與皇簡潔地說明。神前香和返魂石只寫在《司都史錄》裡，她絕不會說出這些東西能囚禁並吸收神力，以及有人利用大國主命的仁善養魂。不只是為顧全大神的顏面，更是防止公諸於眾後邪法會被有心人效仿。

「什麼證物？我說司都，我勸你別把大家當傻子。」橘源平也是看準不能公開說是什麼證物這點，才敢明目張膽重現明神村引她過去調查。和與皇之前推斷的一致，佈局劫玉的人果然是他，並且算準回舍時出手，返魂石仍在身上的人贓俱獲。

他皮肉不笑地繼續說道：「最近陸續發生的幾件妖化事件，明顯是異界企圖擴張勢力。你身為神官不把古溪扣留質詢，甚至還收下了返魂石。不就是和玉石引交換條件，達成共識後的最好證據？你還有什麼好狡辯的？」

橘源平本來就聰明機敏，在神官舍繁重的業務裡，還能抽空進修通過司法考試取得律師資格。對他來說，一部分的真相就是能靠口才雄辯出來。

與皇已在腦中快速過了一遍橘源平擅長的辯論攻防。要是自己說請大國主命作證，他下一句就會搬出神不得干預人事，畢竟神祇就算通曉全貌，有時籠統回答到跟占卜一樣讓人猜。這是舍內彈劾，神官有義務自己解決。

橘源平能搶救到經歷神祟血洗的殘魂已是奇蹟，畢竟養魂前心智五官不全，他需要指證與皇來自明神村的身分，才會急著修補好，不惜冒險拿假香囚禁神祇加速養魂。

只有這些並不足以指證自己是明神一族犯下大罪的主謀，與皇很快斷定，他恐怕未能掌握返魂石裡殘魂的真正身分，才會認定是一步能用的棋。

當然橘源平從來不幹沒有意義的事，在這之前肯定還有更厲害的手段。有人在幫他，或是雙方交換條件。

她剛想著抬眼，庭園外宵本就陰沉的面容，在夜間篝火光跳動中更顯可怕，帶著自家輔佐和常徒悄然無聲走進來。他見與皇受制，瞥過一眼就移開視線。

宵唯一的動機就是查清明神村事件，只要能替師父洗刷汙名，對他來說，司都是誰根本無所謂，要是橘源平願意提供情報，肯定會同意聯手。

四把劍瞬間同時撤去，取而代之的是千鳥鐵飛電流纏繞地鎖住雙腕，與皇淡定到讓橘源平很不是滋味。外面響起步伐整齊劃一的腳步聲、又有十多人趕來，炎焰狩紋紅衣黑袴的常徒們依序列隊進入，高大魁梧的青年率先帶著灼熱怒氣跨步而至。龍太郎斥喝：「你們幹什麼？想造反啊？」

橘源平對付龍太郎向來很有一套，公事公辦地回答：「司都違規出入異界，還攜帶邪物玉石，我們正在依程序進行彈劾。」

龍太郎在水底神社得知玉石引的情報後，就收到司都嚴加待機的指令。他立刻判斷現狀是因董青石的調查涉及到異界，頓時心急如焚，眼見司都眸光淡漠，細不可見地搖頭，只能按耐怒氣：「蓐收神官，你故意把事情搞大，就是為了罷黜司都？」

宵幽幽地從旁插嘴：「他可是好幾位大神推崇的人選，縱橫古今的奇才，今天只是不小心出入異界就吵著彈劾，一定會有人不服氣。」

分明是奉承的語調，由他說出來卻很不懷好意，眾神官常徒背脊爬上寒意。

橘源平推眼鏡附和：「的確，所以我說罪狀當然不只一條。」用詞講究區分「違規」和「罪狀」的嚴重性。

迴廊傳來拖拖拉拉懶散的腳步聲，京太打著哈欠慢吞吞地進來。他的左右跟著輔佐和高階神官，身後十幾個年輕常徒連進了書院，都還在小聲說話、撞肩推肘打鬧。

「阿宵，現在是怎樣？」

京太半夜被拉起來還睏得揉眼，撞見司都手被上銬，馬上給眼前肅殺的武裝場面嚇醒。環顧四大神官都帶上了部下聚齊，這是要提早開年末檢討大會的陣仗？

「不准過去，給我站好。」宵森冷冽的語音剛落，京太反射性地乖乖站直，目光四處遊移。不是，現在到底什麼情況啊？

深夜的書院裡四路人馬攜帶法器，霸佔四十疊和室各角氣氛緊繃到最高點。

罷黜司都，需要四大神官、輔佐、高階神官、四十位以上常徒見證罪狀，足見橘源平早已準備萬全。

掃過整場人都到齊後，宵朗聲說：「家師前往明神村前，預留下幾封形文手書，今天你們都給我看清楚了！到底誰才是真正的罪人！」

他省略開場直接切入主題，忍耐一年多，總算能一吐而快。

形文手書是能保留本人容貌聲音的咒法，旁人無從造假。

泛黃紙張迫不急待幻化出一個輪廓深邃的的英俊男人，濡羽色烏亮的和服領口大敞開，露出精實的蜜色胸膛，一手撐頭橫躺。他醉後未醒的眼底恣意迷情，輕浮地挑眉掃過周遭。明知是過去景象，還是有幾個害羞的男女常徒招架不住而臉紅。

京太也看傻了，手肘撞撞宵，小聲問：「這是你師父？真不像神官。」

的確不像，怎麼看都像是個牛郎公關，或是情場老手。宵漠然不答，他已經讀這形文手紙不下八百次，對師父這副死德性的登場，木然沒有任何表示。

久聞前任司都忌部清聲名狼籍，幸好在場常徒們多是萬中挑一的青年才俊，不似老一輩開口閉口的講究規矩，否則肯定又是先花點時間扼腕來頓痛罵。現場一半以上都是沒見過他本人，無數雙好奇的眼睛緊盯著打量。

師父果真為宵留下了形文手書。與皇久違再見熟悉身影，心頭發熱，她暗自低低喊聲：「師父。」

「你看到這個形文手書時，我已經死了，而且大概死得很慘，連給你當紀念的屍塊都沒有。」忌部清抑揚頓挫的磁性嗓音沒有半點傷心，帶著三分戲謔，七分調笑。

宵很習慣他愛耍賴裝可憐的套路而抿嘴，京太誤以為他睹物思人的難過，伸手拍拍背，下一秒立刻呆掉。

「宵子，你現在一定很想為師吧？」只見忌部清突然挺直腰桿坐起來，臉上掛著明亮笑容，語調溫柔地像是勸慰美女。好巧不巧一手指去，正好是宵站的方向。

眾神官都露出微妙神情。龍太郎沒在怕地搶先高聲大笑：「宵子！哈哈哈！」他身後的手下看老大都笑了，雖然不再忍俊，還是盡量笑得很有分寸。

橘源平不高興地咳嗽，對於龍太郎在肅穆場合還不忘互戳，深感不以為然。忌部清那邊也還沒玩夠，裝作拿袖子擦眼淚的嘮叨：「別看我家宵子很毒舌，其實是個善良的好孩子。就只有我一個特別溫柔帥氣萬人迷的師父又死了，哎，你說……」

他口齒清晰、表情生動拿捏到位特別缺德，周遭稀稀落落的笑聲越來越張揚。儘管早就知道這封手書曝光後會有什麼下場，宵的臉色還是越來越難看。

橘源平很受不了的抬起五指、舉在空中緩移收攏，瞬間將忌部清消音。

大家略感遺憾，尤其是龍太郎那邊的常徒，只能閉嘴欣賞前任司都表演默劇。宵冷冷盯著唇型，向橘源平示意後，忌部清性感聒噪的嗓音才再度響起。

「我去明神村，是為了調查一件事。」他伸個懶腰，說正事時也是吊兒啷噹沒個正經。

所有人都在聚精會神聆聽，忌部清一邊把鬆掉的角帶轉到腹前重新繫緊，一邊道：「禍津日神百年前開始畫地為牢，召集信眾建立與世隔絕的明神村，原本信仰穩定，神力也該是穩定的，最近卻出現了異常。」

他貌似很不擅長打理日常瑣事，腰結重綁半天成了個大疙瘩。與皇心中一笑，想到師父經常把宵掛在嘴上誇獎，說有他在，生活大小事都不用動手。

「大神的荒神越來越暴躁，妖魔鬼怪、山精魍魎都被吸引聚集在村外，結界也變得薄弱。」他攤手說：「明明有信仰能鎮化荒魂，怎麼可能在能量充沛下，荒魂卻重現？這就像是有水喝卻被渴死了，這不是非常矛盾嗎？」

他的比方簡單明瞭直指重點。越是強大的神祇，體內荒魂和魂並存。祭祀鎮化後能讓荒魂沉寂，強化和魂庇佑天下，禍津日神的荒魂招來天災人禍，失控時甚至會引發神祟。為此大神不惜畫地為牢，讓明神族人為他提供穩定的信仰能量。

橘源平像是回答他似的開口：「我推測原本安撫荒魂的信仰能量，很有可能被挪用到了別處。」

在場的神官們紛紛騷動：「信仰能量是獻給大神，不可能被其他人挪用。」

「那就是禍津日神自己拿去濫用，明明有能量卻不用來鎮化荒魂，就是有計畫性的發動大型神祟。」

宵毫不掩飾對這名神祇的濃烈恨意，連京太都有些髮指。

畢竟神祟不只牽連了他師父，還死了上百人。

「大神要是真的有惡意，百年前不會避世，他是真的耗費了神力在保護明神村。」與皇突然緩緩開口，腕上的千鳥鐵飛錚然輕響。

神官舍上下向來敬懼她，原本瀰漫臆測的不穩氛圍，被一句平淡話語沖得消散。

「想不到司都竟然對明神村這麼熟悉。」

橘源平為人慎重，說這話時別具深意。京太眼見交情很好的兄弟們聯手圍攻司都一人，打抱不平地暗想：「阿宵平常和源平沒多少交集，怎麼現在搞得像是站在同一陣線？」

「還有龍太郎，以前巴不得司都快點滾下台，怎麼今天看起來那麼擔心，是在急什麼啊？」

京太哪裡知道，龍太郎為人恩怨分明，一想到司都是為調查害死虎介的元兇遭罪，腦袋愧疚到快燒起來。他注視電流在纖細手腕燒出紅痕，恨不得立刻扯斷代為承受。

龍太郎盯著司都不由得愣愣地想：「以前怎麼沒注意司都手腕這麼細，像個女人的手，竟能動用強大的靈力操控無求扇。」

形文手書畫面一轉，看來忌部清是分段紀錄。這時的他手持笏，穿戴神官主持國家大祭時的正裝衣冠，上身黑袍壓印唐花草，搭配日月舍紋白袴。剛看上去儀表堂堂像個人樣，接著就模仿歌舞伎似的甩著袖子玩，喚了一聲：「小宵宵。」

大家默想，原來宵子、小宵宵什麼的都是看心情叫。估算宵給他撿來時不過是個五六歲的秀美男孩，被他每天逗弄調戲小女孩似的，難怪長成陰鬱怨氣的德行。

「是說我這次無視禁止前來的御神令去明神村，一堆傢伙在那裡吵著反對。你就留在神官舍，幫我保管好那把刀。」他仍是嬉皮笑臉，俊朗臉龐顯得有些消瘦。那段期間僥倖逃出明神村的族人，遭受詛咒渾身潰爛的模樣恐怖至極。人神都怕會被傳染似的迴避，只有忌部清不顧一切全力施救。

「其實我有個推測，但是事關重大……」他歪頭，眉梢微勾仍是帶著笑意：「哎，還得動腦想該怎麼說明才好，又不是和女人有關，真沒勁啊！」

眾人本來聚精會神，又被他打岔到無言，評估忌部清有在說正事時不鬼扯兩句就會死的毛病。真難為宵能跟他相處十多年，把一個美少年養得陰陽怪氣，紛紛投上的目光有關愛、欽佩和默哀。

「禍津大神沒有把信仰能量用在鎮化荒魂，我上次去時已經猜到、才會趕著回舍設計新儀式。可是這件事也給族長發現了，他們怨恨百年虔誠信仰卻換來欺騙，明神村人們的怒火越燒越旺，都快暴動了。」

他上下拋接著笏玩，索然無味道：「現在內外一片混亂，外面有邪祟埋伏，逃出去的也躲不過詛咒慘死。不少厲害的妖魔潛入，時不時殺著人玩，大神和魂也衰弱到快撐不住結界了。」

「事情有輕重緩急，我是司都，有職責調查信仰能量被用去哪裡，但是救人和鎮化必須優先處理，不管怎麼說都要親自跑一趟。」他面龐蒙上陰影，鄭重道：「宵，我現在要說的猜測是逆天大罪，關係上百人的性命，沒查清楚前你絕對不能公開。因為這是很嚴重的指控，聽懂了嗎？」

總算給人感覺他像是個司都了，無數視線跟著忌部清移動，盯著他起身抱臂走來走去。

「明神村的人會氣炸的確很正常。也是啦！就像你以為熱心捐款給生病的乞丐，卻發現他拿錢吃香喝辣還包養小三，當然會想打死他。」

全場只有京太猛點頭覺得比喻得真好懂，其他人表情大多崩毀。把高高在上的大神說成乞丐，前任司都果然是狗嘴吐不出象牙，活該被罵離經叛道。

「禍津日神荒魂逐漸暴躁失控，明神族人在怨恨之下想要永絕後患，恐怕是正在計畫……」他眸光低冷，沉沉說道：「弒神。」

兩個字一出像是天雷重擊，書院內轟然炸開交頭接耳的暴動。

「弒……弒什麼？我沒聽錯吧？」

「一群鄉野村夫，他們居然敢！」

「敢說我還不敢聽，是想挑戰極限看能死多慘？」

「等等，忌部司都向來不按常理出牌，這話能信嗎？」

「有什麼不能信，明神村不就被神祟了！」

「所以根本不是忌部清引發神祟，他反而是要去救大神啊！」

舊案出現翻天覆地的變化，龍太郎身後列隊整齊的常徒也顧不上秩序規矩，驚恐地面面相覷。京太到處張望和不同隊的神官七嘴八舌討論。宵仍是面色漠然，橘源平好幾次抬手要大家靜一靜，但是一大群人在熱烈興頭上哪停得下來？

「轟隆！」室內打雷了！

只見紫電眩目凌空掠出一道光軌，滋滋作響伴隨鐵鍊猛烈撞擊。

「……」書院裡人人瞬間閉嘴，或半張著口忘記自己要說什麼。他們震驚地集中注目與皇，前方的疊蓆連帶木地板給砸出了大凹洞。

她竟是順手將鎖住雙腕、雷電流竄的千鳥鐵飛當兵器使，還用得挺靈活。

面對整場鴉雀無聲，與皇不輕不重，也就說了兩個字：「安靜。」

竟被一個身陷囹圄，預備拉下位的傢伙出頭控制場面，橘源平尷尬到不行。

幸好這時候形文手書又傳出了聲音，順勢轉移所有驚呆的視線。

忌部清吐出口氣，說完後像是卸下肩上大石，又恢復輕鬆快意的氣氛：「反正我打定主意親自主持儀式，頂多再花數十年祭祀鎮化大神荒魂，但最緊急的是先阻止明神族人的弒神邪陣。」

「也不知道從哪裡搞來的陣，我根本沒聽過這種東西，說不定還會激怒加速荒魂被反噬，一定要攔住他們做蠢事。」忌部清堅定道。

他活得自由自在，旁人榮辱褒貶都不放心上。有人欣賞他的灑脫，不像歷屆司都一板一眼，但也得罪舍內不少守舊派，眼紅他仗著職位肆無忌憚與神祇打交道。神祟事件後，忌部清的名聲可說是從毀譽參半，直接爛在泥裡。

「明神村可能有人主導弒神，我會查清楚。是說小宵宵啊！」

忌部清目光流露寵溺，伸手作勢摸頭：「你可別忙著哭啊！師父要是真能回來，保證順手給你帶幾個師娘，啊！還是我帶個男的回來也行！哈哈哈！」

宵咬牙低聲道：「廢話那麼多，活該去死。」

他的雙眼佈滿血絲泛紅，嘴上越是說著反話，越是宣洩內心積累的痛苦難過。

抬眼只見忌部清意氣風發揮手：「我走啦！」

形文手書隨之化回一頁黃紙飄落，宵立刻走上前收回袖中。

「你什麼意思？這些舊事和司都有什麼關係？」龍太郎率先打破沉默。

橘源平就是在等人發問：「忌部司都的舍外弟子既然資質那麼優秀，為什麼不把他帶回神官舍？」

「明神村內部怎樣我不清楚，但如同形文手書所說，肯定有誰負責佈局主導弒神，主謀對咒法有非常高的天賦。忌部司都必定早就猜到不少內情，才緊急設計了新的鎮化儀式，有十足把握才會前往明神村。」

「不管是阻止弒神還是舉行鎮化，照理說以他的實力，全力以赴之下絕對不可能失敗，既然失敗了，只能說明一件事。」

「那個計畫弒神的主謀，是他意想不到，甚至可以說是很親近的人。」

他引人思路的語速掌握得當、調理清晰分明，透過鏡片的瞳孔顯得很無情：「明神村結界禁止內外出入。過去特許進入的忌部司都、不把舍外弟子帶回神官舍的理由只有一個，就是當事人無法離開。」

「我想請問司都的出身在哪裡？」

京太聽著只覺得莫名其妙，假裝沒看到宵射來的警告視線，很快從旁插嘴：「神祟之夜沒有生還者，這都不知道查過幾百次了。」

「還沒死光，」宵惡狠狠打斷：「眼前就有一個。」

所有人的視線不穩地、小心翼翼陸續看往與皇方向。

「司都就是明神村遺民，弒神主謀。」

橘源平見宵把台詞讓給他，順理成章接了。

十六・明神村遺民的大罪

霎時書房內一片難以置信的死寂，人人臉上溢滿惶恐。畢竟司都繼任後的成績擺在眼前，一肩扛下沒有神官想跑的荒僻管轄，把每位大神交代的事項處理得滴水不漏。

和前任司都忌部清愛耍嘴皮，整天就會帶上一票神明吃喝玩樂，把工作全丟給輔佐的偷懶完全不同。與皇行事穩重、從不出錯，模範形象優秀到根本不像他會教出來的弟子。神官舍歷代以來，縱橫全國最強的司都。

橘源平是舍內陣法構築第一人，負責管理守護京都防禦機制的大陣，雖然在實戰上不如龍太郎和宵，但在行政內務擅長恩威並施的人事周旋。反觀司都從來不搞這些派系鬥爭，只用實力做事這點有目共睹，神官舍尊敬她，更接近像對神明的敬畏。

這份敬畏，是四大神官誰也沒辦法達到的境界。

在場的輔佐、高階神官、常徒等等四十多人，緊張而壓抑的漫長沉默，只剩均勻細碎的呼吸聲。庭園池中鯉魚游動激起了水花，接著添水竹「咚」地一下敲響，在書院內清晰可聞。

京太特別受不了這種窒息場面，緊張地勸說：「司都啊司都！現在不是表揚沉默是金，貫徹高冷風範的時候，再不說話……」

「不說話，就是無話可說。」橘源平音量比平日還大，立刻察覺失態的自制，掩飾地咳嗽兩聲調整情緒。

「你這是急著給人定罪吧？」龍太郎很直接地幫腔：「明神村遺民又怎樣？又不能證明司都就是弒神主謀。」

橘源平不接話，心裡奇怪龍太郎很記恩，平常都是站在自己這邊，怎麼到了關鍵時刻，處處幫著司都？

「全村人都死光了，為什麼只有他活下來？不去追究禍津日神的信仰能量用去哪裡，搞出神祟後到現在還下落不明，他身為八百萬神的司都，別跟我說聯絡不上！心裡有鬼吧！」

宵瞪著與皇的雙眼滿是敵意，恨不得立刻殺了血祭。

與皇真是有苦難有言的無奈，我還真聯絡不上。大神不是躲在哪養傷，就是打定主意不想出來。

和宵對槓，龍太郎可是很來勁，大力揮袖的動作擦出數點星火：「忌部看你整天想抓人頂罪洩恨，只會再被氣死一次！」

「給我閉嘴！你也配說我師父！」湛藍光輝流轉的太刀森寒出鞘，他身後的輔佐和常徒配合散開列陣，擺出的咒字還沒發動、就讓霜雪爬滿地板樑柱。

「注意你的措辭！祝融同樣是四大神官之一，還不能說你師父了？」

清正不高興地反嗆，說著靈力貫注劍身防備。龍太郎周身跟著燃起青炎，兩派人馬劍拔弩張。京太很習慣他們互毆場面，立刻往中間一站，兩臂平舉，清清喉嚨：「要打晚點打啊！司都人還在這裡呢！」

宵將的太刀欺風卷雪，刷刷指向與皇：「他已經不是什麼司都了！我要好好盤問弒神細節，毀掉所有可能相關的邪陣，防止以後有人再搞出什麼逆天大罪。」

眾常徒不約而同打個哆嗦，宵掌刑法手段出名陰狠，審問等於是要折磨到死吧！

「我的確是明神村遺民，但沒有參與弒神。」與皇淡淡道。

「哇啊！總算說話了！」京太拍著胸口，率先鬆口氣。

龍太郎見司都開口自清，那就沒什麼好說的當然是護短到底，青炎烈焰轟然擋住宵的召冰訣，沉聲道：「你腦子給我清醒點！玄冥既然負責刑法，就不該公報私仇！」

「祝融，」橘源平在旁克制脾氣，保持風度地說：「你是護定他了？你不替自己想，也該替虎介想想！」

龍太郎心痛地眼角泛紅，突然單膝跪下：「不瞞你說，虎介其實已經被人害死，司都是為追查元兇，才違規去了異界，罪責本就應該由我來擔。」

他跪的方向是橘源平，但誰都看出來了，其實是他身後、那個被千夫所指的弒神主謀。

橘源平心想原來如此！

司都還真是真人不露相，在關鍵時刻賣給龍太郎天大人情。這幾年辛苦攏絡付諸流水，他氣到不行，修長手指摘下一塵不染的鏡片，拿出拭鏡布輕慢擦拭，後面的心腹都看出神經質的動作是動了殺意。

「祝融，你知道我不做沒把握的事，就算你想替他擔下違規進入異界的懲處，我指控弒神主謀，也是因為有其他相關的證據。」橘源平重新將眼鏡戴好，很快恢復沉著的模樣。

「停！中場休息時間！」

京太又跳出來打斷他說話，大家紛紛抬起頭，驚訝注視天井飄起唯美的花吹雪，浮動的馨香沖淡室內肅殺，幾個高階神官也不自覺伸手接住。龍太郎霍然站起，飄近他的花瓣還沒來得及落下就自燃了，宵那邊也沒多好，近身的一律凍成粉屑。

「還中場休息，少爺要不要進段你家松香堂的廣告啊？」橘源平面無表情嘲諷，捏掉頭頂幾片，直接丟在地上。

京太搖頭可惜，好一群不懂風雅的傢伙示範辣手摧花啊！

他裝得一本正經：「吵到那麼晚大家都累了，先別激動，看我用特製的花雨芳療幫你們平復平復心情。不然這樣，我提議先把司都和證物收押，大家都先冷靜一下，改天再繼續開會吧？」

龍太郎馬上接口：「對對對！就該這樣！」

宵一臉快被氣死地瞪著少爺，直接把他扔出去的心情都有了！平常遲到偷懶不來加班開會，偏偏就挑今天來搗亂？

「誰知道隔幾天後，他的內應會不會隱蔽證據，幫助他逃跑？」

龍太郎聽他又再明顯針對自己，厲聲斥喝：「司都說沒有弒神，你有病嗎？死咬不放！」

「就算他沒有，他的族人有！明神村的人都該死！」宵秀美的臉龐肌肉顫抖，森冷語氣溢出恨意到了極點。

京太從沒見到他這樣瘋狂失控，也有些害怕：「阿宵你冷靜點。」

「好，是不是主謀，看證據不就知道了？」橘源平果決地截斷爭執。

面對激烈爭論，與皇自從幫忙維持大會秩序後，就一副事不關己，淡定的等了半天，聽著橘源平不屈不撓直指自己。

「我在清理明神村時找到十位神官中的一縷殘魂，但是五官心智不全，本來還在秘密追查疑點並持續找方法修補。怎知道途中卻被司都偷走，私自和異界達成協議並將殘魂放入返魂石中。」

橘源平不愧心思縝密，顛倒是非時的說詞也找不出破綻。

他劫走玉石引的返魂石，不惜囚禁大國主命養魂，就是為了今天，現在除了與皇沒有人能將石內的魂魄召出，實在不願意再等下去多生變故。橘源平檢查過了無數次魂魄殘片，確信是個滿腹悔恨且神智不清的神官，當年那十個神官多是不情願前往明神村而死，只要能召喚出來，他就有把握主導證詞走向。

「司都要是主謀，幹嘛不毀掉那殘魂，還要特別收到石中，這不是自找麻煩！」龍太郎見縫插針反駁。

橘源平了解與皇為人謹慎必定不會這麼做，當然為保險起見、還是從船岡山就一直派人監視以作應對。他一推眼鏡淡淡答道：「我又不是心機重的人，怎麼知道司都想幹嘛？說不定他就是想留殘魂在身旁，先花點時間竄改記憶，以防之後有個萬一曝光了明神村遺民的身分，也還有人能頂罪或替自己作假證呢！」

京太捂臉，果然不能惹腹黑的傢伙！

龍太郎氣急敗壞，對他僅存的一點感激轉為失望，搖頭道：「還說你想不到！這種臆測，這都什麼人啊！」

「少說廢話了，快和返魂石裡面的魂魄對質，你是不敢嗎？」宵失去耐心地催促。

與皇澄淨如水的眸子一掃全場，最後停在橘源平臉上，從容道：「這個魂魄生前是神官。為人剛正不阿、意志堅定，就算是死後，也不會讓任何人竄改記憶。」

她受過各路大神洗禮，自有一股不同凡響的氣魄，使人為之震懾。

「你確定要召喚他出來？」

橘源平內心忐忑不安，只當她是故弄玄虛的掙扎。他強自鎮定道：「請司都召出返魂石。」千鳥鐵飛厲害的地方在於，被鎖住的人、必須服從操控者的施咒指令。

與皇果然不再爭辯，掌心已經多了一塊不起眼的灰黑石塊。

在場所有的人眼睛眨也不敢眨一下，盯緊這塊石頭慢慢鍍上光輝，出現半透明的魂魄。

那人身上原本潔淨的齋服浴血，多處焦黑撕裂沒一處完好。他雙拳蜷緊、從頭到腳滿是怵目驚心的重傷，顯然經歷過惡戰。儘管慘白的臉痛到扭曲，還是能看出五官斯文俊秀。

橘源平瞪大細長的鳳眼，額頭上滲出冷汗、指尖克制不住輕微發抖，平日沉穩講究的儀態全失。那是他直接略過而完全沒有算進去的第十一個神官！

這只魂魄乍看跟橘源平有點像，但氣質更為內斂，眼神也不像他精明飽滿。京太身後的輔佐年紀最大，看了半天有些沒把握地說：「他不會是忌部司都的手下橘忠行吧？兩年前跟去明神村殉職的那位。」

橘源平非常討厭沒用的父親，偏偏召出的魂魄是他，簡直倒楣透頂！更諷刺的是，誰會想到一個等級最低的雜工，竟能在神祟血洗裡留下殘魂。

忌部清決定前往明神村救人時，舍內輔佐和高階神官們都把退堂鼓打得震天響，只有橘忠行默默地跟上。

神祟事件後，舍內不少聲音才對橘忠行的評價改觀。各種誇他品格高潔，所有評價風向轉變的理由很簡單，因為橘源平身居高位，提及他父親時當然也想盡辦法拍馬屁。

他臉上表情一言難盡，其實從小最瞧不起的就是父親。

橘忠行在人才輩出的神官舍中庸庸碌碌，同期都晉升高階神官了，而他到死只混個跑腿打雜。品行和靈力都不怎麼樣，個性還特別懦弱怕事，就算被當面嘲諷也不敢還嘴。

沒口德的八卦就傳得更壞，說橘忠行連老婆凜也是騙來的。

忌部清最初的輔佐是名為凜的才女，年輕時才貌雙全，大家都以為她和忌部清是天造地設一對。

凜在一次公務中重傷到靈脈全毀，只能辭退神官舍。外界猜測橘忠行肯定是趁虛而入的關懷，才娶到了凜這個大美女。可憐她原本作為司都輔佐，一人之下心高氣傲，現在落得一無所有，偏偏丈夫橘忠行又是個沒出息的傢伙。

橘源平深知母親還是很疼愛自己並寄與厚望。從小她就耐心手把手教導自己神官該有的禮儀進退，叮嚀為人處世要爭氣、絕對不能給人看笑話。但只要一提到父親，母親就會變臉大發脾氣，摔爛房間裡的東西，捂臉哭著：「我當初就該死了算了，好過看他當個窩囊廢。」過往驕縱明媚的少女活成了怨婦，經常鎖在房內足不出戶。

父親橘忠行就像刻意避開母親似的，經常早出晚歸。橘源平小小年紀就學著照顧自己，察言觀色哄母親不惹她生氣。

直到發生一件事，橘源平徹底恨上父親，確立自己這一生真正要的是什麼。

不擇手段，立於高位！

七月炎炎夏日，蟬鳴絮聒地心浮氣躁。

幼時的橘源平聽說父親在外出公差，最近才回到神官舍。已經三個月沒見面，橘源平興奮地想跟他說，自己術科成績考到舍內第一，於是泡了沁涼煎茶，裝在壺裡送去。

大熱天他沿著民宅走在岡崎白川旁的狹窄小徑，半路猛然停住腳步。不遠處的樹蔭下有三個神官正堵著橘忠行，「要是不想讓你兒子知道蠢事的話，就乖乖幫我擦鞋。」

橘忠行卑微地頭低到只剩額頭，看不清神情，整個人在奚落中渾身打顫，也不知是怕還是憤怒。

蠢事？

橘源平微感困惑，很快猜出母親下嫁前是舍內追捧的高嶺之花。這幾個人恐怕也是喜歡過母親，氣當然都出到橘忠行身上。

他覺得活該，誰叫父親當年要趁人之危，哄騙母親下嫁。

「你到底擦不擦？不擦我就叫你幹點別的了？」為首的神官指著淺沓不懷好意說著。

橘忠行就像習慣永遠低頭看地上，沉默著從袖中拿出手帕，彎著腰一點點蹲下身。橘源平的心也隨著父親的動作往下沉。

那名神官嘴角勾出譏嘲：「誰准你用的？」

橘忠行愣住，動作僵硬地放下手帕，咬牙攥緊神職裝束的潔白袖子，在汙泥鞋面來回用力擦拭。

三個神官恣意爆出大笑，笑聲在一個小小的人影前嘎然而止。

橘源平當時十歲，已經在神官舍嶄露頭角。他知道母親年輕時當過忌部清的輔佐，所以也想見見他。儘管聽說人品毀譽參半，但不可否認實力超群，到底是什麼樣的風雲人物？

司都只會在表彰會上，獎勵學習成績優異的學生，所以他異常勤奮用功。

橘源平咒法陣形相關的術科優異卓越，已經能參與京都防禦機制天雷動大陣的構築。少年老成又心思縝密，對人應對得體，每個擔任他師長的高階神官都讚嘆未來必定有所作為。

那些神官沒料當著兒子面羞辱他爸，臉上都有些掛不住。

要是兒子也是廢物，當然直接連帶鄙視，但偏偏不是，不好得罪前途無量的小子。

「神官們好。」

橘源平就像是剛才什麼也沒看到，並沒有他們原本預想的憤怒。在這種狀況仍是禮數周到，小小年紀就懂得喜怒不顯於色，三個神官尷尬地隨口應付，很快走得乾乾淨淨。

陽光澄淨照耀，父親袖口的髒汙越發刺眼。橘源平反而神色平靜，不懂他既然連鞋都願意給人擦了，幹嘛留在神官舍？怎麼不出去擺攤擦鞋？

「那些蠢事我早就知道了，母親說被騙婚，說得真對。」就算母親沒說過，年幼的橘源平只為洩恨脫口而出，冰涼的茶瓶被手溫捂得發熱濕滑到難受。

「她不可能說這種話！注意你的言行！」橘忠行猛然提高音量斥責，不知道自己越是咆哮，在兒子眼裡對比剛才那副窩囊德性，越是格外丟臉可笑。

蟬鳴嗡嗡地吵嚷到分不清是否還在耳鳴。橘源平自認很努力了，至少母親知道他成績優異時，會表示讚許。但父親呢？整天跑得不見人影，一見面就訓人！

「你有什麼資格罵我！」

父母的八卦太有名，害他在舍內受盡同窗嘲笑排擠，每次只能告訴自己不能生氣、圓融處理，因為沒有誰會幫忙出頭！這個當父親的，從來都是一句關心也沒有！橘源平內心一遍遍地想著，我從來不怪母親，畢竟她也是被你騙的！

「在外人面前不發威，只敢教訓兒子。真厲害！」他用力丟出砸了那滿壺透亮的煎茶，冰塊飛濺潑濕在父親腳邊。

橘源平頭也不回地跑著，甩不掉眼中水霧瀰漫。原本內心深處隱約希望不過是謠言，現在不光是輕蔑，還徹底恨上父親了。

父子從那時候起就無話可說。隨著橘源平逐漸長大，不願落下話柄，也不想像母親怨懟有失風度。他彷彿早已把兒時父子的口角忘得一乾二淨，偶爾躲不開，就恭順喊句父親。疏離冷漠的態度，成功堵上橘忠行每次有話想說的心思。他越來越晚回家，母親因抑鬱而身體每況愈下。

一個窩囊廢還能幹什麼？反正只能四處打雜，順便看能不能抱到誰的大腿。可笑的是忌部司都前往明神村，還帶上橘忠行這種沒用的傢伙，肯定是他死皮賴臉去拜託的。橘源平真心佩服他抱大腿也不會看場合，蠢到無藥可救。

之後果然死了，也不知道死時有沒有懺悔丟臉的一生？橘源平數次想著拿掉姓氏，在進了神官舍後，多數神官會捨棄俗世的姓氏，以示決心。

橘源平考慮再三後仍是沒這麼做，因為他的決心就是，絕不成為父親那樣一事無成的人。

「阿清，我會誓死保護好你徒弟的……」橘忠行茫然環顧四周，似乎還在半夢半醒：「我守在這裡攔住妖魔，你快去穩固結界，絕對不能讓那些東西出村。」

與皇眸光掠過悲傷，低聲輕喚著：「忠叔，是我。不用再守了，師父和大家都死了，只剩我活下來。」

明明語氣平淡，卻讓人聽著莫名感到錐心刺骨的悲慟。

橘忠行猛然抬起頭，混濁的瞳孔逐漸清明，疑惑地盯著面具，問道：「與皇？是妳在叫我嗎？」與皇只是靜默望著他，點了點頭。

橘源平整個人陷入驚疑，本來要告訴在場的神官們返魂石的特性，能召喚出石裡的魂魄，只能是和他死亡有直接相關的人。接下只要來誘導意識混沌的魂魄作證，坐實與皇就是弒神主謀的罪名。哪知道與皇的聲音，竟在一瞬間喚回神智，讓他所有搬弄是非的後手全都失效了。

只有魂魄生前信賴的人，才有可能喚回神智。橘源平在修補時試了許多方法都沒成功，他心情無比複雜。這怎麼可能？為什麼是與皇？一個弒神主謀到底是怎麼做到的？

橘源平從最開始就不是意圖陷害，而是有九成把握認為與皇確實是主謀，才會不惜用上偏門手段，為了自己也為了保護神官舍，萌生寧可錯殺不可放過的念頭。

畢竟司都還精通早在江戶時代就失傳的冷僻陣法咒術、文獻古籍，會的東西很多都太過匪夷所思。他調查過了與皇報的出身資料，福知山市大江町那一帶根本沒有這個人，從各種跡象都顯示相當可疑。

橘源平推測與皇還有一個身分，可能是形文手書裡提到的明神村族長。主導弒神失敗後激怒荒魂，僥倖逃脫後臉部遭受邪崇波及而戴面具。混入神官舍搶到司都就是要第一個掌控禍津日神的行蹤，為應對之後大神重新現世的報復，而不惜先和異界進行聯手做出謀畫。

他是真心覺得神官舍的臉丟大了，竟然讓兇手當上統帥。

更糟糕的推想是，那些在角逐戰裡支持過他當司都的天神地祇，也有可能是之前暗幫過他除去禍津日神。畢竟舍內信條無論怎麼嚴格要求中立，過去仍是有神官捲入神明之間勢力鬥爭的案例，所以無論如何得在秩序大亂前，盡快罷黜司都聯絡八百萬神的權限。

可要說與皇確實是弒神主謀，忌部既然目睹他發動邪陣激怒荒魂，怎麼可能到最後一刻還命令橘忠行保護他？再說了，那個窩囊廢會拚死去保護人？橘源平隱約感覺哪裡出錯了，仍是不願承認自己的誤算。

「妳的臉果然……對不起！說好和其他十個神官在外佈下強化結界，可是他們全都害怕神祟而臨陣脫逃！」橘忠行憤怒至極地咬牙。

與皇在他的凝視裡，剎時被拉回那場並肩經歷的浴血死戰。

神祟之夜裡，橘忠行一邊掩護與皇，一邊抵禦著妖魔鬼怪的攻擊。在他一路的保護下，與皇沿村兜圈、利用絕佳咒術天賦成功強化結界，只關住裡面的群魔亂舞，不妨礙活人逃出來。

但是直到最後都沒有活人出來。

瞬間村內火光熊熊，鬼哭神嚎淒厲四起。月色血淋淋地掛在夜空上，奇形怪狀的烏黑漩渦聚攏，不祥災厄的徵兆湧現。橘忠行臉上變色道：「不會吧！這是大型神祟……司都還在裡面！」

潛伏暗處的妖怪趁機死纏而上，哪會讓他再回村內救援？

更何況他也不敢離開結界線上半步，一離開村內的妖鬼就會傾巢而出。

外圍局勢也一發不可收拾，從四面八方被荒魂召來的邪祟喜愛佔據人臉、吸食啃噬五官。好幾隻閃動綠油光輝的邪祟，撲到倉皇尖叫的族人臉上，就要大快朵頤。與皇眼見那觸角已插入臉頰肉裡，要是強行攻擊，就會連人頭一同打爆。

她守在結界線不假思索，反手就將血塗在自己臉上，邪祟聞到靈力充沛的人血立刻掉頭蜂擁而上，她邊沿線跑著邊竭盡全力施咒抵禦。可是任由靈力再怎麼強大，九成都消耗在穩固結界上，根本沒辦法再去驅動無求扇這種高階法器。

明神村的結界本來是要靠十位高階神官構築強化，現在只剩她和橘忠行兩人苦苦支撐。但是結界絕不能破，裡面還在不斷湧現黃泉鬼怪、天災異象。司都在神社內一定正以鎮化儀式讓大神停止神祟，能拖延一刻是一刻。

「小心！接住！」雪亮刀劍飛至，橘忠行見與皇不支，馬上把自己的法器拋過去，閃身替她擋住背後偷襲，臂膀眨眼被利齒撕扯下一大塊肉，他忍痛徒手拍死那隻犬妖。橘忠行的潔白齋服很快浴滿血色，他咬牙死守在與皇身旁，空手隔擋到全身上下都是深可見骨的重傷。

與皇的白袴噴濺無數屍血而汙穢不堪，靈力也快到極限。綠蛛邪祟喜好呼朋引伴，現在更是源源不絕，無論揮出多少劍都是蒼蠅亂竄。她的意識逐漸模糊、腳步站立不穩。

橘忠行腳邊的妖鬼屍骸成山，艱難地粗喘也已瀕臨透支，反應慢下來的瞬間便被撲上來的鬼怪咬斷雙腿。他鮮血淋漓地撲倒在地，突然察覺上空異狀，駭然道：「怎麼回事？」手臂強撐起半身，驚愕地抬頭。

神祟沒有繼續蔓延出村，無數顫慄的鬼哭趨向微弱，盤旋壓頂的恐怖烏雲散去，從厚重雲間透出幾許光輝，夜空逐漸恢復一輪月輝清明。

「司都！你快給我出來啊！阿清！」

橘忠行趴在地上用力捶地，嘶啞中帶著哭音。能夠快速制止神祟，除非是信仰堅定純粹的人自願犧牲，以人柱獻祭鎮化神怒，付出的代價是人死魂滅、不入輪迴。

滾滾高牆的黑煙散去，充斥烈焰腥臭的結界內是場人間地獄。明神族人失去神智互相殘殺撕咬，有的五臟腸肚翻開流出，有的被妖魔魍魎瓜分搶食，黑夜裡漫天陰森狂風席捲，殘餘屍塊轉眼化作飛灰。

神祟已停，忌部清的靈息一併化為虛無。

師父死了，怎麼會，不可能的……

與皇全身陷入惡寒虛脫，手一鬆劍哐啷跌落。劇晃的視野裡邪祟蜂擁撲面，臉上密密麻麻爬滿綠蛛，眼看她整個人就要四分五裂！

十七・返魂石裡有忠魂

一道神光降落，黑沉沉的面具覆在臉上。

世界一片漆黑，唯有眼中光明。

古雅的藍衣青年匆忙趕至，彎身溫柔地扶起與皇，慎重交代：「切記絕對不能將面具取下。」

由於是受到禍津日神荒魂召喚的邪祟，等級非比尋常。大國主命不敢貿然出手，怕強行拔除會在與皇臉上留下永久的可怕疤痕，不得不用施加藥草神術的能面，帶回本殿花上一年時間，慢慢將邪祟拔去。

與皇第一次見到禍津日神以外的神明、溫和靜謐的醫神大國主命。

他半跪在橘忠行身旁，歉疚道：「橘神官，你的命數已盡，抱歉我無法救你。」

橘忠行欣慰道：「謝謝大神救了與皇……她是個有骨氣的孩子，將來一定是了不起的神官……」

「我生平問心無愧……卻對不起他們。」

他悔恨地閉上眼睛，微弱地嘆息俱寂，再也說不出口他們是誰。

橘源平對上父親滿是血汙的臉龐，止不住全身發抖。

「他們不配當神官！讓妳一個孩子獨自承受千萬邪祟侵蝕，妳的臉……」橘忠行的魂魄剛修補好還是很虛弱，聲音斷斷續續的有氣無力。與皇下意識地想給他注入靈力，腕上鐵鍊輕撞。宵警惕制止道：「你想幹什麼？」

眾人都默想司都絕不可能在大庭廣眾下銷毀證物或做手腳。橘源平因父親魂魄而心神不寧，沒有即時多說什麼。

京太眼見雙方又陷入僵持，深呼吸了一口氣：「要不讓我來吧？看這魂魄的神智都恢復了，那再注入靈力後，狀態應該會好一點。」

有些害怕傷得不成人形的橘忠行，少爺強自鎮定地走上前說了聲：「失禮了。」伸出雙指抵住他的眉心，注入柔和靈力。

很快地橘忠行的魂魄不再半透明而變得飽滿具體，凸顯全身的輕重傷加倍鮮明可怕。

龍太郎才想起小時候見過這個人。他在舍內練習場獨自苦練時，遇到瓶頸坐在台階上生悶氣。橘忠行在不遠處仔細地給庭園裡的苔蘚撒水，專注到像是全天下最重要的事。他明明沒有往練習場多看，這時卻突然走過來，蹲下來跟他平視：「試著緩和進攻，先調整穩立及防守。」每個字都像是經過深思熟慮，還為他示範一套漂亮的拳法，最後連名字也不說，就忙著捲好水管走了。

當時他愣愣地只覺得欽佩，神官舍連一個打掃的低階神官都這麼厲害！龍太郎又燃起練習的鬥志，持續按照他的方式練習，果然突破瓶頸。

他沒想到當上祝融以後，會在這樣的場合重新相見，沒想到竟是橘源平的父親。這對父子根本不像啊！龍太郎對橘忠行很感念，心情難免有些微妙地想著。

橘忠行抬眼幽幽地掃了一圈，察覺四方都是各個階級的神官、帶上法器聚集的武裝陣仗。他沒有半點膽怯動搖，只是面露釐清現況的沉思。

與皇道：「忠叔，他們想聽你說明神祟之夜的經過。」

「好，我說。」橘忠行很相信她，答應得很乾脆。他將視線投向京太，溫和道：「謝謝你的靈力。」

京太很意外他會先和自己道謝，想到自己剛才還在怕他，不自覺有些不好意思地搔臉，趕快搖頭表示不用客氣。

宵瞥見橘源平失神地還不進行問話，心生煩躁質問：「你知不知道明神一族的弒神主謀是誰？我師父到底是誰害死的？」

「弒神主謀和追隨者，都在激怒荒魂瞬間被降下神祟，全死光了。」橘忠行有些無法理解這麼突發的問題，語速緩慢回答。

宵愣住，指著與皇問：「他呢？你看清楚，不是這傢伙策劃的嗎？」

「……你是忌部的直屬弟子宵，四大神官之一的玄冥。」橘忠行仔細盯著他辨認後，深感荒唐地搖頭，那態度說明了一切。

宵狂怒之下還要繼續追問，馬上被龍太郎沉聲打斷。

「我是祝融。」他踏步上前：「還是請橘神官從頭開始說，省得有人整天動歪腦筋想顛倒是非。」龍太郎雖然想因兒時的事跟他道謝，但這場合並不適合提私事，他決定先放一邊。

橘忠行望向與皇，看她點頭同意後，才徐徐道：「忌部和我在趕往明神村途中進行作戰分析。明神一族的族長從古籍殘卷上研究出弒神邪陣的結構，他本人卻因染上怪病罹難……」

「明神村族長在神祟之夜前就死了？」橘源平突然插口。

「是的，但是忌部說他可能把方法教給別人，不管怎麼說，得先製作幾套破解術法以防萬一，他才有把握破陣。」橘忠行邊說邊回想著細節。

「忌部司都實力卓越。」橘源平瞧了宵一眼，斟酌用詞道：「既然你們都已經掌握了那麼多的情報和線索，為什麼沒有成功阻止弒神？是否是有意想不到的人也參與或製造混亂，才導致你們失敗了？」

他假裝沒看到龍太郎朝自己怒瞪了一眼。

京太忍不住皺起鼻子，心想：「源平又再誘導性提問了。」

「意想不到的人嗎……」橘忠行琢磨他話裡的意思，平和道：「參與弒神的人，必須在身上某個地方、刻下一行禁厭秘咒作為誓約，在陣法構築時畫出相同的咒字才能使用生效。就像這樣……」他吃力地掀開早已多處撕痕的血色齋服。

在場空氣驟然凍結，所有人都倒抽了一口氣。與皇眼中流露不忍而移開視線。

橘忠行脖子以下從臂膀到腹部沒有半塊皮膚完整，全是以五寸釘刻鑿出皮開肉綻的新傷、陷在血肉裡的古字符號。七歪八扭交錯著神代文字詛咒，怎麼看都根本不止一行。

站在最近的京太打了個哆嗦，不由自主退開一步。宵反射性地刷然舉刀橫在身前，那是身為神官本能的憎惡及恐懼。儘管早已是過去魂魄，還是能感應到那些蠕動符號裡的不祥。

龍太郎嚴厲地脫口：「你也……」本想說「參與弒神了？」還沒出口就想到不合理，訕訕地即時收住。

「難怪你說忌部司都有把握破陣！」橘源平鏡片下的瞳孔劇震，很快就反應過來是怎麼回事，打量著他道：「你們……」

「沒錯，忌部聽到族長和人密談殘卷上的可疑內容，於是暗中默背下了他們提到的禁厭秘咒。就算確認了弒神陣法，光是只有這些線索，還不太夠。」

橘忠行滿是血痕的臉露出淡淡一笑：「所以我就讓他在我身上測試，排列出所有可能的變化。只有掌握了陣法的基本構成，才能找到破解方法。」

他當時咬牙忍痛在自己身上鑿刻出不同的祕咒，接著畫下相對的咒字生效模擬陣型，再逐一讓忌部清去排列破解。也只有忌部清這樣本就精通各種稀奇古怪術法的鬼才，加上他的協助，才能在不到一天內就擬出數套破陣的方法。

眾人無不背脊發冷，又是敬畏又是驚愕。他竟不惜拿自己的身體試咒！意志力未免太過發狠可怕，只為幫忌部清去救一個不相干的明神村。

宵的臉色鐵青，終於慢慢地放下太刀。

橘忠行視線掃過全場：「明神村附近都是特殊神域無法移形，是我個人強烈要求忌部爭取時間這麼做的。畢竟陣法過於邪門，這是最有效率的方法。更重要的是……」他眸光低垂，黯然道：「我的靈力等級太低，鎮化儀式什麼的根本幫不上忙。最後身為神官能做的只有這些了。」

與皇輕聲道：「忠叔……」

橘忠行搖頭示意沒事：「從弒神主謀到追隨者，為了設陣身上絕對會留下這種禁厭秘咒。同時也是罪穢大錯的印記，從今以後將會被所有的神域嚴拒門外，一生再也無法踏入神社。」

意味著他自己也永遠失去當神官的資格。

橘源平聽了陷入沉默，所有的神官們也都面面相覷。與皇當上司都後每天為了公務四處奔波，把京都的神社本殿差不多都跑遍了。光憑這點，就能完全證明他根本不可能參與弒神。

龍太郎肅穆地注視橘忠行、鄭重行禮表達敬意。他身邊的輔佐、高階神官及常徒都整齊劃一地跟進，京太也依序帶著自家神官跟進。

橘源平看著只覺得刺眼，搞不懂他的所作所為為什麼和自己認知中的窩囊父親完全不同。

那不重要。

他平復紊亂的呼吸，繼續條理分明地問：「都準備到了這一步，那十個神官呢？難道明知危險，還讓忌部司都單獨前往？」

「忌部一抵達明神村後，馬上帶所有人先去掃蕩一遍內外流竄的妖魔，然後下令那十個神官同僚去守著村外強化結界。」橘忠行道：「這時候明神一族正召開會議，通知我們表示願意接受神官舍提出的鎮化儀式、定在三天後執行。忌部從他們細微異樣的言行中，馬上猜出可能已經設下了圈套，卻還是決定將計就計。因為那個邪陣規模少說要有三十多人協助才能完成，他打算讓所有意圖弒神的追隨者都聚集現身後，再一舉破陣。

「忌部要我在山下待命，由於村內無法使用神識，所以我們約定了幾個以靈能發射的煙火訊號，以便互相聯絡狀況，還特別交代要是出現任何異常，我可以不用等指示自行做出判斷行動。」

他停頓片刻，才嘆息道：「……人手實在不夠，也只能做這樣的佈置了。」

儘管橘忠行的語氣平和，也並沒有責備的意思，還是讓在場大多數的輔佐和高階神官們的表情流露出不自在。畢竟當年大家都覺得事不關己，認為是明神村在百年前私自跟災神定下的誓契，現在出事才跑出村外到處求人。當年舍內上下人人都推三阻四地不想跑這一趟。

「我會同意阿清去冒險，還有一個原因。是因為我知道他並不是一個人。」橘忠行沒注意到現場氛圍的窘迫和慚愧，仍自顧自地說著。他朝向與皇時的表情逐漸放鬆、目光柔和，就算整張血跡斑斑的臉，也看起來很安寧。

「他跟我說，自己有個很疼愛的小徒兒。誇她的靈力強大，只是那孩子既身為明神族人，又是禍津日神的常駐神官，為了不讓她陷入兩難、得盡快解決這場災厄。他這個當師父的要搶先帥氣地破陣後，再給徒弟示範怎麼定期替大神舉行鎮化儀式。」他嘴角含笑，目光定定地瞧著與皇。

與皇對上了橘忠行溫和的視線，突然有些哽咽，眼眶微紅地默想：「可我到頭來什麼忙都沒幫上，害得師父犧牲。」眾神官雖然因她戴著面具看不到表情，還是能感覺向來淡然的司都，情緒明顯地掠過波動。

宵比誰都委屈，恨聲道：「是啊！有個小徒兒在裡面，結果還是害師父沒有成功破陣，讓明神一族激怒了荒魂。」最痛苦的不只是患難時沒能待在師父身邊，而是他什麼都不告訴自己，就為一個舍外弟子單獨跑去涉險。

「肯定是出了什麼致命的意外，阿清本來不可能會失敗的。」橘忠無法認同地皺眉，言下之意毫無怨懟。

「所以，你那時候到底在幹什麼……」宵話說到一半忽然想到《司都史錄》的記載而打住。京太聽著這些往事也感到難過，伸手拉拉宵的衣角，用嘴型無聲地告知：「神前香。」

是啊！還有神前香能囚禁神祇，也能讓神官失去靈力，是他們在水底神社也都親自領教過威力。香沉木背後要是有禍津日神支持，這個調香配方大神手裡肯定也有，卻不知道怎麼落入明神一族手中，反遭受制。忌部清和與皇很可能也是跟禍津日神一起中了這個香，才不只無法破陣，甚至連鎮化儀式都無法舉行。宵愣愣地還在推想諸多細節。

「關於神祟之夜的經過，我說完了。」橘忠行長長吁了一口氣。他恍神地忘了自己已是魂魄、伸出變形的手，想摸摸與皇的頭，又怕弄痛她的臉而打消念頭地放下。

最後只能懊悔地苦笑：「是忠叔沒有護住妳，害妳承受邪祟煎熬。」

明明已經重傷到不成人形了卻還這麼說，在場所有人都屏息地感到難受。

「謝謝忠叔捨命保護了我。」與皇搖著頭，一字字懇切道。

橘忠行失神地不語。他身上京太輸入的靈力慢慢耗盡，魂魄又開始變得黯淡，目光有些混濁，轉頭凝視著橘源平，低聲嘆氣：「……源平，想不到還能再見到你，是我這個當父親的失格。」

橘源平神情僵硬，冷硬疏離地道：「有什麼話你該跟母親說去，得知你殉職後，她病情加重，不久就去世了。」

橘忠行一時不知該說什麼，隱忍地把頭垂得更低。

與皇不著痕跡的施咒，只給橘源平看了自己另一段記憶。

橘源平驚愕地以為是什麼暗算，只是戒備很快在白光中沉寂，瞇眼注視著海岸邊一大一小的人影。

忌部清快三十歲依然沒有半點穩重，還當自己是個少年人一樣整天飛揚跳脫，牽著十歲與皇的小手在海邊散步。與皇喜歡他厚實穩定的大手，她也喜歡大神，但是大神從來不會摸摸頭，永遠是遠遠的生人勿近。

「師父。」她抬頭，敏銳感覺到師父心情不太好。

橘源平很意外司都是個這麼漂亮的女孩子，不過訝異只是一瞬間，比起性別，他更在意對方的確是個不易扳倒的對手。呈現的過去景象又是怎麼回事？

辛鹹海風吹來，海潮日復一日，白珠串成的泡沫徒勞逃上岸，轉眼再度被大海吞回去。

忌部清盯了一會兒感嘆：「身不由己。」

出於煩躁，他蹲下來戳與皇的臉紓壓，換作是宵會大發脾氣，怕給戳扁似的四處閃躲。眼前水靈粉嫩的女孩是個面無表情的洋娃娃，給他戳完右臉，又戳左臉。

「真乖，師父給妳講故事。」她不躲，忌部清很快就玩膩了，滿意地翹腳坐在岩石上，與皇聽話地正坐在旁邊。

「師父以前有兩個部下，凜和橘忠行。一個就叫她傲嬌女，一個是暴打他三天也不吭聲的無口男。」

橘源平先是一愣，才反應過來而有些生氣，很無言父母的綽號。

「有天我收到可疑的神識，無奈有大祭抽不開身，就叫部下們都先別去，我過幾天自己去看看。哪想到傲嬌女帶著一批人偷跑去，無口男發現後立刻連夜追上。

結果那間廢棄神社藏著墮神，秒殺二十個神官，吸乾他們靈力壯大。傲嬌女也被抓住毀掉靈脈，無口男及時趕到救援。可是她一直昏死啊！根本搞不清楚對方付出多慘痛的代價。」

橘源越聽臉色就越慘白，心緒波濤洶湧地難以置信，這些都是什麼？司都給我看了什麼？

「妳怎麼不問那怎麼辦？然後呢？」

與皇很認真問：「然後呢？」

忌部清發現逗她不好玩，拍著腦袋自討沒趣地繼續說下去。

「無口男不光是我的部下，還是我這輩子認定最好的朋友。我欣賞他的性格能當大任，夠格升遷四大神官，結果全給傲嬌女的白痴行為搞砸了。

無口男再三警告我不准說，不想讓人感到虧欠。可是等傲嬌女醒來後，我還是氣到忍不住說出實話，忠行不惜兩敗俱傷殺才殺死墮神，還為了保護她，全身靈脈受到拷打重創，搞得等級暴跌。」

「她最開始不信對嗎？」與皇怕師父無聊，很乖地提問。

忌部清立刻點頭：「對啊！傲嬌女不知道忠行原本強得和我不相上下。在那裡鬼叫我幹嘛不承認救了她，拿個廢物推託。

我一聽當場發飆，丟下一句愛信不信！妳違反命令，我去救也是救我兄弟，才懶得管妳！她聽完賭氣當晚跑去睡了人家，事後忠行居然同意負起責任娶她。」

「師父，她應該是很在乎你的。」與皇抬頭，條理清晰道：「還有無口男應該是喜歡傲嬌女，才不想讓她知道。」

「小鬼懂什麼？」忌部清伸手揉亂她的頭髮，笑容裡隱約有些苦澀：「在乎又怎麼樣，妳師父是萬人迷，不可能只跟著一個人過，多無聊啊！」

他接任司都那天起，就知道無可能逃避重責。就算忌部清每天都快樂摸魚，在違規邊緣反覆橫跳試探，期待被神官舍聯合彈劾罷黜，可惜舍內缺人缺到包容力無敵！他都有點佩服自己了，品行爛成這樣的也行？

都怪上任司都退休前，明知忌部清不愛受到束縛，老人家聲淚俱下只差沒以死相逼託付接任，像是怕哪天出現什麼重大異變，只有他才能應付。

至於凜的傾慕，忌部清又怎麼可能不知道？

他的命格凶險，自小在一波三折的倒霉災厄中打滾中活下來，算算過幾年還有個死劫等著，根本沒有能力好好去愛一個人，不如遊戲人間自在。但他再怎濫情，也絕不動自家神官舍的人，不想搞得舍內烏煙瘴氣的牽扯感情用事。

凜被當面拒絕過而知道這點，卻從來沒有真正去瞭解過他，驕縱地急於立功得到認可。餘生在害死同僚的悔恨自責中贖罪，當她明白所愛時，那為自己賭上性命、付出一生的橘忠行早已不在。

忌部清這輩子都不可能原諒凜，害二十個神官送命，還斷送了摯友的大好前程。

他的目光飄向遠方，那些死去的神官裡，有幾個交好的朋友查出是凜擅自行動，但她已經辭退神官舍，只能找上橘忠行羞辱出氣。之後被忌部清發現，嚴厲懲戒才肯罷手。

外頭擋不住的風言風雨，八卦也傳到忌部清耳裡，他翻桌大罵你們懂個屁！但又能怎樣，忠行生性倔強，一天到晚悶頭奔波，跑得連忌部清也找不到他。否則有司都這個大靠山在，等級再低也不至於淪落到跑腿。

忌部清鬱悶道：「學生時期我每次出頭幫忠行打架，他反而叫我要學著低調！低調個頭！實力只差我這個天才一點點，硬是把自己弄成了廢物！是想要氣死我嗎！」

他東拉西扯地抒發滿肚子不爽，瞥見與皇聽得投入，戳她額頭問：「知道我為什麼跟妳說啊？」

「師父不就是太無聊想找人聊天？」

與皇毫不猶豫回答，剛說完左右邊臉頰給拉成麻糬。師父爆氣碎念為師身旁美女如雲，要不是看妳在明神村還得親自跑來教導，才懶得跟小鬼說那麼多。

她揉著紅腫的臉頰，內心同情師父口中那個未曾謀面的師兄，日常肯定照三餐被惡整。

「因為妳跟忠行一個德性，老愛吃悶虧，當師父的很擔心！」

忌部清擺出師父的深沉架子，抱臂叮囑：「我說啊！忠行他那個優秀的好兒子人小鬼大的，心機特別重，跟他那個不吭聲的呆瓜老爸可不一樣。以後妳接下司都職位一定要多加注意。」

橘源平這個當事人在旁邊五味雜陳，幼時和忌部清才見過幾次，眼光犀利到讓人髮指。

與皇悶聲說：「我只當大神的神官，不當司都。」

心想，要是我走了，殿上冷冷清清只剩他一個，會很寂寞。

忌部清不發一語起身，任由海風吹捲翻弄和服衣袖。與皇凝視著披著羽織、寬肩窄腰的墨黑背影，有如捎來黑夜吞噬汪洋的深不見底。

橘源平的意識從與皇施咒的過往記憶中回過神，環視書院的光線刺亮地照在數十個常徒臉上，自家神紋分色規整而立。本以為一手策畫的武裝彈劾掌控得宜，怎想到會殺出猝不及防的插曲。

他整個人像是被拋入大原深山的嚴冬、全身血液凍結，才知道當年那些威脅父親擦鞋的神官，口中的「蠢事」是什麼了。橘忠行寧可受辱也不願意讓兒子知道，當初是為保護他母親，才重傷以致毀了前途！

對上那滿身血汙的魂魄，只聽他茫然低聲道歉：「我一生問心無愧，就是對不起你們母子。」

橘源平胸中被猛烈撞擊的悲慟，視線落下注意父親變形的左手，緊掐著一株發黑的露草。

「我聽說忠叔一直在找修復損毀靈脈的辦法，就告訴他有這種露草，只長在明神村神社內，每天服用直至千日後就能修復靈脈。族人不涉足現世，露草也只當偶爾調養身體。」與皇道：「他說以任務為重，本來想等鎮化荒魂後，再去求神賜予，只為能治好妻子舊傷。我怕大神不同意，事先偷拿給他。」

橘源平聽著如遭雷擊，愣愣地像是從來沒認識過這個人。他自認對人心瞭若指掌，到頭來機關算盡，親生父親竟是比任何一個人都還要陌生。

橘忠行不願周旋舍內派系鬥爭，任由外界謠言也不去說一句辯解，就算等級暴跌，這幾年仍是在能力所及的崗位做好本分。儘管心知凜最初是賭氣下嫁，仍選擇去守護一生最珍視的兩個人，深愛的妻子以及摯友。

靈力卓越時藏拙，失去時也不悔恨，處境高低都不影響他處世信念，督神救人從未退縮，橘忠行真正要去貫徹保護的是神官舍。

「忠叔擔心師父而堅持同行。師父本來不想讓他跟，這一趟鎮化荒魂兇多吉少，靈力太低的人一起去很危險。」

「司都是神官統帥絕不能出事，只要能幫到阿清，我作為棄子也無妨。」

橘忠行慢慢抬頭，專注地一字一句說：「而且，我不能再給源平丟臉了。」

「要是能活著回去，想好好和那孩子說聲抱歉，當時不該那樣罵他。」這是他最大的執念，甚至強烈到留下一縷殘魂。

橘源平心亂如麻，喉間哽著無盡酸苦。他不由自主往前一步、想去握住亡魂血跡斑斑到變形的手，當然是好幾次從中穿過的徒勞，只能乾啞喚了一聲：「父親！」

橘忠行魂魄狀況不穩定，仍是不時渾渾噩噩，聽到熟悉的聲音或字眼才有反應。與皇輕聲幫忙傳話：「忠叔，他是源平，是你兒子。」

比起親生兒子，卻是外人聲音更能喚醒他。橘源平很感激最後是與皇陪著父親。

橘忠行展顏一笑。

「你還有茶嗎？」

橘源平愣住，一時沒能反應過來。多年來，他只記恨父親有多丟臉，父親卻是記得那茶。

但早已被幼時的自己親手灑了滿地。

「到最後仍是悔恨。當年沒能一起喝茶、聽你說說話，心裡遺憾。」

他鏡片染上薄霧，在父親面前低下頭，橘源平費盡全身力氣把持住，才沒有嗚咽成聲。

在場的神官們都不知道發生什麼事，由於涉及橘忠行和凜的私事，與皇施咒時的記憶只給橘源平觀看。大家只注目他在魂魄前待呆站不到五分鐘，突然態度示弱大轉變，不清楚司都用了什麼手段這麼厲害，又開始駭然地發出交頭接耳的騷動。

龍太郎滿臉得意：「看到了吧！這就是我平常教你們的，不戰而屈人之兵。」

「跟了祝融神官這麼多年，我還是第一次聽到，」輔佐清正在身後很老實吐槽：「你不是一向主張以暴易暴嗎？拳頭大才是道理。」

「龍太郎今天難得站在司都這邊。」京太用手肘撞他取樂。

「這叫做公事公辦，司都本來就沒錯。」龍太郎漲紅臉辯解。

宵對這突如其來的轉折漠不關心，刷刷閃到與皇身前：「就算你不是主謀弒神，也該告訴我們禍津日神在哪裡？」

與皇淡淡地搖頭。

「你是不知道？還是不肯說？」宵哪裡肯信，雙目赤紅洶湧著激憤逼問。

與皇先將橘忠行的魂魄放回石中，手被上銬而有些吃力地平舉遞給橘源平，意思很明顯，請為他的轉生送上最後一程。

注視與皇手腕仍被千鳥鐵飛鎖住，橘源平有些不知如何是好。辛苦籌謀的武裝彈劾在司都眼前，成了雲淡風輕的一盤對弈、落子無悔。

他慶幸還好返魂石裡的殘魂是父親，否則今天就要犯下誣指弒神主謀的大錯。這時橘源平腦中突然清楚地閃過醒悟，不對，司都根本從一開始就知道自己在聯合宵密謀策劃彈劾了。

明明知道卻還是放任不管，只為了讓他們公開攤出手頭相關的底牌，無論形文手書還是搶救到的殘魂。司都故意選在正式場合被揭穿明神村遺民的身分，就算暴露在被指控弒神的危機裡，也要藉這個機會證明忌部清不是罪人。

橘源平甚至能確定，就算今天返魂石裡是別的殘魂，司都也有萬全準備能夠應對自證清白，那樣的從容是出於清晰的信念。

她每一步所推導出的走向，都是要讓神官舍的每個人知道「我師父沒有引發神祟，更不是罪人。他不顧危險前往鎮化荒魂，懷著救人的迫切去阻止明神一族，忌部清是位真正的神官。」

由於罷黜司都見證會齊聚的都是精銳，陣仗越大消息傳得最快。不用等到明天，這場突發的武裝彈劾，就會衝上神官舍聯絡網的熱門討論。從學生到常徒、高階神官和輔佐，皆會熱血沸騰聊起前任司都搶救明神村的勇武事蹟。

橘源平想通了與皇的目的，表達方式卻是和宵的激烈截然相反的幽深，越想越覺得這個人的心思和膽量，遠超出估量。

與皇看他的神情變幻莫測，想想也被綁得差不多了，瞬間將千鳥鐵飛圈圈鬆開、輕巧滑落接在掌中。橘源平震驚道：「妳……」

她擺出歸還手勢，橘源平自知不能繼續輸得更慘了，立刻閉上嘴巴，接下千鳥鐵飛和返魂石。最後向司都深深行禮後，便擺手帶領自家輔佐和常徒們旋風般地離開。

宵的拳頭握得嘎嘎作響，與皇轉過身面對他：「找到禍津日神後，你想做什麼？」

「我要問他，他有什麼臉濫用信仰能量？有什麼比庇護信徒更重要的！為什麼我師父一心為他鎮化荒魂，他還要發動神祟！」

宵近乎失控地哽咽：「還是你們明神村其實從一開始就根本沒有信仰，自作自受後又妄想殺神！」

這話說得實在殘忍過分，還是在明神村唯一的倖存者前。

「信仰之心沒有半點虛假。」與皇心平氣和回答：「忌部清他也是我師父，跟你一樣，是我唯一的親人。」

宵現在心裡比誰都清楚，師父執意違反那句「禁止前來」的御神令也要趕去明神村，不光只是要阻止弒神和鎮化。更重要的是他要去救那個舍外弟子。

他甚至無法控制不去憎恨，為什麼活下來的是這個戴面具的傢伙？為什麼死的是師父，而不是他？

哪知道與皇竟和他心意一致，沉鬱地開口：「我總是在想，要是神祟之夜死的不是師父，而是我那就好了。」

這一句話讓宵所有的仇恨瞬間凝固。他紅著眼眶、呆立不語。

「小時後我依稀記得空蕩蕩的神殿裡，每次來的都是不同的人，有時是女人，有時是男人，有時是老人，有時是孩子，後來才知道禍津日神不喜歡用真面目見人。我作為常駐神官，因為靈力強大而年幼就開啟了神識，從有記憶時就住在神殿上。」

與皇的語調平板，毫無高低起伏。

司都很少一次說那麼多話，在場的所有神官，各個內心比主持國家祭祀還激動，很怕打斷似的大氣不敢多喘，豎起一對對耳朵聚精會神地聆聽。

「大神喜靜，每次出現也都是三言兩語，問什麼都沉默，好像在想什麼似的出神。」

京太驚悚心想，嗚哇！難怪司都不怎麼愛接話，句號王就是這麼培養出來的！大神也真是的，不能這麼教小孩啊！

每個人都是第一次聽聞禍津日神的近期事蹟，很意外跟想像裡的恐怖變態完全不同，湧上無限好奇。

龍太郎試想，明神村並不像普通神社，在那冷冷清清的殿上，一神一人相對無語、對影孤寂。他想起自幼和弟弟相依為命的景象，不禁對司都的憐惜油然而生。

「直到師父出現，神殿上氛圍才熱鬧起來。大神也比較有精神，雖然嘴上嫌師父又吵又煩，說要不是他信仰虔誠，才不會放他進來。」

與皇面具下的嘴角勾起弧度，那些熱鬧的歲月，已是遙不可及。

記得在神崇之夜裡，驚愕地發現族人們激憤包圍拜殿，他們利用神前香將禍津日神囚禁失去神力，並設置邪陣準備弒神。結果適得其反加速激怒荒魂，師父也因此受到影響而無法舉行鎮化儀式。他曾說過約了一個人前來協助，那人卻自始至終都沒有出現。

師父為了對付荒魂而獨自留在神社內，讓橘忠行先帶自己離開。與皇和他就在村外抵禦妖魔並死守結界，可是最後師父還是為阻止神崇蔓延，選擇成為人柱犧牲。

中間有部分細節記憶斷斷續續，除了那道不知名的禁制，在這之前許多瑣事記得特別清楚，明神村的日子無病無災，人們本性善良、知足常樂，彼此和睦相處少有爭端。

族人們百年如一日，恭敬帶著新收成的稻米蔬果爬上山，穿過鳥居送往神社，即使看不見神明形貌，依舊合掌誠心祝禱。低眉順眼的模樣，與皇一閉上眼睛仍能清晰浮現。

「玄冥，我記得的就這麼多了，我也想找到大神質問，想過無數次他為什麼欺騙我們？這一年來我每分每秒都在用神識感知搜尋，但是真的聯絡不上他。」

與皇的話語仍是安適寧靜，彷彿說著別人的事，卻使聽者有說不出的動容。所有人都不禁低頭不語，難以形容徘徊在胸中沉重的抑鬱。

宵深感痛苦，與皇難道就不痛苦了嗎？

一場突如其來的災厄，為阻止大型神祟蔓延出村，眼睜睜看著其他高階神官們害怕得落荒而逃。丟下十五歲的孩子遭受妖魔鬼怪夾攻、獨自和橘忠行死守在結界線上。就算在倖存後也是日夜輾轉，忍受邪祟侵蝕盤據的毀容重創。

說到底還是神官舍對不起司都。

沉重死寂的凝重氣氛裡，京太東看西看難受地吸口氣，伸臂一揮大聲說：「好啦！大家都散了吧！」

宵從來沒像現在這樣心累，好不容易查到的線索，實在不願就這樣放手。他盯著與皇，神情褪去陰冷憤恨，顯得有些惘然，還有許多糾結。

與皇看出他的猶豫，淡淡道：「我去思罰室，誰都可以來盤問。」

思罰室是舍內監禁尚未做出裁決，還在調查事件中的神官拘留所。

「司都。」龍太郎難以認同地踏上前。

與皇擺手示意無妨，隨即旋身信步走出去，輔佐、高階神官、常徒們紛紛退開，書院裡沒人敢阻攔的自動清出條通路，敬畏目送司都沿著迴廊消失的背影。宵頹然想著，要不是與皇自願，今天只怕沒人能將他押往思罰室。

龍太郎經過宵面前，眼見他到最後仍對司都步步相逼，憤怒到極點發出冷笑：「掌刑的神官夠踐啊！指著鼻子罵人沒信仰，死了活該都說得出來。」

宵臉色蒼白，抿唇不發一語。

祝融說完逕自率領常徒們昂首闊步離開，肅然規整的烈焰在夜中隱去。

京太想起司都單獨和自己說的那些話，似乎有點懂了其中深意，與皇任由他們發起叛變彈劾，正因是明神村遺民的身分，理解各自立場不同，不徹底翻臉鬧上一場很難化解。

神官們各懷想法，領著自家常徒們收隊解散。夜幕低垂飄起細雨，捎來九月入秋涼意、蟲聲唧唧，書院內很快恢復了空蕩蕩的冷清。

十八・一碗雜炊，暖心

一大清早天還沒亮，京太難得早起，抱著便當盒袋，輕快地走在思罰室的通道。

「司都。」京太的梨渦圓臉從鐵欄後探出，後面跟著龍太郎，迅速將牢門鎖咒解開，看綳著臉的架勢還以為是要劫獄。

不過他深知就算劫獄，與皇也不會走。龍太郎環顧六疊鐵欄石室，地上疊蓆散發霉味、簡陋的桌椅床鋪，心情更不好了。

「司都怎麼能待在這種破地方。」龍太郎將上方唯一的換氣窗打開，外頭空氣流通頓時舒適多了。

與皇不以為意地盤膝端坐床沿，保持儀態而狩衣仍一塵不染。

京太將桌面積灰清理乾淨，端出碗一勺一勺地盛裝雜炊。碗裡的米粒吸飽鮮黃蛋汁、拌上切碎雞肉，醇厚湯汁浮滿蔥花，牢房內香氣四溢地挑起食慾。

「昨晚一團亂，司都還沒吃東西吧？吃這個對胃很好。」京太拉開椅子坐下，替她擺好筷子和紙巾，龍太郎俐落地倒茶。

與皇沒想到兩大神官費心端茶倒水，很不習慣給人伺候：「我不餓。」

說著從懷裡拿出藥盒，才剛倒出一顆藥丸，龍太郎濃眉緊擰：「我就說，你看他平常都吃什麼？」

京太目瞪口呆，湊進一聞：「這是大國主命特製的保健食品。」

與皇有記憶時就在明神村神殿，禍津日神也不會照顧小孩，餵食養生藥草反正餓不死就好。他不喜歡人間食物的油膩味道，所以與皇就算偶爾出了神社下山，村中族人頂多給她摘點山菜川燙或漬物什麼的，總之是清淡無比。

後來住到大國主命那裡，大神投入醫藥研究廢棄忘食，與皇不敢吵他，自己照著醫書熬湯製藥。半夜臉上邪祟作亂，吃再多藥還是痛得發狂時，白兔神使會同情地靠近蹭蹭臉，摘回一些甜野果給她轉移注意力。

直到來到了神官舍食堂，與皇大開眼界原來世界上有那麼多吃的，還有不少烹飪手法，她平常小小的樂趣就是去食堂打包飯菜。

「你們特別送吃的來，玄冥又要不高興。」外出執行公務時，多年來把藥當飯吃的習慣很難改，而且現在還是在監禁中。

「哼，他最好被氣死。」龍太郎哼聲。

「阿宵就是嘴毒，不會把我怎樣啦！」京太舒服地往後靠，破椅背發出喀拉聲差點散開，嚇得他挺直坐好，順手去戳龍太郎：「司都一定是因為涼了不好吃，才寧可吃藥。」

與皇正要辯解，龍太郎已經高效抄起碗，掌中燃起火候得宜的加熱。

「……」與皇望著那燒盡妖魔的威能青炎變成行動瓦斯，不知自己何德何能。

京太滿意地等他加熱好，把冒著白煙的碗擺回桌上後，轉身並拉拉龍太郎的袖子。他愣了一下，才想起司都從來沒有拿掉面具過，想來是不願被人看到臉，才跟著背過身去。

與皇凝視著他們的背影，把面具摘下來放在旁邊。拿起筷子小口吃著浸滿雞肉香氣的米粒，熱騰騰的湯汁流入喉間，烘托胸腔暖意。

「好吃嗎？」京太豎起耳朵聽動靜，盯著牆壁脖子也不歪一下，只有兩腿隨意搖晃，口氣歡愉的討誇獎。

「司都還吃著呢！你急什麼。」龍太郎眼觀鼻，鼻觀心地坐得很端正，一邊按耐回頭端詳景仰之人的衝動，一邊又斥責自己很無聊，正在想辦法戰勝好奇心而很煩躁。

「嗯，好吃。」身後傳來與皇的聲音，由於揭開面具後去了那層沉悶，音調通透乾淨，就是舌頭給燙得有些含糊。

京太一愣，琢磨著以往掠過心頭的猜測，狀似漫不經心問：「司都，都過一年了，你還是一直戴著面具，是不是傷還沒好？我家有種祖傳的香膏，除祟治疤很靈的。」

他向來和誰都能親近，這一兩句關心說起來順其自然，身後的與皇卻安靜了下來。

龍太郎本來偷偷點讚少爺問得好，又聽司都陷入沉默，以為他覺得被冒犯，立刻有些懊惱，一顆心七上八下。對於直來直往的龍太郎來說，這間奏時長實在太過折磨。

京太猜想司都愛緘默的毛病又犯了，翹著腿很悠閒，一點也不擔心。

「傷早就好了，只是戴習慣了，又怕嚇人，你們不介意可以回頭。」

與皇倒也不是刻意隱瞞，既然有人問了就順理成章接話。

京太恭敬不如從命地回頭，震驚重新定義司都口中的「嚇人」。

龍太郎腦袋亂哄哄的，事到臨頭又有些怯場，內心掙扎亂喊一通：「人哪能看外表！不管怎樣我都……」

京太兩手推著龍太郎的寬肩，把他連人帶椅推轉過來。龍太郎下意識避開視線的先行禮再說，惶惶不安抬起頭，當場呆掉。

「……司都人呢？」他詫異地環顧四周石壁，視線再回到眼前端坐的絕美少女，只有一雙熟悉的眸子，澄淨如水。

「不就在你眼前嗎？」

京太奇怪他腦袋怎麼突然當機，對與皇眨眼說：「之前我就想司都穿狩衣走路的樣子很男生，一出手架勢很驚天動地。不過我家是開香舖的，鼻子特別靈，司都果然是個女孩子！」

與皇見少爺反應還算正常，一顆心先定下來。畢竟自小除了忌部清外，沒什麼誰會特別強調女孩子這件事，也從沒有特殊待遇，不妨礙大神特訓時挨揍。一身冷淡氣質隨月讀尊，邁開飄然步伐負手而行，至於出手架勢，當然是素戔嗚尊，狂暴武神的口頭禪是「只要是活的，就得往死裡打」。

龍太郎大腦暫停運轉似的理解不能，幾秒後猛烈跳起一把掀翻椅子，往後退太快砰然撞牆。視線倉皇盯著象牙白的狩衣，又迅速移往放在一旁的能面，他好不容易才確定的倒抽口氣，兩手胡亂抓住頭髮。

與皇掃了一眼，無奈地發現這反應好眼熟？囂張的海蛇先前一見到臉，還以為是發現仇人的大暴動。

「你幹嘛啊？看到美女這麼激動！」京太笑到直不起腰，笑死，現在是鬧哪齣？

舍內都知道祝融承襲上司素戔嗚尊的優良傳統，他手下就算有女常徒和學生，實戰訓練時照樣暴打不誤，少爺還以為龍太郎是在示範思想公平前衛，提倡落實男女平等。

「你你你閉嘴！」龍太郎耳尖發紅。

京太莫名其妙：「司都是長得超漂亮的啊！」

第一眼的確是特別驚艷，不過少爺自幼家裡經商，五湖四海什麼樣的人沒看過，一下就拋諸腦後。

「你亂說什麼！她可是司都！」龍太郎按著額頭，試圖冷靜。

「我知道是司都啊！但是就不能誇好看嗎？」京太搔搔臉頰，搞不懂他向來直爽，今天怎麼特別扭捏難溝通。

少爺碰巧看碗空了，高興地轉移話題：「司都我跟你說，這是龍太郎做的！他以前照顧弟弟包辦伙食，料理手藝超級好，整天說妳不好好吃飯……唔唔唔！」

「你少說兩句！」龍太郎生氣地按住他的嘴。

京太委屈地瞪眼，發什麼神經！我等下要叫宵罵他！給他治治！

與皇微微點頭：「很好吃，謝謝。」話語稍頓又說：「虎介的事情，我已經有了頭緒，近期會給你交代。」

「不用！」龍太郎僵硬地鬆手，京太趁機溜開，貼在與皇身旁坐著，以防被偷襲。

他沉聲道：「我會自己查，請司都別再冒險了。」

「你不用在意，牽涉明神村，就是我分內的事。」與皇眉目多出幾分清冷疏離，口吻不容質疑。

京太正在欣賞絕代無雙的容貌，龍太郎握拳又鬆開，忽然道：「京太，你幹嘛坐那麼近？」

「你也可以坐啊！司都又沒說不行，旁邊還有空位。」京太圓臉的梨渦更深，隨口說著並沒有多想，與皇瞥了他一眼，倒也沒有反駁什麼。

平日司都高來高去，除了在書院辦公外，經常獨自外出處理公務，神官們見她來去目測平均保持至少五到十步，今天要不是與皇自願下獄思罰室，大概沒人能夠和她縮短距離。

「你跟玄冥相處久了，越來越討人厭。」龍太郎當場嫌棄。

「祝融你今天幹嘛一直凶我，明明是我提議來探望的，你看，搶先看到司都真容，是不是很划算？」京太怕他真的生氣，只好乖乖滑下床沿，不情願的走回身旁。

龍太郎心中千迴百轉，他曾單膝下跪，奉上青炎起誓「祝融以後為司都效力，絕無二心」。

終於鼓起勇氣直視與皇，龍太郎將那澄澈如水的眸光珍重藏在心底深處。再多震驚錯愕一瞬歸於平靜，嘲弄自己膚淺，不管是男是女，是美是醜，都是他祝融發誓一生效忠的人。

出了思罰室，拂曉天空泛橘透亮，京太的小腦袋瓜飛快運轉、精闢分析後，突然拍一下龍太郎的臂膀。

「龍太郎，你不會喜歡司都吧？」哥兒們原來是走一見鍾情路線。

「信不信燒死你！」龍太郎險些左腳絆右腳的一個踉蹌，猛地回身掄拳要打。

「我也喜歡啊！你幹嘛啊！」京太吐舌躲開，龍太郎抬起手又放下，湧上難以言喻的沒落情緒。

「司都就像是神明，神明是拿來敬畏，不是拿來喜歡的。」

明晰大空中，還能看到西邊一勾殘月高懸，他仰頭自言自語。

思罰室大概從來沒有那麼多訪客，與皇習慣性地戴回能面。宵已換回輕便和服，踏入了瀰漫霉味的石室，愛乾淨的他難得沒有露出嫌棄的表情，只是沉默地跪坐在破舊的疊蓆上。

與皇盤膝坐在床沿等著他質詢，怎麼也想不到下方傳來一句低聲致歉：「……對不起，我不該說那樣的話。」

她很意外地發現宵正對著自己低下頭、低到只剩個頭頂而完全看不到臉。他的肩膀微微顫抖，正努力克制鼻音：「其實我早該知道不是你的錯……你一定比我還難受自責，才會不惜被公開彈劾，也要證明不是師父引發的神祟。」

宵說著已是扛不住抽噎，就算不用看，光聽也能想見絕對是眼淚狂掉。

「……我把氣出在你身上，說到底還是因為自己不甘心。怨他還真的什麼都不在乎，就這樣丟下我走了。」他不想讓司都看到自己的哭相，仍是死死低著頭。

「我都明白，也從來沒有怪你。」這話一說出口卻讓宵提袖抵住額頭、全身劇顫，好像哭得更厲害了。

她反而有些不知道該怎麼辦，想了想果然還是讓他哭完宣洩情緒比較好，於是輕拍幾下肩以示安慰後，就把手收回放在膝蓋上。與皇因出身神隱的明神村，為此忌部清貫徹守秘，他只有在趕往處理荒魂異常時跟橘忠行說過，從來沒有和任何人提及這位舍外弟子。當然宵也完全不知情，也難怪他會錯愕憤怒了，相反地與皇卻從師父那裡，經常聽他聊到這位比自己大兩歲、素未謀面師兄的大小事情。

「師父離開前叫我守好這把玄冥歷代的法器『初始歸一』。他告訴我其實另外將其取名『君與』，才是這把刀的真名。」他情緒稍微平復後，召出了那把弧度優美的太刀。

「以後無論何時何地，只要你開口喚君與，都將為你所用。」宵雙手高舉過頭奉上，鄭重道：「……無論是刀、還是人。」

對玄冥可是很嚴肅的場合，不過與皇還是閃過師父調侃宵的各種事蹟。以前小時候長得太可愛整天被叫錯成小妹妹，長大後不知道怎麼跟女孩子說話，只會裝酷擺一張臭臉。與皇不自覺想起那些生動的胡說八道，幸好宵看不到她與具下的嘴角失守。

在窗外落入的稀疏晨光中，她安靜地伸出兩根指腹輕按於刀身，君與感應到強大的靈力，倏然盈滿湛藍光輝。

宵也因刀的鳴響回應而訝異。他腫著雙眼，凝視那張毫無表情的能面。只見與皇澄淨的眸中隱約可見欣然及感激，點頭後輕聲道：「謝謝你，師兄。」

將近中午時，一條海蛇的烏黑鱗甲在陽光下發亮，從石室內唯一的窗口，游下來又急又怒：「我找妳好久！」

思罰室內外密密麻麻設置高階咒字，他以為自己是神使，這些封鎖陣才沒有啟動阻攔，其實是巳辰現在法力一落千丈，石室把他當成普通生物沒反應。

陽光灑落在靜謐的臉龐，與皇長睫覆蓋，正在閉目養神，明知他來了，還是貪圖清淨沒打算睜眼。

巳辰一路狂奔來就看到這人這麼悠哉，氣得毒牙癢癢地，驟然撲上張口就咬！

從髮絲旁擦過的蛇頭眨眼被摁住，巳辰也知道不可能真咬到，尾巴不客氣地圈住纖瘦有力的手臂，瘋狂晃著腦袋吐信：「ㄚ頭快跟我走！古溪快死了！」

「他虛弱到不行只吵著要見妳，我可不想看那傢伙整天表演吐血！」

與皇心念一動，古溪對自身病況瞭若指掌，明明之前幾次都拒絕醫治，腦海掠過至今為止所有的細節，他還是第一次讓巳辰來傳話。思考事情時隨口說了句：「我在監禁中。」

「啊？」

海蛇鬆開手臂環顧四週，才意識闖到什麼不得了的地方，瞪眼道：「真沒用！妳不是什麼司都嗎？怎麼那麼容易被監禁啊！」

與皇不置可否，從容撫平狩衣上的摺痕。撂起衣擺站起身的同時，牢門窗口無數個封鎖咒，感應到了動靜正要大展身手發揮，下個瞬間就慘烈粉碎得乾乾淨淨。

「……」

「走吧！」

竹林深處，銀髮男子雙目緊閉地攤在藤椅上，病懨懨消瘦的輪廓，松葉色單衣在細碎影子裡斑駁，多了幾分死期將至的悲涼。

「死了？」巳辰一著地立刻化回人形，快步上前。

「午睡。」與皇瞧一眼。

他曬太陽曬得心滿意足，不情願地睜眼：「你們來了。」

要不是他身體孬弱，巳辰早就衝上去拽起領口，惡狠狠傾身瞪視：「剛才不還吐血吐得要死要活？不準備交代遺言嗎？」

古溪全身籠罩在陰影底顯得蒼白可憐：「看到司都，病情就好多了。」

他艱難地直起身，忽然往前一摔，與皇和巳辰很習慣地從左右同時伸手，觸碰到的瞬間景致驟變。兩人很快被高速拉扯移動，四周分不清遠近地陷入黑沉沉的虛無，落腳在灰暗色調的荒山野嶺。

古溪狼狽地站起，顫顫巍巍握緊拐杖。

「喂！你沒事吧？」

巳辰問著就要上前，一柄黑檀木摺扇刷刷橫出，擋住他的去路。

與皇道：「把我們帶來異界做什麼？」

就算不是第一次來也認不出來了，放眼看去已經沒有石疊街道和熱鬧市集，舊書舖和玉石引店家都不知去向。但與皇感知的確是異界，大地瀰漫死氣只剩下滿目荒蕪，空氣稀薄到呼吸滯澀。

古溪無奈道：「司都不就是懷疑我是害死虎介，把堇青石賣給百足的壞人嗎？」露出一貫溫柔微笑：「可妳一直按兵不動，讓我等到了無生趣。」

「趣」字一出口，猩紅大地竄出成排高度及膝的水晶柱，切面銳利綿密組成險惡劍山，與皇快速點地後退。巳辰揮鞭橫掃，吼道：「你發什麼瘋？有病啊？」

「的確有。」古溪哀戚道：「司都態度不明，害我寢食難安，為顧全病體只好先動手。」

「你他媽的病鬼！鬼扯出什麼玉石引店主！就是你本人吧？」聽他還說得理直氣壯，巳辰氣到大罵。

眼見古溪好整以暇坐回藤椅，看表演似的觀賞兩人東躲西閃。晶瑩剔透的水晶柱在落腳處源源不絕生出，無數壯觀美麗的殺人兇器。

「龍蛇王，我殺她不是很好嗎？你正好不用報恩，我們還能當朋友，繼續請你吃飯。」古溪滿口親切地轉著鑲嵌著水晶石的戒指。

「本神使的恩怨干你屁事！」遊龍鞭狂風驟雨削去一大片水晶柱，透白粉塵飛撒到黑衣皮褲上，嘖了一聲使勁拍了幾下。

「她本來就不該活著，就該死在神祟之夜。」古溪一口悅耳的京都腔，溫柔到像說著情話，內容卻格外惡毒。

「丫頭別聽他的！」

與皇在沉思中回神，跟著揮扇炸開水晶柱，才道：「他說什麼？」

巳辰無言地又狠狠劈開幾根冒出的晶柱，最好多打爛些商品，讓玉石引那混蛋血本無歸！

「挑唆百足復仇，提供動過手腳的堇青石是你的主意？」

古溪坦然道：「是。」

「故意讓返魂石被橘源平劫走的人是你？」

「是。」古溪想了想，又體貼地補充：「本以為橘源平會利用返魂石中的魂魄，殺了妳這個明神村遺民上位，想不到他這麼沒用。」

與皇一扇打碎了十幾公尺外大範圍的水晶石尖山，眸光深沉，一字一字問：「師父在明神村等你！你為什麼不來？」

「我怎麼可能去？」古溪搖頭，一副被問了什麼蠢問題的笑嘆：「引發神祟殺光他們不是更好。」

「你到底是和明神村有仇，還是想搞垮神官舍？嘖，不會是兩個都有吧？」巳辰真搞不懂，他一個異界店主，就算掌握神器碎片，跟百年與世隔絕的明神村又有什麼關係。

下個瞬間皇氣殺氣天崩地裂地暴起。她靈能飽滿掀動衣袖飛揚，半截白皙纖瘦的手腕浮現青筋，緊握無求扇啪地揮開扇面，氣勢驚人地由下往上一掀。前方數以千計綿延的水晶柱被氣旋炸裂碎成粉塵，猶如白雪晶瑩幻麗飄蕩。

與皇雙腳剛平穩落地，即刻起咒相應，四面八方冒出茂密柳枝覆蓋，以無間木掌控大地，水晶柱再沒辦法冒出攻擊。

白影閃過，巳辰眼前一花，她的扇尖已抵在古溪細弱的咽喉上。

攻擊、防禦、制敵漂亮地一氣呵成。巳辰久違感到膽顫心驚：「好強！」隱隱又有些興奮。

面對與皇籠罩寒霜的表情，古溪眼睛也不眨一下，忍不住笑了：「司都不下殺手，不會仍相信我是個另有隱情的大好人吧？」

他話語剛落，無間木瞬間全枯爛在猩紅泥地，接著成排水晶柱又像鯊魚利牙的瘋狂竄出。

與皇臉色微變地飛快後退，閃避不及地爆出濃重血腥漫開，發出噗嗤穿刺血肉的恐怖聲響，竟是巳辰一聲不吭地擋在她身前。水晶柱貫穿四肢、噴濺的血珠順著滴落，他表情狠戾瞪著古溪。

京都的異界空間是三不管地帶，改變外界法則，與皇感應全身靈力受到壓制，古溪心情好到就跟在玩耍一樣。

巳辰啞聲道：「除非我死了，否則你別想動她！」

「那只好請龍蛇王去死了！」

古溪和藹簡潔發話同時，巳辰已化回蛇身撲去。他指上戒指閃過詭譎綠光一閃，蛇身瞬間遭受重擊墜落在地，半截水晶石貫穿蛇尾，釘在地上染遍腥紅。

與皇一扇驟然攻至，到他面前時突然力氣全失，僵硬地任由他強硬摟住肩膀。

「我被困在此處百年，出不了京都異界，這種抑鬱愁困妳能明白嗎？」古溪在她耳畔低語，說著伸杖翻弄那頭氣息奄奄的海蛇。

「殺我可以，得先救他。」

「我說司都，」古溪猛然伸手扼住她的細頸，柔聲說：「妳以為還能跟我談條件？」

與皇一被他接觸皮膚，瞬間腦中轟然炸開千萬怨靈湧入的熟悉頭痛。她忍受殘酷幻視橫衝直撞，咬牙死不出聲，直到被掐到近乎窒息，古溪才意猶未盡地鬆開手。

「妳還是多多生氣的好，生氣起來更漂亮了。」注視她眸中燃燒怒火，古溪感慨誇道。

「救他。」與皇大口咳嗽著剛緩過氣，依舊固執地重複。

「就是一條貪吃的海蛇，也值得救。」古溪譏諷地說著，只是揮杖止血，沒有讓水晶柱移開的意思，「你我二人難得獨處，不如陪我說會兒話吧？」

「弒神事件你知道多少內情？」與皇想來他就是要來炫耀，乾脆直接給他開場。

古溪也不客氣，悠悠道：「我知道禍津日神荒魂為什麼無法鎮化，為了復活一個早就不存在的神，他不惜將原本該鎮化荒魂的信仰能量耗盡。」

與皇有些出乎意料地不發一語，沉默許久才道：「你是怎麼知道的？」

「他百年前隱瞞神身，闖入異界攪得翻天覆地，趁機把上千個返魂石搜刮殆盡。別人誤以為是什麼百鬼夜行的強大首領，只能自認倒霉，可瞞不了我，一個神明特意拿那麼多養魂的石頭幹什麼？」

「你當然會深入調查。」與皇被忌部清養成好習慣，聽故事時總會附和的恰到好處。

「是啊！司都懂我。」古溪表示欣慰：「禍津日神跑遍世間森羅萬象，聚齊支離破碎的神魄，可惜返魂石的力量還是不足以養魂，也虧他在無計可施之下，居然想到挪用明神村的信仰能量。」

「忌部本來打算找回碎片修好神器，釋放強大神力協助他鎮化荒魂。哪知道禍津日神到頭來也只是想順便利用他，借此喚醒瀨織津姬的神魂。」

他一臉傲慢，恨恨道：「想得到勾玉碎片的都該死。尤其是神官舍，整天打著天皇旗幟說要修補神器，還真以為自己是正義的代表。」

與皇忽然道：「古溪，你不咳嗽了。」

十九・玉石引現身

「這可是我的地盤，加上與司都相談甚歡，病況自有好轉。」

「你不是古溪。」

「何以見得？」古溪裝模作樣咳嗽兩聲，嘴裡的文雅用詞聽著有些假。

「以前他一操控大量玉石就會引起嘔血，你卻完全沒有影響，他喜歡叫我們的名字表示親近。你卻只叫職稱，對我和巳辰態度都很不屑。」

香沉木才會說失約者是玉石引，他早已躲到古溪之中隱匿神息。

「不是一家店，不是一個人，三神器之一的勾玉碎片，你就是玉石引。」與皇目光瞬間有些幽冷：「你把古溪怎麼了？」

「哼，我是要想這具身軀，那個整天無病呻吟的廢物，抵抗力倒是頑強。我的力量無意間喚醒了亡靈大軍，正想順手殺掉礙事的海蛇，他偏要跟我作對。」

「在磐座時我就奇怪，古溪一向討厭玉石引，怎麼會熱心幫忙說話，果然是被你逐步侵蝕心智。」

「神祟發生前他還想趕去送死，他願意，我可不想！」玉石引摩挲戒指上的凹槽：「我只想活下來。」

他灰眸閃爍光芒：「我在人間百年早就自成意志，並不想回到與世隔絕的勾玉裡歸化虛無。」一直到剛才為止的自曝身分的陳述，皆是為以言靈力量鞏固自身存在。

玉石引與古溪已不可分割，修補三神器勢必要犧牲他的性命為代價，古溪去明神村途中遭受玉石引阻攔，終究失約了。之後精神不時受到制約而無法直接吐露情報，仍是用盡各種方法接近與皇，迂迴給她提示。

陸續出現的妖化事件，就是玉石引為了增強力量，一步步削弱古溪的意志。

與皇沉住氣，堅信古溪的心神必定還存在，得想辦法壓制玉石引喚回他。

混沌空中忽然幾道無聲雷光乍現霹落。一個客氣的聲音從遠方傳來：「冒昧打擾異界，神官舍想請玉石引店主出來見面。」竟是橘源平追來了。

「好不容易有機會聊天，神官舍的卻找上門來，妳去打發走。」玉石引手杖按在海蛇頭頂，悠然道：「那兩個人還沒見過妳面具下的容貌，不准表明身分，去告訴他們店主帶著司都和龍蛇王前往出雲。」

無論是他們想推測巳辰是出雲神使，為報恩帶司都前往他處避難，還是認為司都跟龍蛇王一起遭受店主挾持，怎樣都無所謂，除了與皇沒有神官有聯絡八百萬神的權限，只要能拖到時間、讓神官舍分散人手趕去出雲確認或救援，最快也要半天來回。

「要是妳敢多說一句話，海蛇必死無疑，我會一片片剝下蛇鱗，折磨到盡興為止。」他並不想殺與皇，只要這個少女在自己手上，就能制衡多方勢力，活著比死了還有用。玉石引內心盤算著將她長時間秘密監禁，異界眼看是要曝光，得趕快換個地方。

他邊想著邊揮手施咒，替與皇換上了全新和服。繁重狩衣瞬間變成素面雅緻的單衣，太鼓結文樣為當季盛開的桔梗，符合她氣質的高雅絕美。玉石引滿意地躺回藤椅，擺手示意與皇可以去了。

異界入口附近，空曠道路兩側延伸的竹林直飛天際，神官舍申請執行特殊公務，清場以結界封鎖禁止普通人出入。

橘源平扶著金邊細框眼鏡，慢條斯理道：「我從那位母親身上輕易劫走返魂石時，就覺得有些不對勁，事後仔細推敲，那是異界刻意放出可以修補魂魄的消息，誘導我去搶。」

「他故意幫你佈局重現明神村的御神令，司都肯定會去調查狀況，然後……」宵煩躁地踱步：「神官舍內亂，最好讓我們把司都當成弒神主謀處死！為什麼？」

橘源平嘆了口氣說：「可惜《司都史錄》的提示跟猜謎一樣，只說到神前香和返魂石跟神祟有關……」

「等等！」宵霍然回頭：「你也偷看過？那不是只有司都能看？」

「什麼偷看，講那麼難聽，」只見橘源平不高興地糾正：「《神官律令全書》中第一千七百三十二條，不是有寫需要調查特殊事件，只要申請就能看了嗎？」

「……」

宵佩服這人可以把磚頭厚的十冊律令全書背熟，自己居然還那麼辛苦跑去偷看！

「來了！」橘源平謹慎地手攏袖中，按住千鳥鐵飛。

從異界扭曲出了漩渦空間，窺見深不見底的混沌，與走來的美麗少女形成鮮明對比。

「店主不在，兩位請回。」

橘源平覺得似乎在哪裡看過她，卻又一時想不起來。他表面保持禮數周到地說：「神官舍內思罰室有我設置的隱藏咒術，就算能逃出去也會一路被追蹤，龍蛇王和司都進了異界，妳剛才說店主不在，請問他去了哪裡？」

「店主帶著司都及龍蛇王有要事前往出雲。」

冰寒藍光掠過眸中，一柄寒意流轉的太刀指向咽喉，宵森冷道：「我沒耐心跟妳耗，馬上把人交出來！」

少女目光投向橘源平，他雖然彬彬有禮地致歉，卻沒阻止的意思。兩人黑白臉一如往常配合絕佳。

「神官舍的四大神官，祝融青炎拳技，句芒上邪神弓，蓐收千鳥鐵飛，」她凝視著冷冽刀尖，沉吟道：「玄冥君與，果然是不同凡響。」

宵陰沉面龐逐漸浮現不可置信的神情，驟然刀身鳴響，他的目光越發熾熱。橘源平瞧著實在不是好徵兆，連忙阻攔：「玄冥，不要弄傷店主的人。」

少女不發一語轉身回到異界，變形撕裂的空間，瞬息壓縮消失。

宵咬牙撤刀，愣愣發呆。

「聽聲音有些耳熟，這把玄冥歷代繼承的名刀叫初始歸一，她故意說錯，是為提示什麼嗎？」

「沒有說錯，」宵顯得有些迷茫，撫摸刀鞘：「師父傳給我時暱稱君與，除了我以外，只有另一個徒弟知道。」

橘源平想起少女是誰了！是自己在回憶裡看過、年幼時的司都。他很快臉色微變，抬眼見竹林蓊鬱，異界入口早已無跡可尋。他沉思片刻說：「馬上把祝融和句芒叫來，要是今天沒能接回司都……」鳳眼鋒芒畢露，橘源平難得氣急地撂下狠話：「就讓京都，從今以後再也沒有異界。」

玉石引癱在藤椅上，撐頭嘆息：「妳讓我失望了。」

「按照你說的做了。」

「我說了，不准說多餘的話，否則我會一片片切斷這隻海蛇。」

他興味盎然地抬起手，猛烈按下釘著蛇尾的水晶柱！

黏稠鮮血濺出，卻不是巳辰的血。

「什麼？」熱辣辣的一鞭抽在古溪臉上，鮮血直流滴落，水晶柱下只剩四分五裂的蛇皮。

「巳辰，出手輕點。」與皇思索著古溪和玉石引之間的違和感，到底是什麼原因造就死生共命的棘手狀況？

巳辰已恢復人身，全身上下毫髮無傷，襯衫敞開衣領露出鎖骨，銀飾急撞出清脆響聲，不耐煩地回道：「嘖，我下手夠輕啦！不然他還能站著嗎？」

玉石引很快鎮定下來，拿袖子擦拭臉頰血痕，失望地搖頭：「我還以為司都為人光風霽月，怎知竟會使詐。」

「閉嘴吧你！他媽的敢先騙本神使帶她過來！」巳辰先裝成到處閃躲，後來又假裝受重傷，這輩子沒幹過的蠢事都做了，不爽憋屈到極點。

遊龍鞭感應主人的暴怒，渾身冒出密麻倒鉤，久違恢復灌注十成十的法力，得意地吐著黑氣盤圈，毒龍準備好隨時要發動攻擊。

玉石引嘆了口氣：「你們在來時路上說好的？」

與皇在路上時和巳辰策劃，她聯繫出雲結緣神解開巳辰身上被封住的法力，兩人裝作受到異界主場壓制，趁機確認玉石引的身分。

「的確，只要進入異界，京都所有的力量都會失效，」玉石引不甘地瞪視巳辰：「但是要是其他的地方，比方說出雲就無能為力了。」來自其他地區的等級在一定程度尚且能控制，他沒想到巳辰恢復法力後，狀態強到超出掌控。

久違的力量全部恢復，巳辰心情好到不行，昂首道：「要不是丫頭囉哩囉嗦，早就把你打到看不出人樣。」

與皇揚起無求扇架住玉石引，三人眨眼佇立在晴空萬里，綠竹輝映的小徑中。

巳辰反手使勁一推開，他腳步歪斜跌倒在地，和服衣擺沾滿汙泥。

嵯峨這區已經被神官舍嚴密封鎖，數道靈氣沖天四方肅殺。龍太郎召來青炎，宵抱刀而立，京太手持和弓，橘源平指揮各部輔佐、五十位高階神官、外側百名菁英常徒包抄設陣待命，率先上前行禮：「司都，我們來接妳了。」

不錯啊！好大的陣仗，巳辰瞧了她一眼。

與皇淡然點頭，遠近竹林蔥鬱無盡，襯得她一襲素雅和服清麗疏冷。

京太笑得梨渦更深了，兩眼發亮地真誠稱讚：「司都妳穿和服也太漂亮了！」

「司都沒事吧？」龍太郎焦急地問。

「哪能有什麼事。」宵盯著那張絕美臉蛋看了老半天，又再三確認靈息無誤後，他才露出被人詐欺受害的微妙表情，不甘願地移開視線。

與皇只是憐憫地瞧著玉石引狼狽的模樣，回想最初遇見古溪時也是在這裡。玉石引視線內伸出一只白皙的手，他錯愕地任由對方托住臂膀，順勢穩穩借力站起，迎上了一如既往澄澈淡漠的眸子，胸中不知為什麼有些滯悶。

「要不是攸關你的性命，師父又怎麼可能會給你選擇？」與皇輕聲道：「師父不可能約在這麼緊迫的日期。要修補神器八尺瓊勾玉應該是越快越好，但他寧願犧牲自己阻止神祟，也不會強迫任何人，無論你是古溪還是玉石引。」

舍內武裝彈劾後，龍太郎早已琢磨比對幾項情報，明神村失約的人既是玉石引店主，很有可能就是手握能鎮化荒魂的神器。收到橘源平要接回司都、馬上跟異界開戰的通知，四大神官匆匆趕來時進行了簡短交談，祝融在來之前考量部署層級的周全，考慮再三決定坦言告知八尺瓊勾玉破損的機密。

為此他們聽到與皇一說，不約而同地下定決心，今天神官舍就算賭上一切、也要協助司都回收神器碎片。

宵聽著目光越發陰狠，京太連忙覆蓋他按住刀柄的手背，發抖忍著刺骨酷寒。

玉石引灰眸中有些迷茫，徬徨無措道：「在下……在下想去赴約……」

接著緊緊抓亂滿頭銀絲，喘了口氣咬牙道：「不！我才是神！我才能庇佑天下！」

「給百足堇青石的人就是你？」龍太郎周身青炎風暴旋繞。

「是虎介自己心生妒嫉，陰溼的溫床讓蜈蚣妖有機可乘。百足好心給他戴上堇青石，本來他只跟你有仇，還在糾結是否要趁著沒孵化時清除……」

玉石引恢復神色如常的侃侃而談。

「你說謊！」

「騙你幹嘛？百足起初還有善念，讓他下定決心的，是你不止一次說妖物該殺，他才撒手不救虎介的。」

「害死弟弟的人是你自己，龍太郎！」

玉石引真假話摻半的惡意譏諷，瞬間灼熱烈焰撲來，胸口猛然遭受一拳重擊，踉蹌退開幾步才消解衝力。

大半的攻擊被與皇從旁擋下，青炎流暢順著她一轉扇面化成幾點星火散去。

龍太郎雙目赤紅，喝道：「司都讓開！我要殺了他！」

「玉石引，把古溪交出來。」與皇神情冷然的逼問，氣勢懾人。

「我即是他，他即是我！」

玉石引無所謂的笑出聲：「只想自由地活下去有錯嗎？你們想修好勾玉拿去救人救神救天下，為什麼非要拖我下水？到頭來我一個微弱聲音的心願算什麼？還不是必須從眾同化。正義就是靠著人多勢眾去宣揚出來的，反正死的又不是你們，喊多大聲都行，要是我不答應，就被視為邪惡剷除。憑什麼要因神官舍的方便，就要逼我回去落個意志消亡？」

「滿嘴詭辯！自由只成立在嚴守規矩的前提下，否則就叫自私妄為！」橘源平曉得與皇不愛說話，搶著幫腔一串反駁質問：「就算是碎玉也是尊貴神器，是該回到你原來的地方，神官舍不過將一場意外的因果導回正途罷了。」

「丟失神器，逼安德天皇投海的難道是神嗎？戰事還不是你們自己搞出來的！我流離失所後自成意志，才是順應因果的正途。」

「正途？不看看你都幹了什麼，妖化害死多少人？」宵從旁森然打斷。京太心頭掠過鞍馬山鬼母子的慘狀，也生氣地瞪著玉石引。

「我本來就在庇佑人們實現心願，有的人被自己膨脹的慾望反噬，不能算在我頭上啊！只要你們讓我列入神籍供奉在神社……」

他貌似真心認定比其他的神還賣力工作，很需要被誇獎兩句。

「神官職責監督眾神！你想當神？我祝融第一個把你踢下來！」龍太郎氣恨地一揮袖，撞出幾點火花。

橘源平剛才收到各部輔佐、以神識回報到處都搜索不到神器位置。尚未掌握玉石引具體是怎麼操控古溪，他一推眼鏡，仍是沉著地道：「神器碎片流落百年沾染慾望，面對過多罪穢早就超出負荷。這具身體的原主信念清晰，但你卻不知自己是誰，口口聲聲說自成意志，不過都是他人慾念的殘骸罷了！」

「不，我清楚自己要什麼。」玉石引灰眸掠過晦暗：「八百年前，勾玉沉海出現裂痕，有一小塊碎片順著海潮而去，冷眼看遍人心百態，其中轉手過大名、學者、農民、商人，無一不庇佑他們家業興盛，人們對我，本就該心懷崇敬感激。」

從淨化到被同化，從青天白雲到混沌不分。

一一八三年的壇之浦之戰成為平家走向滅亡的終戰，也是神官舍焦頭爛額噩夢的開始。

象徵王權正統性三神器之一的草薙劍永沉海底，神劍失蹤無論如何是瞞不住了，要是再傳出八尺瓊勾玉破損，絕對人心動搖，甚至可能藉機質疑天皇的天孫血脈，神官只能誓死保密。

舍內馬上先請伊勢神宮從神庫選出一把新劍，舉行形代儀式將神靈移往寄宿，至少在檯面上讓三樣神器齊全。

但是繼位後的後鳥羽天皇，糾結於名不正言不順而執意找到原劍，神官舍接到敕使秘令，無奈只好優先追查失蹤的草薙劍去向，徒勞又花上幾百年的光陰。

神官舍本身力求中立，期間依然三番兩次遭受朝廷及武家權鬥波及，幾經戰火數次遷移，不光是擁有靈力的人才長年不足，還要籌措經費保護舍內大批珍貴的古籍及法器。歷代司都費盡心思與多方勢力周旋，在局勢錯綜復雜的時代，擔起神官舍存亡的重任，始終沒有多餘精力投入追查碎玉下落。

而那個愛看書的清雅男子，祖上是精通和歌漢文的學者。年少時已滿腹學識，因家道中落而去販賣玉器古董維生，他拾起一塊指節大小的菱形碎玉，珍重地串線戴著。正逢幕末時局動盪，黑船開國而列強環伺，他滿腔熱血尊王救國，召集志士並創辦講學。萬萬沒想到自己最信任的親族為明哲保身，不惜串通幕府殘殺他的妻小及學生示眾。淪落下獄身受重傷，瀕臨垂死之際，當初因憐憫揀起的碎玉、發動力量救了他。

世間諸事、本就不比晝夜黑白分明。

少年一夜頭髮銀白，捨棄了本名，萬念俱灰地步入異界。

攜著珍愛的典籍書冊及古董，感應到碎玉表示想留在這裡煉化玉石，去庇佑那些在現世被神明捨棄的人們完成心願、淨化他們的苦痛悲傷。古溪為了答謝他而點頭，仰望終年陰霾的天空，沈默許久才開口：「那就把店叫玉石引吧！」

玉石引每天聽著溫熱的心臟跳動，不知不覺過了百年。

他們輾轉經歷大政奉還、明治維新、戰後蕭條，直到和平繁榮的現代，資訊娛樂生活便捷發展的五花八門。玉石引依然日復一日淨化及回應買玉人們的心願，古溪避世守著越來越少人吟詠的和歌漢詩，發現神器已逐漸被過多的慾望汙染卻不自知。

直到和平的時代，神官舍穩定發展出一定規模後，忌部清才透過古溪，終於找到八尺瓊勾玉的碎片。眼看在與皇手中就能完成百年前的修復大願，怎想耽誤的時光太過久長，碎玉竟已自成意志。

聽著他們陷入僵持，巳辰哼聲：「媽的，一個搗亂的破爛！哪來那麼多的歪理？還不打嗎！」就不信直接開揍他還敢繼續霸著著古溪的軀體。

玉石引狡猾地閃到與皇身後：「不打，反正你們人多，我打不贏。」

與皇仔細推敲玉石引的每句話，驀地想起古溪幾次無意捂住心口的動作。

古溪在失約昏迷後，就被勾玉碎片洗腦創出一個根本不存在的店主，誤導所有外部力量去追查鎖定。販賣天然石時會收取手腳、靈魂則是轉換成店主的主意，他利用古溪的不知情當成最佳掩護，藏在最危險也最安全的地方，藉由神官的手清除追殺自己的死靈香沉木。

為防止古溪的心智主導權佔上風，又要把自己的真身交還給神官，玉石引只能冒著被盯上的風險，吸食人魂妖化增強力量。

期間利用百足的復仇逼龍太郎入絕境、故意讓返魂石被橘源平搶走幫他掀起彈劾，神官舍內部越亂越崩壞離析，越沒有心力去處理修補。

但是玉石引始終小看了與皇。

她幽然地轉過身，倒轉無求扇柄，往前伸出抵住左胸，那是古溪心臟的位置。扇柄是如墨黑檀，打磨光滑，無刃無鋒。

現場霎時鴉雀無聲，司都從沒用扇柄對任何人。對戰前先倒轉兵器對準自己，那是上古神祇會用的逆起手，代表絕對殺意，不惜與敵同傷。

銀髮男子錯愕只有一瞬間，很快就不當回事地笑了：「到頭來妳還是想逼我回去，沒關係，反正不管怎樣，古溪都死定了，誰也救不了他。」

「玉石引就在這裡。」與皇語調冷寂地問：「古溪在趕去明神村，神祟之夜時你是怎麼攔下他的？」

「妳想知道？」他目光掠過瘋狂恨意：「我無形無體，從幕末動亂陪伴守護古溪百年！到頭來他卻吵著要幫一個朋友，不惜把我交出去。」

「我施加操控的力量越強，他越是意志堅定反抗。甚至為脫離掌控不惜一死，發起瘋來自己挖出心臟，打算用異術消滅我的意智，同歸於盡也要帶我去明神村。」

與皇目光發寒，抵住扇柄穩固不動，接口問道：「所以你乾脆搶先捏碎他的心臟，潛入操控取代，讓古溪無法長時間離開京都異界，人不人，鬼不鬼的活著？只要他一有違抗，就遭受視力受損，嘔血病重的懲罰？」

古溪的心臟銷毀卻還能活著，正是因為勾玉碎片取代運轉，融入血肉才查探不出神器氣息。他喜歡看書，玉石引要他逐步雙目失明，永遠無法閱讀喜愛的文字，每一次抗命驅動玉石就劇烈咳嗽吐血。

「他活該！憑什麼我要為你們這些自以為是的傢伙去死！」玉石引憤恨吼道。

「你說的對，」與皇凜然道：「所以古溪也沒有義務，為你這個自以為是的傢伙去死。」

字字擲地有聲，氣流明顯變得濃重緩慢，在場的所有神官都因襲來肅殺顫慄，並清楚地感受到與皇生氣了。

橘源平恍然明白她並非不善爭辯，而是通常沒有必要，寧可退讓或沉默罷了。

「他整天翻爛的那本《方丈記》的作者，就跟他一樣一事無成，說什麼生死我執、貫徹死後也會留下的執念。」玉石引數落著古溪喜愛的書籍，另外引用鴨長明說過的話。

「但最終一切都毫無意義可言，全是徒勞罷了。」

「那你，為什麼要哭呢？」與皇眸中似起波瀾，淡淡問。

玉石引赫然發現自己竟然在流淚，不敢相信地抹去臉龐淚痕，喝道：「我沒有！」枯瘦雙手不受控制地猛力緊抓扇柄。

暴起發難的力氣異常巨大，與皇竟被強行拉近幾步。她對視古溪銀髮顫動下，那雙黯然死灰眸中隱約有些光芒，顫聲道：「對不起，是在下失約了。」

說著，他握緊扇柄拚盡全力往心口插去！

開心剖腹、未見滴血，只有裂縫透光迅速爬滿全身。古溪整個人宛如是被猛烈重砸的玉石，從頭到腳很快出現蛛網般的裂痕，無求扇承受不住神器衝撞砰然分崩碎裂。與皇反應極快空手伸進胸腔，在本該是心臟的位置，電光火石之際，她已牢牢抓住指節大小的菱形碎玉，正在瘋狂掙扎試圖逃脫。

與皇接觸時早有防備，扛下有如千萬怨靈湧入的炸裂頭痛，迅速運用師父自創的咒法「霜嘶」，注入高壓靈能封住暴走的神器，菱形碎玉外層迅速爬滿厚重冰晶。

她在席捲而來的淒厲幻視、轟然刺痛中以過人毅力保持清醒，十指圈住玉石引、不間斷地變化繁複結印。忽然手背被冰涼指節敲擊三下，與皇瞬息猜出是誰，全身壓力驟輕，下個深呼吸就將玉石引推出去。

宵以前和師父一起練習過霜嘶，熟知組成連咒效果更穩固，不用多想就已反射性地移形，近身敲暗號示意接手。

只見下一秒與皇和宵衣袖飛馳錯身而過，兩人同時揚手、俐落一觸即分，動作快得像互相擊掌，連咒交接得嚴絲合縫又不失優雅。橘源平忍不住在心中喝采漂亮！

站在最外圍的龍太郎，早已警戒燃衝起一大圈青焰高牆防止神器脫逃。看到也深感驚訝，司都和玄冥眨眼配合得行雲流水，簡直像練習過幾百次才有的默契，不愧是同一個師父教出來的徒弟！龍太郎佩服忌部司都的確很有本事。

宵接過玉石引後仍感應到了頑強抵抗，額頭冒出冷汗，雙手結印不敢貿然停下。碎玉被他和與皇聯手結凍在冰晶之中，持續微響震動。

「瀨織津比賣登云布神，大海原爾持出伝奈牟……」京太在旁專注醞釀默念，擷取《大祓詞》祝詞淨化邪穢罪孽、結合木系的長咒。他霍然踏上前、直指中心進入終段吟唱，無間木隨之破冰蔓生，形成一朵梅花形狀，玉石引被重重封入雪魄冰姿淨化後，終於逐漸靜止下來。

同一時間與皇不顧頭痛餘波，旋步往前伸臂、即時接住後倒下的古溪，瞬間被沉重軀體拖倒，她整個人跪坐在地。

「終於走出異界自由了。」古溪頭靠在與皇懷裡仰望藍天，嘴角扯出了虛弱微笑。他清雅面龐已是千百條裂痕，乾裂唇片蠕動，欣慰說著：「川水悠悠而往，死生聚散無常，一如泡沫浮沉，與皇不必難過，終有他日再相逢。」

不穩顫動的氣息貼近耳旁，極其珍重地低語道：「……天下誰人不識君。」他精通漢詩，在場除了與皇以外沒人聽得懂，包含前半句是「莫愁前路無知己」，古溪卻只唸後半句，是在死別前贈與的祝福，又彷彿在預言將來。

別死！她心中一痛，才剛想伸手施術急救，沒能碰到的瞬間、古溪已如玉石般應聲碎裂。陽光透過竹枝細葉的縫隙灑落，無數晶瑩透亮的粉塵飄散，諸多浮沉跌落到影子裡消逝，彷彿從來沒有存在過。

不遠處的野宮神社傳來清澈搖響的社鈴聲，神明回應世人的祈願，卻從來沒有一次回應過她的。無論是師父，還是古溪死的時候。

與皇維持僵持彎曲手臂的姿態，過了很久才垂放下。她將懸浮在空中被封印的玉石引召來收在懷裡，最後才在龍太郎的攙扶下，慢慢站起身。

這一幕出乎所有人意料，想不到古溪一個孱弱文人，竟能到最後一刻抵抗神器侵蝕，貫徹意念清明。京太想想也覺得敬佩，囁嚅道：「司都……妳別難過。」鼓起勇氣走過去拍了拍與皇的肩。

龍太郎要是沒見到司都真容，大概會勾肩搭背抓去喝酒澆愁，現在只能凝視著那清冷木然的女子，難受心痛外也不知道怎麼安慰才好。

宵雖然是她師兄，還是最不會應付這種場合，只能說句：「我去師父墳前告知。」

橘源平拉著龍太郎向司都行禮後，率領常徒們移形退下。

巳辰也不知去哪裡了。

天地靜寂，只剩下與皇一人。

二十・請神一戰！

與皇一時竟不知道要做什麼才好。明神村神崇之夜，族人死了，師父死了，忠叔死了，她也給邪祟折磨得生不如死，片刻不得安寧。

自從被大國主命接回神殿醫治，抽空忙著學習製藥、醫術以及照顧神使手下的小兔子們。白天接受特訓，夜晚忍受邪祟折磨，忙到沒時間悲傷。

現在玉石引找到了，暫時沒什麼可忙的，有更多的時間被湧上的悲傷淹沒。與皇難以言說的空洞，失去古溪這個朋友的難過，竟然無人可以傾訴。

他咳嗽吐血時也不忘說兩句自憐，就算被折磨得雙目失明，制約之下說不出關鍵，仍強撐著不讓玉石引奪去意志。時刻伺機提點自己，直到最後。

但是沒有人會為他悲嘆，畢竟宵想殺光所有害師父的幫凶，就算知道古溪有苦衷，也絕對不會諒解，龍太郎更不可能了。

與皇漫無目的走著，走半天才發現是在兜圈子，失神到差點一頭撞上竹子。她額頭碰到厚實生繭的掌心，金髮惡煞抬手格擋，粗聲道：「妳走路不看路啊？」

「巳辰，古溪請你吃飯，好吃嗎？」與皇沒頭沒腦地發問。

巳辰垂下了手，沉默半晌才道：「好吃。」

與皇低聲道：「我沒能救他。」

「哼，省省吧！以為妳誰啊！」巳辰斜睨哼聲：「別誰都想救，就算是神也不可能做到。」

與皇恍若無聞地仰起頭，目光隨著雲朵飄移，遙望無邊無際的澄澈藍空，乾淨到有如天底下最美之物。

她不知道該去哪裡。宵肯定在師父墳前，橘源平他們在神官舍打理後續。她最信任的大國主命，想來早已感知玉石引藏在古溪之中，礙於神不得插手人事沒有據實告知。

與皇內心也不知是什麼滋味，她突然想就這樣一直呆望秋晴的天空。這時耳畔傳來低啞嗓音，也許是涼風撫面的舒心，聽著竟似有幾許溫柔的錯覺。

「看什麼？想上去嗎？」巳辰忽然開口。

與皇愣住還沒釐清話裡的意思，他不耐煩地嘖了一聲，直接屈膝將她攔腰橫抱，轉瞬掀起囂張狂風化為巨蛇騰空而起，離地直飛萬里天際！

迎向無比遼闊的蒼穹，颳起大風在耳畔呼嘯。與皇撫著發亮堅硬的黑甲鱗片，一手穩握龍角，觸手可及的白雲從臉龐擦過，放眼俯瞰京都全景，她突然笑了一下：「風景真好。」

巳辰衝動之下化形，後悔不已暗罵自己有病，這又是在幹嘛？百年從來沒有讓人乘坐，原則都被當肉給吃了！

但飛都飛了，也不能反悔途中把人丟下去，巳辰負氣加快飛翔速度。可惜他瞧不見與皇神情，嘴角揚起了弧度，清麗面龐因這抹笑容而生動，天地萬物失色。

剛回到神官舍入口的大鳥居前，四人同時抬頭望向騰空巨蛇身影飛過。那片片墨黑麟甲、腹身金浪奪目，於日耀下反射耀眼的光輝。

橘源平單手平放在額前遮光，瞇眼道：「司都和龍蛇王感情真好啊！我看出雲神使真要以身相許。」

龍太郎臉色刷地慘白，厲聲道：「司都絕對不能嫁給那條海蛇！整天只會吃！」

「不然嫁給你嗎？」宵立刻逮到機會譏諷。

龍太郎古銅膚色漲得通紅，京太梨渦更明顯，意味深長幫腔取笑：「祝融你為什麼一臉嫁給我，也比嫁給那傢伙好的表情？」

橘源平向來穩重，聽到也忍不住莞爾。

宵眼神閃爍，一看就是每次有氣死龍太郎好主意時才有的光芒，悠然道：「師父曾說過想把另一個直屬弟子和我湊成一對。」

「去你的！聽你在扯！」龍太郎火大地指著他：「你當初連司都是男是女都不知道！」

「你又知道我不知道了？更何況都什麼時代了！是男是女根本不重要，只要是師父的命令，我都會娶，要嫁當然也可以。」宵秒回得振振有詞。

橘源平聽不下去地捏眉心，京太則是佩服他為了抬槓連色相都豁出去，按耐腹中徘徊的翻滾爆笑。

宵就是存心氣死龍太郎，反正忌部清生前就愛耍嘴皮，聽到只怕會笑到捶地，得意一本正經的弟子得到鬼扯真傳。

效果立竿見影，龍太郎驚駭到語無倫次：「你你你！我我我……」

宵抱臂道：「怎樣？她這麼漂亮，當然跟我很配啊！」以他的天資外貌，確實有本錢如此自信。

「超好看，都可以進神官舍美女排名榜第一了！」京太真誠地點頭贊成。

「不管那是什麼無聊的排名，等下也給我一份！」橘源平難得含笑湊趣。

龍太郎一甩烈焰袖袍，力圖恢復鎮定，裝作不以為然的嚴肅：「少在那裡亂傳，司都是你們能討論的？」

「誰在討論我的神官啊？」背後傳來一絲勾人散漫的詢問聲。

在場頂尖的四大神官，竟然沒發現有誰悄無聲息的來到，同時猝不及防地驚駭回身！

那是個驕縱鋪張的男人，穿著古老而奇異款式的紅衣、下擺拖地散開。黑髮有如活物般蠕動，面無血色的五官邪魅輕狂，一身黑、白、紅三色鮮明奪目。縱然疏懶隨意地站著，也能明顯感受張牙舞爪的攻擊性。

奇形怪狀的陰霾逼近吞噬晴空，異常迅速地籠罩平安神宮參道前的大鳥居。街道上的車水馬龍，不管是正在拍照的觀光客、排隊上下等市公車的居民，還是學生騎到一半的自行車，周遭所有日常的人事物隨著他的到來，時間聲音一剎那給無形的力量掐住靜止。

他的現身遮蔽了陽光燦爛，世間所有的光輝陷入慘澹。嚴冬驟至的奪去舒適溫度，萬物臣服絕對強大神力，鋪天蓋地滲透出恐懼。四人即時扛住襲捲而來的高壓。

他像是個無所適從的鬼魅，也不知為何而來。

「禍津日神！」龍太郎最先掙脫壓制，艱難地開口：「全神官舍都在找你，你居然自己出現。」

拳中燃起熊熊青炎，宵手中的君與同時出鞘籠罩冰霜。兩人剛才還在鬥嘴，現在已是並肩而立，嚴守不退的備戰氣勢。

禍津日神嘴角揚起弧度：「你們不錯，有膽量質問我？」

「神官職責，本是督神。」京太臉上罕見的笑容全無，已迅速搭起上邪神弓，聚靈為箭，蓄勢待發戒備。

只有橘源平維持客套有禮的質詢：「既然來了，那就請大神說明，明神村鎮化荒魂的信仰能量，你私自挪用到哪裡？當晚為什麼引發神祟？」

「死了上百人，我師父為了阻止神祟犧牲，死後還要被當罪人議論！」

宵眼角泛紅厲聲斥喝，手中凝聚的寒氣圈圈擴大。

「你師父是忌部清？」

禍津日神眸中掠過難以言狀的情感，輕聲道：「他為鎮化荒魂設計新的祭祀儀式，說過無論多少年都願意待在身旁主持，我很感激忌部，並不是有意害他。」

「現在裝模作樣說這些有什麼用！人都死了！」

宵狂怒之下將君與夾霜帶雪殺出，下一秒，鋒利太刀竟筆直貫穿禍津日神的胸膛！

他本人也沒想到會輕易得手，瞬間愣住。禍津日神眉目未動半分，任由冰雪蔓延直至紅衣下擺，接著驚心動魄的臉龐、濃密長睫上很快結滿寒霜，禍津日神漫不在乎地咳出一口黑血，血珠還沒落地就燃燒出焦臭。

「這是他的刀嗎？很好。」

禍津日神恣意問著，好像世間沒有什麼值得在意之事的憮然，就算有一柄法器插在胸口上也無所區別。

但在神官眼中區別可大了，就算是神，承受盈滿靈力的一刀必定是痛徹入骨。宵從刀上感應反傳過來的無盡悲慟及不捨，情緒激盪到過於洶湧，險些將他吞噬。

他當機立斷猛烈拔出君與，順著刀尖灑出的黑色血珠接二連三滴落，地上蒸騰燒出坑坑窪窪焦痕，猶如可怕的詛咒。抬眼只見禍津日神表情豁達，就像是在等他多捅幾下。

「你為什麼……怎麼會……」宵一時實在難以置信，步伐虛浮地往後退，恍惚間被有力的臂膀一把扶背穩住，龍太郎沉聲問：「沒事吧？」

他的胸口微微起伏，紅著眼眶、難以理解地茫然搖頭，因為禍津日神的情緒激烈而清晰，千真萬確是為師父的死而悲痛。

禍津日神仍是直勾勾盯著他手中的君與。許久，天地之間流竄的哀戚緩然收束，幽深瞳孔恢復薄涼，不見半點波瀾。

「你躲了這麼久，到底為什麼突然出現？」龍太郎走上前一步，擋在宵的前面。

「本大神沒有躲，只是養傷不想見外人，最近突然想起還有個明神村遺民活著，就來了。」禍津日神眉梢微挑想了想，覺得有些不對，又懶洋洋地修正：「但是我果然不想見她，你們就幫我傳個話。」

橘源平和京太互相交換眼神，發動大型神祟需要耗盡神力、導致荒魂暫時衰竭，他的和魂狀況肯定好不到哪裡去。但現在看來神力還是強大到逆天，橘源平評估著而暗自心驚，又有些束手無策。

禍津日神常年掌管災禍邪祟，性情近乎瘋魔、喜怒難測，為了一個明神村遺民重新現世，結果到底是想見還是不想見？既然這麼憎惡明神一族，又為什麼要特意來傳話？

「明神族人恨我欺騙了他們的信仰，要用弒神邪陣，將我肢解成五分封印護住村子，那是極度殘酷痛苦的鎮化方式。我沒有怨言，死前我只求他們一件事，不要殺我珍視的人。」

「但是，明神一族怨恨太深，還是動手了。我在失控下荒魂暴走，所以才引發神祟。」

禍津日神漫不經心，言簡意賅自顧自地訴說。

他這話一出，在場四位神官像是被人當面打臉，緊接著怪異的視線赤裸地集中在宵身上。眼見事情衍生出意外的走向，京太精準地只定位一個關鍵字，淡定不能地放下弓箭，震驚到失聲脫口：「什麼珍視的人啊？」

語出驚人的八卦彈！

禍津日神視若無睹地補充：「他們堅持要用信仰最虔誠的生命獻祭，才能開啟邪陣完成弒神。」

「荒魂發作後，明神一族絕對不可能再有什麼信仰了。只有前任司都一定是對禍津日神信仰最深，大神才會特許他進出明神村。」橘源平推敲地低語，反覆把眼鏡拿下又戴上，不知自己在幹嘛。

龍太郎掌中青炎驚疑地縮成小火苗，表情顯得很棘手又麻煩。

「所以、原來珍視的人……就是阿宵的師父？明神族人想殺他祭祀，大神失控才引發神祟？」

京太光速把腦補完整的橋段喊出，激動之下還很大聲。

宵臉色鐵青地緊抿唇，一臉我不知道也不想知道這些亂七八糟的狗血，逃避氣場全開。

忌部清外貌俊朗談吐風流，無論男女老幼都能服服帖帖搞定，當年連神官舍的才女凜也因他失常，就算再有個大神來參一腳情史也不奇怪。

京太喊完才尷尬地回頭發現宵的慘狀，決定假裝沒看到。少爺選擇繼續盯著禍津日神，雖然對方完全沒有殺意，也沒什麼好戒備的樣子。

只有橘源平還在理智地思索，禍津日神不惜挪用信仰能量，也要復活的瀨織津姬，是真的失敗了？不對，神祇的魂魄本就可男可女，難不成大神悄悄進行養魂，重聚的神魂竟是沉睡在忌部清體內？以行事脫離常軌的禍津日神，也不是沒有可能。

精明如他一轉念就設想了好幾種可能，一時難有把握，只好謹慎發問：「大神剛才說有什麼事找司都？」

「也沒什麼，」禍津大神一吐為快後貌似心情極好，嘴角挑起邪氣弧度：「我看神官舍今年四大神官的水準不錯，很有骨氣，見到我也沒嚇得半死，既然找回了玉石引，以後就由你們負責修補和淨化三神器。」

他說得理所當然，肆無忌憚下命令。

「司都絕對不能插手，畢竟明神村遺民身上有弒神大罪。像她這種罪穢之人要是接觸神器，詛咒絕對禍及天下，又是場生靈塗炭。」禍津日神加重語氣道：「所以得由你們來接手。」

龍太郎聽得莫名奇妙，禍津日神挺記恨的啊！怎麼還連坐。他的濃眉頭逐漸鎖緊，明顯不痛快。

京太也深感不平，嘀咕道：「大神未免太喜歡阿宵的師父了，司都都已經證明沒有參與弒神陰謀，不該被遷怒吧……」

橘源平抬手截住話頭，依然很客氣地說道：「神界不能干涉人事，歷來神器都是由司都負責淨化，大神要是有其他用意，能否如實告知呢？」

「規矩是死的，你們實力很強，四大神官合力也能淨化和修補，別怪我沒提醒，神官舍大可拿全京都的人命來賭，我很期待。」

禍津日神狂狷輕笑，像是倏然想起諸多髮指的不堪回憶，按著頭忍耐壓抑狂躁，眉眼稍動的面龐蒙上陰霾，咬重音一字字道：「……另外叫她不用找了，本大神不見明神村遺民。」

衣袍紅的刺眼，映照膚色慘白邪魅，足以想見荒魂現世時的恐怖。

悚然氣息暴起有如洶湧荒濤滅頂，四周滾滾壓力突然加重。四人呼吸一滯，只能咬牙運轉靈力扛著，窒悶到說不出話。

「可惜我已經來了，大神千萬別再避而不見。」

禍津日神一聽到這聲音，定格似地沒有立刻轉過身。

高壓驟減，宵舒了口氣，橘源平擦掉額頭冷汗，龍太郎視線搜索高空。

「司都！」京太虛脫地拿著上邪弓撐地，抬眼見到救星狂喜揮手。

清冷空靈的音色，發自從天而降素雅和服人影，腳下承載的巨蛇轟然著地，塵煙瀰漫中化回高挑的金髮惡煞。

巳辰躍躍欲試地盯著禍津日神，荒魂失控引發神祟，禍津日神明明元氣大傷，身上蘊藏窒息的神力還是很強！打起來一定很過癮！

禍津日神也掠過意外神色，沒料到她在遠處上空，感知能力的範圍居然已經磨練到極其精準。他並不知與皇這一年裡，每分每秒都在用感知尋找自己。

與皇作夢也沒想到踏破鐵鞋無覓處，大神竟然會主動出現在神官舍前。

他站定時紅衣如雲霧般的散開，依然保持多年以來彼此之間的十步距離。

「大神，好久不見。」

與皇身上靈光絢麗流轉，從及腰烏絲到和服衣袖口飛揚翻捲。站最近的巳辰瞬間給浩大純粹的靈能隔開，錯愕地被逼退一步。

不只是他，龍太郎和宵也接連後退穩住腳步，司都毫不忌諱釋放出襲捲天地的靈能，清明無瑕地鋪展開來，和黏稠窒息的災殃對峙，竟與大神旗鼓相當。

橘源平驚駭地搖頭：「她平常出公務根本沒用全力啊！」

京太張大嘴巴，才發現對上玉石引那戰的氣勢根本不算什麼，徹底被震撼：「司都現在才要發揮真正的實力嗎！」

龍太郎有些憂心，她這樣無法無天的消耗靈力能撐多久？

天地萬物被兩股肅殺之氣折騰地噤聲。

「我的常駐神官，妳想和我打？」禍津日神妖魅地勾起唇角，瞧得四人毛骨悚然。他邊說著終於肯好好轉過身，面對神祟之夜唯一倖存的明神村遺民。

「打不過，殺不死，還是要打。司都有權責神挑戰，為了前任司都、十一位神官，還有明神村的一百三十條人命。」

她向來沉靜不起波瀾的眸光，灼灼燃起而風采無限。

四大神官親眼見證司都挑戰災禍之神，這一戰空前絕後。

禍津日神輕蔑地笑出聲，黑髮有若活物蠕動，紅衣悽豔飛舞有如妖物現世，瞬間離地拔高而起，伴隨腳踝上的銀鈴清脆急響，竟是想要一走了之。與皇當然不可能讓他輕易離開，眨眼移形施咒穩立在空中，攔住去路。

禍津日神面對著她，柔情似水地解釋：「我沒想過會害死他們。」

儘管他盡力表現的很有誠意，聽在耳裡，解釋還是乾巴巴的無力。

「一開始本來是想聽從忌部的鎮化儀式，可惜明神族人怨恨無從化解，我是真心想給他們殺了就是，反正也不會真死，頂多再來個百年折磨。」

他最後一句語氣散漫的拖腔帶調，身為神卻讓現世黃泉都避若蛇蠍，千年以來身邊只有邪祟妖鬼環伺，承受超越天地想像的煎熬苦痛、麻痺到凌駕生死之外。

與皇保持神情肅然的聽著，禍津日神心不在焉道：「我的心願，本沒想讓明神一族扛著，欠他們的我會一力償還，可是……」眸中紅光癲狂閃過，咬重字句道：「是他們先殺了我珍視的人，荒魂才會失控。」

橘源平思緒跟著飛轉，《司都史錄》明明記載忌部清是獻為人柱而死，難道他是先被明神村的人偷襲殺傷，激怒大神暴走才引發了大型神祟，忌部清在重傷之下乾脆選擇犧牲鎮化？

他還要去細想時，上空已是高壓逼人，眼見一神一人對峙越來越濃烈。四大神官深怕波及整個市中心，畢竟禍津日神和司都，隨便哪個抬手都能毀去半個京都。龍太郎和宵立刻調動各家常徒結陣，聯絡崗位的高階神官去通知學生聯合戒備。

橘源平分秒必爭地吟咒，快速啟動守護京都的防禦機制，以神官舍為中心，打開銜接京之七口的天雷動結界，剎那紫電雷光覆蓋住整片大空。京太手搭上邪神弓，聚靈為箭朝四方發射，轉眼落地扎根穩固無間木大陣，護住市區房舍、滿大街的世界遺產及重要文化財。

「大神！忌部司都一定不想你再為他失控了！」少爺不忘對禍津日神柔性勸導。

宵周身已是霜寒遍佈，臉色難看到極點的抿嘴，搞得像是自己插手熱戀情侶的殉情，窘迫到想把師父從墓裡拖出來痛打出氣，叫他怎麼面對！

瀨織津姬的復活必定與忌部清脫不了關係，什麼見鬼的信徒。說不定就是禍津看對眼，選定他做復活神魂的對象，難怪忌部清巴不得趕著去明神村送死！

與皇想起師父處處留情的德性，登時瞭然道：「看來大神不認為自己有錯，那麼，不惜欺騙明神村人的信仰，瀨織津姬復活了嗎？」

禍津日神挑眉道：「人心萬惡，有用時你就是神，無用時就叫你滾，各取所需罷了。」

與皇周身靈力掀得袖袍鼓動，一字一字道：「今天，請大神向天地請罪不該復活瀨織津姬。萬物命運各有軌跡，踐踏利用眾生信仰，只為完成一己悲願，有失神格。」

「與皇，妳別逼我，我只為荒魂失控屠村，害死忌部謝罪。」大神邪魅自視的面龐掠過情緒，瞬間捕捉不到蛛絲馬跡，語調帶刺地冷然道：「其它的，要我認罪，絕無可能！」

「我想也是，既然如此……」

「司都與皇，」與皇面不改色：「請神一戰！」

她早猜到對方的回答，接話語速極快，那朗朗音色清晰響徹天地，驅散災禍陰霾，捎來純粹的明淨耀眼。

與皇不顧無求扇已毀而手無寸鐵，依然一派從容，鎮定地沉喝：「上邪！」

「不愧是司都！說打就打真乾脆！」

京太正興奮著還沒反應過來，張口呆見和弓脫手而出，響應直衝天際。與皇人在空中伸臂開掌，五指剛一握住，弓身雕刻的古樸花紋瞬間爬滿銀光，末端綻放一朵銀製芍藥，淬煉晶瑩靈光的鋒芒匯集成箭。

一呼吸之間，與皇移形衣袖飽滿震動，搭弓抬手咻咻連發出七箭，箭箭勢如破竹撕裂長空。乍看例無虛發卻始終差一點而沒能射中紅影，神祇隨著靈能炸裂剎那如霧聚散，如煙如沙，高速移動到眼花。

京太初次見識到原來同件法器，在不同人手上，竟能發揮出毀天滅地的力量，更恐怖的是，她絕對是第一次使用。

把他整個看傻了，咬字不清地激動大喊：「這這這真的是上邪？」

沒人來得及答話，與皇也預期不可能輕易射中而放手拋開。京太連忙跳起接住，神弓失去充盈靈力，眨眼黯淡無光。

與皇視線落地，橘源平與她目光一撞，立即心神領會拋出千鳥鐵飛。她一觸及後瞬息引來五雷震天，與天雷動結界互相呼應，整個京都上空陷入風雨欲來的轟隆咆哮。

禍津日神凌駕空中，輕巧避開數道驚天動地的紫電雷擊，勾起紅唇笑了。

紅衣隨著狂風舒捲，病態冷白的腳踝掛著的銀鈴噹響個沒完。

「他是變態嗎？怎麼看上去很樂在其中啊！」龍太郎額角青筋抽動，不爽地握拳，忍住想上前助陣的衝動。

所有人都清楚，在這場非人等級的戰鬥中根本插不上手，一神一人從天到地移形無縫接軌過招，交手快到呼吸轉瞬、難分難解。

他們目不轉睛，抬頭捕捉高速移動的兩股紅白殘影，與皇掌中的千鳥鐵飛瓦解成千萬片，難以計數的天羅地網向禍津日神罩去。

橘源平驚嘆想著，司都直接解放最強型態了。

紫電流光哐啷撞擊出刺耳連響，禍津日神狀似閒散等著千鳥飛近，輕而易舉地揮袖打散。忽然，他察覺什麼的神色玩味，白骨似的冷透手腕僵持在半空，緊接著周身難以動彈。禍津日神連續使力幾次，手臂浮現明顯青筋。

千鳥被打散後會以無形軌跡，計算對手閃避及攻擊路線進而封住行動，形成一張縝密的紫電雷光網，將他密密麻麻鎖在其中。

橘源平得意道：「很好！千鳥鐵飛算計精準，不會出錯。」

「好厲害！」京太拍手歡呼。

禍津日神邪魅地抬眼，眼見與皇凌空佇立在不遠處，發出懾人低笑：「就這樣？沒了？」

「不只這樣。」

與皇擲地有聲，俯視宵雙手已將君與高舉奉上，一道湛藍刀光鳴動不止地沖天飛出。

「君與。」

她清冷音色喚著刀名，白皙有力的手緊握刀柄，透藍太刀從上至下爬滿通紅，轟然竄起炙熱的青炎烈焰。

龍太郎從沒看過這樣純粹極致的美麗，又使人懼怕的青炎，錯愕道：「初始歸一不是屬冰法器嗎？」

「師父說是冰火雙系，只是為了配合我的屬性，重新單一煉化。」宵看得目不轉睛。

與皇的靈力輕而易舉激發君與雙重型態，熟知運用天下法器。難怪游龍鞭到她手上乖得跟頭小蛇似的，應證古溪說天下法器盡聽命於她，巳辰終於稍微心理平衡。

精彩絕倫的曠古一戰，活了百年也不見得能看到，丫頭可要好好打啊！巳辰按著發疼的脖子盯緊上方。

暗雲壓頂氣流盤旋滾動，閃電雷鳴不斷。與皇的和服明晰如日，冷若冰霜的挾著火舌沖天。她一步步向禍津日神走來，抬起刀指著面龐，輕慢問道：「瀨織津姬在哪裡？」

她在明神村神殿，從小觀望禍津日神和忌部清的相處，大神說話似乎經常半真半假、反覆無常。所有人中只有她沒有被誤導，察覺大神有意無意將線索引到師父身上，無疑是要對復活瀨織津姬的事情避重就輕。

一神一人的靈能不知節制地徹底釋放，天地顯著不安地震盪，一般市民及行走車流的日常時間仍被神力掐住靜止。數千名神官和學生們指指點點上空，他們仰頭觀戰，流露恐懼敬畏的神情，依然嚴守指令在崗位結陣。

禍津日神勾魂地笑了一下：「告訴妳，然後呢？」

與皇瞥見守護京都市區上空的天雷動結界，以及地下的無間木大陣撐不住而隱約有衰敗趨勢，也想速戰速決，面無表情地回答：「既然是持統天皇遺命，當然是重新封印。」

「憑什麼要聽一個死人留下的命令？」

禍津日神驟然抬頭，變臉的一掃眉目春風，瞳孔發紅醞釀極度危險，掠過憤恨、委屈、怨懟和不甘，一字一字咬牙道：「妳絕對不能這麼做。」

二十一 • 明神村，神祟之夜

「為什麼不能，她不只是死人，還是天皇。」與皇悠然道：「說起來，大神的神祟害我毀容不說，還在身上下了不知名的禁制。」

「……我拜託大國主命給妳醫治了。」

禍津日神表情忽然收不住，顯得很不自在，呆愣凝望著清麗少女，一時摸不透她的想法，飄蕩音色克制低沉：「荒魂發作時控制不了，沒想過要故意折磨妳的。」

與皇從來沒有因為自己的事找他算帳，禍津日神聽到質問，竟莫名有些不安和心虛，任由千鳥鐵飛交織出紫電雷光，忍著滋滋電流麻痺四肢的流竄攻擊。

「大神不惜冒著被神官質詢的風險現身，就是為了威脅我不准去修補勾玉及淨化三神器，否則會引來詛咒危害京都。」

禍津日神很清楚與皇性情仁善，只要身為災禍之神的他這麼說，她絕對不會冒著可能會死人的風險，畢竟只是個儀式，交由四大神官合力也能進行。

與皇掌心多出封印玉石引的白梅花苞。那身淡雅和服袖擺飛動，在青炎輝映中的輪廓豔麗奪目，她垂眸長睫落下陰影，似乎做出了某種決定，整個人說不出的泰然。

「妳要幹什麼？」禍津日神突然有極度不好的預感，收斂散漫，發出警戒。

與皇淡淡道：「有個煉化高手跟我說過，只是神器的碎片，最多和禁制共鳴引起頭痛幻視，卻無法衝破。」

「修補和淨化三神器都能釋放上古神力，大神真正的目的是害怕我解開禁制？」

禍津日神眉目挑動，暗罵忌部這混蛋，沒事幹嘛把她教得這麼聰明？

「我很好奇禁制到底是什麼。」與皇想是猜中了，凝視著他：「就算我聽你的御神令不去修補和淨化三神器，也能藉由這次交手解開。大神現在釋放出強大的神力充斥在天地之間，你說，要是用這塊勾玉碎片作為媒介引導，禁制會不會被衝破？」被千鳥鐵飛鎖住後無法拒絕操控者的施咒指令，禍津日神眼見盈滿天地間的神力急速湧向與皇手中。

「不！」

禍津日神沒想到輕易被她算計，雙眼充滿殷紅，駭然無比猛烈掙扎，雷鳴接二連三轟然巨響、紅霧瘋狂炸開地衝出了千鳥鐵飛，他如箭離弦聚散飛去阻止，還是慢了一步了。

白梅封印解開須臾綻放，碎玉於神力激盪中引流，轉眼天地間光華炫目。

「司都這一戰不光是為責神質詢，還要引大神全力交手！」橘源平在下面把每個動作都看得仔細，率先反應過來，細思與皇從召喚法器順序到掌握千鳥鐵飛的特性，在短時間內作出的判斷佈局，不禁深感敬畏。

「司都身上有什麼禁制？要逼得禍津日神跑來做到這一步啊！」龍太郎心急如焚，當然沒有人能回答他。緊綳的戰局出現變化，巳辰不發一語，眼睛眨也不眨地仰頭觀望。

與皇在神力衝擊之下頭痛欲裂、臉上很快失去了血色，意識朦朧之際迎來禍津日神悲憤恐懼的眸光。她的心發冷隨之往下沉，於腦海深處的推測，只有親自解開禁制後才能證實。

光華宛若流螢，爭先恐後匯聚到與皇身上，緊接著她失去重心，瞬間一道白影筆直從高空跌落，有若流星隕落。

禍津日神紅衣劇烈顫抖，似乎試圖想伸手接住她，終究硬生生僵住。

就算他不動，下方所有的人都立刻同時有了動作。

一直默不吭聲的巳辰反應飛快甩出游龍鞭，人跟著飛躍而起，鞭梢準確捲住腰身，與皇穩妥落入懷裡。

只見她面如白紙的慘淡，緊閉雙眼暈了過去，顯而易見狀態極度糟糕。

這時他們發現身處的時空場景驟變，禍津日神也已不見蹤影。

龍太郎摸摸與皇的額頭滾燙，臉頰卻無比冰冷。

宵問：「怎麼樣？」

「發熱又發冷。」龍太郎艱難道。

宵很煩心地加重語氣：「到底是熱是冷。」

龍太郎沒心情和他鬥嘴，視線膠著片刻不離與皇；橘源平則是很快拿出舍內的常備藥給她服下。

京太只要太過緊張，就會想亂說點什麼緩解氣氛，勉強一笑：「巳辰接得好準啊！是不是常幹這種事？」

要不是少爺圓臉上毫無惡意，巳辰真會揍他，惡狠狠道：「少廢話，看我們被帶到哪裡了？」

「也對，這是哪裡？」京太搔頭，訕訕環顧四周，馬上吞下口水不敢出聲。

夜間四周鐵架篝火啪拉響動，古老厚重檜皮葺的大社造神社，包圍拜殿的是三十多個高矮胖瘦的人影。男男女女的髮型服飾都還停留在江戶時代的和裝打扮。不少人全身上下都是汙穢血漬，有的鼻青臉腫，有的纏滿繃帶，有的缺手斷腳拄杖，看上去各個是從災禍中倖存一般滿是悲壯。

大多數的人們還算是輕傷，握緊鐮刀鋤頭及棍棒等武器，正舉著火把，大氣也不敢喘地瞪視著拜殿深處。他們猙獰緊繃的表情之中還模糊摻雜畏懼、憤恨、恐慌，肅穆戒備的氣氛瀰漫窒息壓抑。

「很可能是司都的經歷，也就是那道禁制。」橘源平有過看記憶的經驗，熟練地說明：「放心，這些人看不到我們的。」

「你們這是什麼意思？」人群注目的中心，傳出磁性嗓音滿不在乎的調笑。一聽這聲音頓時勃然變色，率先縱身三兩下越過人牆，來到室內的神壇前。

其他人也隨後跟上。

燭光把懸掛於注連繩的紙垂照得明滅，疊蓆上紅衣神明懶散地坐著。身邊玄黑衣冠的男人五官俊朗深邃，說話聽著就很不正經：「想趁著晚上和我約會，也不能大家一起來啊！」

冠帽和笏被他扔在旁邊，忌部清略長的頭髮梳在後面扎成小撮髮尾，嘴上一邊說著，一邊伸指把額前掉下的碎髮往後撥。昏暗光線裡，他只是個不經意的小動作也很性感。

「真不要臉。」禍津日神根本懶得理他，索性事不關己躺回去，支著頭嫌棄。

京太在空氣中嗅著，皺起鼻子說：「神前香。」

「返魂石。」橘源平目光停在禍津日神的手腕，戴著一串翡翠輝石的珠鍊，色澤溫潤內斂、與病態冷白膚色形成鮮明對比。

宵再次見到師父而心情激盪到難以平復。聽他們開口，才注意腳下佈置著一個詭譎複雜的龐大陣型。五個方位以血塗勾勒頭及手腳圖形，瞧這陰森形態，就是肢解弒神的邪陣沒錯了，要不是眼前都是過去的影像，在場神官只怕都會受到陣法衝擊影響。

「明神村的神祟之夜！司都的禁制竟然和神祟之夜有關？」宵心跳越來越快，難道還有什麼不為人知的內情？

橘源平用過返魂石，觀察由大小錯落珠子串成的手鍊，疑惑地說：「返魂石照理說會吸取削弱神力，禍津日神手上的卻好像沒有什麼反應，難道是被邪陣壓制？」

「也可能是他的養魂早就完成了。」京太偷眼瞧著輕佻的忌部清。

忌部清悠閒地踱步：「都說了主持儀式時不能給人圍觀，只好明天再繼續。」

早就看穿他們假意同意自己鎮化，本來就算有陷阱或邪陣，忌部清也有把握準備好各種咒法應對破解。沒想到中了前所未聞的奇香暗算，聞出伽羅香氣時，全身靈力已清空不剩。

他不禁暗恨小看明神一族，實在對不起忠行的付出！兩人花心思模擬破解禁厭秘咒、現在是一個也用不上。忌部清瞥見大神那麼安分，想來狀態也是差不多的慘，目前只能拖延一刻算一刻，腦中飛轉想著各種對策。

禍津日神眉目微勾，乾脆直接閉上眼，當作什麼都沒聽到。忌部清俯身湊近那張邪魅好看的面龐，拖長音節曖昧地笑著：「大神也想早點跟我一起休息？」光說還不夠，還很大方動手就要去勾肩，禍津日神發出不耐煩的嘖嘖聲，紅袖一閃巴頭。

忌部清輕鬆避開，才想起什麼似地抬眼掃了一圈：「哈！我說你們怎麼還不走，是打算看到什麼時候？」

無恥到連神也敢勾搭！所有人繃緊著的神經，瞬間被他搞得緊張感全無！

宵懷疑禍津日神不是性情孤僻討厭跟人走近嗎？怎麼能和師父打交道這麼多年，沒將他大卸八塊？

十多位長老和族人們，也被忌部清無論人神男女通吃的風流驚呆，成功逼得現場陷入死寂，一時忘了從哪句話開場。

「難得看他好好穿一次衣冠執行公務，還是這死德性。」宵握骨節喀拉作響，脫口大罵。

京太好奇地左右打量：「禍津日神原來也會和人靠這麼近，剛才他明明對我們都是保持距離！」

橘源平揉著太陽穴不忍直視，聽他說話立刻贊同：「少爺說得對，大神種種行為的確很奇怪。」

人群中有人冷笑出聲。走出的少年相貌端正清秀，讓人一看就會心生好感的氣質。他身穿兩面本藍染的浴衣，腳踩木屐走上前說道：「大神現在被神前香困住，司都你沒靈力什麼都做不了，馬上讓開，我要啟動陣法了。」

禍津日神剛要動，忌部清立刻理直氣壯翻身將他壓住，飽含深情地抬起頭，一手摸著下巴鬍渣：「秀丸，我可是神官啊！到死都要待在大神這邊，要是不讓呢？」內側擋住視線的手指勾畫，調動不需靈力的舍外異術，符訣卻如流沙般瞬間給邪陣吞噬失效。

秀丸見他將禍津日神護在身下，臉龐閃過跟年齡不相稱的狠厲：「那麼只好把司都一同肢解上路了。」抬起袖口露出的手臂上，刺著一行血紅的禁厭秘咒。

他正要擺手結印，忌部清不屈不撓哎叫，滿臉痛心表示：「秀丸！我好歹算是看著你長大的，現在騙我來玩這齣？」

他這感情牌打得特別厚臉皮，舍內例行公務繁重，只能每隔一兩個月抽空來明神村，每次和族長及村人寒暄完後，都是時間有限直奔神殿，趕著指導與皇咒法和武術，真正和秀丸見面的次數一隻手也數得完，對這個小孩其實沒什麼印象，沒記錯好像是族長的兒子。

聽說他經常會客氣地向與皇請教書籍上的知識，兩個同齡的孩子相處得還不錯。秀丸品行端正守本分，腦子還很靈活，經常幫忙解決村內房舍水利修繕的問題，也會主動擔下諸多勞務，在長輩前謙遜不居功，族人們有口皆碑稱讚的好孩子。

村內最有咒法天賦的族長已不幸罹難，除了他以外其他明神族人的靈力和咒法天賦都不怎麼樣，很難鎖定之後佈置邪陣會是誰接手。結果卻是在他這個平常不出風頭的兒子手上繼承。

秀丸年紀雖小，無疑是個厲害的角色，聽著不為所動，條理分明回答：「禍津日神欺騙明神族人百年，供養他、信奉他，只為替他擺平不知什麼時候會發作的荒魂，而他……」

他目光不穩，盡力保持語調平順，稚氣嗓音還是聽出極大怨氣：「他背叛我們！至於將信仰能量用到哪裡，秀丸沒興趣也不想知道，只知道荒魂發作，第一個遭殃的就是信徒！就是我們明神村！」

周遭隨之鼓譟，明神族人們紛紛握拳，每個人沉痛的臉上充斥激憤，隨著秀丸的話挑起高昂情緒。

「你也看到了，最近結界衰弱，疾病災害四起，妖物侵入屠殺族人。」秀丸眼神空洞：「父親死於怪病，母親為救我，被妖物輪流凌辱而死。」

「大神，死的可都是你的信徒啊！你是從一開始就計畫好了？可曾真心庇佑過我們？」

他最後幾句忍不住哽噎，隨著字字犀利質問，眼淚順著臉頰滑落。

「秀丸，跟他說這麼多幹嘛！這傢伙說不定早就不是神，就是個妖怪，我助六要第一個殺他！」

名叫助六的高壯男子袖口空蕩蕩，左手被妖物咬去，激動地眼眶泛紅，指著忌部清吼：「你也是！我們再也不會相信你了，更不相信神官舍！」

忌部清滿臉無辜地指著自己鼻子，沒提防一腳被禍津日神踹開。他意興闌珊坐起身，手指捲著髮梢玩：「看吧！人們今天說你是神，明天就叫你滾，忌部，你也給我滾遠點。」

忌部清爬起來玩味地瞧了他，只差沒直接吐槽你好矯情。他注視火光跳躍下每一張咬牙悲憤的面容，懇切地說服：「神官舍會追究大神挪用信仰能量的前因後果，但現在最重要的是讓我恢復靈力，緊急進行鎮化儀式，一定能救回明神村！你們要信我！」

「信你？按照你說的每個月定期舉行儀式，天天帶神官來站崗抵禦邪祟，清除來犯妖物，讓我們日夜活在死亡恐懼中？」

柿色和服老人走上前，長老勘兵衛指著半邊潰爛發膿的臉，歪斜出恐怖的笑容道：「忌部，你一生才氣縱橫、活得太順遂，不知道你帶來的那幾個高階神官，私下都在交頭接耳抱怨，本來就是明神一族和禍津日神的誓契，百年來相安無事，有事才出來求人，誰想要管啊？」

勘兵衛混濁的瞳孔瞪著他：「你又能堅持幫我們多久？」

忌部清臉上明亮的誠意一點點褪去，不怒反笑道：「活得太順遂？勘兵衛，我說你……」

像是聽到什麼特別荒唐的事，禍津日神突然笑出聲，越發笑得肩膀顫動，勾起動人眉梢，喉嚨間滾動細碎笑意：「天煞孤星，命帶死劫，災厄不斷，註定孤寂，忌部的確活得很順遂啊！所以我才喜歡你，畢竟能陪本大神死的人不多。」

忌部清還沒放棄生存希望，大神就先放棄了。他哀聲嘆氣拿出無求扇，刷刷打開扇面，像是台上開始表演前先給觀眾展示誠意，露出瀟灑的笑容：「他沒神力，我沒靈力，但真要動手群毆嘛！我們也不見得會輸。」

「我現在問最後一次，忌部清，你到底出不出來？」秀丸擦乾眼淚，無視威脅直接打斷。氣氛劍拔弩張到極點。

橘源平看得膽戰心驚，沉吟道：「這小孩很厲害啊！絕對留有後手。」

京太捱著宵小聲說：「忌部司都果然很霸氣！沒了靈力也沒人敢上前。」

只見忌部清指尖轉動扇子，模樣又痞又無賴：「秀丸，我知道你對我……」出手快如閃電，話沒說完扇尖已飛出，直擊秀丸喉間，打算抓住他先阻止邪陣再說。

秀丸早就摸清他的路數一直在戒備，瞬間從背後扯出一個小小的人擋在身前。

忌部清眉目笑意盡失，臉色慘變地急速收勢，無求扇險而又險地擦過那人額頭，他被逼得翻身退回陣中。

成排晃動著的閃電狀紙垂下方，剛才還是懶散半躺著的禍津日神，陡然坐直背脊，狂狷五官掠過張揚的震怒。

京太等人在光線不穩的明滅裡，終於看清楚了那白衣白袴之人模樣。清稚少女難掩絕色容顏，正是十五歲的與皇。

秀丸比她高半個頭，手裡握著的短刀鋒利無比，貼著與皇柔嫩細頸割出血痕，根本不在乎人質死活。

「誰敢動她！」忌部清僵持不動，忍到極限的爆出怒吼。

明神村的族人們都被嚇得退開一步，勘兵衛驚得跌坐在地，旁邊的助六單手吃力將他踉蹌扶起。

忌部清向來幽默好相處，愛笑又愛調情，每次都能引來族人圍過來親切閒聊，他就是熱鬧的中心、注目的焦點，從沒有人見過他這樣可怕嚴厲的表情。

秀丸手一顫動，短刀又陷了幾公分，綻放笑容：「果然啊！真是你的愛徒。」

他身為族長的兒子，從小鞭策自己，迎合達到大家希望的樣子。但不管努力表現得多優秀，從來聽不到神祇的聲音，也不覺得有被誰真誠以待過。

秀丸每次遠遠注視忌部清跟與皇談笑，都發自心底羨慕，要是能給那樣的貴人認可，不知該有多好。

對於與皇他則是充滿輕蔑，說到底不就是個女的，有什麼好囂張的？乖乖跟村裡的女人一樣待在家裡、滾去嫁人生小孩就好，當什麼神官，這些本該是屬於我的，我才是繼承明神村的常駐神官！

秀丸腔調帶有幾分幽怨，嘴角挑起譏嘲：「父親誇獎她，大神看中她，連神官舍也選她，就算規定不能離村，你還是收她當舍外弟子，不遠千里往返教導，司都，我的靈力和才能真就那麼差嗎？」

在場的人們都聽出他的妒嫉不平，以及針對忌部清情感上的怨懟。

京太呆愣間已腦補完了整部精彩的愛恨情愁，宵的表情更是慘不忍睹，簡直想去踹麻煩製造機的師父幾腳。

「光以陣法來說，才能的確是很不錯，整體還算工整，就是在細節處理有待加強，左邊那排咒字間距就有點歪了。」橘源平扶著鏡框觀察陣型，很習慣拿出對學生考核時的挑剔講評。

「……重點應該不在那裡。」龍太郎無言想著。

見與皇遭受挾持的瞬間情緒失控，忌部清很快調整如常，勸解似的含笑：「她也是明神族人！至於互相殘殺嗎？」

「是嗎？那為什麼明神村災難不斷，她卻躲在神殿享受庇佑，大神，看來你也是很疼她。」秀丸神情和平，飽含風雨欲來的危險。

與皇目光空洞，完全不在乎架脖子上的利刃。她愣愣回想大神這個月以疏於學習為由的懲處，斷絕自己與族人及外界的一切聯繫。師父和忠叔突然來了，這三天又不讓她回去神殿和下山亂跑，拿著大神閉關當藉口、外加一堆匪夷所思的理由，哄自己去山裡另一間以前他來時常住的房舍。種種表現說不出的奇怪，現在細想原來竟是因為發生了異變。禍津日神荒魂發作次數頻繁，已無力維護村外結界，擋不住吸引而來的環伺妖邪，神隱的村莊浸染殘忍血色。

只有她被保護著而一無所知，臉色更加慘淡，唇瓣發白。

宵陰鬱地瞧著小不點的與皇，有些於心不忍。

「你要殺她跟本大神無關。」

禍津日神眉目舒展，嘴角勾出好看的弧度，散漫譏嘲道：「你之前騙與皇借出神殿古籍，間接得知弒神邪陣的殘卷，還套出社內藏有神前香，利用她親手點上，是說這種早有二心的白癡神官，我要來幹嘛？」

說著懶散地半瞇著眼，躺回去歪身撐頭。

忌部清悔恨交加，香爐是之前與皇親手端來，所以他沒有懷疑和檢查，是師父的錯。

「大神！」與皇突然打個哆嗦，顫聲解釋：「我不知道那是什麼香……我不是故意的……」

「師父，我真的不是故意的，對不起……對不起……都是我的錯……」豆大淚珠奪眶而出，打在鋒利的匕首上。

她謹記禍津日神討厭噪音，除了第一句話失態大聲外，後面都是細不可聞地懇求。瘦弱身軀發抖，些微撞上刀刃。秀丸也沒有避開的意思，一滴滴血珠順著細頸，濺在素淨神職裝束的白袴上，模樣說不出的無助可憐，很難把她與那清冷強大，能面白衣的司都作出聯想。

龍太郎心痛到極點，轉頭疼惜地望向巳辰懷中毫無血色的人。

秀丸不帶感情說著：「與皇，我的確利用了妳，不過妳要是看到明神村的慘況，也會有相同選擇。弒神肢解鎮守五方，用最殘忍的方式鎮化荒魂，重建神隱的明神村，才能消我心頭之恨。」

與皇徬徨悲涼地逐一望去，勘兵衛爺爺腐蝕的半邊臉，助六叔的斷手，還有牆角的阿菊。那個溫柔婉約的母親，現在癡呆地抱著一具發黑腐臭的嬰屍，蒼蠅繞著到處亂飛。聚集在現場的受害者越慘烈，越能讓秀丸的行動有凝聚復仇的力量。

「村中的災禍異變真的和她沒關係，請放過那孩子吧！」忌部清柔聲安撫。

看不順眼他都自身難保了，還再為與皇低聲下氣，控制不住小孩心性去較勁，秀丸氣到脫口而出：「不放！弒神陣法需要一個虔誠信仰禍津日神的信徒性命，才能啟動！」

他言下之意很明顯，放眼整個明神村，都對禍津日神的背叛恨到極點，哪裡會有什麼虔誠信徒？所有人眼光落在與皇身上，少女顯得毫不在意，含淚默不作聲。

禍津日神聽了抬眸，魅惑眼尾微勾，瞧得卻不是與皇。

他深情款款地朝忌部清一指：「那就換他吧！忌部夠虔誠。」

「……」語出驚人，不只忌部清本人懷疑聽錯，明神族人們、甚至連宵等人也紛紛愣住。

京太張大嘴巴，好不容易才結結巴巴吐出：「呃，這該說……兩情相悅？」

龍太郎皺眉，忍住沒去糾正少爺亂用成語。

「這不可能啊！」

橘源平難以理解地搖頭，不惜挪用信仰能量好不容易才復活的神魂，要是就在忌部清體內，怎麼能讓他輕易陪自己去死？他素來思路敏捷，對事情發展隱約有了不好的猜測。

「我說大神……」倒楣的忌部清笑意依然明亮，整個人磨蹭到大神面前，別有深意地平視、手指一勾挑起他的下巴，從眼神到動作都極度下流：「你都還沒給我睡過，就指名要陪葬，我不是很虧？」

他連被搧巴掌的覺悟都有了，怎想禍津日神死到臨頭，突然發起神經一改作風，眸中柔情到要滴出水，湊過去貼吻忌部清的臉龐：「也行，正好趁大家都看著，要不然本大神就現場給你睡了怎麼樣？」

禍津日神邊訴說，邊張開五指摩挲他微動的喉結，那露骨的邀請，就是在問他敢不敢。

……是想比誰更會玩就對了，忌部清瞇起眼略帶幾分危險。

肅殺氛圍突然變調成曖昧旖旎，邪里邪氣的豔紅與墨黑人影交疊，轉瞬滾動的衣袖撞向神壇，神事所用盛裝水酒米鹽的器皿跟著翻落，瓶裡的楊桐綠葉嘩拉灑落一地。

拜殿深處一神一人相互親密柔膩，纏繞著吐息太過耳語呢喃。圍堵的明神族人就算聽不清，光看動作就夠聳動了，有的嚇到移開視線，有的發毛地退開好幾步。助六頓足叫：「我就知道，神社裡供奉的果然是妖怪！」

「司都肯定是同黨！看他們噁心的模樣。」勘兵衛深感作嘔，感覺像是目睹比自己臉還恐怖的東西。

秀丸臉色陰晴不定，不發一語地思索什麼。

只有站得最近的宵、京太、橘源平等人把對話聽得一清二楚，不禁有些哭笑不得。佩服這兩位的默契，為掩人耳目密談，什麼花樣都用上了。

「……去你媽的，你這混蛋搞什麼鬼，自己找死幹嘛拖我下水？我可是拚命動腦想著怎麼不滅團，怎麼死局求生……」

忌部清對上災禍之神也是沒在怕的、崩潰夾帶一串髒話開場，恨不得直接咬掉白嫩耳垂，氣炸地低聲質問。

「用你來換與皇的命很值得，反正也是命中註定的死劫，你躲不掉的。」

禍津日神絕艷紅唇開闔有如呻吟，低喃著吐出的熱氣，搔在他心尖上長久盤旋的疑惑。

他明顯一愣，確認什麼似地眸光出現動搖，有些沒有把握，遲疑道：「大神，你的信仰能量不會是用在……」

被忌部清壓躺在身下的禍津日神，若無其事勾起唇角，伸出冰冷白骨般的手指，輕柔按住他的唇，蠱惑道：「什麼都不用多說，我知道你信仰虔誠到願意生死相隨，反正神官的靈魂肯定能轉世，保證下輩子還是個人。」

沒見過要人去死，還這麼理所當然的！

忌部清這輩子終於棋逢對手，遇見一個比自己還不要臉的傢伙。

他一邊悲情地爬起來，一邊整平著滾亂的衣領。摸著鼻子坐直盤腿，盯著與皇毫不抵抗地被扣在秀丸手上，評估乖徒兒太單純，只怕是因自責誤害大神，加上愧對族人而喪失鬥志。

秀丸捕捉他的視線，輕慢道：「悄悄話說完了嗎？」

「講真的，」忌部清銜著他展現最有魅力的笑容：「你殺與皇也沒用。我聽大神說，她早就沒了信仰，還萌生背叛的想法，才會偷偷把藏有弒神邪陣的殘卷帶出去交給你，因為秀丸是最有神官天賦的人選，只有你才有辦法設陣。」

與皇驟然抬頭，與忌部清目光一撞，又被身後的禍津日神以決絕眼色制止說話，她失神地咬唇，慘白面龐猶帶淚痕。

秀丸細眉微動，瞧不出情緒。忌部清自以為不著痕跡地誇他天賦，又道：「總之啊！你們費盡心機設陣，好不容易用香將大神困在凡軀，最後卻殺了一個毫無信仰的人獻祭，不是白忙嗎？」

他內心無限苦情無奈，暗想，「忌部啊忌部！沒見過這麼主動趕著送死的，哎，當師父果真夠高風險夠慘的，宵宵要哭死了。」

秀丸專注聽著，穩握短刀、深沉眸光使人發毛，對面的忌部清仍是笑得輕挑，毫不在意。

「司都大人急著送死？」秀丸直接了當地戳穿。

忌部清咳嗽一聲：「我與大神情比金堅。」隨即幽怨地瞧了身後那尊災星一眼。

看他在那自演，秀丸終於忍不住笑了出聲：「幾年前你剛來明神村，我身為族長之子在附近巡邏，碰巧聽到你和與皇說話，很不巧我這個人記性很好，又愛反覆推敲琢磨。」

「我說的話多到自己都記不清，秀丸果然從小就聰明善良，長得又帥。」忌部清誠意滿滿地附和誇獎。

「少滿嘴諂媚。」秀丸冷下來臉：「你當時安慰與皇，大神自帶無數災禍邪祟，才會不喜歡出示真容，不願與人多有因果，越是珍重反而越是遠離，小心翼翼地漠視對待。」

忌部清心頭猛然一顫，馬上苦著臉哀嚎抗議：「喂，你這什麼邏輯？照你這麼說，我不是徹底被大神討厭？」

「這個小孩才幾歲，就有這麼厲害周詳的心思手段，長大後還得了。」橘源平注目這場角力，發出客觀評價。

他本來想含蓄表達我們神官舍的少爺最乖了，結果站兩邊的宵和京太不由自主交換微妙目光，自動往旁邊挪開離他遠些，橘源平莫名其妙：「幹嘛？」

龍太郎在後面嘀咕：「好意思說別人玩手段，你也差不多吧！」

「剛才大神也說了！」秀丸表情寫著如你所言：「天煞孤星，命帶死劫，災厄不斷，註定孤寂，忌部啊！所以我才喜歡你，畢竟能陪本大神死的人不多。」

他果然記憶力很好，連禍津日神拖腔帶調的傲慢都學得分毫不差。

太小看這小鬼了！

意識到話中被他細心抓住破綻，禍津日神紅衣微微震動，散漫的神情一點點凝聚森冷，縱然神力盡失，氣勢仍是相當駭人。

他僵硬得起身跪坐、挪膝朝向秀丸的方向，垂著眼眸低聲說：「有本大神這個罪魁禍首在，你沒必要多殺她一個。」

「的確，按照殘卷記載，只要啟動弒神陣法肢解鎮化，就能保證明神村一切重來，退回一個月前荒魂發作的時間點。你們身上弒神大罪的印記會消失，更重要的是那些死去的父母親族都能平安回來……」

「所以我只求你別殺她，求你了。」

他喉音散動發顫著重複字句。甚至不顧忌部清震驚的視線，至高無上的神明手掌平放在前、匍匐彎下腰背，卑微地低頭，額尖貼著冰涼地板懇求。紅衣讓他浸在絕望的血泊之中，黑髮死氣沉沉地散在肩頭。

與皇也被這一幕衝擊到呼吸僵滯。小時候以為師父是隨口編造安慰他，現在親眼看到大神不惜低頭懇求，胸中登時溢滿酸苦。剎那醒悟以前被無情揮袖隔開的距離，竟是為怕災禍因果沾染觸碰。從小到大禍津日神種種疏離都得到解答，遠離人神把自己永遠關在孤寂的詛咒裡，直到荒魂發作。

我怎麼就沒能早點察覺呢？與皇越想越難過，全身微微發抖。

「哇！原來神明也會求人呢！」

秀丸綻放天真無害的笑容，根本一個字都不相信。就算啟動弒神陣後真能順利時光倒流，也不妨礙他對與皇的怨恨，要是沒有她就好，我哪點比不上她了？憑什麼大家都喜歡她？

他不禁斜睨架在手裡的與皇，近距離觀察她注視大神的瞳孔一瞬間驚愕收縮，很快恢復平靜，神情流淌悲憫。要是在危急時她能哭著求神救自己，或乞求拿師父來換命，那秀丸可能會深感欣慰而放她一馬。

偏偏與皇不管什麼時候都優先考慮到別人，永遠一副置生死於度外的氣度。

秀丸打從骨子裡噁心她這點，根本是沒經歷過痛苦才能裝出來的嘴臉！越看越激發出狠狠摧殘的慾望，好奇到底要做到什麼程度，才能瓦解高貴矜持的情操、蹂躪到她徹底崩潰。

特別想把她扔到妖鬼四竄的大街上目睹慘況。連他都恐懼到拋下父親逃命，之後只能騙大家說族長死於怪病。

平常嚴厲管教他的父親，在後面被啃個精光發出慘叫。秀丸太過害怕只能含淚不停地往前跑，在心底聲嘶力竭吼著：「不是我的錯！錯的是禍津日神！是神官！」

他現在正處於對峙狀態，神經繃緊到五感特別敏銳。與皇碎髮搔著手臂的觸感，鼻中嗅到少女肌體清香、混著傷口的血腥味，無一不放大刺激感官。

秀丸蠢動到想把近在咫尺的少女按壓在地，渴望親手扒下那層純淨美麗的外皮，俯視她全身赤裸地在汙穢裡哭嚎，最好弄得和自己內面一樣不堪入目。

為在族人前維持替父母復仇的悲劇少年形象，秀丸吞嚥口水，只能克制殘暴慾望。

「我是神官卻沒有盡到督神責任，比起大神，族人們應該先處置我。」與皇因自責亂了分寸，凝視著大神諸事想通後，恢復平常沉靜的模樣。

無論是才能還是戰力上，秀丸潛意識本就有些怕她，心知要不是她也吸進了神前香，自己這點咒法的本事根本扣不住人質，握刀的掌心滲出冷汗。

與皇先對助六垂下眼眸：「助六叔，你的手，真的很對不起。」盯著他腰間的鐮刀，坦然遞過自己的左手，那意思很明顯。

無視禍津日神震驚抬起頭，怒斥阻止：「給我閉嘴！本大神還在，有妳說話的分嗎！」

見她充耳不聞，忌部清也快急瘋了，攔不住徒弟的倔強，立刻決定改變戰略地刷存在感。「喂！」他舉高揮手，磁性嗓音滾出笑聲：「我說，誰理我一下！這種情況通常不是責任制、要先怪師父沒教好嗎？別搞反套路跳過我啊！」

「忌部說得沒錯！」助六平常最疼與皇，瞧著火光下慘淡稚氣的臉龐，頸部被刀割出血痕，眼神依然堅定的表達擔責請罪的決絕。

他終究流露出不忍，遲疑啞聲道：「秀丸，我看與皇這孩子也是被那個妖怪騙了……」

勘兵衛本來就念同族舊情，要不是萬不得已，最初也不贊同挾持一個小女孩，指著忌部清嘶吼道：「禍津日神都親口說他最虔誠了！殺了司都獻祭！」其他族人紛紛點頭附和。

憑什麼啊！每次所有人都站妳那邊！我算什麼！

秀丸瞬間對與皇恨意沸騰，馬上不動聲色地控制場面，大聲說：「叔叔伯伯們都太善良了，要我拿與皇獻祭也很心痛，但是……」臉色很快沉下去：「禍津日神故意點名忌部，怎麼看都在說謊！騙我們殺一個沒有信仰的人獻祭，害弒神陣法失敗！」

秀丸本來就自恃聰明，打從心底覺得就是群愚民、別人隨便說什麼就信什麼，緊接著神態調為悲憤：「難道我們的命就不是命嗎？憑什麼讓神明和神官隨意踐踏！」

他從小跟著族長父親辦事，很了解怎麼操控烏合之眾。尤其在攸關生死存亡關頭，情緒推在崩潰的臨界點，比起講理什麼的，不如煽情更為實在，激昂說詞張口就來上一大套：「大家不過是希望無辜死去的家人朋友能夠回來，恢復以前和平的日常，祈求一切只是場噩夢，這有錯嗎？」

「對災神信仰最虔誠的就是與皇！她利用神官職務勾引司都，甚至誘惑禍津日神拋棄信徒、放任荒魂失控，不惜毀了明神村！」秀丸很乾脆地直接活埋邏輯、火化重點，偷換成男女之間的苟且，陰險有效地下定結論。

一部分熟悉與皇的人就算不信她會這麼做，但大多數還是好不容易跟著秀丸從村內逃出，劫後餘生追隨來神社設陣弒神，篤定他才是唯一庇護的希望。

秀丸深知只要能帶領大家打破慘狀，不管事情真假、犧牲的對象是好是壞都沒差，到頭來還是會以他為主。

反正人最後都能找到藉口心安理得的開脫，只要自己能活下來才是最重要的。

「的確啊！她剛才都說了，當神官卻沒有盡到督神責任，村裡出那麼大的事還躲在神殿裡，現在被獻祭就是活該！」

「沒錯！不能怪我們，都是她品行不端，助六你也別被騙了，這女的剛才還在裝可憐，明明跟禍津日神兩個都不是好東西！」

「我就奇怪怎麼會有女神官，長那麼漂亮，難怪大神會想包庇在殿內享樂。忌部清為了她還每月特別跑來，拿什麼師徒當幌子，一看關係就很不正常！」

「嘖，真想不到啊！真虧她從小就學會怎麼取悅大神、又委身司都，也真夠忙的，什麼時候也來給我們示範一下，神官到底是怎麼躺著主持儀式的啊？」

明神族人們你一言我一語，猥瑣視線遊走在她身上，男人們越說越淫穢，女人們滿臉輕蔑鄙夷，助六和勘兵衛維護氣勢也瞬間退縮，環伺周遭有的點頭贊成，有的冷眼沉默，有的憎惡唾棄。

每一個譏諷和難聽字眼都傳到與皇耳裡，面對族人們遭受巨變爆出的激憤，她木然地忍受汙言穢語。秀丸一看與皇那樣子，就是決心連莫須有的指控，全部一併擔下。

他深感得意，忍不住湊近貼在她冰涼的耳邊，細不可聞地低語：「看清楚了嗎？這就是妳想保護的族人們，他們現在每個人都恨不得妳去死。」

與皇的確從來沒有想過，自己毫無保留真誠以待的人們，有天會反過來傷害她。

以前秀丸經常跑來神社找與皇借書或請益，儘管她知道禍津日神討厭有人來訪，並禁止逗留境內，仍會抓緊時間知無不答。秀丸賴在鳥居前的石階，跟她訴苦村中房舍修繕、農耕、醫療、排水相關難題時，與皇就連夜翻閱抄錄文獻給他一份，並在實際模擬測試後，幫忙提案有效的解決方法。

明神族人並不知情，只當這些辦法全是秀丸一個人想到的。

秀丸和族人同樣敬懼大神，仍鼓起勇氣關心她的生活及神殿事務，並主動聊起山下族人的近況，與皇從他口中理解人情世故。儘管相處時間不多，秀丸是最清楚與皇是什麼的人，也是她唯一個互相交流的同齡朋友。

「原來從頭到尾，只有我把他當成朋友，對方從來沒把我當一回事。」

與皇親眼看到他竟是這樣不問緣由、扭曲仇視自己，思及滿心荒蕪，比起對人性醜態及遭受汙衊的憤怒，更多的是死灰涼寒的失望。

但是她很快克制個人情感，冷靜著重怎麼應對大局，思緒飛轉分析現狀：「秀丸將自己放在正義制高點、煽動挑撥弒神，反而容易刺激荒魂暴走，把在場族人全都暴露在危機裡。我一個人死了不可惜，最怕是死了還不能解決問題。」

儘管知道過去影像無可改變，橘源平在旁已摸透秀丸的本性，難得表現出心浮氣躁。明知與皇不可能聽到，他仍舊急到低聲催促：「司都，別管那麼多了，快先動手再說啊！」

橘源平記憶猶新在發動武裝彈劾時，司都手被上銬，仍有直接砸出雷霆一擊控場的氣魄。以她的武術級別，就算沒有靈力，頂多受點輕傷，要從秀丸手中脫困並不難，非常時刻的確得靠武力說話最快。

緊接著他猛然想起眼前的司都才十五歲！又是一個人在神殿長大，怎麼可能懂那麼多勾心鬥角的應變？面對荒魂失控，族人激憤弒神，不只出言羞辱還要拿她獻祭，這一連串突發情況下能保持平常心，已經是超乎常人了。

禍津日神重新現世時說過的話，有如陰雲逐步逼近到心懸一線，橘源平扶著鏡框的指尖，不由得發冷微顫。

龍太郎眼睜睜看著司都被圍攻潑髒水，握拳狂怒到不行。雖然身為神官不該這麼想，但他還是控制不住覺得幹嘛管這群傢伙！就讓他們去弒神，激怒荒魂引發神祟算了！

這頭與皇正在沉思師父困在陣內視野受限，自己被挾持在佈陣主謀旁的位置反而有優勢，是個能夠宏觀的角度。她在昏暗火光中睜大了眼，不放過蛛絲馬跡地審視邪陣，然而越檢查咒字形狀和排列越覺得不對勁。

宵順著與皇的視線，瞧出她端詳邪陣時的憂慮。眼看刀都架在脖子上了，還在想怎麼救要殺她的人們，不禁嘆息道：「妳這個人實在是……」

京太從來不會討厭誰，現在卻特別討厭秀丸而盡量不去看他。注目與皇神色掠過瞭然的清明，少爺興高采烈的說：「快看，司都好像發現什麼了！一定是想到辦法了！」很習慣那個無所不能的司都，最後一定能逆轉扳倒敵人。

秀丸不等她嘴唇微動開口，短刀加重抵制，迅速施加禁聲咒，防止她跟剛才一樣三言兩語扭轉劣勢，拆解自己的別有用心。

他經歷過父母慘死後性格加倍激進乖戾，挑動指揮族內的大人們協助自己設置弒神邪陣，把握肆無忌憚執行正義的大好機會。

在秀丸看來，與皇生來是個女的就很好運，明明年紀相同，她靠一張漂亮的臉蛋就得到自己渴望的一切。

儘管內心深處清楚並非如此，也知道對方成長環境有多麼孤單，獨自下過多少枯燥苦功勤練，但他為了保全自我精神平衡，抗拒承認與皇穩紮積累的實力。其實不管有沒有因長相或性別得到特殊待遇，秀丸躲在預設好的男女立場利益的背後，這樣的人終究會沉溺在自卑和被比下去的妒恨中不可自拔。

秀丸餘光瞥見忌部清聽著愛徒被一大群人出言詆毀，胸口不住起伏、明顯氣炸了，忌憚刺激到明神族人們沒飆出大罵，仍是跪著的禍津日神也是眼角眉梢蘊含殺意，指甲深陷肉內緊掐出血珠。

少年定定地凝視著神明，舒了口長氣，誠摯道：「看在大神曾庇佑過我們的分上，只要你和忌部向在場所有的族人叩頭謝罪，」單手環緊與皇的腰嘆氣：「我就不會把她怎樣，畢竟也是知交一場。」

禍津日神毫不猶豫，很快再次伏身、貼地傳來的嗓音低冷沉鬱：「我願向明神一族認錯，很對不起你們，只求放過與皇，我無論遭受什麼都絕無怨言。」

「是嗎？」秀丸看忌部清怒視著警惕不動，也不是很在意，柔和笑著：「那大神真該嚐嚐我們遭受的人間地獄，就讓你唯一虔誠的信徒……」

他盯著禍津日神披散的髮頂，本來清秀純淨的面容，忽然變得猙獰如惡鬼降世，從齒縫森然迸出：「用性命啟動弒神陣法，讓你經歷永遠失去摯愛的痛苦！」

秀丸話速飛快、吐出的每個字都無所轉圜，發狠高速一刀切下！

二十二•唯一虔誠的信徒

「與皇！」

殷紅的血瀑毫無節制噴灑出，鋒利短刀眨眼割斷少女的咽喉。破空擲出的無求扇給明神族的咒字彈開，同一瞬間忌部清衡上去猛力一拳打飛秀丸，仍是遲了一步。

他瞪大的雙眼佈滿血絲，全身浸染腥紅的暴怒，搶上緊抱住倏然倒下的少女，用兩手徒勞地按住汩汩冒出鮮血的致命傷口。

「療術，我需要用到療術！把靈力還我！把這見鬼的香解開！」

忌部清茫然檢視慘烈的切痕，不停地低聲重複，當然不會有人理他。

「與皇根本不知情！她只想救你們啊！為什麼要殺無辜的人洩恨！」

他終於崩潰，發瘋似地向周遭每個或快意冷眼，或驚恐捂嘴的明神族人們發出怒吼。

「沒有人是無辜的，她是常駐神官，卻沒有監督好大神，就該受到懲罰去死！」

秀丸臉頰紅腫高起，麻木地給眾人攙扶著，眼中掠過殘忍的快感：「神前香沒有解藥，七你現在都只能當個沒有靈力的普通人，跟我們一樣無能為力，只能忍著無限屈辱和痛苦。」

「不可能，我能救她！我能救她！與皇，醒醒，聽師父的話！」

忌部清心臟劇烈狂跳、冷透到骨髓裡，一生經歷無數生死險境，從沒有陷入這樣慌亂狼狽的絕望。他六神無主地托住後腦，一手全力按住傷口，溫熱血液沒有半點停止跡象，秀丸的瘋狂揮刀之下幾乎切斷頸部，只剩少部分筋肉黏著脖子。

他下手狠辣，打定主意一刀斷頭斃命。

十五歲的與皇已沒有了呼吸，湧出的血液緩速流向詭譎的邪陣。

宵等人在往事中圍觀，雖說多少有心理預期，眼見異變陡生，少女時期的司都在眼前慘死，他們還是驚駭地倒抽了一口氣。

京太嚇到當場大叫出聲，龍太郎瞬間只覺得那一刀，比砍在自己脖子上還撕心裂肺的劇痛。所有人同時跨步搶到與皇身旁，確認她還安穩躺在巳辰懷裡，雖然面如白紙的慘澹，好在還有微弱氣息，這才稍微放心。

就連天不怕地不怕的巳辰也恐懼到心臟砰砰狂跳，害怕就這麼失去她了，不由自主抱得更緊些。

他們剛才看禍津日神跪地請求時，每個人心中已然逐漸雪亮，現在更是徹底明白了！禍津日神所說的珍視的人根本不是忌部清，而是與皇，她體內沉睡的神魂才是瀨織津姬！

貫徹陰森暮色的神明，從體內生出極度恐怖淒厲的大笑，那是臨死荒獸，是百妖哭慟，是萬鬼淒鳴，緊接著整座山體天崩地裂的震動，劇動到席捲整座神社。在場三十多個明神族人們站立不穩，紛紛痛苦萬分捂緊耳朵，頭顱跟著爆出一朵朵血花，接二連三倒下。

火炬散落遍地，拜殿從櫸木地板到神壇，蔓延至注連繩、紙垂瞬間燃起大火，焦臭濃煙四起，樑柱一一坍塌。

「怎麼可能？你不是已經神力全失了嗎？」

秀丸驚駭到極點，瞪視禍津日神像是被血染成的紅衣，右腕的翡翠輝石珠鍊斷裂。那是禍津日神自己戴上的返魂石，百年來吸取信仰能量轉化成神力、到今晚已養魂完成，大珠小珠落玉盤清脆地散了一地，很快就被烈焰吞噬。

他的下擺一步步拖曳著族人們的鮮血殘骸走來，腳踝噹響逼近的銀鈴聲宛如奪命符。

忌部清驚覺不妙，伸手想拉住衣角，紅雲陡然自掌心滑過落空，他啞聲道：「大神，大神你快停下來！不能再繼續驅動荒魂……」

來不及了，大神已經瘋了，徹底陷入嗜殺的癲狂。

荒魂頻繁發作，禍津日神沒了信仰能量鎮化，原本全是靠著意志撐著虛弱和魂，就算是被囚禁凡身，驅動荒魂突圍必定帶來加倍腥風血雨的殺戮。禍津日神自知的確虧欠明神村，才會忍辱屈就，任由他們順著心意殺死，試圖贖罪消解怨恨。

現在狀況不同，與皇死了。

禍津日神俯身與秀丸平視，眸光灼燒到極致反而顯得無比冰冷，有若白骨的手指掐住少年的脖子，一掃散漫疏懶，飽含殺意地顫慄。他的神情邪魅瘋狂，歪著頭輕笑道：「秀丸，你不要真以為能玩弄所有的大人，以為只有自己最聰明。」

上古之神，力量越是強大的荒魂哪有這麼容易被囚禁。

秀丸被掐得呼吸困難，不忘得意地斷斷續續嘲諷：「弒神陣……沒有啟動……看來你果真連一個虔誠的信徒都沒有……哈哈哈！」

「你在說謊！這個陣根本就不需要信徒獻祭啟動！」

禍津日神根本不當一回事地用力揮袖，龐大的邪陣瞬間嘩啦啦崩裂的支離破碎。

只聽他音調森冷：「你不就是想鼓舞族人，不惜殺了無辜的神官洩恨！現在是不是很疑惑，我既然這麼清楚弒神陣法的構造，怎麼還會被困住？」

秀丸乾紅雙目溢出恐懼，終於發現自己錯得離譜。

「因為這陣法就是本大神親自發明的！」

「只要用被肢解、超越痛苦極限的神力為代價，就能換回時間倒回荒魂發作前，他們都能夠復活回來，還你們一個安樂的明神村！只要本大神繼續生不如死地贖罪就夠了！」

紅衣神明說著，自己也深感荒唐地顛狂大笑：「你真以為與皇是傻子？要不是我故意，那本夾藏在書裡的殘卷怎會出現在你手上？」

「還有，神前香有什麼功用，難道我會不清楚？把可能殺死自己的凶器藏在殿中而不銷毀，以為神都跟你一樣白痴？」

秀丸痛到淒厲慘叫，垂下的雙手鮮血狂噴，悔恨交加裡更多的是不甘心。他也想過其中蹊蹺，只因父親死後，明神村狀況日漸慘烈，危機迫在眉睫而逼著不得不孤注一擲。

我是族長之子，有責任帶領大家度過劫難，就算機會微乎其微，也只能一試。秀丸堅信自己沒有錯，不認為殺了與皇是出自私心，那女的是禍津日神的神官本來就該去死。

禍津日神每說一段落，就隨意扯斷秀丸的一根手指，轉眼十指都給拔得一乾二淨，扔開餵給從地面洶湧爬出的鬼魅妖邪。牠們爭先恐後的啃著，才沒有靠近忌部清和與皇。

「大神，你本來就打算贖罪，任由明神族人弒神……」忌部清駭然睜眼，難以置信禍津日神的瘋狂，對自身的殘忍遠遠超出預期。

他發出御神令禁止神官前來，就是打算等今晚養魂完成後，立刻將與皇送走。自己留在明神村被支解鎮化，以付出巨大痛苦代價的神力，倒流時間復活死去的族人。這麼一來就能繼續守護神隱村落的安泰，直到他們過往留下的恨意完全消失後才能解脫，外界也絕對不會發現逆天大罪。

但是禍津日神終究小看了人心的妒忌怨恨，非要牽連什麼才能消氣滿意；一方面也沒想到忌部清真會不顧一切仗義前來，為他準備了新的儀式鎮化，還來得這麼快。

「能殺神的，除了神，也只有自己，其餘的不配。」禍津日神喉間滾出病態碎笑，眉宇挑起邪氣的弧度。

秀丸從內到外都痛到崩潰，恐懼大神竟然願意用被肢解的代價換回明神村。他到最後也不願承認，只要沒有揮下那刀，一切就能恢復如常，父母族人都可以平安回來。

秀丸被掐得眼球凸出，驟然呼吸一順，瞬間被重摔在地上。他清秀的臉龐扭曲的狼狽不堪，恐懼地瞧著綠光吱吱的邪祟、無數醜陋妖物居高臨下逼近，淚眼模糊地伸出光禿禿的血手，可憐地發出抽泣：「大神……求求你……」

「我也求過你，」衣角點綴著血跡乾涸的深色，殘忍至極的目光輕柔俯視：「可你還是殺了她。」

他身後的妖物得到許可同時撲上，秀丸淒厲無比的慘呼響起。忌部清咬牙別過臉，一手小心扶著與皇的後腦，眨眼禍津日神已頹然跪倒在少女的屍首前。

「與皇，妳聽到了嗎？不是妳害了我，都是我刻意佈局，想著這樣他們就會把妳當同伴，本以為肯定能保住妳的命。」

「可我終究是做什麼錯什麼，只會連累傷害身旁的人。」

與剛才的狂態殺意不同，他音色蕩漾深情地解釋著，像是面前的斷頭少女只是賭氣而不願睜眼。

忌部清生平遭遇過無數災禍苦難，沒有一次比現在還難以承受。他喉頭哽咽，鼻音帶著哭腔：「她死了，大神，我徒兒死了。」

「噓，你別那麼大聲。」禍津日略帶譴責瞧了他一眼，第一次伸出了手，顫抖著輕觸與皇臉龐，溫柔拿袖口替她輕輕地擦拭血汙。

我所珍視的人，被我害得兩次死在眼前。

四面八方烈焰竄燒濃煙密佈，遍地屍塊殘骸，鬼怪橫行其中。只有他視若無睹、靜謐而深情地專注在一個死人身上，瘋狂且異常恐怖的光景。

與皇頸部的傷口裡，爬出了幾隻黃泉妖鬼，都在禍津日神的觸碰下慘叫消散。他惘然呢喃：「妳不能再死了，我怕自己撐不下去了。」說著沿著白骨般的指尖滴出血、綻放出一朵殷紅彼岸花，花瓣散落在與皇頸上。

忌部清駭然地注視她的血肉迅速長出，傷口組織正在癒合，睫毛顫動，轉眼就能醒來。失傳的古老蘇生神術「逆生黃泉」，現在已少有神明會使用，禍津日神生於黃泉罪穢，用起來毫不費力。

忌部清狂喜中又生出恐懼，乾澀嗓音啞聲道：「你這樣使用荒魂力量，發起神祟勢在必行。」他失去靈力，連鎮化儀式都不可能進行了，說什麼都難以阻止。

「神祟本是用來懲戒世人的狂妄，要他們懂得分寸敬神。你也見到了，人瘋起來什麼事都幹得出來，死了恰好而已。」禍津日神舔著指尖鮮血，拂袖將與皇領襟的血跡清理乾淨。

與皇眼皮微動睜開，他早已起身飄忽地遠遠退開，任由火舌包圍，髮絲宛若活物的激盪，遮掩半邊面容。

「司都！我遠遠看到拜殿起火！你們沒事吧？」橘忠行掩住口鼻衝進來，白色齋服燻黑燒出不少焦洞。

忌部清握住與皇的手，檢查徒兒全身靈力已經回來並且運轉如常，頓時安下了心，順手將無求扇塞到她懷裡。與皇在攙扶下、步伐搖晃地起身，因禁制生效而不記得發生了什麼事。

「帶著與皇出去！你們守住結界，這裡交給我！」

向來輕浮愛開玩笑的師父，從未見過收斂笑容的冷肅剛毅。在濃烈黑煙環繞、烈焰沖天的神殿裡，他挺拔背影孤身而立，玄黑衣袖在熱浪中飛快捲落揚起，回頭向他們一笑，一如平時灑脫。

「忠行，記住誓死也要保護我徒弟。」

與皇淚眼模糊，想喊叫又像是給什麼掐住般的窒息，很快被人扛在肩上，煉獄光景不斷後退。師父離自己的視線越來越遠，她只想立刻奔回那裡，卻無論怎麼掙扎，手腳都冰冷麻痺到無法動彈。

橘忠行沒有慷慨激昂說要留下，他相信司都能化險為夷，咬牙聽命扛起與皇跑下山，趕去強化守住村外結界。

忠行身上刻著無數弒神的禁厭秘咒，卻還是能進神社，忌部清並不意外。畢竟大神都說陣就是他發明的，愛讓誰來他做主，更何況對方還是來救與皇的。

忌部清黯然地覺得很對不起摯友，實在欠他太多了。他強自打起精神，畢竟眼前的難關還沒結束，只能長長吐出口氣，裝作如釋重負地嬉笑調侃：「大神，可惜最後陪你的人還是我，不是女神。」

「不懂你在說什麼。」禍津日神一副將他用過即丟的涼薄態度。

「好啊！你還裝！」忌部清委屈地抗議：「除了準備新設計的鎮化儀式，本來我還跟自己打賭約了人，我想說萬一運氣不錯，要是真能修好勾玉，正好趕上幫你穩住荒魂。」

禍津日神愜意地欣賞他的氣呼呼，勾起紅唇嘲弄：「可惜他不會來了，玉石引貪生怕死，這就是你偽善的毛病，為了天下蒼生，不是應該把他綁來嗎？」

「我……」

忌部清義正嚴詞地才說一字，恍然大悟：「等等，你早知道了？是不是還打算順便利用我帶來的神器，提前幫瀨織津姬喚醒神魂，我說大神，你可以再過分一點！」

禍津日神自顧自陷入沉思：「與皇當上司都必定會淨化三神器，近年我已喚醒香沉木的死靈，交代他殺了玉石引，幫神官舍修補神器。到時後她接觸淨化儀式時釋放出的神力，神魂就能順利覺醒，明明只差最後一步了，偏偏……」

百年苦心的佈局出現致命意外，禍津日神蹙眉。

一抬眼就見忌部清搖晃食指，還在哀嘆叨念：「比我還沒良心！這麼多年的交情，大神竟為了女色，直接搞到我連命也沒了！」

「說什麼呢？我哪知道秀丸會瘋成這樣。」本來看秀丸和與皇是朋友、相處和睦，又從她手上得到弒神陣殘卷和神前香，再怎麼說也不至於傷害她，想不到捅刀最厲害的就是所謂的朋友。他掌管黃泉災禍，卻管不到極惡生於人心。

「瀨織津姬因我被剝奪神籍，千年以來我走遍世間森羅萬象才找回離析的神魂重聚，並集來返魂石、建立明神村利用信仰能量養魂，只願她有天能重歸神位。」

禍津日神語氣消沉：「可惜現在不可能了。」

「逆生黃泉有絕對禁制，不能讓本人知道死過一次。三神器釋放出的強大神力雖有喚醒神魂的力量，但在這之前禁制也會瞬間崩解，想起自己的死亡經歷而奪去性命，所以她這一生……終究無法成神了。」

「我真的好想再見妳一面啊……就這樣不停的想著念著，好不容易才熬了過來。」

耗費千年齊聚神魂！忌部清徹底被這種執念震撼，他一生秉持灑脫信條，從沒想過能為誰付出到這種程度，光聽就壓力大到連連搖頭，太瘋狂了並不想懂。

「不過也沒有關係，」紅衣艷絕有若妖物，神明半躺著地笑出聲：「好在神魂已經完整，就算今生無法實現，那就讓她當個人也好，等到壽終正寢轉世，來世我會再找到的。」

還有來世？你居然還打算跟到來世！

忌部清聳動，隨即將面部神情調節到最自然，踏步上前道：「大神啊！我還在呢！說點實際的，神祟出手打算殺多少人？」

「和以前一樣，大概一千多吧！」他嘴上說得厲害，兩人都知道根本無法控制。禍津日神凝視把玩有如白骨的掌背，漫不經心道：「你知道我的瘋狂，本就受到敬懼厭惡，荒神發作時要是不殺戮，控制不住來自黃泉的邪祟妖鬼，流竄出去死更多人。」

忌部清苦笑嘆息，聳肩表示無可辯駁。接著抬起骨節分明的手指開始凌空畫出無數符文，動作一氣呵成。符文浮動於烈焰灼燒滾燙的空間中，猶如冷冽清泉降臨的舒心。禍津日神富饒興味地坐起：「你要當人柱獻祭，平息神祟？你可知代價是人死魂滅，不入輪迴。」

「不然呢？」

忌部清對自己的信仰還是很有信心的，就算失去靈力，也不可能納涼觀賞他血洗千人。

他無奈地瞪著始作俑者，還一副事不關己的模樣，氣極反笑道：「大神都說是我的死劫，不死一下怎麼對得起你。」

死前仍是一派坦然，氣度確實世間少有。

禍津日神聽他繼續耍嘴皮，愉悅地勾勾手指，收下那行冷冽的獻祭符文，說著：「給你面子，那我就屠村洩憤吧！」

「我這個萬人迷都主動犧牲了！不能就我一個就滿足了？」忌部清不死心地討價還價。

「不然，本大神好心告訴你一些感知到的預言吧！嗯……」禍津日神沒骨頭似地又癱回去，眉梢微彎審度他：「明神村人死絕，神官貪生怕死逃散，那個橘忠行人品雖然不錯，可惜命數已盡，註定死在這裡。」

根本噩耗連連！

「司都假仁假義犧牲，幸好沒人知曉真相，沒人幫你歌功頌德，忌部死後還被當罪人。神官舍認定是你擅自插手明神村之事，才引發神祟，以上。」

他一口氣說完，害忌部清抱頭呻吟，罵道：「我都要死了！你還不說點好聽的？」

「哼，」禍津日神指尖摩挲嘴唇，按耐不住好笑而揚起冷艷笑容：「我可是沒人敢靠近的災禍邪祟，你還期待我說好聽……」

下一秒，他雙目圓睜，話被硬生生被截斷，猛然給忌部清有力的臂膀一把按進懷裡。他茫然的臉貼著厚實胸膛，隔衣還是能感到肌膚的溫熱氣息，鼻中隱約聞到醉人酒香。

忌部清下巴抵著津日神的冰涼額間，大手霸道地按住後腦勺，有一下沒一下摸著猙獰有若活物的髮絲，低沉嘆息：「看在你我都是同類的分上，大神說什麼，我都聽著。」沒有人比他更理解禍津日神的孤獨絕境。忌部清生來天煞孤星，自知要是不當神官，凶煞厄運必將殃及至親好友，唯有侍奉神明方能制衡命格、讓災禍只集中在自己身上，但這一生仍注定是與他人緣淺情薄。

從未被給誰擁入懷中的溫暖，讓禍津日神深感不可思議。

全心全意記住從他身上傳遞出的豁達氣度，清晰地感受到忌部清從宿命中解脫的釋然，這分釋然，卻是神永遠無法擁有的。

永生永世的苦痛孤寂，永生永世的不得安寧。

短暫的溫度很快片片散去，就像是被禍津日神的紅衣灼燒，忌部清墨玄的神官衣冠點點染盡血霧。神明依舊維持著被擁抱的姿態，明亮飛揚的男子已幻化為血珠紛飛，最終凋零成了烈焰火光。

他失神地捕捉一片血珠，眼角被忽明忽暗的火舌照得泛紅。山下充斥淒厲慘叫，邪祟四竄遍野，神祇竟是恍若未聞。

火光沖天的濃煙，遮蔽所有人視線。

輾轉間破曉陽光明媚，黃泉災禍從未來過。

訊息量太大太過窒息，所有人眼前一花，場景脫離明神村，移換到神官舍內。

終於離開禁制裡的往事。可是五感還浸淫血腥腐臭，明神村神殿中妖邪湧出食人的猙獰地獄，充斥四面八方的淒厲慘呼。龍太郎暈眩到單手按著腦袋，橘源平背部浸濕冷汗，京太捂嘴忍住反胃作嘔，宵一把扶穩少爺胳膊，臉色也沒好到哪去。

他們幾個只是經歷片段就難以忍受，與皇身歷其境目睹，竟然沒有發瘋。

幾個人花了點時間，好不容易才判定是回到了舍內書院。

巳辰難得沉默的可怕，跟著步伐不穩的神官們爬往二樓，把與皇抱到休息室的床鋪，那是因她之前經常通宵辦公，橘源平叫人臨時加裝的。

與皇臉色慘澹，呼吸非常虛弱，一趟下來狀況似乎更差了。

京太施加幾次療術都沒有效果，有些害怕，鼻酸道：「司都……不會又死了吧！」

「夠了！亂說什麼！」龍太郎內心也是湧起恐懼，逆生黃泉是以不能想起死亡為條件，在禍津日神的強大神力透過玉石引媒介的衝撞下，既然連他們都看到重現的禁制，又怎麼可能沒被解開？

橘源平皺眉苦思對策，巳辰忽然開口：「去找大國主命，也許有辦法。」

「神不得插手人間之事……」橘源平話語嘎然而止，與皇不完全算是凡人，隱於深處的神魂沉眠，靈能強大到感應天地，才會天下法器盡歸她所用。

這麼一來種種異象都說得通了，司都角逐戰中眾神的明幫暗護，以及臉部神祟也是大國主命破例出手治療。

眾神應該隱約察覺到神魂沉睡在與皇體內，這位執掌川流海水的淨化女神，千年前神緣絕對是很好的。

巳辰見他突然不說話，還以為沒聽懂，不耐煩地重複道：「大國主命和這丫頭有交情，你們還發什麼呆？誰快點滾去問！」

龍蛇王習慣發號命令，神官們對他頤指氣使的粗暴態度不以為意，宵拋下一句：「我去！」立刻移形而去。

巳辰發現與皇體溫像是陷入寒冬，一下子變得冰冷打著哆嗦。龍太郎跨步上前，掌心匯聚熱氣，隔空輸送靈力。大半天後，好不容易才穩定下來，轉眼又全身滾燙到有如被火烤，京太趕快坐到床邊，握著她的手腕召喚秋之七草吸收熱氣，一手按住額頭給予安神的沁涼清香。

「司都的神魂是不是陷入千年前的夢境裡？」橘源平仔細觀察，思索古籍文獻中形容過的奇異現象。

巳辰抱臂靠在床沿繃著凌厲面龐不發一語，只有在凝視與皇時，目光才多了幾分柔和。

二十三◆夢迴千年，瀨織津姬

夢境裡，與皇的神魂溫柔地牽引著她，尋覓千年前的自己。

浪花拍打上沙灘，一個紅衣少年正在發脾氣：「你別過來！我不想看到你！」

「害我的人是我哥哥，又不是你。」氣韻古雅的藍衣少年，是年輕時的大國主命。

「只要跟我走近就會厄運連連！否則你那群廢物哥哥，怎會可能殺你兩次都能得手！」禍津日神冷厲地警告。

大國主命年少受盡兄長八十神們的排擠妒恨，甚至屢次被殺死，幸得機緣復生。

他以涵養氣度出名，很習慣紅衣少年的暴戾，正要緩步上前，突然一大把沙子砸在臉上，簌簌滑落衣襟。他愕然停下腳步，依舊心平氣和地瞧著對方。

「你滾！我最煩你這沒用的模樣！滾去把醫術學好救自己吧！」禍津日神滿臉嘲弄。

大國主命沉默半晌開口：「好，我把醫術學好後再來找你。就算有災禍因果，我也能治好自己，你永遠是我的朋友。」

他臉龐還有些許沙子沒擦乾淨，禍津日神咬牙不去提醒他，盯著大國主命的背影發呆，下定決心以後壞人要當到底，當得透徹。

禍津日神眼眶泛紅，赤腳踢翻光怪陸離的影子，自言自語：「天下邪祟災禍盡歸於我，哼！」喉嚨滾出細碎笑意，越來越高昂，直到狂狷地縱聲大笑：「哈哈哈！很強嗎？很厲害嗎？這麼厲害你們幹嘛不自己拿去！」

紅衣悽豔，黑髮如夜，手指天上耀眼日頭質問。儘管刺痛到瞎眼，他仍固執地睜眼瞪著，自從父神伊邪那岐從黃泉國中逃出來後，就在川流裡進行淨化禊祓，他便於世間敬懼的邪祟災禍中降生。

一睜眼就匍匐掙扎，擺脫不了妖鬼抓住四肢怪笑的刺骨觸感，害怕到張口卻喚不出聲，父神頭也不回地一步步遠去，走向光明。另外在清澈川水中洗滌左眼降生天照大神，右眼月讀尊，鼻息素戔嗚尊。

執掌日月及風暴的三貴子，每位都是潔玉無暇，散發彩華流光的溫潤，氣韻高貴不凡，與匍匐黑暗中，全身腥臭罪惡的他天差地遠。

禍津日神每塊皮膚都是在黃泉打滾過的罪穢，聞著刺鼻惡臭，耳邊終日充斥幽怨鬼哭，無數綠蛛邪祟在背脊竄動，唧唧響動到頭皮發麻。還未成形的畸型妖鬼不甘心地啃咬拉扯，不願認他是小主子，卻又因殺不死而懊惱。伊邪那岐為制衡黃泉而降生了禍津日神，他是連結兩界的血統，唯一能控制鎖住災禍的神明。

由於遺傳母神一半的能力，禍津日神感應伊邪那美自黃泉惡毒的詛咒，父神不管他，母神唾棄他，他只能無所適從害怕地發抖，抱膝縮小身軀，如塊路邊無人問津的斑駁石塊。

他只覺得自卑，鼻酸忍住放聲大哭的衝動，兩手摀緊嘴低聲啜泣。在水氣模糊的視線之中，眼睜睜見三貴子漸行漸遠，唯獨天照大神白衣如霧，回頭瞧了他一眼，眉眼蘊含的溫柔憐憫，瞬間驅散他身邊的黑暗寒意。

「別丟下我……」

他深知對方的有心無力，神祇必須有自知之明並擔起責任。就算身為三貴子之一的素戔嗚尊也不能倖免，他開口頂撞父神，立刻遭到降罪放逐。

觀望父神的滔天震怒，禍津日神瑟縮著完全不敢出聲，他好怕被注意到內心有多不情願，不敢拒絕掌控天下災禍的職責義務。

烈日很快被雲朵遮蓋，剩下外圈的日環光暈，就像是擔憂禍津日神繼續自殘雙眼的行徑。

平靜細碎的浪濤聲入耳，禍津日神悻悻收回發黑的視線，察覺到動靜而倏然回頭喝道：「誰在那裡？」

碧藍透亮的海潮打碎晶瑩浪花，濕漉水氣轉眼聚形成一位清麗無雙的女神，臉蛋染上紅暈，很不好意思地開口：「抱歉，我在這裡禊祓，沒想偷聽的。」

她是祓戶四神之一、瀨織津姬，擁有龍神之力掌管川流江海，能將世間汙濁罪孽帶往大海淨化。神力卓越到在後世神道奉為圭臬的祝詞《大祓詞》中有所記載。

淨化女神一出海面，每走一步身上的水氣隨之蒸發，衣襬翻捲飄柔彷彿浪花。

禍津日神收斂狠戾神情，眉梢微彎道：「妳就是那個無所不能的淨化女神？」

現在心情很差，興起正好找誰欺負的壞念頭。禍津日神指尖摩挲鮮紅唇：「我荒魂發作時，殺戮起來有若瘋魔，還會讓身邊的人厄運不斷。不如，妳來淨化我吧？」

陽光隱沒後烏雲盤旋，伴隨悶雷連連響動，海風狂妄呼嘯引來荒濤洶湧。

「天下災禍盡歸於我，妳說是不是很不公平？為什麼偏偏只有我一人承受？」禍津日神黑髮如活物般的猙獰，睇起勾人眼眸，吐露內心真正的想法。

那些神一個兩個都愛開導他，人界只要有一成災禍盤桓，就不時出現生靈塗炭的大難。天皇、神官、陰陽師、僧侶、凡人已是竭力與天爭一線生機，才不至於轉眼傾覆，維持在一個大家滿意的平衡上。

要是九成災禍盡數流出，現世翻掌墮入黑暗，從此災殃鬼怪橫行。

禍津日神覺得根本沒什麼大不了的，又不是沒見過天災人禍。不管哪種情況，他都可以活得很好，為什麼生來就要幫不相干的人神管住災禍！通通都毀了最好！

「我從來不認為公平，他們都說不可能懂我的痛苦孤獨，只有自己才懂，所以我就認真想啊！乾脆解放災厄讓每個人神都來嚐嚐絕望的滋味，不幸只有發生在自己身上時，才會真正懂得有多痛，不是嗎？」

他笑得既天真又邪氣，懾人心魂的病態美中，有著望而心驚的瘋魔。那雙膚色冷白的赤腳走過的沙灘，燒出兩排焦痕足跡。

他只是很好奇淨化女神會不會嚇得大哭？會不會沒形象地破口大罵？還是裝模作樣說教？可惜他全猜錯了，一邊說著一邊逼近，出乎意料的是瀨織津姬並沒有退後。女神比他矮半個頭，直到禍津日神下巴距離她額頭幾公分，他輕佻地彎身俯視，眸光有如深淵的幽冷。

對上她雙眼清澈如水，倒映瘋狂邪魅的自己。

「你說得沒錯，」瀨織津姬若有所思，平和道：「天災人禍，不該由一人之力承擔，河清海晏，不該由一人之苦換取。」

禍津日神一愣，很快肩膀劇烈顫動，喘不過氣的高聲大笑，指著她笑到眼角微紅：「竟然碰到比我更瘋的！妳真的是淨化女神？」

陡然頭上一大道海水刷刷澆下，他瞬間驚呆了。濕透的黑髮貼在臉頰，辛鹹海水滑過眼眸、鼻尖、錯愕微張的冰涼紅唇，匯聚到下巴滴落。

「你看我是不是？」瀨織津姬食指淡定地畫出咒圈。看到他震驚狼狽的樣子，隨即抬袖掩嘴偷笑。

「妳！」禍津日神勃然大怒，反射性跳開拉出距離。活到現在，還沒有誰膽敢潑他水！

不愧是以水淨化天下罪穢的女神，他胸中憤怒無處發洩的荒魂怒火，瞬間平息不少。禍津日神不甘示弱的冷笑：「有本事試試？荒魂從我掌控中解放，天災、人禍、邪祟、鬼魅、妖魔盡數傾巢而出，現世轉眼傾覆。」

「喔，原來你真的這麼厲害？嚇到我了。」

瀨織津姬口氣很敷衍隨便，完全沒有害怕的模樣。下一秒大把沙球飛來，砸到她白皙的臉頰瞬間碎散開來，一顆顆沙粒滾落衣裙。

「……」

瀨織津姬鎮定地拍掉。對面禍津日神還在得意大笑，沒發現身後轟然竄高三公尺的海嘯，嘩啦啦瞬間淋下醒腦，直接給他來個浪花版的瀑布修行。

生靈萬物對災殃避之唯恐不及，禍津日神從降生起就在孤獨的絕境裡，曾經僅有的一個朋友也被他狠下心親手趕走，只有瀨織津姬不怕他，禍津日神第一次發現有誰能一起瘋玩。懂得什麼叫開心，什麼叫能好好活著，與她相處時心境平和、愜意自在，第一次覺得降生於世好像也沒有那麼糟糕。

他從沒有愛過誰，也沒有被誰愛過，對瀨織津姬的情感無從認知，只知道無比珍重，也終於不用小心翼翼擔心災禍波及，反正女神鎮化之力強大。但一念之差，讓禍津日神後悔了千年，終究低估因果的力量。

禍津日神隱約覺得瀨織津姬和天照大神有些像，他沒猜錯，瀨織津姬是從那回眸的慈悲中降生。天照大神內心深處，憐憫與自身命運截然相反的禍津日神，由於她神力過於強大而降生出新的神明。

瀨織津姬本就有自己的意志想法，在陪伴禍津日神的日子，她謹記那句淨化承諾。幾年後女神的神社遍佈藤原京，已經是享有盛名的祭神。瀨織津姬深思熟慮估量後，打算著手淨化禍津日神身上所有的災禍邪祟，除了運用掌管大海川流的力量，再定期以神器的力量鎮化荒魂。

「妳不至於這麼做……」禍津日神低頭看著影子裡光怪陸離的妖鬼竊笑，不可否定內心深處燃起幽微希望，自己真有可能從永劫的痛苦中解脫嗎？

「現世罪孽因果再多，也多不過江河，深不過大海，禊祓之後盡歸清明。」她兩手撐著臉頰，好整以暇地瞧著他：「就算你與黃泉災禍比鄰，我也能捎帶天下川水去找你，怕什麼？」

……從來沒有人跟我說過這些。禍津日神聽著胸口一熱，眼眶瞬間泛紅地別過臉。

瀨織津姬噗哧地笑出聲，伸手就要去揉頭：「這不是應該的嗎？有什麼好感動的，愛哭鬼！」禍津日神抬臂擋開，嘴硬地抗議：「我才沒哭！」

喜歡她的溫婉卻不柔弱，自信而不驕矜，永遠是那樣明亮恣意，卻從來不會灼燒任何人，禍津日神想要一直注視著這樣的瀨織津姬。

著手淨化的消息不知怎麼沸沸揚揚地傳開，平常不少與她交好的神祇表示贊同，然而當時更多的還在相互爭鬥，各家勢力未穩，誰想要接手麻煩事？

「發什麼瘋啊！禍津日神不是掌管得好好的嗎？」

「本大神很忙，才不要出借神器淨化那些噁心的邪祟。」

終於有神祇動了其他心思，故意把消息放到人界天皇耳中。

歷代皇室中的第三任女帝，持統天皇政治手段高明且謀略過人，歷經壬申之亂後輾轉登上帝位，不以利己、以天下為重，完成建造首都藤原京的大業。

飛鳥時代的神官舍體系尚未完全確立，天皇能夠直接見到神祇本尊。

瀨織津姬受召入藤原宮，笑著從香沉木手中接過新調的香爐，走進了大極殿。

「淨化如此龐大的災禍邪祟，妳真的認為這種事可行？」

持統天皇眼角已有皺紋，年近五十還是能看出年輕時是個美女。她手支著額頭，暗自嘆息這個女神畢竟太年輕、太天真。

瀨織津姬朗聲道：「我必定全力以赴。」

「可惜朕只聽到反對聲浪，」殿上傳來不敢苟同的輕笑，目光犀利到要看穿她：「一成災禍滯留人間，已是萬民煎熬、人命有若草芥。九成災禍要是翻天覆地現世了，轉眼就會吞滅成為黃泉之國的領土。」

「子民為妖鬼奴役，業火灼燒大地，這難道就是妳想看到的？」持統天皇凜然地質問。

「我已思量多年，有信心絕對不會讓事態失控。」

瀨織津姬態度不卑不亢，語調沉靜如水：「只求陛下同意出借神器，讓荒魂維持在穩定狀態。」

「妳想動神器？那可是未來天皇王權的象徵。」

持統天皇眼中閃過評估危險人物的光芒，她一生經歷太多陰謀詭計、政治權謀，已對眼前的瀨織津姬產生戒備。

「三神器待在現世過久，要是沒能定期淨化釋放神力，聚集一處只恐地脈不穩。借來只為世間安泰，絕不干涉皇室朝廷。」

瀨織津姬親近現世，然而本身太過乾淨純粹，終究未能認知世俗人心的繁瑣險惡。

「身為天皇，管理和淨化神器這點小事還是朕親自來吧！」

「如妳這樣聖潔無私，人界少有，神界想必也是少有的。」持統天皇略顯疲憊的往軟墊一靠，道：「但朕不能拿天下災禍和王權冒半點風險。傳旨讓神官廢除祭神，把瀨織津姬的神社通通拆除撤去！」

兩側的心腹大臣及神官們立刻應和交代下去。

「陛下！」

瀨織津姬不敢置信地高喊，不明白自己做錯什麼，撤除祭神，那是要毀滅她的信仰能量，逼她陷入虛弱瀕死的境地。

接著瀨織津姬發現一個更糟糕的狀況，全身上下竟像是被抽乾地沒有半點神力。飄來蘭香待的幽冷，香爐裡瀰漫的調香是她最喜歡的味道。

她的心瞬間涼了半截，神情頹然。

殿外香沉木衣冠不整地衝進來，一腳踢翻擺在階前的香爐。他剛才與人一路拉扯，瘋癲吼道：「陛下！妳答應過我的！妳怎麼能騙我！這樣做她會死的！」

「罷黜香氏一族神官職位，流放出京。」持統天皇冷酷地擺手。

香沉木又踢又打，很快被其他神官制住押了下去，經過她身邊時，語帶哭音祈求原諒：「不該是這樣的……我只是……」

只是想永遠跟妳在一起，只要妳屬於我一個人。

他突然無比悔恨，當初怎麼沒有調配好解藥，還有什麼辦法彌補這愚蠢的罪行？

當女神回望他時，眼底沒有憎恨譴責，只有悲憫釋然，更是將香沉木徹底擊潰，永遠墜入悔恨深淵。

百座神社祭神之名撤除，三天之內雷厲風行換得乾乾淨淨。

不知歲月流轉、今夕何夕，只有好聞的神前香終日裊裊，瀨織津姬被囚禁在凡身中。她虛弱地躺在昏天暗地的地牢，手腳被銬著吸食神力的八尺瓊勾玉鎖鏈，很快就要神魂離析了，繼承天孫血脈的天皇決意要她消失，自然難有活路。

不分晝夜仰望頂端透出的微光，她無奈苦笑：「真對不起啊！終究是留你一個人了。」

這時大極殿成排的侍衛圍攻湧上，仍是擋不住邪魅恐怖的紅衣少年，殺氣騰騰轟飛所有人。在塵煙瀰漫之中，他倨傲佇立在持統天皇面前，低冷問道：「她在哪裡？」

天皇氣度從容，連眼眸也不抬，毫無情感道：「是你的一己之私害了她。」

她周身靈光浩然，草薙劍及八咫鏡兩樣神器懸浮左右，施展出的庇護無堅不摧，禍津日神傷害不了她半分。他溢滿恨意的雙目赤紅如血，腳底蔓延黑氣焦臭濃烈、起伏著的胸口灼燒滾燙，荒魂猛烈撕咬到渾身劇痛，紅衣散開如雲霧飄蕩，神明悽豔的像只妖物現世。

「沒有一個天皇敢擅自將神除名！膽敢讓神魂離析！」

禍津日神瘋狂大吼，手中拿著瀨織津姬送他的銀鈴不停搖動，那些還沒來得及飄散的虛弱神魂碎片，恍惚地移往鈴中，終究只是極少的一部分。

「也沒有一個神，膽敢說要冒險淨化天災人禍。」天皇冷冷接口。

「本大神就算殺不了妳，」禍津日神殺意鮮明地勾起了唇角：「行，我也不再壓制荒魂，今天是個發起神祟的好日子，我現在就出去殺妳的子民，千人，萬人，殺到荒魂高興為止。」

至今荒魂數次大小發作時，都是由瀨織津姬以川水鎮化，兩人都清楚只是治標不治本。禍津日神不是很在意，內心燃起瀨織津姬會一直待在自己身邊的期待，直到希望永遠碎成泡沫，他發現終究太過小看因果。

永生永世的孤寂，永生永世不得安寧。

「那好，你最好現在就去殺！」持統天皇揮袖斜睨：「荒魂殺完出氣後，好好管住你的災禍邪祟，別再起奇怪的心思，切記維護現世黃泉的平衡，才能保護好更多人。」

開頭近乎流氓的態度，收尾在權威者中的分量。

「你我各有立場別無選擇，無論是人是神，只要活著都得付出不同程度的犧牲及退讓，這就是降生於世的代價，你也該放下無謂的偏執大夢，認命做好自己的職責。」持統天皇生性殺伐果斷，所有的事情都能權衡輕重。

禍津日神最痛恨的就是這些大道理！我做得還不夠多嗎？還不夠好嗎！

「你們每一個人生來就坐享其成，真好意思擺出一副什麼都懂的嘴臉！本大神當然知道別無選擇，已經什麼都不求了，為什麼連我唯一珍視的人都要奪走！」

他臉上邪魅狂氣大盛，殺意騰騰地打定主意，飛身要血洗新都，決心召喚妖鬼疫病橫行，滿城不留活人！紅霞決絕地衝出殿外，所到之處血花四濺、屍塊橫飛。

持統天皇當然不可能真像放狠話的任他屠殺，早就命令神官出動設陣阻止，結果還是折損精銳、死傷了千人。

她很快下了敕令，徹底抹滅瀨織津姬祭神的名字，不管是在現在還是將來，都要斷絕禍津日神復活她的念頭。

藤原京最終還是因曾發生神祟不吉，只定都了三代，僅僅十六年後就遷都平城京。

持統天皇擅自除名神祇，驚動高天原上眾神的戒心。人神雙方從天上到地下開了一場又一場冗長的百年會議，決定強化整頓神官舍制度。桓武天皇遷都平安京後，設置四大神官，以及最高統領司都，神官舍獨立朝廷政權之外，鎮化祭祀時作為中間人督察，天皇不得直接干涉八百萬神。

瀨織津姬的神魂碎成了千萬片，朦朧地飄泊到很多地方，岩漿爆發的火山，遭受灼燒燙傷；冰天雪地的雪國，冰凍到青紫暈厥。

不知過了多久，模糊地看到一片紅雲降落。冷白的腳踝繫著銀色鈴鐺，白骨般的十指伸開溫柔地接住，她悠遊回到清脆音色之中。

與皇跟著神魂被凍僵時，隱約感知有誰人傳遞溫熱，經歷酷暑時，又有誰人伸手將熱氣引出，給予舒心沁涼。她徘徊在深層的夢境，過往的千年之中。

二十四・禍津日神的逆生黃泉

古雅的藍衣青年踏入房內，宵不只去找大國主命，乾脆直接把他帶來。

橘源平立刻躬身讓路，聞到熟悉的草藥香氣，之前利用大國主命的仁善養返魂石，他愧疚地雙膝著地平伏致歉。大國主命從來不記仇，反而有點搞不清楚狀況的一愣，很自然地彎腰伸手摸了摸頭，笑道：「好久不見，苒收長大了。」

「……」橘源平被他不輕不重地揉頭，心中五味雜陳，眼眸垂得更低，恭敬起身。

龍太郎和京太立刻挪開位置，大國主命手懸於與皇上方，她的頸部於柔光籠罩中，出現一朵淡淡彼岸花印記，很快消去無蹤。

「大神，司都怎麼樣了？」龍太郎緊張地詢問，神祇都活了千年，行事風格很多都是慢悠悠的，真會把人急死。

「禁制解開了，與皇想起死過一次、包含神祟之夜的細節，全都清晰地憶起。」大國主命神情凝重。

「那……」龍太郎震驚到捏碎床角，太過恐懼不敢繼續問。

「她有救，對吧？」巳辰惡聲詢問，容不得否定答案。

「這孩子自小就性情堅忍刻苦，」大國主命唇邊泛起溫潤微笑：「在我本殿養傷時，一年以來受到邪崇百般折磨，也從來不喊痛。」伸手憐惜地替她擦拭額頭汗珠。

宵一顆心徹底寒了，大神，你這是在人死前，開始回憶的節奏？

京太眼淚嘩然滾下，橘源平摘掉眼鏡，伸出兩指按住眼皮。

「她為了調查明神村一案，決心角逐司都，執意帶傷進行特訓，我卻一直很擔心她往後會觸碰上古神器，禁制解開的風險太高。」

他語速緩慢而憂傷，溫柔音調有如身處夢境的惘然，快速渲染滿室悲戚。

大國主命寵溺撫摸著與皇的臉龐，彷彿她還是當年那個小女孩，一回頭立刻露出驚訝表情問：「你們怎麼哭了？」

龍太郎眼眶泛紅偏過頭去，京太吸鼻子哽咽道：「我們已經夠難過了，大神你能不能別說了，非要搞得這麼催淚。」

「巳辰你怎麼變回原型了？」大國主命困惑地注視，海蛇病厭厭地不回話，緊貼在與皇的肩膀，死賴著不肯分開。

「我當時實在放心不下……於是為了以防萬一，試著用彼岸花露調和秘制配方，趕上彌補逆生黃泉的禁制缺陷，看來功效發揮得不錯。」

「嗄？」

「所以？」

京太淚水還掛在臉上，龍太郎呆滯回頭。

宵依舊老樣子的陰鬱，橘源平火速將眼鏡戴好，紅著眼裝沒事。

巳辰昂頭兇狠嘶吼：「喂！你能不能說重點啊？」

「噢，」大國主命一愣，溫雅笑道：「逆生黃泉算是救人之術，我也略懂。」

醫神向來謙虛到極點，誰不知道他所謂略懂，就是瞭若指掌的精通，在場每個人不由自主緊張到心臟狂跳打鼓。

「就算禁制解開，想起了自己的死亡，也不會影響蘇生。」

眾人剛鬆口氣，他又惆悵地搖頭道：「……不過有個副作用。」

還沒鬆到底的氣瞬間給吊住，巳辰一溜煙纏掐手腕，氣炸道：「媽的，我就最煩京都這點，能不能不要繞彎子？有話直接一次說完！」

喜歡住在京都的神祇愛端著優雅的架子，公務時經常不把神官的時間當時間似的悠哉耗著，神官就算有時心裡罵翻天也只能微笑忍耐，沒人敢這麼嗆。畢竟寧可沒效率，也不能失了風度，否則隔天很快就會傳遍神官舍，被標籤成沒教養的土包子。

巳辰才不管這些，他在出雲時就是出名的火爆脾氣，沒理由換個地方就不發作。

四人中特別是龍太郎暗自給他喝彩，但他們很快見識到什麼是頂級好修養。大國主命不但沒有生氣，反而憐愛地伸手摸頭，一邊絕妙地避開巳辰張口咬人的毒牙，一邊摸著時散發「小動物就愛鬧著玩，真可愛」的陶醉。

「……」

「請問大神，副作用是什麼？」橘源平看他終於摸得差不多，抓準時機開口發問。

「副作用是她可以接觸淨化神器，但就算有釋放出的上古神力，也沒辦法讓體內神魂的力量徹底覺醒，這一世無法回歸神位。」大國主命嘆息，不捨地收回了手。

巳辰心有餘悸地躲開，咻咻鑽入被中。

「也好。」宵簡潔的說。

這樣的結果，本來就沒什麼不好的，至少司都平安的活著。

他們想法相同，緊繃的情緒終於稍微紓解。

這時龍太郎霍然轉身，京太歡天喜地剛擦完眼淚，就給他嚇一跳：「怎麼了？」

他如山矗立擋在床前，定然瞪視門口。

宵發覺不對，毛骨悚然地跟著回頭。

無所適從的邪魅紅衣神明，正慵懶地斜靠著門框。他收斂鋪張的神息悄無聲息地進來，都不知待了多久了。無視書院二樓的層層咒印警備，禍津日神進出就跟自家神殿似的隨意。

面對神官們目光複雜地聚焦，他挑眉直接望向大國主命，難以捉摸的語調飄蕩：「拿我家神官試藥，也不跟我說一聲？」

他還叫與皇自家神官，聽者神情莫測，有的頭皮發麻，有的不爽惱火，有的特別尷尬。卻也不能否認禍津日神的千年執念，嘔心瀝血才重聚神魂，也只能放任這位在口頭上佔便宜了。

「我不是正想著找你時，就給神官舍的孩子們叫來了嗎？」大國主命從龍太郎身側穿過，嫻熟地打招呼：「反正你現在也聽到了。」

「你可別忘了，當初是你叫我學好醫術的，看樣子我不小心學得太過出神入化。」大國主命口氣微帶譴責：「逆生黃泉是多老舊的蘇生術，需要禁制這麼大的漏洞，你也不修改一下？」

好脾氣的大國主居然會吐槽！神官們聽著氣氛突然又緊張起來，簡直大氣不敢喘。

更離譜的是禍津日神並沒有生氣，只是抱臂冷哼了一聲：「我只會殺人，哪會研究救人之術。」

大國主命清楚他愛口是心非，並不多加責難，嘆息道：「可惜我的藥雖然有用，終究還是妨礙到了你的心願。」

「當人當神都是一樣的，只要她能好好活著就夠了。」他小心翼翼地不再靠近，不再將災禍因果帶給她，遠遠地凝視昏睡的人，眉目繾綣柔情。

大國主命瞧著老朋友心情很好，嘴角也跟著揚起，眨眼站在他身前。

兩人之間不到半步的距離，禍津日神身形高䠷，大國主命要微微仰頭才能對視。

禍津日神這一驚非同小可，正要全力往後退開，手腕已被溫和握住，接著環臂拉進懷裡。

大國主命拍著僵直的背脊，柔聲安慰：「我現在已經不是那個被兄長隨意折磨殺死的少年，早就不怕你的因果了。」

千年時光流轉，他的兄長八十神鬥爭內鬨，神社衰敗殞落。而大國主命在隱居出雲後，始終秉持溫雅仁心，行醫救助天下，被世間尊為醫神及結緣神，至今神社遍佈、信仰與日爭輝。

禍津日神聽著懷念的舒適音調，緊繃的表情逐漸緩和，突然不爭氣地鼻酸，湧上難以言說的強烈疲倦，終於能稍微放鬆休息。他把頭埋在肩上，黑髮了無生氣的絲絲滑落遮住半邊臉。

他恍惚地想起忌部清臨死前的擁抱，心底珍重的縈繞那句「你我是同類」傳遞到深處的溫熱暖意。

大國主命哄孩子似的摸著頭，眼角瞟向與皇，微笑道：「等這孩子更強大後，你就能好好親近地說話了。」

禍津日神悶聲道：「下一世我還要找到她，讓神魂歸位。」

「……你也真是的。」大國主命突然打個噴嚏，愣然道：「感冒？不過我已經幾百年沒感冒了。」

禍津日神猛然抬頭，發出爆笑並馬上推開他，語調極度散漫，非常故意地戲謔說：「別傳染給我啊！還好意思說變強不怕災禍了？」

大國主命連打了兩三個噴嚏，從容拿出手巾擦拭，溫和的糾正：「這點程度不叫災禍！回去吃幾帖藥就好了，你還沒來過我的本殿吧？我帶你玩兔子。」

禍津日神忍著屈辱，高冷拒絕：「我又不是小孩，玩什麼兔子！再說你不怕你家兔子死光？」才說著已被大國主命拉了出去。

「……」

四位神官面面相覷，互相從對方臉上都看到同樣的表情，覺得可怕……。

好不容易送走兩尊大神，橘源平鎮定地朝著門口猛灑鹽，宵用召冰訣仔細清理禍津日神倚靠過的門框，龍太郎高效拿青炎把地板淨化一遍。

看他們如臨大敵，京太哀怨揉著鼻子：「我怎麼覺得好像也快感冒了。」彈響指召出柳條充當除罪穢的祓串，一陣狂揮亂舞地淨化自己。

「看來應該沒事了，該讓司都好好休息。」龍太郎看與皇被大國主命診斷後，睡夢中顯得很安然。

折騰半天已是大半夜，橘源平和宵也累到不行，點頭同意後就各自離開。

京太已小睡一輪，正伸懶腰打呵欠，眼見龍太郎站著不動，拉扯袖子道：「不走啊？」

龍太郎瞧著被窩，清清喉嚨問：「龍蛇王你不走嗎？」

「我睡這裡，丫頭體溫剛好。」海蛇往與皇的細頸上湊。

龍太郎臉色瞬間難看。京太有些好笑，誘騙道：「巳辰你一天沒吃飯了，要不要去吃燒烤？」

巳辰稍微動了動，在天人交戰後，才悶聲回答：「不必了，我守著這丫頭。」

「司都情況穩定，再說了，神官舍很安全。」京太繼續勸說。

「是啊！安全到禍津日神跟出入自己家一樣。」金燦大黑蛇捲起尾巴，像條項鍊掛著，樣子親暱到不行。

巳辰不以為意，反正也不是第一次掛著，只是之前每次都會被與皇順手扒下來。這下可好，她睡著了無法動手，巳辰掛得很舒服。

可是這邊龍太郎很不舒服，眼中近乎噴火，沉聲道：「你是想趁機勒死她嗎？」

京太內心狂笑，嘴角抽動地反覆篤定：「看不出來龍太郎這麼容易介意啊！他以後一定是護妻狂魔！哈哈哈！」

「司都畢竟是女孩子，男女有別！你馬上給我下來！」看巳辰裝沒聽到，龍太郎忍無可忍地說教。

「誰管這些，我就是一條蛇，愛睡哪就睡哪。」海蛇耍賴地開始打盹。

京太抓住掄起拳頭的龍太郎，連拖帶拉把他拽出去。

與皇睡夢中挺安穩的，就是有幾次險些被勒得窒息，意識朦朧地把海蛇扒下來。不知過了多久，她睜開眼看到神官舍書院二樓、熟悉的天花板。

除了睡太久腰痠背痛外，並沒什麼其他不舒服的地方。她觸手碰到枕邊一件物品，竟是本眼熟的古書。

「《方丈記》！這是古溪一直帶在身邊的，怎麼會在這裡？」與皇信手翻頁，指尖速度非常緩慢小心，驚訝地感應到裡面的殘魂氣息。

翻兩頁後，掉出一張出雲神在月的請柬，下方是龍蛇王親筆花押，氣勢囂張的蛇紋。

背面寫滿必帶的伴手禮美食清單。

「……」與皇笑了一下。

「司都！」

京太驚呆在門口瞬間狂喜，捧著食物的托盤一下滑落。他圓臉綻出大大的笑容，柴犬見主人似的搖尾巴，張臂就往懷裡撲喊：「妳終於醒了！都睡了快一星期啦！」

托盤被身後的龍太郎接住放在桌上，跟著緩步上前。

京太抱不到三秒，後領便給人拎住，回望龍太郎滿臉肅殺，他只好委屈地撇嘴，安分地坐在床邊。

「司都妳昏迷了一星期，發生了好多事。巳辰閒得沒事，整天想跑出去找大神約架，被龍太郎攔住，兩人打了好多天都不分輸贏。」他迫不急待地興奮開口。

「蓐收居然讓他們那麼鬧？」

「他忙著代理司都的公務，黑眼圈比熊貓還大！」京太哎了一聲攤手：「而且源平本來就愛再三檢查的要求完美！沒想到工作量那麼大，幸好沒當上司都，不然提早爆肝過勞。」

推著空氣鏡框，少爺用斯文隱忍的語調：「打，叫他們開結界滾遠點打，要是敢打壞什麼，到明年都別想領年終獎金！」

他學著少年老成的橘源平唯妙唯肖，與皇嘴角勾出溫潤弧度。

「還有啊！」京太像是有說不完的話，湊上前附耳道：「龍太郎天天做菜，是想等妳醒來時第一時間……唔唔唔！」

龍太郎原本沉默地站著，突然手一撈把少爺的臉拉到變形：「就你話多！」

「我今天這算少了，還沒說完呢！」京太含著淚花被拉扯得口齒不清，自認情義相挺的說完：「司都，龍太郎做飯打掃樣樣行，真心推薦！很不錯的！」

他的表情和心態同時崩壞了，根本不敢多看與皇一眼，龍太郎狼狽地轉身跨步離開，差點撞上進來的橘源平。橘源平頂著熬夜好幾天的烏青黑眼圈，眼皮掃過少爺，拍著肩表達同情，害他無地自容地直接原地移形。

「看你把堂堂祝融逼成什麼樣子了？」橘源平原本聲音就不大，睡眠不足影響到嗓音虛化，有氣無力地責備：「不要調皮了。」

「我沒有啊！明明是在幫他！」

京太經常和神官舍的學生們鬼混，大家都是這麼幹的，沒想到龍太郎這麼彆扭，一定是單身太久。他正想著要怎麼逃避說教，望向門口眼睛一亮：「阿宵！司都醒了！」

「你嗓門大到整個神官舍都能聽到。」宵端起擺著味噌湯和鮭魚飯糰的托盤，遞到與皇面前：「吃飯。」

與皇心頭有事而婉拒：「晚點吃，籌收，我有話問你。」

「正要和司都匯報。」橘源平即刻上前說明：「我和龍太郎送父親的魂魄轉生後，那塊返魂石還留有能量。龍蛇王就和我要過去，他花了三天時間……」視線停在方丈記上：「把返魂石和《方丈記》結合煉化，書中有古溪殘存的意念，適合養魂。」

「巳辰真有心，多謝了。」與皇心頭一熱，指腹觸碰老舊書頁，隨口說道：「等蓐收這陣子公務做習慣後，司都職位就交接給你吧！」

她本就不在乎高位，現在明神村真相大白，既然師父的汙名也洗刷了，司都還是讓給橘源平合適。

橘源平已深切體會這個位置的責任有多沉重，只代理一星期就已經是竭盡全力。這一年以來她不靠輔佐副手，獨自天天通宵處理堆積如山的公文，還接連跑外面公務，效率高到髮指。要是在以前，他絕對不會認輸，但是在了解父親為人處世後，爭名奪利之心早已少了一大半。一想到還沒審閱完的帳簿和日報文件，橘源平的胃部絞痛，勉強一笑道：「司都只有妳能當，比起我，交接給祝融更合適。」

宵瞥過他掛著黑眼圈的側臉，不懷好意地接話：「我也推薦祝融。」很快又改口強調：「但目前還是妳來當的好。」

京太孩子氣地拉住與皇袖口：「司都，妳為什麼要突然交接？是不是想離開？」

司都在明神村被一刀斷頭的慘狀，少爺心有餘悸，真怕她去找禍津日神。

見她老毛病開始玩沉默，急得又拉動袖子想得到答案。與皇只好拿出雲神在月請帖，轉移話題地說：「今年我去一趟。」

京太「啊」了一聲，湊上前唸著琳瑯滿目的伴手禮清單，拍胸道：「東西太多，我叫人事先帶過去。」

橘源平在旁提醒：「記得拿收據向龍蛇王請款。」

聽他們聊了些近況，與皇才表示要出門走走散心。

京都北區西賀茂的正傳寺，這裡的枯山水庭園是賞月名所。晚風中揉合金木犀花香，寺內五六隻白兔神使忙進忙出，有的將象徵除厄驅魔的芒草插在瓶中，有的在疊高圓胖糰子。

與皇和大國主命盤腿坐在木廊上，愜意地斟酒賞月。

「偶爾出殿賞月也不錯，其他的神都跑去大覺寺乘船湊熱鬧了，這裡反倒清淨。」大國主命替她倒滿了酒，兩指拿起雪白糰子送入口中。

「是個好地方。」與皇摩挲盃緣，凝視清透酒水中模糊的一輪月影。

「不用擔心，他很好。」看出她的心思，大國主命溫和一笑。

與皇飲下一口後，緩緩道：「我聯絡神官舍在其他分部，以伊勢神宮為首，不少神社開始恢復祭神瀨織津姬。並同意我的提案先讓禍津日神代管，畢竟他神隱在明神村百年，全國祭祀的神社所剩不多，有必要讓他先多一些穩定的信仰能量。」

「也好。」大國主命感慨道：「經歷征戰三神器落海，草薙劍遺失重製，勾玉破損過一角，現在就算修補好，釋放出的神力也早已不如從前。長遠看來，由他來代管瀨織津姬神社的確最為穩妥。」

白兔在他懷裡打呼嚕，五指輕柔撫摸著順毛，「今年的出雲神在月聚會，與皇也一起來嗎？」

「我會去的。」還得給巳辰帶伴手禮。

大國主命拿起酒盃和她輕碰，愉快道：「正好，月讀尊和素戔嗚尊都很想妳。」

十五夜的明月皎潔，醞釀酒香、花香及收穫季獻上的神饌。

二十五・終局

十月出雲神在月，日本全國各地的八百萬神雲集前來議事。開會報告並討論決定今年的天候、收成、凶吉、結緣等等例行公事。大國主命是掌管出雲的主祭神，之前為守護禍津日神跑去京都盤桓，一待就是百年。他是神在月的東道主，之前不在時諸事交給出雲結緣神，以及龍蛇王巳辰幫忙打理，這回久違的親自主持。

唯有眾神才能見到海濤間閃爍的萬點光輝引路，太平盛世裡的眾神在開會前，照慣例先辦接風宴會交換近況，神明們帶自家靈力超凡的神官神使同樂。前任司都忌部清以前也受邀參加過，與皇十四歲那年，被大神特准出村跟著師父來開眼界，也是在那時救了困在礁岩陣裡的龍蛇王。

從出雲大社到稻佐之濱海岸、嚴密設置普通人不可視的結界。沙灘外圍點起篝火照明，會場鋪蓋大理石色的毛絨毯，長桌擺滿茶、酒、點心、和食及西式料理，以及來自四十七都道府縣的美食土產。醫神少彥名命最早到場，踮起腳摸著與皇的頭：「聽大國主經常提及妳，都長那麼大了。」感性地拿出手帕拭淚。

同為醫神的大國主命向少彥名命招手，兩人高談闊論新開發的神丹妙藥，對話進入超高次元，其他神明都紛紛跑去別處攀談。

一道白衣如月的柔和光華走進場，月讀尊逕自上座，才剛坐好，一個狂野霸氣的男神跟著跨步進場東張西望。

「二哥，你好早呀！這位置是留給我的吧？」素戔嗚尊勾住他的背，一屁股在旁邊席次坐下來，月讀尊嫌煩地拍開他的手。

他不以為意地拿出豆平糖叼在嘴裡，那是在京都時叫神官跑腿去「駿河屋祇園下里」買的甜食庫存。第三代店主助治郎從八坂神社販賣的甘甘糖中得到靈感改良，以碳火熬煮砂糖裹上大豆，加入秘制蜜糖製成細條棒狀，專為嗜甜的素戔嗚尊製作。拆開來一口一個吃著，他叫與皇過來閒聊：「本來想用上古幻象狠狠訓練，看能不能喚醒神魂記憶，怎麼樣？妳想起來自己是瀨織津姬嗎？」

「都想起來了。」與皇老實回答。經歷千年夢境後的記憶裡，的確穿插自己和月讀尊、素戔嗚尊三人聯手對付過幾隻殘暴的凶獸。

「哈哈，那是我的功勞。」素戔嗚尊得意洋洋，把一條豆平糖塞到她手裡。

「少聽他胡扯，那是神器勾玉之力。」月讀尊愛理不理地接話。

接著玉祖命、伊斯許理度賣命、天手力雄神、天鈿女命等等陸續抵達，再加上幾百位神使神官忙著互相引薦介紹，花了不少時間才入座。

與皇和來自其他縣市的司都問好後，望向巳辰今天不是往常的襯衫皮褲，換上肅殺壓金邊的和服，羽織帥氣地披掛在肩上。龍蛇王手攏袖中隱約可見猙獰的海蛇刺青，斜睨天地的桀驁氣勢，在一大群神明中還是異常顯眼。

巳辰站在台上視線掃到了與皇，馬上一躍而下。

「我不能去神明席次的上座。」與皇交出關西名產蓬來五五一肉包，指著席次名單。

「有什麼關係，反正妳有資格啊！」巳辰熱騰騰的包子都還沒吃兩口，就給龍蛇族的副手拉走，穿梭各處招呼忙得抽不開身。

與皇苦笑搖頭，以前連師父也沒敢一上來就去坐神明席次，頂多酒過三巡後，才被幾個交好的神祇拖去同桌吃喝。

滿場觥籌交錯，熱鬧非凡。

她凝視外頭海上非比尋常的絢麗，獨自走了出去。

與皇沿著靜謐岸邊散步，在黑色浪花追逐進退中，撈起手掌大小的海星燭。五角型外觀散發螢光，放眼望去整片大海少說有數萬個，光亮能維持一整個神在月不滅。聽說是百年前龍蛇王帶領數十個族人，只用一個晚上就煉化完成，從那時起鞏固龍蛇族的地位，以及作為引路神使的信仰。

「拿那破玩意兒幹嘛？」高挑的金髮惡煞從宴會場溜出來，木屐嗶拉踩碎海波，光點飛濺在和服下擺。

看到巳辰特別抽空跑出來，與皇彎身將海星燭放回海中，朝他道謝：「謝謝你把古溪殘魂結合返魂石煉化在書裡。」

「書中留有古溪意志，養魂起來更快，那麼簡單的事還要謝？」

他說得輕鬆，天底下多少追求完美煉化的術士，聽了會捶胸頓足，要把兩種完全不同屬性的物品融合，恐怕就算加上龍蛇王，世間也屈指可數。

巳辰熱愛戰鬥，再怎麼精湛的煉化技術就是打發時間玩。他留意與皇似乎對海星燭很有興趣，伸手在袖子裡摸著，拋了件東西過去。

與皇抬手接住，注視是與海星燭形狀相同的法器，然而觸手光滑瑩潤，色澤品級完美到驚嘆，散發出珍珠色柔和的光輝，附耳能聽到海濤之聲。

「只有這個光輝能百年不滅，還能調動四方海域的龍蛇族傳訊，有事就喊一聲。」他仍是一臉凶巴巴：「沒事別亂喊！」

調動四方龍蛇族，當然包含他本人，這是打死不會直說的。千萬海星燭對他來說只是實驗品，這個才是真正拿得出手的高階法器。

與皇唇剛動，巳辰伸手指著她：「少跟我來太貴重不收的客套話！」

遠遠傳來素戔嗚尊的吆喝：「龍蛇王！你躲到哪去了！到底打不打啊？」

巳辰不爽地甩動游龍鞭，狠狠道：「媽的！誰躲啦？」嘩啦嘩啦踩著浪花奔回會場。

海星燭有如天上摘下的星辰閃爍，光芒明滅隨心而動，在與皇手心緩速轉著。

這一夜，不分眾神、神官、神使，他們唱歌跳舞、大肆打鬧，推杯換盞縱情談笑，只有出雲神在月才有難得一見的光景。

隔天與皇沒多做停留，申請臨時架設淨化儀式專用的移形大陣，趕往東京皇居拜見天皇。之前已經呈交了報告書，還是被陛下詢問找回碎玉過程的細節，與皇一一如實回答。天皇專注地聽完後，深有感觸地端詳那塊菱形玉石，接著溫和地對她說聲辛苦了。

神器缺損本就是機密，修補儀式也是保密進行。因此只有事先聯絡管轄關東的司都，以及皇居內的十二位高階神官。他們穿著國家大祭時的隆重黑袍衣冠，肅穆無比的行禮接待，慎重地帶領她前往劍璽之間。

三神器之一的八尺瓊勾玉、除了歷代天皇能見到以外，對外界來說是絕對神秘不可視的存在，現在就在她眼前，懸浮於空中的勾玉散發幽暗光芒，太過完美反而凸顯弧度內側的瑕疵刺眼，一塊菱形的缺角。

與皇集中灌注靈力，玉石引受到無形牽引，在天皇、司都、神官等人的注目下補上勾玉缺口，隙縫結合釋放純粹至極的能量席捲。與皇念出祝詞：「願三神器淨化後的神力能前往禍津日神所在，協助他鎮化荒魂。」

官們聯合為她設陣轉移。與皇即刻前往熱田神宮和伊勢神宮淨化草薙劍及八咫鏡，釋放出的三股浩然神力在她的引導匯流，聽從指示前往彼方。

終於順利完成修補及淨化儀式，伊勢神宮的神官準備好房間讓她稍作休息。她疲累到極點的躺在床上，眼皮沉重地遙望，窗外澄澈的青空無邊無際，不知禍津日神在什麼地方。奔波一整天靈力消耗過度，湧上安心後感覺特別透支。

昏昏欲睡的夢境還在下沉，那裡綿延無盡、又好似空空如也；懷著無根飄零的泫然欲泣，抱著天涯歸途的自欺。與皇在長夜裡追著師父逐漸消亡的背影，原以為從今往後再也沒有所謂歸途。直到回到千年古都、八百萬神神官舍，才總算明白原來還有守望自己回去、珍重的人們與眾神。

轉眼來到年末大晦日。寺院敲響一百零八下的厄除鐘聲，迎接正月是神官舍一年中最忙碌的時期，神社外聚滿來初詣參拜的人們。全京都的賽錢箱和社鈴都響個沒完，神明們忙得不可開交，當然不會放過自家神官、都抓來一起待在殿裡通宵。每個人苦著臉頂著黑眼圈，機械地將堆積如山的祈願分類歸檔，他們加班到連休息時間打個瞌睡，都會出現鈴聲或拍手幻聽而嚇醒跳起來。

直到祈求商業繁榮、熱鬧的十日惠比壽大祭結束後，神官們才好不容易能喘口氣，有空聚在舍內書院一塊喝屠蘇酒。宵和龍太郎沒說兩句，不知在吵什麼又掀桌打了起來。難得新年橋源平也懶得管他們，京太勸不住，乾脆帶輔佐、常徒和學生們吆喝開盤賭誰贏，賣力十足炒熱場子。

幾天後下起初雪，照慣例想看金閣寺積雪的遊客開門前就大排長龍。與皇一早前往雪月花三名園之一「雪之庭」妙滿寺，放眼侘寂到不真實的銀白世界。師父除了神職，也跟不少寺院的住持交好。以前他說過最喜歡在這裡賞雪，庭園雪化妝覆滿石組、堆疊出的形狀是大福般的圓潤討喜。

「妳來了。」宵坐在緣廊，已沒有以往的陰鬱，雪景更襯出少年的秀美明倫。

宵晃出半瓶聚樂地，倒入兩盞酒杯中，頭一次在師父生日時邀她對飲，碰杯之間共同思念那個人，終於他們將酒喝得半滴不剩。與皇談及師父愛喝酒，在明神村時和大神拚完酒還不夠，也不管她年紀還小，經常拉著對飲。因此她的酒量出奇地好，從來沒有喝醉過。與皇愜意地眺望飄落細雪的景致，不一會兒回頭，有些束手無策地瞧見宵醉臥廊間。

二月境內染上薄紅色的早春氣息，梅宮神社的貓兒喵喵叫著貪戀冬陽。京太出公務時偷閒，順便逛到這裡賞梅，午後光線中，紅白梅輪廓清晰的剪影一塵不染，不禁脫口讚嘆：「開得真好看！」

他沒事就愛帶伴手禮回去湊熱鬧，評估司都對平常的東西肯定沒興趣，於是特意跟社方打聲招呼，折了一枝梅花回去書院，輕快地插瓶擺放在案桌上。

「上邪神弓破魔萬象，無間木現生機盎然。」

句芒神官除厄開運的咒術裡，花兒能保鮮好長一段時間。少爺得意萬分左右欣賞，對自己的風雅品味陶醉一番，很快想起還有飯局又跑出門了。

早上與皇正在北野天滿宮的神殿中，和道真公談論古今漢學，學問大神委婉暗示之前幾任司都沒什麼文化，害自己聊不上天鬱悶好一陣子。一個上午與她對談後心情大好，少不了應景吟出那首名動天下的和歌：「東風吹拂面，吾梅縱失主，莫忘春來時，花開香如故。」順手揮毫贈與詩籤，寫給她的卻是漢詩：「駛長莫驚時變改，一榮一落是春秋。」

那是他生前遭受貶官，途經驛站時深受同情，道真公吟詠漢詩回應抒發胸懷。現在借來欣賞她，不管當神還是做人皆能不忘本心。與皇熟知詩句由來，迎上道真公笑吟吟的讚譽目光，心中流淌溫暖，明白也是在寬慰自己春秋流轉，枯榮有時，現世一夢，不必介懷。

她剛移形回到辦公間，打算仔細欣賞一手精湛好字。紅梅綻放冷香襲人，而上頭別緻的咒一看就是京太的傑作，與皇唇邊不禁彎出淺笑，珍重地把詩籤綁在梅枝上。

春分後司都例行跟四大神官考核對練。染井吉野櫻花絢麗盛開，與皇佇立在練習場，覺得最誇張的是輪到祝融出拳過招時，一看到自己的臉就失誤連連，就連她特意戴回面具，龍太郎還是心不在焉，也不知道在想什麼。

與皇深感不可思議，其他三個神官就算沒贏，至少看出拚盡全力了。四人中最強的祝融怎麼會過不到十招？不會是自己等級又進步了？

「哈哈哈！龍太郎又被秒殺了！」

京太在旁拍手，笑到祝融神官耳尖發紅。大汗淋漓像是跑了神官舍外圍十圈，反觀與皇根本沒移動幾步，還是一身象牙色的狩衣出塵。花吹雪時袖口飄揚，中央框出一幅美人畫。

龍太郎不敢多看，煩躁地走到場外休息，在休息區拿毛巾擦汗。

「依照神官律令，四大神官要是對練全滅，就要準備一個禮物給司都。」少爺裝模作樣的食指抵唇，故作神秘地開口。

我怎麼不知道？什麼時候有搞得跟賄賂一樣的規定？

與皇疑問的目光投向橘源平，他明明把十冊厚如磚頭的神官律令全書背得滾瓜爛熟，現在反常地移開視線一臉不置可否。

宵不知從哪突兀地拿出一個桐木長匣，呈交到她手上。京太笑著說：「這個禮物司都一定要收下。」

「打開看看吧！」龍太郎緩過氣，整個人斜靠在台階上休息。

與皇接過打開層層紫絹布包裹後，桐木匣中放著一把氣度高雅的扇子。

普通扇骨通常是以竹子製成，用到象牙或獸骨已經很珍奇，這把用的是漆黑如墨的麒麟骨，鑲嵌花草螺鈿蒔繪。攤開雪曇花瓣煉製的扇面，觸手滑順的綢緞質感，在光線裡依稀可見神官舍的日月壓紋。珍奇的是煉化得相當精緻上乘，注入靈力時，還能依照狀況調出伽羅、白檀、龍涎香等等的安神或退魔香氣。

橘源平負責設計的這柄扇子，要籌備麒麟骨少說有三十根，由龍太郎去九州熔岩溫泉洞打怪收來，而稀罕的雪曇花只在北海道天狗山綻放，則是宵頂著嚴寒採集。京太為強化扇面韌度，依季節調出十種香浸染，足見他們投入無數心血。

司都等級修為越高，法器殺傷力越大，為了講究慈悲往往很少用。每一任司都外出公務時，通常會帶著高級稀罕的法器當成裝飾，象徵身分或彰顯意義。

與皇撫摸扇柄，他們抽空犧牲睡眠時間和假日，其中花費的心力勞苦，不是三言兩語能形容。四大神官自主合力煉化出相輔相成的法器，古今中外只怕就這一把了，可以當鎮舍之寶，經費不夠時還能賣錢。

「司都妳不會感動到說不出話了吧？」京太眼睛閃亮的期待感想。

「怎麼突然送這個？」與皇把玩扇子，抬起頭問。

「誰叫妳太省錢了，自從沒了無求扇，手上那些破法器還是從東寺市集淘寶來的。我們商量後決定乾脆幫妳煉化一把，明年帶去出雲神在月，別讓人以為京都神官舍本部窮得這麼體面。」橘源平說明還不忘戲謔兩句。

「謝謝你們。」

他們就是商量好趕快打完後，再找個藉口送禮物。與皇啪地打開扇面，直指龍太郎：「也對，我就奇怪祝融怎麼會連十招都接不住，太弱了，認真打。」

「不是的司都，我……」

被點名補考的龍太郎漲紅臉辯駁，難以坦白無法和心儀之人動真格的障礙，只能竭力接住狂風暴雨的攻勢。

京太替他默哀，宵似笑非笑。橘源平毫不關心地扶著鏡框觀戰：「不錯不錯，看來司都的新武器用起來很順手。」

炎炎夏日忙完了祇園祭，下鴨神社在盂蘭盆會期間慣例舉辦古書祭，糺之森成排的舊書攤市集。橘源平換上西裝後的氣場完全就是個菁英律師，不疾不徐地跟在與皇身後，兩人出來巡查市集是否有付喪神在其中，都穿著不引人注目的便服。

與皇手邊不離那本《方丈記》，感應到魂魄的安然喜悅，心想：「古溪以前最喜歡看書，有時間要多帶他來走走。」眺望書攤棚架旁人來人往的挑選翻閱，依稀可見那氣韻淵博的銀髮男子，如數家珍每一本心愛書目的來歷。

「川水悠悠而往，死生聚散無常，一如泡沫浮沉，與皇不必難過，終有他日再相逢。」不知道那天是什麼時候，歷經寒暑，春去秋來，也許是在另一個時間和空間了。

兩人信步穿過莊嚴高大的鳥居，神社幾位神職和女巫認出他們，停步恭敬行禮。

「下鴨神社內的井上社祭祀瀨織津姬。」橘源平凝視她平靜的側臉，深感不安：「司都果然還想見禍津日神。」

與皇站在御手洗川上的朱紅輪橋旁，遙望井上社出神，感應許久並無所獲。不久，司都乾脆地轉身離開，他立刻快步跟上。

殘暑燥熱的夜晚，與皇偶爾會想念海蛇的冰涼溫度，海星燭貼在耳邊響動悠遠的海潮聲。巳辰偶爾有一搭沒一搭傳來消息，像是和哪位大神打架又贏了，最近在練習神術，懷念京都哪家好吃的美食。

一天又一天的忙碌，歲月不在意世間瑣事的飛馳。銀杏樹染成醉人的金黃，不久就是楓紅漫天的錦秋，澄淨空氣醞釀出涼意，去除雜似的舒心。

佛光寺的大銀杏樹看起來像是黃澄澄的酒漿。與皇經過時抬頭想著，就聞到熟悉的酒香，她霍然回身。

「松尾大社內龜之井釀出來的酒，聽解酒神說忌部司都以前很愛喝，我就帶了兩瓶過來。」龍太郎的颯爽深紅狩衣揚動，剛執行完公務就提酒大步而來。

與皇有些慶幸和祝融終於能正常對話。自從在思罰室拿下面具後，龍太郎言行就有種說不出的彆扭，她百思不得其解，到底為什麼啊？跟橘源平旁敲側擊，換來他一個手握對方把柄的微笑，害與皇馬上想說還是算了，別再追問。

祝融把酒瓶酒杯擺放好，長椅方向正好能欣賞那顆金黃大銀杏。

遞上澄澈純淨的清酒，一片銀杏舞落在杯中助興。

「司都。」

龍太郎低喚了一聲，與皇哪知道他是喝了兩杯壯膽後才能單獨過來，靜待著說下去。

他掙扎片刻才艱難地開口：「已經是銀杏的季節。」看似隨意無關的開場白，龍太郎迎上那雙澄淨眸子：「我發過誓，會效忠於司都，忠心不二。」痛失弟弟絕望到想一死了之的時候，是司都給他活下去的希望。

「我也沒有忘，你是我的祝融。」

與皇上前彎身飲了酒，驟然一步之隔的距離。近到讓龍太郎有些難以扛起視線地避開，忐忑地喉結滑動，快速抬手乾掉一杯，賭氣似地說：「要是可以，真想燒光所有的銀杏，叫這個季節永遠不要來。」

與皇搖頭苦笑，接著替自己和祝融斟滿後，率先碰杯喝下。

靜如天地歸一，動起波瀾壯闊，世間再無人如她。龍太郎愣瞧著，脫口道：「妳別去。」

「我……我其實很害怕，不只我，宵、京太、源平他們也是。」

心跳如打鼓地緊湊，說出積壓已久的話，龍太郎緊握酒杯到爬出裂痕，酒滴滲入掌心。

他們清楚與皇不再是那個任人算計殺害，十五歲的天真少女。幾經歷練神魂記憶覺醒，早就強大到不會害怕災禍因果。禍津日神的荒魂也已經被三神器安撫鎮化，加上神社恢復了祭神，瀨織津姫轉移給災神的信仰能量。

巳辰的海星燭，神官合力煉化的折扇法器都是為防止因果，還有大國主命授與的神術，數多為她阻擋災厄、絕大護身的盾。可是每一個人的心底深處，都是怕有個萬一的恐懼。

眼睜睜看敬愛的司都被一刀斷頭殘酷殺死，心理陰影遠比本人想像得深刻。

「我可是京都人的驕傲，歷代最強的司都。」

這是她第一次自負說出口，龍太郎知道那是為了讓人安心，執拗地注視著她，突然渾身僵硬，再也說不出話。

那只纖細柔軟的手正輕拍著他的肩膀，溫聲道：「不過就是見個朋友敘舊，你回去要大家別擔心。」

她經歷幼時在神殿的孤寂，深知憧憬只求一人回眸，渴望被愛有多麼痛苦。當然禍津日神並不是故意這樣對待她，除了忌諱自身災禍不能多加接觸，更多原因是他千年來都是這樣忍受過來的，實在不知怎麼做才好，最後才找到忌部清來陪伴教導與皇。

天下人都怕他避他，所以與皇才更要去見他。神魂已知彼此相繫因果，她沒有忘記，寧可趕走唯一的摯友、唯恐災禍因果波及旁人，將自己禁錮在永劫裡的孤獨少年。

與皇來到小野鄉清瀧川上游，平安時代前期創建的岩戶落葉神社，位於深山少人造訪，霜秋時分境內的銀杏金燦耀眼。

高挑的金髮惡煞擋住山道口的去路，黑襯衫領口翻亂，與皇的移形速度太快，他好不容易才超前。巳辰剛撞上少女的視線，一掃憂急疲憊，換上凶惡口吻：「妳當海星燭是檯燈啊？我說過有事聯絡了！」

龍蛇王這輩子都不可能好好說話，更何況正在拚命掩飾慌張趕來的失態。

與皇的疑惑只在瞬間瞭然，必定是橘源平為掌握多方情報，與龍蛇王協議了保持聯絡，難怪巳辰從不問自己近況卻能突然出現攔路。行程老早被他鉅細彌遺呈報，換作別人只怕氣得罵吃裡扒外，與皇一來習慣橘源平那套腹黑模式，二來自認動態不是什麼秘密而不以為意。

「我沒事。」與皇細看他眼角發紅，金髮和衣褲狼狽地沾滿海風塵沙，也沒戴銀鏈飾品，想是收到消息就不分晝夜跑來，莫名有些愧疚，又有些暖意。

「當初就說好了，妳這一世當人平安活著，禍津日神要是敢毀約，本大神和他沒完！」天空烏雲壓頂悶雷轟響，他左腕遊走鮮活的海蛇刺青，不知節制地揚手就是橫掃破空一鞭，刷然劈山闊斧的紫光鎏金，轉瞬照亮半個山頭。

「巳辰，你……」與皇眸光微動，鄭重行禮道：「恭喜龍蛇神。」

龍蛇王早在十月出雲生緣了結晉升神位。反而沒有半點喜悅，他擰著鞭梢指著與皇，揚起削尖下巴：「丫頭別忘了他身上有災禍因果，就算妳是什麼淨化女神，也沒必要繼續跟那個災星綁在一起！」

「人神皆有宿命，但是我……」

與皇還沒說完，巳辰一個字也聽不下去地打斷。他忍著怒氣，沙啞嗓音迸出低吼：「他媽的少跟我扯宿命！怎麼不說我才是妳的宿命！」

巳辰是真的急了，完全沒有意識到自己正在用什麼奇怪的方式告白，與皇當然也沒心情往那方面想。

「……我想說的是，我沒有勉強自己。」

「不能放任他獨自承受災禍，繼續忍受永劫孤寂，不管是人還是神都會發瘋的。」與皇仍是從容不迫，語速沒有任何改變：「救一人也是救天下。」

巳辰聽了臉色僵滯地轉開頭，攥緊遊龍鞭到關節發白，這句話無異與說出「我就是為此而生」差不多的超強殺傷力。活了百年他從沒那麼鬱悶過，甚至恨不得把與皇打暈帶走算了，該死的是要打還打不過。

「定期淨化三神器釋出的強大神力，加上神社鎮化荒魂已無因果。就算有，我會神術，還有那麼多法器也足夠應付。」

與皇一如以往冷靜地分析，巳辰默不做聲。

她已不再是千年前孤立無援的瀨織津姬，行過長遠的道路，身旁聚集了無數的神與人。

「妳要是敢出什麼事！我……」

巳辰站在身後，不知是想拋出習慣的殺伐狠話，或是截然相反的湧動心緒。到了嘴邊、終究還是一咬牙改口：「……喂！我說，妳聽見了沒？」

「與皇！」龍蛇神是絕不肯叫瀨織津姬的，從相識以來他只認這個名字。

與皇正往前走著，被一喊才忽然想到，這是巳辰第一次叫自己的名字，腳步微頓停下，回頭一笑點頭表示有聽到。那只是很快就隱去的淺淺笑容，卻還是打亂了巳辰呼吸，他僵在山道目送象牙白狩衣的人影。

與皇沒有再回頭，踏上了遍地金黃銀杏生輝，彷彿眾神為她打造出的一條輝煌歸途。

京都除了下鴨神社，還有岩戶落葉神社的主祭神是瀨織津姬。

夕照中踩過滿地落葉沙沙地作響，她佇立在靜謐的本殿前。

直到夜晚降臨，衣袖沾染風霜露水。與皇的摺扇被指腹摩挲出暖度，薰香隱約飄散。

等到月明星疏，石鳥居刺眼的紅衣垂落，絕艷神明撐頭躺臥於笠木上。星月因禍津日神的迷離面容而失色，他的眉眼勾起情意繾綣，珍重萬分地從遠處凝視。這是與皇記起自己就是瀨織津姬以來，兩人初次重逢。

轉眼紅雲飄蕩的衣擺、散開在金黃葉片間，隨著腳踝銀鈴聲，一步、兩步緩慢拖長步伐地朝與皇走去。等到第三步忽然收步站定，依舊保持不遠不近距離的習慣。

「你總算願意見我了。」與皇淡淡道，也清楚禍津日神避而不見的理由。

「對不起。」

語調滑出愧疚中飽含膽怯。禍津日神站在她面前，完全沒有昔日的狂態，垂頭囁嚅著：「我真沒想到要害他們，我以為自己想得夠周密，卻還是失控，神祟毀了明神村，害了妳和忌部清……」

他有些侷促不安又小聲說了句：「對不起……」

以為在永夜裡遇到了光，卻又為乞求得到，再次引發毀滅。

「你為我做的一切，」與皇凝視著禍津日神：「以後我陪你一起贖罪。」

禍津日神想不到等來的會是這樣一句話。猛然抬眼對上澄淨目光，一如她在海濤之間的現身，以及輕柔卻震懾的字句猶在耳畔迴盪，支撐自己度過千萬詛咒難熬的夜晚。

「就算你與黃泉災禍比鄰，我也能捎帶天下川水去找你。」

從今往後世間以為的災禍之神荒魂，在神社內的祭神也是瀨織津姬的神格，淨化為和魂互成轉換雙生。

千年前瀨織津姬的悲憫，也在無形中影響了禍津日神。

本來在禍津日神認知裡只有厭惡和忌諱，對他人及周遭的認知態度都是透過瀨織津姬。他只隱約感覺要是不用自毀贖罪的方式，去換來她的蘇生，一旦犧牲無辜的人們，必定不會被諒解，反而會讓她傷心絕望。所以選擇在計畫利用明神村的信仰能量時，安排自己被族人們肢解鎮化以息眾怒。

禍津日神從來不懂什麼是真正的愛，無論是親情、友情還是愛情，只知順心而為的去依賴渴望。就算在聚集神魂後，守護注視著與皇在神殿長大，也還是摸不清到底對瀨織津姬的執念是什麼樣的感情，直到重逢時才有所感悟。

就算是面對世間忌諱、恐懼、疏離而被排除的異己，她依然平等待之。就算是對方偏激鑄成大錯，她仍願意去陪伴及彌補。那便是吸引任何人神都為之心折的瀨織津姬。

禍津日神不自禁想起好友大國主命及忌部清，與瀨織津姬都很相似。無論是善良、仁德還是慈悲，並非空口生於風和日麗，而是幾經生死及千瘡百孔的磨難，仍是願意去相信，靈魂砥礪後的熠熠生輝。

「我從來不想降生於世，與這一切格格不入，無時無刻都想死，可是又死不了，這樣活著實在太痛苦了。但若要說注定承受至今的痛苦，都是為與妳相遇，我認了，也值了。」

有如微動露珠滑落葉脈的顫抖著，孤獨神明細不可聞地傾訴，再多的絕望煎熬都化為接近黎明時分的黑暗。

神社殿前清瀧川的水聲泠泠，儘管天地模糊了界線，而陷入伸手不見五指，與皇的視線還是能準確地對著他的雙眼。許久後她沉靜低語：「有我在，沒事的。」

與皇緩步徐行走向禍津日神，衣擺帶飛幾片銀杏蝴蝶起舞。

她的嘴角揚起柔和弧度，瞳孔剎那隨之光輝萬丈，日出彷若是為這一笑而降臨大地。

破曉曙光，迎面紛沓前來。

考證後記

一、天照大神、瀨織津姬及禍津日神

伊邪那岐從黃泉逃出後，在河川清洗褉祓邪穢時，降生災禍大禍津日神及八十禍津日神，接著又誕生神直毘神、大直毘神導正災禍。

後世視大禍津日神及八十禍津日神為同一尊神祇，統稱為禍津日神，關於神格的善惡論點未定，至今諸說兩極。

瀨織津姬是祓戶四神之一，掌管天下河川將世間罪孽流入大海淨化。具有身分的淨化女神卻在《古事記》、《日本書記》隻字未提，只在神道至今奉為圭臬的「大祓詞」中提及，是來歷成謎被抹殺封印的神祇。

神道五部書之一《倭姬命世記》記載她是天照大神荒魂的說法。伊勢神宮內宮別宮（荒祭宮），祭祀天照大神的荒魂別名瀨織津姬。兵庫縣西宮市廣田神社同樣祭祀天照大神荒魂（全名「撞賢木嚴之御魂天疎向津姬命」），兩社的流變文獻記載戰前不是作為荒魂，而是位居主祭神祭祀的地位。

另外還有一個觀點，江戶時代的國學者本居宣長，在研究神道的《古事記傳》提出瀨織津姬與惡神禍津日神是同一尊神祇。現在位於石川縣金澤市的瀨織津姬神社，祭神別名就是大禍津日神。

為此天照大神、瀨織津姬及禍津日神有著密不可分的關聯。

祭神在京都代表性的是小野鄉「岩戶落葉神社」、上賀茂神社的末社「梶田社」、「藤木社」，以及下鴨神社末社「井上社」。近年日本全國開始逐漸恢復祭神之名，才讓這位封印一千三百年的女神重新出現在世人眼前。

二、持統天皇及三神器

《日本書紀》第四十一代持統天皇即位持有草薙劍及八咫鏡。她的孫子第四十二代文武天皇即位時才加上了八尺瓊勾玉，從此天皇正式以三神器作為王權象徵。

日本最早的翡翠信仰，追溯繩文時代時採掘、新潟所產的糸魚川翡翠，用於祭祀驅魔降神儀式，古墳時代作為死者靈魂蘇生的陪葬品。

《古事記》記載大國主命不遠千里去向沼河比賣提親，兩人如願結婚生下子嗣。《萬葉集》和歌提及沼河比賣是掌握翡翠產地的女王，而祭祀大國主命的出雲大社真名井遺跡，挖掘出了糸魚川產的勾玉，現今保管於社內。

奈良時代後由於大和王權勢力影響，出雲石的普及取代了翡翠信仰。濃綠色出雲石最早在彌生時期採掘，只產於島根縣松江市的花仙山，被譽為日本最高品級的碧玉。糸魚川翡翠及出雲石都是日本原產，歷史古老悠久備受崇敬的靈石，兩者都曾被認為是製作八尺瓊勾玉原石材料的說法。

三、遭受封印的女神

持統天皇封印女神的命令從飛鳥時期，直到明治時期經歷了漫長光陰。

封印瀨織津姬的原因，一說是天照大神原本是男神，持統天皇為強調女帝正統性，政治因素將天照大神改為女神，並把原本一起祭祀的妃子瀨織津姬除名封印。另一說是瀨織津姬由於是蝦夷或愛奴族崇敬外來神祇，而被撤換祭神之名。

小說中其他參考資料：

《古事記》、《日本書紀》、《古事記伝》

《新 神社祭式行事作法教本》國學院大學 教科書

《エミシの国の女神―早池峰―遠野郷の母神＝瀬織津姫の物語》風琳堂 菊池展明

《円空と瀬織津姫》地方・小出版流通センター―菊池展明

《あなたにも奇跡が起こる瀬織津姫神社めぐり 姫旅しませんか?》ナチュラルスピリット 山水治夫

《古代の神社と神職 神をまつる人びと》吉川弘文館 加瀬直弥

大禍津日神―國學院大学 古事記学センター―http://kojiki.kokugakuin.ac.jp/shinmei/omagatsuhinokami/

高寶書版集團
gobooks.com.tw

YS 019
京都神官錄

作　　者　泉燈行
主　　編　賴芯葳
編　　輯　賴芯葳
校　　對　鄭淇丰
封面繪圖　廖珮蓉
美術編輯　林政嘉
排　　版　賴姵均
企　　劃　鍾惠鈞
版　　權　張莎凌

發 行 人　朱凱蕾
出　　版　英屬維京群島商高寶國際有限公司台灣分公司
Global Group Holdings, Ltd.
地　　址　台北市內湖區洲子街88號3樓
網　　址　gobooks.com.tw
電　　話　(02) 27992788
電　　郵　readers@gobooks.com.tw（讀者服務部）
傳　　真　出版部　(02) 27990909　行銷部 (02) 27993088
郵政劃撥　19394552
戶　　名　英屬維京群島商高寶國際有限公司台灣分公司
發　　行　英屬維京群島商高寶國際有限公司台灣分公司
初　　版　2022 年 03 月

國家圖書館出版品預行編目(CIP)資料

京都神官錄/泉燈行作. -- 初版. -- 臺北市：英屬維京群島商高寶國際有限公司臺灣分公司, 2022.03
面；　公分. --

ISBN 978-986-506-378-8(平裝)

863.57　　111003396